KB234620

스마일 스컬 Smile Skull

스마일 스컬 Smile Skull

박태준 지음

북캐슬

사연이 없는 사람이 있을까? 가슴에 묻어둔 기억의 잔재들은 시간의 흐름에 녹아 들지만 그 어느 순간에는 잠재의식에 의해 다시 조립되기 시작한다. 아픈 기억일수록, 가슴에 묻은 잿더미 같은 검은 상처일수록 잊으려 발버둥 쳐도 내 기억 속에 평생 지워지지 않는 문신으로 남는다. 봄날의 아지랑이처럼 눈 깜짝할 사이에 사라지는 아름다운 기억들을 등에 지고, 눈물이 나는 날에 난 과연 무엇을 해야 하나…….

1부
POLICE STATION
POLICE
COMPANY

직장인

이동준이 사무실에 도착하는 시간은 대부분 사람들이 분주하게 업무를 보고 있는 때이다. 여느 때와 마찬가지로 오한수는 문 옆에 있는 복사기에 서서 혓바닥을 날름거리듯 약을 올리고 있는 A4지 종이를 하나 둘 받으며 꼼꼼하게 정리하고 있었다. 투명한 유리문 안쪽에는 '글로벌 로지스틱스'라는 회사명과 로고가 커다랗게 걸려 있었다.

이동준이 사무실 패스로 문을 열자마자 오한수가 고개를 숙이며 인사를 하려 했다. 오한수가 소리내기 전에 이동준은 집게손가락을 자기 입에 갖다 대며 조용히 하라는 사인을 보냈다.

"쉿~~"

기둥을 돌자 목적지인 책상이 5미터 전방에 있었다. 키보드를 누르는 경쾌한 소리와 어울리지 않게 부장은 오늘도 여지없이 전화기를 붙잡고 몸부림치고 있었다. 이동준은 몸을 한껏 숙이고 부장이 자기를 보지 못할 것이라는 기대감으로 의자를 뒤로 당기며 앉으려 했다.

"이동준!"

뒤를 물끄러미 쳐다보니 오늘도 장 차장이었다.

"넌 회사가 유치원이냐? 놀이터냐? 오늘은 또 어떤 핑계야?"

부장이 벌떡 일어나더니 한숨을 '푹' 쉬며 큰 소리로 말했다.

"야. 나 이거! 회의 합시다! 정말 더러워서 못해 먹겠네! 은정 씨! 여기 커피 좀 줘!"

1986년 화성시 봉담읍

바가지 머리를 한 8살 남짓한 꼬맹이가 자기 키의 반만한 네모 가방을 메고 집으로 들어왔다. 석양이 산등성이에 반쯤 가려 멀리 보이는 하늘은 마치 빨간 물감을 뿌려 놓은 듯 붉은 빛깔로 넘실거렸다. 마당에서 따스한 햇빛을 받으며 퍼져 있던 흰둥이는 일어나기 싫은 몸을 일으키는 듯 꼬맹이 앞으로 다가와 성의 없이 꼬리를 흔들어 댔다. 여느 때 같으면 허리를 구부려 머리라도 한번 쓰다듬어 주었을 텐데, 마당에 들어온 꼬맹이는 단번에 상황 파악이 된 듯 흰둥이를 발로 툭툭 밀어 버렸다. 표정이 굳어 있는 아버지, 팔짱을 끼고 있는 어머니, 문 뒤에서 빼꼼히 쳐다보고 있는 동생 은지.

그 앞에는 퉁퉁 부운 눈에, 휴지 한 뭉텅이를 코에 쑤셔 넣은 찌그러진 얼굴의 아이와 씩씩거리고 있는 그 아이 엄마가 보였다.

'뒤로 도망칠까? 그냥 들어가서 불쌍한 척이라도 할까?'

생각이 끝나기도 전에 꼬맹이 엄마가 바람을 가르듯 뛰어와, 꼬맹이의 등이며 머리며 할 것 없이 난타를 하기 시작했다.

"이 새끼야! 속썩이는 네 아비 자식 아니랄까봐 하루가 멀다 하고 싸움질이야! 어떻게 애를 저 지경으로…… 내가 한번만 더 주먹질하면 아예 산에 버려 버리겠다고 했지! 옷 벗어! 옷 벗고 나가란 말이야!"

꼬맹이의 모친은 반 미친 여자처럼 소리를 지르며 아이를 쳐댔다. 꼬맹이는 어른이 때리는 매가 아플 만도 했지만 어금니를 질근 물고 아무런 말도, 반항도 하지 않았고, 한 방울의 눈물조차도 없었다. 옆 동네 불 구경하듯 쳐다보고 있던 찌그러진 얼굴의 아이 엄마는 그 광경이 놀랍기만 했다. 방 안으로 몸을 숨겨 문틈으로 밖의 상황을 보고 있던 꼬맹이의 동생 은지의 맑은 눈에 금방이라도 쏟아질 것처럼 눈물이 맺혀 있었다.

한겨울은 아니지만 이미 찬바람이 불기 시작했다. 짧은 미니스커트에 전체적인 라인이 드러나게 코디를 하고 체중을 버티지 못할 것 같은 샤프한 킬힐을 너나 할 것 없이 신은 새근한 여자들이 즐비한 강남역 뒷골목, 이동준은 사무실에 있을 때 얼굴과는 사뭇 다르게 살포시 입가에 미소를 띄고 있었다.

"야~ 어디야? 인마, 나 벌써 근처에 왔다. 야~ 오늘 물 죽인다. 다들 란제리 광고하는 애들처럼 하고 나왔어. 몸만 되면 다 되는 줄 아는 그런 애들 있잖아. 깔렸다 깔렸어. 그래 자식아! 알았어 그쪽으로 갈게. 아~ 오케이!"

2012년 강남

"예~ 형님, 준비해 놨어요. 오늘 물 죽입니다. 물반 고기반이에요! 완전 황금어장입니다!"

'이몽룡' 명찰을 삐딱하게 단, 키가 작은 웨이터가 신이 난 듯 전화를 받고 있었다.

"이몽룡!"

이동준과 그 일당들이 계단을 내려오며 통화 중인 이몽룡을 불렀다. 이몽룡은 전화를 끊고 잘 아는 동네 형님들과 만나듯 환하게 웃으며 손을 흔들었다.

"몽룡아~ 오랜만이다. 그저께 봤나? 우리?"

"야! 동준아! 우리 상 받아야 하는 거 아냐? 어떻게 회사보다도 성실하게 다니냐? 하하하."

이몽룡은 작은 키를 더욱 낮추어 거의 허리에 안기듯 굽신거리며 단골들을 맞이했다.

"몽룡아! 나도 춘향이 한번 만나보자!"

"예! 형님~ 오늘 물 끝내줘요. 저번에 왔던 그 스타일 좋은 골뱅이 애들 있잖아요. 밤이슬 먹고 집에 가는 애들. 오늘 또 왔어요. 오늘 제가 열심히 해볼게요!"

이동준이 담배를 물자 '챙'하는 소리와 함께 라이터를 담배끝에 정확하게 갔다 댔다.

시끄러운 음악이 일부러 소리를 줄이는 것처럼 점점 멀어지다가 부드러운 부르스 음악으로 바뀌자, 막내 웨이터가 술과 음료를 가득 실은 쟁반을 들고 날렵하게 들어와 깃털이 땅에 떨어지듯 사뿐하게 테이블에 내려놓았다.

"형님들! 오늘 밤을 책임질 막내입니다~! 샤워주 한 잔씩 올리겠습니다."

웨이터는 17Y라고 쓰여 있는 양주병을 잡고, 맥주잔 밑에 감칠맛 나게 구릿빛 액체를 담은 후 '뽕!'소리가 나게 맥주병 따는 세레모니로 주위의 시선을 집중시켰다. 신중한 표정의 그는 엄지손가락으로 막은 맥주병을 아래 위로 한껏 흔들었다.

"형님들! 오늘 샤워까지 하고 귀가하시는 걸로!"

'치치.' 엄지로 막은 맥주병을 아래 위로 경쾌하게 흔든 후 손가락을 떼자, 맥주의 탄산이 산소와 만나 프로판가스 새는 소리를 냈다. 막내 웨이터는 맥주병을 그대로 컵에 꽂았다. 병에서 흘러나온 액체와 기체는 정확히 컵의 맥주브랜드 로고가 찍힌 부분까지 채워졌다.

"자! 갑니다!"

맥주컵을 테이블 위로 밀 듯이 던지자 얇은 조각돌이 물 위를 튀듯 부드럽게 미끄러져 놀라울 정도로 정확하게 앉아 있는 손님들 앞에 정지했다. 그리고 맨 마지막 잔을 들어 앞에 있던 티슈로 컵을 막고 손목을 돌려 회오리를 만들었다. 막내 웨이터는 살포시 적셔진 티슈를 돌아보지도 않고 뒤를 향해 던졌다. 아치를 그리며 날아간 술에 젖은 티슈는 뒤에 눈이 달린 듯 정확하게 브라운관 중앙에 '쩍' 하는 소리와 함께 붙어 버렸다.

"저놈은 약 60분 뒤에 떨어집니다. 노래 부르고 싶은 분은 직접 떼고 부르시는 걸로!"

"야! 역시 몽룡이가 애들 교육 하나는 잘 시켜! 예술이네! 예술."

감동한 이동준이 침을 튀며 막내 웨이터를 칭찬하자 김기태가 박수 소리와 함께 분위기를 잡았다.

'짝! 짝! 짝!'

"자! 자! 오늘은 평일이니까 폭탄으로 20바퀴만 돌자! 건배!"

"건배!"

브라운관에 붙어 있던 맥주에 젖은 티슈가 쓰윽 미끄러져 바닥에 '툭'하고 떨어졌다. 그때 막내 웨이터가 특별히 신경을 쓴 것 같은 미모의 여자를 데리고 자신감에 차 있는 얼굴을 룸 안으로 들이 밀었다.

"자~ 이쪽으로. 이분은 이 방의 킹카! 형님. 이쪽 분은 오늘의 끝장녀!"

'감성을 자극하는 매끈한 이탈리아 스타일의 하이힐, 샤넬 미니스커트, D&G 블라우스, 까르띠에 시계, 코하고 눈은 건드렸고 가슴은 B+ 정도? 말랐는데 저 정도 볼륨이면 병원 좀 다닌 것 같고. 다리 길고 잘 빠졌네. 허벅지가 좀 가늘지만 종아리 길고 발목은 예술! 발목 뒤에 반창고 붙인 것을 보니 구두 산 지 얼마 안 된 것 같고. 나이트 오는데 불편한 구두 신고 왔으면 춤으로 스트레스 푸는 스타일은 아닌 것 같고. 전문 부킹녀? 단발머리 찰랑거리는 모습은 새침할 것 같은데. 살짝 보이는 귀밑에 매달린 아이는 내가 예전에 여친한테 선물했던 티파니 제품 같고, 아래 위 비대칭의 입술은 자연산인가? 립글로우즈만 바른 거 보니 싸게 보이지 않으려고 노력한 것 같고, 입꼬리가 살짝 올라간 걸 보니 내가 싫지 않은 모양인데. 역시 피부관리는 예술로 했네. 팔색과 목색깔이 많이 차이 나는 거 보니 야외 활동을 많이 했나? 아니면 여름에 수영장에서 죽 때리며 선탠만 했나? 분명 운동 좋아하는 타입은 아니야. 손가락 제스처 봐서는 남자가 많이 꼬일 것 같은데. 매니큐어 색깔은 도발적이군. 여하튼 잘해줄 것 같은 이미지. 정말

14

학력은 판단이 안 서네. 그래 이 아이 당겨야겠다. 고다! 고!고!'

이동준은 1초도 길다고 느껴질 정도로 부킹녀의 머리끝에서 발끝까지 한 번의 스캔으로 훑고, 자타가 공인하는 초고속 분석기를 돌려 신속히 결정을 내렸다.

'음~ 치아가 궁금하군.'

"안녕하세요? 이동준입니다."

"아~ 네~ 안녕하세요!"

부킹녀는 몸에 밴 것 같이 자연스러운 미소를 날려 보이고는 고개를 옆으로 돌려 숙이며 반갑다는 인사를 했다.

"스타일 너무 좋으시고. 일부러 꾸민 것 같지 않은 초자연적인 엘레강스한 느낌은~ 무슨 일을 하시는지 정말 궁금하네요. 페이스는 이민정 뺨치고. 남자친구 없어요? 술 한잔 드려도 될까요?"

"아~ 네~ 감사합니다. 술은 잘 못하는데~ 양주는 아예 못 마셔요. 조금만 주세요. 맥주로요."

이동준의 친절이 싫지 않은 부킹녀가 수줍게 컵을 들었다.

"언제 오셨어요?"

이동준이 정성스럽게 맥주잔에 술을 채워 옆에 있던 티슈로 잔의 반을 감싼 후 부킹녀에게 건넸다.

이동준과 김기태, 그리고 두 명의 부킹녀가 동그란 실내 포장마차 깡통탁자에서 녹색병의 투명한 액체를 서로의 잔에 채우고 있었다. 김기태와 이동준은 이미 작전을 공유한 듯 상대방의 파트너에게 자꾸 잔을 들어 부딪혔다. 이동준은 임무 완수를 자축하듯 같이 잔을 들어 힘차게 '건배!'를 외치고 조금 뒤의 뜨거운 새벽을 상상하며 해맑은 모습으로 끝장녀의 일거수일투족을 지켜보고 있었다. 이동준 맞은편의 김기태 파트너는 게임의 패자라는 걸 단번에 알 수 있게 김기태의 왼편 어깨에 머리를 기대고 긴 갈색 머리로 커튼을 친 채 가느다랗고 일정한 콧바람을 배출하고 있었다.

"이봐요~ 이봐요! 자면 어떻게 해? 나 참."

김기태가 계속 흔들어 깨우지만 부킹녀는 미동도 하지 않았다.

"자. 우린 러브샷!"

이동준과 끝장녀는 서로의 팔로 상대방의 목을 감싸고 남북 이산가족이 상봉하듯 리얼한 러브샷을 했다. 이동준이 러브샷을 했다는 것은 수학 공식과도 같다.

희미한 주황색 벽등만 켜져 있는 공공의 사랑방에 거친 숨소리와 앓는 소리가 적막을 울리며, 텔레비전에서는 들릴 듯 말 듯한 소리로 때 지난 드라마가 방 안의 조명에 굴곡을 만들며 야릇한 분위기를 자아내고 있었다. 운동을 게을리하지 않은 이동준은 잘 다져진 근육들을 자신있게 상대방에게 보이며, 적재적소에 특성이 다른 각 근육들을 꼭 맞게 사용하고 있었다. 스타킹, 바지, 치마, 속옷은 뱀이 껍질을 벗은 듯 줄에 맞추어 늘어져 있었고, 소파 팔걸이에 걸려 있는 두툼한 뽕의 브레지어는 두 남녀의 시작이 그곳이었음을 알게 해 주었다.

"처음 봤을 때부터 느낌이 좋았어."

"오빠 프로죠? 여자 다루는 게 장난이 아니네. 결혼했어요?"

"왜? 나 데리고 살려고? 결혼은 무슨 결혼~. 그건 미쳐야 가능한 거지…….”

"너 가슴 수술했지?”

"응.”

이동준은 그 상황에 왜 그런 생각이 들었는지 이해가 가지 않았지만, 자신있게 우뚝 솟아 있는 젖무덤 위에 살포시 얹어져 있는 두 개의 점 때문이라고 생각했다. 일 년 전에 헤어진 그녀의 얼굴이 문득 스쳐 지나갔다. 이동준이 일 년 동안 방황하고 있는 이유도 그녀 때문이었다. 그녀의 그곳에는 세 개의 점이 있었다. 꼭 정삼각형 같은 점 세 개…….

"그런데 뽕은 왜 그렇게 커?”

"남자들 좋으라고! 오빠 할 때 이렇게 말 많이 해요?”

"히히~ 미안. 미안. 지금부터 조용히 할게.”

부킹녀를 부둥켜 안은 이동준이 옆으로 굴러 위치를 바꾼 후 옆에 있던 텔레비전을 껐다. 다시 리듬감 있는 거친 소리가 상대적으로 조용해진 방안을 더욱 꽉차게 만들었다.

"오빠! 때려줘~!”

"뭐?”

"때려 달라고! 엉덩이! 가슴! 나 그런 거 좋아해. 때려줘. 얼굴만 빼고 다!”

"뭐? 뭐라고? 너 왜~ 왜 그러는 거야?”

차 안 계기판 옆에 붙어 있는 시계의 시침이 새벽 1시를 넘어가고 있었다. 40대 초반으로 보이는 여자는 나이에 맞지 않은 초미니스커트를 입고 왠지 어색한 고급스러움이 묻어 나오는 시계와 핸드백을 들고 있었다. 한눈에 보더라도 중산층 미시 같았지만, 옆에 같이 타고 있는 40대 중반의 두 여자들 때문에 왠지 평가절하된 느낌이었다. 세 명의 유부녀들은 늦은 시간임에도 불구하고 활기에 넘치는 수다를 떨고 있었다.

"그 남자 너무 멋있지 않니? 딱 내 스타일이야."

40대 초반의 여자가 블랙 매니큐어를 바른 손가락으로 화장을 고치며 자랑하듯 말했다.

"그래~ 자기 아저씨하고 완전 딴판이지. 뭐~ 키도 크고 머리도 많고. 그렇지? 호호호…….”

"세희야! 다 왔다. 자기야! 집에 들어 가면 혼 좀 나겠는걸? 몰래 조심해서 들어가."

"그 인간 벌써 자겠지. 하여튼 난 그 남자 오늘 너무 좋았어. 오늘 잠 못 잘 것 같아. 나 간다~ 언니들! 조심해서들 가고, 다음 주에 또 모이는 거다! 오케이?"

"알았어~ 알았어~ 다음 주에 우리 신랑 또 출장 가니까 주변 정리 싹 하고 한 번 더 뭉치지 뭐."

"세희야! 다음 주에는 네 차 가지고 가자. 아무래도 올해 뽑은 게 때깔도 더 나잖아. 연하들은 때깔 나는 차를 좋아하잖니! 알았지?"

운전석에 있는 여자가 허리를 비틀어 숙이고 조수석의 창문을 통해서 말했다. 그렇게 끊길 것 같은 길거리의 수다는 몇 분이고 더 이어졌고, 배기가스가 배출되는 소리가 들리자 언제 그랬냐는 듯 소리를 감추었다.

'부웅~'

시끄러운 깡통이 건장한 남자의 발에 밟혀 찌끄러져 소리가 나지 않듯, 잡음이 들리던 한산한 거리는 밤의 기운과 함께 적막에 휩싸였다. 40대 초반의 여자는 적막한 밤거리가 익숙한 듯 바른 걸음으로 '또각또각' 하이힐 소리를 내며 주택 단지가 있는 골목으로 방향을 틀었다. 휴대전화를 만지작거리던 여자는 어디론가 전화를 했다.

"음. 예. 집 앞이에요~ 방금 헤어졌는데 또 보고 싶네. 나 어떡하지?"

전화 속 상대방의 닭살스러운 멘트에 40대 미시는 다량의 엔돌핀을 몸으로 느끼고 손바닥으로 가슴 중앙을 지그시 눌렀다.

"호호호~ 아잉. 말씀도 예쁘게 하셔……."

여자는 골목 끝자락에서 한눈에 봐도 정상적인 걸음이 아닌 중년의 남자가 걸어오고 있다는 걸 흥얼거리는 소리를 통해 알 수 있었다. 여자는 이 새벽에 같은 동선에서 만날 수 있는 남자는 회식을 거하게 한 술취한 직장인, 엄청 열심히 사는 아르바이트생, 늦게까지 데이트한 여자친구를 집까지 바래다주고 돌아가는 착한 남자, 그리고 도둑질이건 강도질이건 범행을 목적으로 돌아다니는 검은색의 남자 정도로 구분할 수 있다고 생각하고 있었다.

멀리 걸어오는 남자가 가까워지자 여자의 불안했던 마음이 평정을 찾기 시작했다. 훌렁 벗겨진 머리에 삐쩍 마른 몸, 개구리 배처럼 배가 볼록 튀어나온 중년의 남자가 넥타이를 반쯤 풀어 헤치고, 와이셔츠 한쪽을 상체와 하체의 임의적 분리선인 벨트 바깥으로 흉하게 빼 놓은 채, 알아들을 수 없는 노래를 흥얼거리며, 호랑나비 춤을 연상시키듯 S자로 걸어오고 있었다. 여자는 혹시 모르는 불미스러운 상황을 대비해 일부러 피했다는 느낌을 주지 않도록 멀리서부터 조심스럽게 최대한 간격을 유지해야겠다고 생각했다. 그러나 교차점에 다다랐을 때는 S자 동작 때문에 판단력에 빨간 불이 들어오고 있었다.

"응~ 그래요~ 알았어. 내가 내일 연락할게. 응~ 그래요."

여자는 녹아버린 사탕처럼 끈끈한 코맹맹이 소리로 남자와의 마지막 대화를 정리했다. 그리고 대변 뒤의 마무리같이 익숙한 손놀림으로 전화번호와 문자를 깔끔히 지우는 작업을 하고 있었다.

담장에 밀착하다시피 걷던 여자가 어두운 골목의 입구를 지날 때 즈음, 여자보다 머리 하나는 더 크고, 머리카락이 치렁치렁한 그 누군가가 장갑을 낀 두툼한 손을 쭉 뻗어 여자의 입을 막고, 다른 한손으로는 여자를 번쩍 들어 도마뱀이 긴 혓바닥을 이용하여 곤충을 날름 삼키듯 어두운 골목으로 끌고 들어갔다.

"읍!"

너무 갑작스럽고 조금도 빈틈없는 동작에 여자가 긴급상황임을 표현할 방법은 발을 바둥거리는 것밖에 없었다. 바둥거리는 도중 힐 뒤꿈치 하나가 벽과 부딪혀 차가운 아스팔트 위에 덩그러니 떨어졌다. 뒤로 멀찌감치 사라지고 있던 진 부장이 무언가 귀에 익지 않은 소리를 들었는지 S자의 세련되지 못한 춤과 흥얼거리던 노래를 멈추고 코밑까지 내려온 안경을 위로 추켜올리며 뒤를 돌아봤다.

“뭐지? 뭔 소리가 났는데.”

뒤를 돌아본 진 부장이 잘 떠지지도 않는 눈으로 한참을 바라보았다.

“뭐야! 이건! 아무도 없잖아!”

동네 개조차 외출이 없는 길에는 그저 가로등 불빛만 외로이 담벼락을 비추고 있었다. 진 부장은 고개를 양옆으로 갸우뚱거리며 헛소리를 들었나보다 생각하고 다시 걸음을 옮겼다. 그때, 왼쪽 도로에서 차 한 대가 갑자기 튀어나왔다.

‘빠앙!’

클랙슨 소리, 급제동 소리 등 다채로운 굉음이 섞여 날카롭게 적막을 갈랐다. 뒤로 넘어진 진 부장은 콩알만 해진 간을 달래며 휘둥그레져 있는 눈으로 사태파악을 하기 시작했다. 가까스로 차량과의 접촉을 피할 수 있어 가능한 일이었다. 잠시 움직임이 없던 차창이 스르륵 내려갔다.

“야! 이 새끼야! 똑바로 보고 다녀!”

차 안의 남자가 조수석의 창문을 반쯤 내리고 넘어져 있는 진 부장에게 굵고 거친 목소리를 날렸다. 이때 진 부장의 뒤쪽 가로등 불빛 밑에서는 검은색 차량 한 대가 모습을 드러내고 진 부장이 넘어진 지점으로 미끄러지듯 움직인 뒤 우회전하여 유유히 사라졌다. 진 부장은 지나가는 차를 보면서 운전하고 있는 사람의 긴 머리가 왠지 어색하다는 생각을 했다. 진 부장이 잠시 눈동자를 돌린 사이 진 부장을 칠 뻔한 차의 타이어가 앞으로 돌기 시작했다.

"젠장! 십년 감수했네. 개죽음이야. 술취해서 깔리면……."

진 부장은 바지를 툭툭 털며 무겁게만 느껴지는 몸을 일으켜 중심을 잡았다.

"너나 똑바로 보고 다녀! 미친놈아! 병신같은 게 말이야."

진 부장은 멀어져가는 차를 보고 축구공을 차듯 허공에 발길질을 하며 큰소리로 고함을 질렀다. 순간, 쇳덩어리에 귀가 달렸는지 앞으로 달리던 차가 갑자기 멈췄다. 진 부장이 눈을 한 번 깜박이자 쇳덩어리는 조용히 후진하기 시작했다.

"어라!"

진 부장의 눈이 다시 휘둥그레졌다. 그리고 잽싸게 뒤를 돌아 도망가기 시작했다. 뒤로 후진하는 쇳덩어리의 속도가 빨라졌다.

'끼익!'

진 부장이 넘어졌던 곳에서 쇳덩어리가 요란하게 멈춘 뒤, 적막이 흘렀다.

'오빤 강남스타일~~ 쿵~ 쿵~ 강남스타일~'

"네. 박도준입니다."

고개를 쳐들며 차에서 내린 운전자는 전화 속의 목소리가 귀에 익다는 것을 느꼈다. 박도준은 뒤로 줄행랑을 치고 있는 진 부장에게 전화기를 든 왼손을 쭉 뻗어 가리키며 허공에 소리를 질렀다.

"야! 이 새끼야! 너! 너 뭐라고 했어! 거기 안 서!"

한심하다는 듯 어둠속을 주시하고 있던 박도준이 전화통화를 하고 있었다는 것을 기억하고 휴대전화를 다시 귀에 갖다 댔다.

"또! 무슨 일이에요? 오늘 비번인데 이 야심한 밤에 야식이나 드시지 못난 저를 왜 또 찾으십니까?"

박도준은 한바탕 욕지거리를 들었는지 전화기를 귀에서 멀찌감치 떼었다.

"네~ 알았다고요. 지금 들어갑니다! 존경하는 팀장님!"

힘없이 팔을 떨어뜨린 박도준은 담배를 하나 입에 물고 첫 담배 연기를 허공에 길고, 그리고 굵게 모든 스트레스를 날려 버리듯 내뿜었다. 훤칠한 키에 다소 마른 체격, 샤프한 외모는 회계사나 변호사 등 전문직에 종사할 것 같은 이미지이지만 박도준은 형사다. 강남경찰서 강력계 4팀의 브레인 형사 박도준.

"젠장! 내가 이래서 장가를 못 가는 거야. 장가는커녕 여자 구경이라도 해봤으면 좋겠네. 망할 영감!"

몇 모금 빨지도 않은 담배를 신경질적으로 바닥에 던져 버린 박도준은 어둠 속을 한 번 더 쳐다보고 차에 올라탔다.

'부웅~'

떠나버린 쇳덩어리의 여운을 안은 아스팔트는 채 타버리지 못한 담배꽁초의 꺼지지 않은 빨간 불씨와 달빛을 향해 긴 꼬리를 만들며 올라가고 있는 회색빛 연기가 친구라도 되는 듯 서로를 살포시 안고 있었다.

"애 깨면 어쩌려고 그래. 아잉~간지러워……."

고요한 적막을 질투라도 하는 듯 귀뚜라미 소리가 요란하게 들리는 시골길 옆 가옥에서 남녀의 목소리가 조심스럽게 새어 나오고 있었다. 박도준의 모친은 반년 전부터 동네 지물포 장 씨와 눈이 맞아 항상 자정을 넘겨야 들어오는 남편 몰래 밤나들이를 즐기고 있었다. 오늘은 남편이 출근할 때 많이 늦을 것이라는 너무나도 친철한 귀띔 때문에 설레는 마음으로 장 씨를 기다리고 있었다. 텔레비전에서는 나지막이 9월 15일에 이어 10월 20일 또다시 살인 사건이 발생하여 연쇄살인 사건에 무게를 둔다는 한 형사의 목소리가 흘러 나오고 있었다. 아이들을 재운 도준의 모친은 언제나 올까 하는 기다림에 초조했지만 몸을 한껏 달게 하고 갑자기 들이닥친 장 씨에게 마음에도 없는 애교 섞인 핀잔을 늘어 놓았다.

"진짜. 못 됐어! 지금이 몇 신데. 그냥 자지 왜 왔어?"

"알잖아. 우리 그 여편네. 눈치 십 단인 거. 간신히 핑계 대고 왔지. 기다렸어?"

"몰라."

몇 주 전부터 간이 배 밖으로 나온 도준 모친은 남자를 집으로 몇 번이나 불러들였다. 보는 사람이 없는 자신의 집이 가장 안전하다고 생각한 것이리라.

"애들은 잠들면 아무 것도 몰라. 빨리……."

장 씨가 급한 나머지 바지부터 홀렁 벗어던졌다.

"아이 참~ 애 깨면 어떡하려고 그래."

"어쩌면 이렇게 다를까? 자기 냄새는 너무 좋아. 우리 여편네는 시골 똥냄새 밖에 안 나는데. 이렇게 좀 해봐."

도준 모친은 장롱에 기대 앉아 있었다. 장 씨는 반 양반 다리를 하고 있는 그녀에게 안기듯 긴팔로 허리를 감고 가슴에 입을 대고 있었다. 꼭 갓난아기가 엄마 젖을 빨 듯. 한쪽 구석에는 막내딸이 이불을 어깨까지 덮고 새근새근 숨소리를 내고 있었다. 두 남녀는 서로에게 점점 빠져들기 시작했다. 서로의 입김이 서로의 몸둥아리에 깊게 파고들 때 즈음, 손가락 하나 정도가 들어갈 수 있는 문틈으로 검은색 바가지 머리가 잠시 머물더니 이내 자취를 감추었다.

2012년 11월 1일 두 형사

강남경찰서 강력계 4팀 한쪽 구석에 있는 텔레비전에서 손가락 폭탄에 관한 보도가 방송되고 있었다.

'어제밤 발생한 일명 '손가락 폭탄' 사건 때문에 대중교통을 이용하는 승객들이 불안에 떨고 있습니다. 현장에 나가 있는 이주희 기자를 연결하겠습니다. 이주희 기자.'

'예. 이주희입니다. 저는 지금 지난밤 일명 '손가락 폭탄' 사건이 일어났던 7호선 고속터미널역에 나와 있습니다. 대중교통을 이용하는 대부분의 시민들은 사건이 보도된 후, 혹시 모르는 제2

의 범죄를 두려워하며 마음을 놓지 못하고…….'

"저런 미친 새끼~ 아니 핏물에 잘린 손가락을 넣어서 지하철에 왜 던지는지 모르겠네. 요즘 인간들 할 일도 더럽게 없어. 그렇죠?"

"그래 살다 살다 이런 일은 또 처음이네. 물론 검사를 해봐야 알겠지만 잘려진 손가락이란 물체가 정말 사람 것이라면 끔찍하다 끔찍해."

"분명 사회에 불만이 있는 어떤 사이코패스가 자기를 알아달라고 꾸민 일일 거예요. 사람 손가락 그거 플라스틱 모형으로도 나오잖아요."

이한성은 자기 손가락을 코 위에 얹어 이리저리 돌리며 유심히 관찰을 했다.

"어라! 이렇게 하니까 사팔뜨기가 되네? 히~히."

희죽대던 이한성의 얼굴이 못 볼 것을 봤다는 듯 갑자기 반대편 입구쪽으로 돌아 갔다. 왠지 경찰서와는 어울릴 것 같지 않은 외모의 여자가 환한 미소를 뿌리며 들어오고 있었다. 청바지 차림에 포니테일의 머리를 하고, 노메이크업에 입술만 바른 여자는 편한 캐주얼 차림인데도 불구하고 아이보리 빛깔의 청순함을 자아냈다. 백옥같이 희고 고운 피부에, 숱이 많고 양 옆으로 쭉 뻗은 검은색 눈썹은 강한 인상을 주지만 크고 청아한 눈, 사슴눈과 같이 긴 속눈썹이 적절하게 조합된 그녀는 아름답다라는 말밖에 나오지 않게 했다.

전화를 받고 있던 나태일 팀장은 후광을 달고 들어온 여자와 구면인지 눈짓으로 인사를 했다. 팀장을 지나 박도준과 이한성 쪽으로 걸어 오던 빛나는 여자는 멈춰 서서 둘을 빤히 쳐다보다 금방이라도 울음을 터트릴 것처럼 놀라며 손으로 입을 가렸다.

"서…… 선배!"

멍하니 앉아 빛나는 여자를 멀뚱멀뚱 쳐다보고만 있던 박도준은 먼 기억 속의 그녀가 자기 앞에 있다는 것을 믿지 못하는 듯 상기된 얼굴로 어색하게 그녀를 맞았다.

"지. 원. 엄지원! 여…… 여긴. 왜? 오랜만이네."

한쪽에서 심각하게 통화를 하던 나 팀장이 수화기를 집어 던지듯 끊고 형사들을 집합시켰다.

"야! 다들 모여봐~ 빨리! 큰 거 떴어!"

박도준이 어색한 재회를 잠시나마 피할 수 있겠다는 안도감으로 엄지원 기자에게 말을 건넸다.

"잠시만, 지원아. 미안!"

첫 번째 사건 (Y)

분홍색 쿠션, 곰인형, 친구들끼리 찍은 사진, 수많은 화장품과 향수들은 그 공간이 젊은 여자의 방이라는 것을 알 수 있게 했다. 침대 시트 모서리 부분에는 살인 사건임을 짐작케 하는 검붉은 핏자국이 있었다. 침대 가운데 부분에 붉은색이라기보다 검은색이라는 표현이 더 어울릴 것 같은 짙은 피가 뭉쳐 있었고, 그것은 고급 침대 시트에 드라마틱하게 스며들어 번져 있었다. 와인색 매니큐어가 피에 덮여 더욱 진하게 느껴지는 여자의 오른발은 매트리스 면에 살짝 닿아 있었다. 다리 안쪽에는 위에서 흘러내린 핏자국이 권위있는 화가가 직접 살색 도화지에 그린 것처럼 선명히 일정한 폭의 굵은 선을 낸 채 굳어 있었다. 어디에 눈을 둘 줄 몰라 하던 두 형사는 꼭 약속이라도 한 듯 침대 매트에서 발로, 발에서 종아리로 종아리에서 무릎으로 눈동자를 옮기고 있었다. 그리고 상체로 옮겨진 눈동자가 잠시 파르르 떨리며 믿을 수 없다는 듯 입을 벌렸다. 꼭 루이 13세가 자신의 정부와 정사를 즐겼을 것 같은, 4개의 기둥이 유난히 두꺼워 보이는 엔틱 캐노피 침대 가운데에 여자가 콜라병처럼 절묘하게 매달려 있었다.

"이런. 처음이네. 이런 거. 무슨 예술 작품 같기도 하고."

박도준이 놀람과 감탄이 교차하는 탄성 섞인 독백을 했다.

"도준 선배! 어떤 야동에도 이 정도 몸매는 안 나옵니다. 예술이네요!"

여인은 나체 상태로 팔은 양쪽이 묶여서 왼쪽, 오른쪽 기둥에 걸려 있고, 양팔부터 가슴 안쪽으로 깊숙하게 파인 칼자국은 길게 이어져 두꺼운 선을 그리고 있었으며 그곳에서 출혈이 심했다는 것을 알 수 있었다. 성형외과에서 양산한 것 같은 가슴은 정상적인 여성보다 크고 부자연스럽게 탱탱해 보였고, 깊게 파인 계곡 양옆의 산은 똑같은 균형을 이루고 있었다. 머리는 앞으로 축 늘어져 있고 머리카락이 흘러내려와 앞에서는 얼굴이 조금밖에 보이지 않았지만 턱 밑의 흰색 테이프는 입을 막아 놓았음을 알 수 있었다. 기둥에 묶인 로프는 팔을 당기기 위해 일부러 연결해 놓은 것이며, 팔목과 로프는 사체를 지탱할 수 있을 정도의 철사로 연결되어 있었다. 사(死)인은 철사가 단단하게 조여진 손목의 몸무게를 버티지 못해 파고들어가 동맥을 끊은 것이라고 박도준은 생각했다. 왼쪽 새끼손가락의 첫마디는 날카로운 기구에 의해 한 번에 잘린 것 같이 깨끗했으며, 조그만 그 물체는 시체 주위 그 어느 곳에도 없었다.

'탁!'

"야! 여기가 뭔 미술관인지 알어?! 일들 해. 일!"

나태일 팀장이 이한성의 머리를 때리며 넋이 나간 두 형사를 꾸짖었다.

"잠깐! 손가락. 어제 고속터미널 그 손가락도 잘린 거라며."

슬그머니 일어난 박도준이 팔짱을 끼며 고개를 숙였다.

대중교통의 수단과 개인교통 수단이 뒤엉켜 혼잡함을 자아내는 평일 출근시간, 문이 열려 있는 택시 뒷자리에 하이힐을 신은 미끈한 다리 하나가 불쑥 나와 있었다. 계산을 끝마친 여성은 오른쪽 다리에 힘을 주어 택시에서 머리를 빼내고 꼭 없을 것만 같았던 다른 한쪽의 다리를 이용해 상체를 꼿꼿이 세웠다. 드라이를 끝내지 못한 듯한 까만색 머리를 길게 풀고 가슴이 살짝 파인 원피스를 입은 여자는 상체가 상대적으로 풍만해 보였다.

"아가씨. 여기!"

"아저씨! 됐어요. 잔돈."

택시와의 용무는 이것으로 끝이라는 단호한 표현은 문을 매몰차게 닫는 것으로 대신했다. 여자가 어깨에 맨 숄더백에 지갑을 넣으려고 하는 순간, 손에 들고 있던 휴대전화와 지갑이 동시에 떨어졌다. 건물 앞에서 안내를 하는 다소 젊은 경비업체의 직원은 쪼그려 앉아 지갑을 줍는 여자의 풍만한 상체로 눈이 돌아갔다.

"뭘 봐? 아저씨!"

남자의 시선이 여자의 상체에 머무르기도 전에 여자는 도도하고 카랑카랑한 목소리로 남자를 향해 쏘아 붙였다. 당황한 남자는 언제 그랬냐는 듯 임무에 충실한 사람처럼 출근하는 다른 사람들을 보며 넙죽넙죽 인사를 했다.

"좋은 아침입니다! 안녕하세요!"

지갑과 휴대전화를 챙겨 넣은 여자는 벌떡 일어나 정문(회전문)을 통과하여 닫히고 있는 엘리베이터를 향해 뛰어갔다. 문이 닫히기 바로 직전 호들갑을 떨고 있던 여자는 제발 엘리베이터 안에 부장만 없게 해달라고 마음속으로 십자가를 그리며 자주 사용하던 방식으로 미끈한 다리를 문 안쪽으로 '쏙' 집어넣었다. 문 안쪽 가장 앞부분에 타고 있던 남자는 갑자기 들어온 미끈한 다리에 어쩔 줄 몰라하며 반사적으로 두 다리를 벌려 기마자세를 취했다. 불쑥 들어온 다리가 차분하게 문 밖으로 사라지자 엘리베이터 문이 스르륵 소리를 내며 열렸다. 중년의 남자는 안도의 한숨을 쉬며 옷매무새를 다졌다.

"흠. 어험!"

문이 다시 서서히 열리자 여자는 꼭 스타가 된 기분이었다. 하지만 콘서트는 실패했다. 빼곡히 채워져 있는 관중의 분위기가 심상치 않았다. 여자의 눈에 가장 먼저 들어온 사람은 얼굴이 새빨갛게 상기되어 있던 중년의 남성이었다.

"사…… 사장님. 죄송합니다."

고개를 푹 숙이고 엘리베이터에 안착한 여자는 10층까지 올라오는 데 10년은 걸린 것 같이 지루하고 길었다. 엘리베이터 안에서는 침이 넘어가는 소리를 제외하고 아무런 소리도 들리지 않았다.

"장성희! 너 오늘 또 지각이다! 1분 25초!" 장성우 차장이 손목에 차고 있는 금빛시계를 뚫어져라 쳐다보며 말했다.

"밤마다 뭐하는지 몰라. 야~ 동준아! 쟤 밤마다 뭐하는지 좀 알아 봐라. "성희 대리님~ 오늘은 1분으로 봐 준다. 다시는 지각하지 마!"

그렇게 그들은 또 하루의 아침과 만나고 있었다.

각자 흩어져 있던 점심시간이 지나고 글로벌 로지스틱스 영업 1부 사람들은 푸른빛 프로젝터 광선에 집중하고 있었다. 이동준은 빨간색 포인터로 프레젠테이션 자료를 이 곳 저 곳 짚으며 앞에 앉아 있는 고객이 충분히 이해할 수 있도록 설명하고 있었다. 발표를 하고 있는 이동준의 모습은 일에서는 누구한테도 지지 않겠다는 듯 프로다운 모습을 보여 주고 있었다.

"이상으로 발표를 마치도록 하겠습니다."

한쪽에서 노트북으로 프레젠테이션을 시연하던 오한수는 이동준의 발표가 끝나자마자 앞쪽에 내려져있던 엘이디(LED) 등 스위치를 올렸다.

"예. 그럼 충분히 고려해 보시고 연락 주시기 바랍니다. 광저우 쪽은 저희 지사와 실력있는 파트너도 있으니."

발표가 끝나자 고객과의 협상은 장성우 차장이 나서서 진행했다.

"저희 쪽 자료는 장 차장님 이메일로 보내 드리겠습니다."

"예. 그렇게 하시죠."

"어! 이메일이 카이사르(Kaiser)네요. 왔노라, 보았노라, 이겼노라. 하하. 자신감이 대단하신 것 같아요."

"남 부장님은 아는 것도 많으시네요. 하하. 제왕절개술이라는 말도 카이사르 때문에 생긴 말이지요. 또 전장에서는 최고의 전술가이기도 했죠."

이동준 과장이 예약한 회식 장소는 회사 근처 고깃집이었다. 한쪽 편에 마련되어 있는 뺑 트인 룸의 입구는 마켓에 온 것처럼 다양한 신발들로 줄지어 채워져 있었다. 회식 장소에 가장 늦게 도착한 오한수는 신발을 끼워 놓을 자리가 없어 그냥 바닥에 둘까 아니면 안으로 가지고 들어 갈까 고민 중이었다.

"오한수! 빨리 안 들어오고 뭐해?"

장 차장의 부름에 오한수는 한쪽 귀퉁이에 신발 한 짝만 들어갈 수 있는 공간을 만들어 아래 위로 한 짝씩 끼워 놓고 시끌벅적한 방안으로 들어 갔다.

방안에는 진 부장을 비롯한 8명의 팀원이 하나같이 양반 다리를 하고 앉아 식탁 중앙에서 잘 익고 있는 고기들을 바라보고 있었다.

"자. 한잔씩들 하자고."

진 부장이 잔을 들어 팀원들을 부추겼다. 빠듯한 예산이 초과되기라도 하면 부장인 자기의 호주머니에서 생돈이 나가는 것을 잘 아는 진 부장은 빈속에 소주를 먼저 채워 넣으면 안주가 절약된다는 얄팍한 수를 쓰고 있었다. 항상 부장과 가장 멀리 떨어져 앉는 이동준은 오늘도 앞에 자리를 튼 장성희 대리에게 버릇처럼 끈적거리는 추파를 날리고 있었다.

"성희 대리는 매일 밤마다 뭐하는지 모르겠어~ 아침마다 지각이나 하고 말이야."

"신경 끄셔! 남이 밤마다 뭐 하건 말건! 사돈이 남말하고 있네. 지각 일등은 이 과장님 아닌가요?"

"내가 그렇다고 매일 젖은 머리로 출근을 하진 않지. 하하."

멋쩍은 이동준은 장 대리에게 팔을 쭉 뻗어 한잔하자는 애교를 부렸다. 이동준을 살짝 째려본 장성희도 투명한 술잔을 들어 올렸다. 언제나 그랬냐는 듯 둘은 동시에 술잔을 비우고 내려놓았다.

"캬! 좋다! 난 장 대리랑 술 마실 때가 가장 맛있더라."

"그런데 장 대리 집이 회사에서 가깝지? 언니랑 둘이 산다고 하던데."

"이 과장님! 술이나 드세요. 남 사생활에 신경 끄시고!"

"나 주말에 시간 많은데. 내가 집 앞으로 모시러 갈까?

"동준 씨! 지렁이 점프하는 소리하지 말고 술이나 드셔. 왜 내가 한잔 말아줘?"

이동준이 장 대리에게 작업을 건 지도 벌써 1년이 다 되어갔다. 술로 한번 덤벼보려 해도 항상 KO패! 입사 이래로 장 대리가 술에 취한 건 한 번도 못 봤다.

'탁!'

"자! 여기!"

장성희 대리가 능수능란하게 제조한 소맥을 이동준 앞에 내려놓는다.

"비싸. 장 대리는 너무 비싸. 오늘도 취하겠구먼. 에잇!"

이동준은 체념한 듯 앞에 놓인 소맥을 벌컥벌컥 들이켰다. 부장이 있는 옆 테이블에는 이은정이 고기를 굽고 있었다. 이은정은 다른 일이 있는지 초조해하며 부장이 권하는 술잔에 입만 살짝 갖다대고 내려놓았다. 평소 이은정에게 관심이 있는 오한수는 마음속으로 '세상에 저런 여신은 없을 거야'라고 생각하며 어떻게 말을 걸어야 하나 고민하고 있었다. 오한수가 양옆 눈치를 보며 옆에 있는 이은정에게 술잔을 권했다.

"은정씨! 한잔해요. 회사 생활 힘들죠? 제가 많이 도와 주지도 못하고. 정말 죄송해요. 제가 낼…….""

"주목! 주목! 부장님 한 말씀 하신다!"

장성우 차장이 시끄러운 지방방송을 단번에 꺼버렸다.

"허! 음! 자 이제 2012년도 얼마 남지 않았습니다. 벌써 4분기를 지나고 있고 아직도 경기는 살아날 기미를 보이지 않고."

장성우 차장이 앉자마자 부장이 술잔을 들고 레퍼토리가 똑같은 연설을 늘어 놓을 때, 식탁 밑으로 감추고 있던 이은정의 휴대

전화가 '징징' 떨기 시작했다. 화면에 표시된 발신자는 '왕언니'
였다.

"자~ 거두절미하고 우리 '나가자' 한 번 하지 뭐!"

"나가자!"

팀원들은 나라와 가족과 조국을 위해서라는 뜻의 '나가자' 구호
를 들을 때마다 지겨워 죽을 지경이었지만 오랜만에 기분이 좋아
진 부장을 안쓰러워하며 마지못해 이구동성으로 맞장구를 쳤다.

"나가자!"

지상과 지하 사이

밤거리의 네온사인이 한층 더 화려하게 뿌려지고 있는 유흥가
중심, 겹겹이 뿌려진 지라시를 밟고 바쁜 걸음으로 어디론가 가고
있는 이은정의 뒷모습이 보였다. 휴대전화를 확인하느라 다시 천
천히 걷던 이은정은 불안한 듯 이리저리 고개를 돌리며 '기인'이
란 비교적 고급스러운 네온사인 간판 앞에 조심스럽게 멈춰 섰다.

"왜 이렇게 늦었어~ 아까부터 너 아니면 안 된다고 계속 기다
리고 있어. 저번 주에 그 손님 있잖아. 매너 좋고."

"미안해~ 언니. 일이 좀 있었어."

"옷 갈아 입고 빨리 들어가! 오늘은 실수하지 말고."

"알았어. 언니~ 미안해."

마담 언니와 8시 30분까지 출근을 약속한 이은정은 오늘 있었
던 회식 때문에 1시간 반이나 늦은 상태다. 다행히 회식 장소가

'기인'과 멀지 않아 그나마 시간은 줄일 수 있었다. 대기실로 들어가면서 쓰고 있던 뿔테 안경과 대학생처럼 지그시 동여맨 머리를 풀어 헤쳤다. 5분 남짓한 시간으로 '미녀는 괴로워'의 뚱보 '한나'가 신이 내려준 미모의 '제니'로 변신하듯, 지상의 이은정이 지하에서는 누구도 알아볼 수 없을 정도의 맵시를 자랑하는 퀸카 중의 퀸카로 변신했다. 이은정이 유일하게 부모님께 감사하는 부분도 막강한 하드웨어를 물려주신 것이다. 그 빼어난 미모는 지하실 동료들의 성형수술률을 충분히 낮추어 주고 있으며, '기인'이라는 강남에서 가장 잘나간다는 텐프로에서도 이은정을 받아들일 수밖에 없는 이유도, 그 매혹적인 자연미인의 자태 때문이었다. 169센티미터의 키에 길게 뻗은 종아리, 틈틈이 조깅으로 단련된 허벅지, 잘록한 허리, 풍만한 가슴, '한일'자를 연상하게 하는 쇄골과 머리와 상체를 연결하는 브릿지의 선은 마치 호수 위에 떠있는 백조를 연상케 했다. 엷은 메이크업에도 불구하고 초선, 왕소군, 양귀비, 서시의 얼굴을 합해 놓은 듯한 완벽한 미모는 경국지색이 따로 없음을 믿어 의심치 않게 했다.

"우와!! 역시 역시!"

화용월태의 여인이 마담의 뒤를 따라 손님들이 기다리고 있는 방으로 들어가자 방 안에 있는 세 명의 중년들은 상기된 얼굴로 탄성을 질렀다.

"오!! 우리 애기 왔네~. 야~ 왜 이렇게 늦었어. 눈 빠지는 줄 알았네."

"죄송해요. 일이 좀 있었어요."

"야~ 이 대표! 그렇게 기다리던 애가 저 애야? 기다린 보람이 있구먼. 어이! 애기씨 우리 한 시간이나 기다렸어. 이런 적 처음이라고! 이름은?"

"초. 초선이라고 해요."

"초선? 여포, 동탁의 비운녀 그 초선? 야. 어울린다. 어울려!"

"야~ 철수야 살살해라. 내가 저 아이 찍었다니까!"

"어허! 천하에 이영훈이 여자를 찍을 때가 다 있어? 흐흐 좋긴 좋은가 보군. 왜 만리장성이라도 쌓을 건가 보지?"

마담이 먼저 소파 쪽으로 다가와 옆에 꾸어다 놓은 보릿자루처럼 앉아 있는 여자들의 삐죽거리는 입을 보고 분위기를 돌린다.

"아이. 참! 사장님들도. 파트너들 챙기세요. 얘네들도 우리 가게에서 안 빠지는 애들이에요."

"그래. 그래. 나 참 그놈들 말 많네. 술이나 한잔 하자……."

긴장감이 돌고 있는 경찰서 회의실, 금연령이 내려진 지 벌써 몇 년 되었지만 야간근무 시간에는 스트레스를 푼다는 핑계로 매연 속 근무가 불가피했다. 벌써 세 대째 줄담배를 피우고 있는 나태일 팀장.

"이놈은 구멍가게 하는 놈이고, 이놈은 디자이너고, 이놈은 지하실, 뭐야! 이거 '이사' 음. 양아치가 분명하고."

"어떻게 아세요? 지하실인지?"

"야! 그럼 금딱지 명함에 '이사'라고 적혀 있으면 룸살롱이지 어디냐? 쯧쯧. 감이 없어. 감이! 어? 배상두?"

"어 선배! 그 새끼 아네요? 자칭 전라도 전통 건달이라는."

원룸 피살자 지갑에서는 주민등록증, 운전면허증, 수많은 쿠폰, 그리고 상당수의 명함이 나왔다. 단 한 장의 성형외과 매니저 명함을 빼고 모두 남자들 명함이었다. 박도준이 여러 가지를 고려하여 명함을 분리하고 이한성은 옆에서 거들고 있었다. 나태일 팀장이 반쯤 피우다 남겨놓은 꽁초에 다시 불을 붙였다.

"아이! 좀! 담배 좀 그만 피워요!"

"나 참. 진급 발표가 코 앞인데."

나태일 팀장은 한숨을 푹 쉬며 혼잣말을 했다.

"이 놈은 물류회사 과장이고 어! 여기 성희 다니는 그 회사 아니냐?"

"네? 어디 봐요. 어? 맞네요! 지로직!"

"어? 이 새끼는 변호사네? 아! 이 여자 도대체 뭐하는 여자야? 패턴이 없네. 패턴이. 닥치는 대로 만나는구먼!"

"이 인간들 한번 훑으려면 시간 꽤나 걸리겠네요. 그렇죠. 선배?"

"야! 그 지하실 새끼부터 만나. 그 다음엔 디자이너. 원래 그런 놈들이 변태인 경우가 많아. 지저분한 새끼들! 한성아! 직원들 다 들어오라고 해."

"네! 팀장님."

밖으로 나간 이한성이 허공에 대고 소리를 질렀다. 사람을 부르는 목소리 톤으로는 부적합하다고 박도준은 생각했다.

"김 형사님! 조 형사님! 다 들어오시래요!"

"우리 팀장님! 이제야 정신이 들어오셨구먼!"

방 안에 있는 박도준이 팀장을 약올리듯 얘기했다.

"팀장님! 원래 많이 배운 놈들이 더 한다고요. 뭘 좀 아셔야지! 나이 드시니까 이제 감도 없으셔. 감각! 그거 중요한 건데 말이야."

의자를 뒤로 젖힌 박도준은 책상 위에 두 다리를 얹어놓았다.

"저! 저 새끼. 또 개기네. 또 개겨. 야! 빨리 안 나가?"

나 팀장이 앞에 있던 서류를 돌돌 말아 박도준의 머리를 치려고 했다.

"아니! 애들 부를 때는 언제고 또 처 나가래?"

"야! 박도준! 너 상황보고 개겨라!"

박도준이 의자에서 벌떡 일어나 어슬렁어슬렁 발걸음을 옮기기 시작했다. 이한성이 불러온 조 형사, 김 형사가 회의실 안으로 들어오는 중, 나태일 팀장은 들고 있던 볼펜을 박도준 머리를 겨냥하여 던졌다.

'쉭~~'

속으로 숫자를 세고 있던 박도준은 뒤로 돌자마자 팀장이 던진 볼펜을 정확하게 잡았다.

"히히. 잘 쓸게요!"

"저! 저 새끼. 너! 다음엔 재떨이 던진다. 뒤통수 조심해!"

팀장을 제외한 네 명의 형사가 경찰서 입구를 빠져 나갈 즈음, 특종에 목이 마른 엄지원 기자와 마주쳤다.

"지원아 이렇게 늦게 웬 일이야?"

"어! 선배! 국장이 요즘 많이 쪼아서. 뭐라도 물고 오래. 역사는 밤에 이루어진다나 뭐라나."

“밥은 먹었어?”

“몇 신데 지금. 밥은 먹었고, 음. 선배. 소주 한잔 할까?”

옆에서 주머니에 손을 넣고 먼산을 바라보며 눈치만 보고 있던 이한성은 나머지 두 형사를 데리고 자리를 비켜준다.

“도준 선배! 저희들 먼저 갈게요. 자 갑시다!”

“야 이 형사! 어디가! 히히. 바.바쁜가봐.”

박도준이 엄 기자의 얼굴을 보고 멋쩍은 듯 말했다.

“바쁘면 나중에 할까?”

“아니야. 가자! 요 앞에 대창 잘하는 집 있어. 너 좋아하잖아.”

드럼통에 알루미늄 목도리를 한 식탁 위에는 소주 2병과 맥주 4병이 가지런히 놓여 있었다.

“우리 옛날에 대창, 막창, 양 뭐 이런 내장들을 왜 그렇게 좋아 했었나 몰라? 지금은 가격도 엄청 올랐어. 그렇지?”

술 마시는 것에다 내장들을 굽는 데 더 정신이 빠져 있는 박도 준은 엄지원의 줄지 않은 주량에 점점 위기감을 느끼고 있었다.

엄지원이 소주가 조금 담겨 있는 맥주컵에 맥주를 적당히 붓고, 젓가락을 입으로 빤 뒤 엑스자로 유리컵 바닥에 ‘딱’ 소리를 내며 내리꽂자 깊은 탄산이 거품을 만들며 수면 위로 올라왔다.

“자! 선배! 선물이야. 요즈음은 이러고 논다. 이거 이름이 엑스 칼리버 주래. 히히.”

“그럼 난 아더왕이야? 하하. 너 옛날엔 막걸리로 이러고 놀더니 여전하구나!”

"우리 다시 만난 내 첫 선물! 신나지? 선배?"

"지원아 나 봐주면 안 될까? 나 알잖아. 폭탄주 한 잔만 마셔도 기절하는 거."

"치. 진짜 이러기야? 여기 쌓여 있는 술 내가 거의 다 마셨거든?"

박도준이 한가득 들어 있는 맥주잔을 만지작거렸다. 그리고 이내 결심을 했는지 벌컥벌컥 마시기 시작했다.

'카!~'

"선배~ 여자친구 있어요? 결혼 안 해?"

"결혼은 무슨? 내 친구들이 '우리 결혼했어요'로 시작해서 거의 '사랑과 전쟁'으로 끝나는 거 보고 질려서 못해. 무슨 부귀영화를 누리겠다고. 그냥 일이나 열심히 하려고."

엄지원은 곰곰이 생각에 잠긴 듯 자기 맥주잔에 젓가락을 넣고 '휘휘' 저으며 회오리가 일어나는 모양을 지켜보고 있었다.

"선배. 왜 그랬어? 우리. 우리~ 너무 좋아했잖아. 갑자기 그렇게 사라진 이유가 혹시 나, 나 때문이야?"

술잔을 주시하던 엄지원은 인기척이 없자 앞을 바라봤다.

"선배? 선배!"

박도준을 부축한 엄지원이 힘에 겨운 나머지 도로 한복판에서 왼쪽 오른쪽으로 왔다갔다하고 있었다. 박도준은 술에 흠뻑 취해 음정 박자 다 무시하고 자기의 십팔번을 고래고래 부르고 있었다.

"기운 센! 천하장사! 무쇠로 만든."

'꺼억!'

"선배! 정신 좀 차려. 이러다 넘어지겠다. 어. 어……."

앞에 있는 블럭에 걸려 발을 헛디딘 박도준이 넘어지는 무게 때문에 엄지원의 몸도 한 방향으로 치우쳤다. 하나가 된 둘은 이내 차가운 아스팔트와 어색한 만남을 가졌다. 그때 박도준 점퍼 안쪽에 들어 있던 지갑이 빠져나와 양옆으로 벌어졌다.

"어휴! 진짜 변한 거 하나도 없네."

박도준을 한 손으로 잡고 옆에 떨어져 있는 지갑을 줍는 순간, 엄지원은 지갑 안쪽 면에 끼워져 있는 사진을 발견했다. 그 사진은 예전에 단둘이 청평에 놀러가서 촛불을 켜놓고 같이 찍었던 사진이었다. 두 사람의 모습은 세상을 다 얻은 것 같은 행복한 모습이었다. 엄지원은 자기가 박도준을 가슴에 묻은 것처럼 박도준도 엄지원을 가슴에 묻고 살고 있었다는 것을 그때 깨달았다.

"선배……."

엄지원의 눈망울에 이슬이 맺혔다.

'후루룩. 쩝쩝. 후루룩.'

박도준과 엄지원의 재회가 과연 아름다울까?라는 생각을 하던 이한성은 동료들을 뒤로한 채 장성희의 집으로 왔다.

"야. 역시 라면은 장성희표 라면이다! 장성희표 장성탕면!"

냉장고에서 꺼낸 커다란 김치통 뚜껑을 열던 장성희는 입을 삐죽거렸다. 이한성이 라면을 좋아하는 것이 못마땅했기 때문이었다.

"오빤 맨날 라면이야. 그것도 야밤에."

‘후~후~ 후루룩.’

“한끼 떼우기 좋잖아. 그리고 자기 라면은 세상에서 최고야! 히히. 원래 라면은 야밤에 먹는 거야. 얼마나 좋아! 야밤에 야시시한 자기도 보고.”

이한성은 라면을 몇 개라도 먹어치울 기세였다. 라면 냄비에 세수라도 할 것처럼 얼굴을 묻고 엄지손가락을 위로 쭉 올렸다.

“오빠 잘 먹는 거 보니까 나도 먹고 싶다.”

“그럼 하나 더 끓여. 나 두 개는 더 먹을 수 있겠다. 히히.”

“배 나와. 그만 드셔. 벌써 두 개째야. 그나저나 요즘 나도 배 나와서 죽겠어.”

직장에서는 지나가는 참새도 떨어뜨릴 만큼 칼바람을 일으키던 장성희도 사랑하는 남자 이한성 앞에서는 천상 여자로 변해 버린다.

“그럼 다시 운동하지 그래? 올림픽 양궁 은메달리스트가 배가 나오면 되나!”

“그럴까? 그런데 오빠 양궁하는 애들 다 배 많이 나왔어. 배 없으면 팔심도 없거든. 그거에 비하면 난 워낙 타고난 게 좋잖아? 양궁계의 슈퍼급 모델. 인정하지?”

장성희가 김치통 뚜껑을 내려놓고 허리춤에 손을 올려 수줍은 포즈를 취해 보였다.

“그래~~? 슈퍼헤비급 모델이지. 하하.”

“오빠는~ 나 아직 괜찮아. 나한테 들이대는 애들 많단 말이야.”

라면을 먹던 이한성이 갑자기 일어나더니 활이 진열된 쪽으로 걸어갔다.

"그렇게 힘든 거라 이거지?"

벽에 걸려있는 활을 꺼낸 이한성이 활시위를 '탁탁' 두 번 튕기더니 양궁 선수들의 포즈로 활시위를 당겼다.

"이렇게…… 맞지? 어허. 이거 되게 힘드네. 장난 아닌데!"

"오빠! 거꾸로거든!"

"야. 이거 못하겠는데? 손이 다 떨린다."

낑낑대며 들고 있던 활을 다시 벽에 걸어놓은 이한성은 식탁으로 돌아와 다시 라면에 집중했다. 무릎을 가슴까지 올리고 양팔로 안아 앉은 장성희는 계속되는 '후루룩' 소리가 신기하다는 듯 고개를 옆으로 30도 정도 돌리고 멍하니 이한성을 쳐다보고 있었다.

"오빠 나 병원에 좀 데려다 줘라. 언니가 요즘 잠을 많이 설쳐서 가봐야 할 것 같아."

"병원? 또 거기서 자게? 또 지각하려고? 그냥 집에서 자지."

경찰서 출입을 자유자제로 할 수 있는 직업은 우유 배달원, 신문 배달원, 그리고 도우미 아주머니다. 오늘은 도우미 아주머니보다 우유 배달 아주머니가 조금 일찍 출근부에 도장을 찍었다. 아주머니가 두리번거리며 책상에 우유를 하나씩 하나씩 바쁘게 놓고 있었다. 우유를 다 돌린 아주머니가 일을 마치고 밖으로 나가려고 하는 순간, 소파에 대자로 뻗은 박도준과 오묘하게 엉켜 있는 엄지원을 발견했다.

"쯧쯧. 젊은애들이 여관비도 없나? 사랑이 뭔지. 좋~을 때다."

휘파람을 불며 기분 좋은 출근을 하고 있는 이한성이 아주머니에게 꾸벅 인사를 하며 사무실 안으로 들어왔다.

"일찍 나오셨네요! 아주머니!"

"아. 네~ 안녕하세요?"

소파를 쳐다보고 있던 아주머니는 급하게 인사를 받고 이한성과 어색한 눈빛을 교환하며 눈동자에 들어 있던 한폭의 사진을 그대로 이한성에게 넘겨 주었다.

"나 참! 결국. 이렇게 됐군. 또 다른 시련이 오는구먼!"

머리를 소파 양끝 팔걸이에 불편하게 올려놓은 두 사람은 아침 햇살이 질투할 정도로 다정하게 숙면을 취하고 있었다. 대자로 뻗은 박도준의 왼쪽 편에 엄지원이 몸의 날을 새워 누워있었고, 박도준은 그의 가슴에 올라와 있는 엄지원의 오른발을 사랑스럽게 꼭 잡고 있었다.

'찰칵'

"증거는 항상 남는 법! 점심 맛있는 거 먹어야겠다."

변호사 사무실 간판이 보이는 도로 앞, 이한성이 용의자 선상에 오른 변호사에게 전화를 하고 있었다.

"예~ 강력계 이한성 형사입니다. 시간되시면 잠시 뵈었으면 하는데. 그쪽으로 저희가 올라가는 게 불편하시면 잠시 나오시죠."

"예? 강력계~요? 무슨 일이시지요?"

"양신애 씨 아시죠? 모르시면 사진을 송부해 드릴 수도 있습니다."

"……"

"여보세요? 장 변호사님?"

"5분만 기다려 주세요. 금방 나가겠습니다."

"선배! 곧 내려온대요. 근데. 맨발이던데 발 냄새는 안 나던가요?"

"……"

"하하~~ 그렇게 사랑하는 사이인지 몰랐어요. 뭐! 발 냄새 정도야."

"너 사진 안 지우면 체포할 수도 있어……."

조수석 의자를 뒤로 젖힌 박도준은 눈을 감고 어제 있었던 일과 오고간 얘기들을 하나하나 복기하고 있었다.

"선배! 오늘 점심 닭도리탕이나 먹죠? 제가 잘 아는 집 있는데."

"넌 묵비권을 행사할 수 있다."

차 앞유리에 발을 얹어놓은 박도준이 정면을 보고 발을 꼼지락거렸다.

"싫으면 말고. 요즘 인터넷에 올리면 잘 나가는 연예인도 어쩔 수 없다든데."

"야! 너! 오늘 죽는다! 어디서 협박질이야!"

박도준이 퍼져 있던 몸을 일으켜 날렵하게 이한성의 목을 잡고 뒤흔들었다.

"켁! 선배! 잠깐. 알았어. 지울게 지운다고! 잠깐. 저기 변호사 나오는 것 같은데. 켁."

40대 초반의 나이, 덩치는 딱 강호동만 한데 얼굴은 샤이니 민호를 닮은 것 같은 귀여운 이미지다. 탁자 위에 올려진 양신애 사진을 조심스럽게 들어 세심하게 살펴보는 장 변호사는 목이 타는지 사진을 내려놓고 앞에 있는 물잔을 들었다. 빨개진 얼굴, 불안한 눈빛 그리고 왼쪽 다리를 조금 떨고 있었다.

"아니! 그냥 나이트에서 만나 연락 몇 번 하고 데이트 한 번 했을 뿐이에요."

"아니! 저희가 뭐라 했나요? 처자식이 있는 분이 나이트에서 만난 여자랑 데이트를 했다. 뭐 사생활이니까."

"형사님들~ 이건 엄연한 사생활 침해입니다. 제가 사생활까지 말씀드려야 됩니까?

"살인 사건입니다!"

한껏 무게를 잡고 담배를 피우던 박도준이 대화 진행이 안 될 것 같은지 레프트 훅을 한 방 날렸다.

"네? 살인이요? 에이~ 정말 돌아버리겠네……."

"당신 부인 중학교 선생님이시던데? 그것도 윤리 선생님. 맞죠?"

비협조적인 반응을 보이던 장 변호사는 부인 얘기가 나오자 태도가 180도로 변하면서 테이블 가까이 다가왔다. 박도준은 다음 카드로 장 변호사의 부친이 모 교회의 장로라는 것을 써먹을 작정이었다.

"박도준 형사! 우리는 동종업계니까 반대급부적인 관점에서 말씀 드리지요. 그러니까 말입니다."

검은색 정장에 흰 와이셔츠를 입고 흰색 뾰족구두를 신은 촌티

나는 남자가 화장실 거울을 보고 이리저리 머리를 만지고 있었다.
양손 엄지손가락과 집게손가락을 입에 대고 침을 묻힌 후 구렛나
루 끝을 쭉 잡아당겨 머리 손질을 마무리했다.

"어. 왔어? 형님도?"

"예 오셨습니다."

까치는 급히 배상두가 있는 룸으로 향했다. 룸 안으로 들어가자
다리를 꼬고 앉아 있는 배상두 앞 테이블 건너편에 이은정이 뻘쭘
하게 서 있었다.

"형님 나오셨습니까!"

허리를 구십도로 굽혀 깍듯이 인사를 하는 까치는 '기인'의 뒤
를 봐주는 배상두 수하였다. 까치는 배상두 모르게 여러 가지 불
법적인 사업을 진행하고 있고, 그 자금을 바탕으로 세력도 제법
넓혀놓은 상태였다. 배상두와 까치는 고향 선후배 사이로 15년 전
같이 상경하여 동고동락한 사이였다. 까치는 배상두가 자기 은인
인지는 알고 있었으나, 불법적으로 돈이 되는 사업을 못하게 하
는 배상두를 어떻게 해야 하나 항상 고민하고 있었다.

"우리 은정이. 그 년 참 예쁘네, 일은 잘 되고? 오빠가 과자 좀
사줄까?"

"일은 잘 되고 있어요. 항상 도와주서서 감사해요."

"감사하면 감사하는 대로 보답을 좀 해야 하는 거 아니냐? 은정
아?"

인사를 마친 까치가 배상두의 옆에 앉으려다 대화에 끼어들어
이은정의 어깨를 잡아 살며시 눌러 소파에 앉혔다.

"놓고 말해!"

"됐어. 까치야. 뭐 얼마나 지났다고……."

"형님! 공과 사는 구별해야죠. 벌써 일 년이 지났다고요. 그쪽에서도 선불 준 것 언제 주냐고 만날 때마다 얘기합니다."

"야! 이은정! 너 얼굴 작살나고 싶어?"

까치가 이은정의 턱을 잡고 얼굴을 위로 올리며 협박을 했다.

"너 돈 벌어서 다 어디다 쓰는 거야? 도대체! 사채며! 선불 받은 거며 다 언제 갚을 거냐고!"

까치가 오른손을 들어 이은정을 때리려고 하는 순간 배상두가 까치를 진정시킨다.

"야! 까치야! 뭐하는 거야? 은정이 얼굴에 상처나면 우리 매출 뭣 되는 거 몰라? 그 손 안 치워?"

"형님! 형님이 매일 그렇게 오냐오냐 하니까 이 년이 이렇게 삐딱하게 구는 겁니다!"

"됐고! 은정아 다음 달까지만 좀 보자. 내가 그쪽에도 얘기할 테니 다음 달에는 좀 노력해보자! 알겠지?"

"예. 배사장님. 감사해요."

박도준은 온종일 용의자들과의 만남, 탐문 수사, 끊이지 않는 전화통화 등에 시달렸다. 형사라는 직업을 선택한 것에 대해서 후회한 적이 없는 그이지만, 가끔 죽을 것처럼 힘들 때면 다음 세상에서는 공부를 좀 더 열심히 하거나 재벌가의 막내아들로 태어났으면 하는 생각을 해보기도 했다. 두 형사는 스트레스를 뒤집어 쓴 몸을 이끌고 오늘의 마지막 용의자 '배상두'를 만나러 가기 위해 차에 올랐다.

"아~나~ 배고파 죽겠네. 점심에 들어간 국수는 이미 태평양을 건넜고. 닭도리탕이 그립네. 그리워~"

운전대를 잡은 이한성은 닭도리탕 대신 국수로 때운 박도준에게 계속 투덜대고 있었다.

"야~ 그 국수집 강남에서 최고인 거 알지? 고맙다고 생각해."

"그런데 선배님~ 좀 이상하죠? 그 변호사 새끼 당황하는 게 말이에요. 그렇죠?"

구멍난 양말을 신고 엄지발가락을 꼼지락거리며 담배 연기를 길게 내뿜는 박도준이 발을 차창 앞에 얹어놓았다.

"글쎄~ 음~ 좀 냄새가 나긴 하는데."

"생각을 해봐~ 헤픈 여자가 돈 많은 남자 좋아하는 건 당연한 거 아냐? 그냥 만날 수도 있는 거지 뭐. 유부남 만나면 뻔한 거고."

'기인'에 도착한 두 형사는 가게 옆에 차를 버리듯이 주차했다. 룸 안으로 들어가기 위해 입구에 도달했을 즈음 유흥의 세계와 어울리지 않는 두 명의 옷 차림을 보고 두 명의 웨이터가 입구를 가로 막았다.

"잠깐. 누구 찾아 오셨어요? 아시는 마담이라도?"

멀리서 보면 꼭 서양 사람으로 오해할 정도로 노랗게 염색을 한 키가 크고 훤칠한 웨이터가 양옆으로 반짝이는 귀걸이를 뽐내며 두 형사에게 진중하지 않은 말투로 깝죽거렸다.

"행님~ 짭새 같은디요."

옆에 서 있던 웨이터가 고참으로 보이는 웨이터에게 귓속말로 얘기 했다.

'퍽퍽!'

"그래! 이 새끼야! 없다! 아는 마담 없다~ 왜 어쩔래? 그럼 배상두는 있지? 머리는 꼭 황새 대가리처럼 하고. 이리 와. 새끼야."

박도준이 고참 웨이터의 귓볼을 잡아당기자 웨이터는 피동적으로 질질 끌려 계단을 따라 내려갔다.

"아~아~ 귀 찢어져요! 놔요 이거!"

"뭐? 짭새? 너 짭새한테 오늘 한번 죽어 볼래? 웅?"

두 명의 웨이터가 문에서부터 끌려 내려오는 것을 보고 있던 계단 밑의 직원들은 박도준과 이한성이 경찰이라는 것을 한눈에 알아봤다. 박도준은 직원들 앞에 도착하자 잡고 있던 노랑머리 웨이터의 귀를 한 번 더 지그시 눌러 당긴 후 옆으로 버리듯 놓아 주었다.

"배상두 씨 계십니까?"

이한성이 계산대 안에 있는 여자에게 물었다. 계산대 안에 앉아 있던 여자는 머뭇거리며 계산대 위에 있던 오른쪽 손을 계산대 밑으로 가져가 밑에 있는 벨을 눌렀다. 그 벨은 배상두가 사무실 대용으로 쓰는 룸과 연결되어 있었다.

"안~ 안 계시는데요! 방금 나가셨어요!"

"아가씨 밑에 벨 있는 거 다 알아. 방 어디지?"

박도준이 감각적으로 계산대 밑에 벨이 있다는 걸 알아차린 후

의식적으로 내뱉은 말이었다. 박도준의 말을 들은 여자의 눈썹이 파르르 떨렸다. 그리고는 내리고 있던 손을 계산대 위로 올렸다.

"한성아. 저기."

박도준이 이한성과 복도 중앙을 번갈아 쳐다보며 무언가를 본 듯 턱으로 가리키며 말을 꺼냈다.

"저 새끼들 도망가는 것 같은데?"

배상두와 까치는 룸 안에서 벨소리를 듣자마자 안전한 곳으로 이동하기 위해 밖으로 나왔다. 박도준이 이 형사에게 이쪽으로 오라는 손짓을 하며 빠른 걸음으로 복도 중앙 쪽으로 따라가는 순간, 앞에서 천천히 걷던 두 사내가 뒤를 힐끔 쳐다보고 점점 속도를 내며 걷기 시작했다. 두 형사의 발도 빨라졌다.

"한성아! 넌 저쪽으로."

앞에서 빠른 걸음으로 걷고 있던 배상두와 까치가 양쪽으로 나누어진 복도에서 두 갈래로 헤어지자 두 형사도 바로 1:1 모드로 바꿨다.

복도 끝에 도착하자 배상두는 계단과 엘리베이터 중 하나를 선택해야만 했다. 마침 열리는 엘리베이터에서 나오는 직원들을 밀치고 안으로 들어가 왼손으로는 '닫힘' 버튼을 연속해서 누르고 오른손으로는 3층과 4층을 동시에 눌렀다. 박도준이 엘리베이터 앞에 도착했을 때는 엘리베이터 이동 표시 등이 벌써 1층을 가리키고 있는 상태였다. 도준은 바로 계단을 찾기 시작했다. 마침 옆쪽으로 고개를 반쯤 숙이고 지나가는 여자를 보고 계단의 위치를 물어본다. 이은정이었다.

“아가씨! 계단 어딨어?”

“저~ 저쪽이요…….”

놀란 토끼눈을 한 이은정은 손가락으로 비상구의 방향을 가리키며 떨리는 목소리로 대답했다. 박도준을 본 이은정은 사라지는 그의 뒷모습을 한참이나 멍하니 쳐다보고 있었다.

“얘!”

지나가던 정 마담이 은정의 어깨를 ‘톡’하고 쳤다.

“네?”

놀란 눈으로 뒤돌아보니 정 마담이 신기하다는 표정으로 서 있었다.

“뭐. 못 볼 것이라도 봤어? 천하의 초선이가 살아온 여포라도 본 건가?”

“아. 아니~~ 그냥 아는 사람을 만난 것 같아서.”

박도준이 비상계단의 문을 힘껏 밀어 열자 계단에서 담배를 피우고 있던 세 명의 늘씬한 여자들이 소스라치듯 놀랐다.

“어머!!!”

“잠깐. 좀 비켜주세요!”

계단을 박차고 올라가는 속도에 비해 잠깐 남긴 말 한마디는 최대한 예의를 갖춘 것 같은 느낌이었다. 엘리베이터 안에 있던 배상두는 쫓아오는 인간들이 형사라는 것을 직감적으로 알고 있었다. 조그만 공간에 갇힌 그는 뛰는 가슴을 진정시키느라 애쓰고 있었다. 한층 한층 바뀌는 주황색 불빛을 마치 달고나를 만드는 아저씨 앞의 꼬마처럼 뚫어져라 바라보고 있는 배상두는 남자의 상의를 걸친 여자와 술이 한껏 오른 남자가 옆에서 쳐다보는 시선을 의식할 수 없을 정도였다.

‘땡’

승강기가 갑자기 2층에서 멈춰 섰다. 깜짝 놀란 배상두는 온몸의 감각을 모두 일렬횡대로 세운 것처럼 긴장한 상태였다. 문이 열리자 수건을 듬뿍 쌓아 놓은 캐리어를 잡고 있는 도우미 아주머니가 보였다. 배상두의 어깨와 가슴이 땅 쪽을 향해 축 쳐졌다.

“내려!”

“네? 저. 4층 가는데요…….”

“난 3층 가. 내려! 이 년아. 내려서 비상구로 올라가!”

2층 복도를 좌우로 한 번 훑어본 박도준은 3층에 다다르자 엘리베이터 문이 ‘턱~’하고 닫히는 소리를 들었다. 왼쪽일까, 오른쪽일까 선택을 해야 하는 순간 비명 소리가 들렸다.

“끄아! 엄마!”

한줄기 날카로운 여자의 비명소리가 왼쪽 복도 끝에서 들렸다. 박도준과의 거리는 불과 20미터, 하지만 배상두는 탈출구를 이미 확보해 놓은 상태였다. 복도 끝 방 안에서는 발가벗은 두 남녀가 이불을 가슴까지 올리고 토끼 눈을 한 채 배상두를 쳐다보고 있었다.

“쉿! 당신들은 나를 못 본 거야! 알았어?”

배상두의 인상은 얼굴 가득 찌그러져 있지만 그의 표정에는 누가 물어도 절대 말하지 말라는 애절함 또한 담겨 있었다. 한마디를 남기고 두 사람 앞을 지나 굳건히 닫혀 있는 창문을 열고 다리를 먼저 밖으로 내민 후 밑으로 사라지는 배상두. 창 밖에는 철로 되어 있는 계단이 2층 테라스와 연결되어 있고, 그 테라스에는 또 다른 철계단이 1층과 연결되어 있었다. 배상두는 그 루트를 이용해 위기를 모면하고 있는 것이었다. 배상두가 사라지자 복도 끝방의 명한 표정을 하고 있던 남자가 속옷도 입지 않은 몸으로 벌떡 일어나더니 창문 쪽으로 다가가 없어진 배상두를 확인하고 여자를 보며 말했다.

"이 집 안 되겠구먼! 뭐 이딴 경우가 다 있어?"

박도준이 다시 복도 끝방으로 들어서자 남자의 나체와 정면으로 마주친다.

"어라! 아저씨는 또 뭐야?"

"뭐라구 아저씨? 야 이 새끼야! 넌 뭐야! 저 여자랑 무슨 관계야?"

박도준이 침대 위에서 이불을 목까지 올리고 앉아 있는 여자를 힐끔 보며 말했다.

"아니 그게 아니라…… 이. 이쪽으로 갔어요. 선생님."

발가벗은 중년의 남자가 창문을 가리키며 박도준에게 말했다.

"옷 입어 변태 새끼야!"

"예."

뻘쭘해진 남자는 의자 옆에 걸려 있던 수건으로 중요한 부분을 먼저 가렸다. 박도준은 창문 밑을 쳐다보더니 배상두와 마찬가지로 몸을 창문 밖으로 빼내어 철계단을 타고 내려갔다.

"씨발놈들 언제 봤다고 반말이야! 생각해보니 기분 더럽네! 야! 마담한테 전화해. 뭐 이런 데가 다 있어?"

“오빠 빨리와~~ 나 가야돼.”

“에이 씨발 분위기 다 깼네. 너도 옷 입어!”

모텔이 오밀조밀 모여 있는 건물과 건물 사이, 그 골목을 박도준과 배상두가 쫓고 쫓기고 있었다.

“거기! 안 서!”

배상두는 모텔 밖으로 난 1층의 창문을 손바닥으로 ‘탁탁’ 치면서 달아나고 있었다. 방 안에 사람이 있어서 혹시라도 밖으로 문을 열면 박도준을 방해할 수 있다는 계산에서였다.

“거기! 안 서! 이 새끼야?”

다시 한 번 박도준이 소리쳤다. 입으로 들어오는 공기가 목구멍에 거칠게 부딪힐 때 즈음 박도준 앞에서 창문이 활짝 열렸다. 하지만 박도준은 특유의 민첩함으로 열린 창문 밑으로 머리를 숙여 위기를 모면 할 수 있었다.

“요것 봐라~ 양아치 새끼가 머리도 쓰네?”

말하기가 무섭게 이번엔 왼쪽 창문이 열렸다. 이미 콧잔등 앞이 시커멓게 변한 뒤였다.

‘퍽!’

열린 창문에 정면으로 부딪힌 박도준은 뒤통수가 차가워진 걸 느끼고 있었다. 노란 하늘을 보고 갑자기 없어진 정신을 차리려 머리를 좌우로 몇 번이나 흔들었다.

“개새끼!”

가까스로 머리를 세운 박도준은 입술에 흐르는 뜨거운 액체를 감지했다. 두 줄기의 피는 입술을 타고 턱까지 흘러내렸다.

56

"코. 코피다! 넌 죽었어!"

박도준은 방금 머리로 들이받은 창문을 신경질적으로 닫은 후 다시 뛰기 시작했다. 모텔 뒤편 골목 맨 끝자락에 배상두가 도로로 나가는 것이 어렴풋이 보였다.

'끼이익!'

"야! 똑바로 보고 다녀!"

배상두는 지나가는 차들을 아랑곳하지 않고 편도 2차선 도로를 건너고 있었다. 위험천만하게 도로를 건넌 배상두는 왼쪽에서 오고 있는 까치의 차를 보며 흐뭇한 표정을 짓고, 뒤에서 따라오던 박도준을 쳐다봤다.

"어휴~~ 질긴 놈!"

그때 갑자기

'퍽!'

이한성이 날라차기로 배상두를 강타했다.

"쥐새끼 같은 놈~ 일어나 새끼야! 야~ 배상두! 간만이다!"

액션 영화의 한 장면을 정확하게 본 박도준은 빠른 걸음으로 도로를 건너와 배상두 쪽으로 걸어갔다.

"한성아~ 나와 봐~ 이 새끼 때문에 피 봤어~ 지금 뇌진탕 증세도 있는 것 같아! 야! 배상두 씨 요즘 뭐하고 지내나?"

박도준이 배상두의 옷자락을 끌어 잡는 순간 멀찌감치 차를 대고 공격을 노리던 까치가 나타났다.

"그런 넌 뭐하고 지냈나?"

'빡! 빡!'

까치가 들고 있던 각목으로 박도준의 등과 어깨를 강타했지만 박도준은 무슨 일이 있었냐는 듯 미동도 안한 채 뒤를 물끄러미 쳐다봤다.

"다 했냐?"

까치는 부러진 각목을 살며시 땅바닥에 내려놓으며 낮은 자세를 취했다. 그리고 상대에게 완벽하게 밀리고 있다는 걸 순간적으로 깨달았는지 손을 머리 위로 들고 허리를 굽신거렸다.

"아이고. 형님~~ 그간 안녕하셨어요? 그동안 운동도 열심히 하셨나봐. 야~~ 이 몸 좀 봐!"

"세상에는 두 종류의 남자가 있다. 나쁜 남자!"

'퍽'

"좋은 남자!"

'퍽'

"근데 너는 이것도 저것도 아닌 양아치야!"

'퍽!'

같은 시각 영동시장의 한 실내 포장마차에서는 이동준과 김기태가 여느 때와 마찬가지로 저녁식사 후 술잔을 기울이고 있었다.

"카~ 좋다. 기태야! 저기 봐봐!"

이동준이 눈짓으로 벽 쪽에 붙어 있는 테이블의 두 여자를 가리키며 김기태에게 말했다.

"구두를 신었는데 덧버선 같은 양말을 신고 있지? 그러면 발에 땀이 많다는 얘기야~ 일반적인 애들은 안 신잖아~ 때깔 안 나온다고. 그러니까 저런 애들 만나면 괴로운 거지.”

“내 여친도 신던데. 그럼 걔도 발냄새 나는 건가?”

“맡아 봤어? 발?”

사진에 관심이 많은 듯 네 손가락으로 여자의 발을 보며 앵글을 잡았다.

“몸매는 괜찮은데.”

“야 거길 어떻게 맡아 보냐? 변태냐? 하여튼 넌 좀 이상해. 자건배.”

입술에서 벗어난 술잔을 내려놓고 잔을 채우려 술병을 들었지만 앞에 놓여 있던 두 병의 소주병은 이미 비어 있었다.

“언니! 소주 하나.”

이동준은 다시 앵글을 잡았다.

“기태야! 그리고 저번에 나이트에서 만난 애 있잖아. 너 참변 당하던 그날…….”

앵글을 놓고 기태 쪽으로 돌아앉은 이동준은 이상한 느낌에 몸서리를 쳤다. 팔뚝에 털이 무성하게 많은 건장한 체격의 남자가 답답하게 김기태와 이동준 사이에 서 있던 것이었다.

“아이 깜짝이야!”

“안주 나왔습니다.”

“놀랬잖아요. 아저씨!”

“그랬어요? 어휴, 죄송합니다.”

“아저씨! 그리고 저쪽 테이블 있죠! 우리랑 똑같은 안주 하나 갖다 주세요. 계산은 우리가 할 거예요.”

"예 알겠습니다. 저기 벽쪽 테이블 말씀하시는 거죠?"

"네."

남자가 주문서에 체크를 하고 돌아가자 소주병을 든 아르바이트생이 다가와 술병을 놓고 갔다.

"걔가 왜? 환타스틱한 밤을 보냈다며…….."

이동준이 소주잔을 들어 다시 목에 털어 넣으며 뒷말을 이었다.

"그 아이 죽었대. 며칠 전에."

"뭐라고? 죽. 죽었다고?"

술잔을 비우다가 만 김기태가 깜짝 놀라 제어할 수 없는 큰 목소리로 이동준에게 반문하자 주위 사람들의 시선이 두 사람에게 쏠렸다.

"야. 조용히 좀 말해!"

"미안~ 미안~ 자세히 좀 말해봐."

"씨발! 재수도 더럽게 없어! 하필 내가 작업한 애가 그렇게 되냐? 부실공사다. 부실공사. 좀 이상하긴 했어. 남자도 많은 거 같고. 변태끼도 있고."

"뭐 변태? 그날 작업한 게? 나이트? 더럽게 시시했는데. 근데 어떻게 알았냐? 난 그날 엄청 고생했는데. 그년이 토한 거 씻기고 하느라고. 그날 내 바지, 와이셔츠 거기 화장실에서 다 빨았다. 생각만 해도 끔찍해! 어휴."

"형사한테 전화왔었어. 회사로 온다길래 밖에서 만났지. 에이! 정말 귀찮아."

"배상두! 11월 1일 새벽에 어디 있었어?"

배상두 옆에는 까치가 계란으로 유선형을 그리며 눈을 문지르고 있었다. 배상두는 까치가 각목으로 박도준을 때릴 때 경찰서에 가기보다는 홈그라운드인 '기인'에서 음료수라도 대접하는 게 그래도 구면이 있는 형사들을 예우하는 것이라고 생각했다. 까치의 돌발적이고 이해할 수 없는 행동은 가끔 배상두를 당혹스럽게 했다. 올해 초에도 건물 사장 부인의 뺨을 그림같이 때려 '방 빼!'라는 핍박을 한 달이나 받았던 기억이 있었다. 그리고 까치는 그 사건을 용서받기 위해 '무릎 꿇고 손들어'라는 엄청난 고문을 받은 적이 있었다. 그것도 건물 로비에서 8시~9시까지 주 5회에 걸쳐.

"11월 1일이요? 10월 31일 자정 넘은 날 말이죠? 그날은 여기 있었죠. 31일이 수요일이잖아요. 요즘은 금요일 장사 안 돼요. 다들 수, 목요일 이렇게 술 먹습니다. 아니! 박 형사님도 술 좋아하시니까 잘 아시잖아요."

"저 술 잘 못하거든요! 몇 시까지? 그러니까 1일 새벽에 말이야!"

"3시에 끝나고 까치랑 영동시장에서 만두국 한 그릇 먹고 집에 갔습니다. 집에 가니 4시 반이었죠. 아마."

"배상두 씨 이 여자 알아?"

박도준이 앞에 있는 탁자에 여자 사진을 올려놓았다. 배상두 옆에 있던 까치가 먼저 사진을 집더니 슬쩍 한 번 보고 배상두에게 건넸다.

"여자? 난 여자에 취미 없는데. 어디 한번. 음."

"양신애라고 당신을 만난 적이 있어."

"양신애?"

옆에 있던 까치가 배상두에게 귓속말을 했다.

"아! 양신애! 이 친구 알지. 우리 가게 한 번 왔었어요. 일하고 싶다고."

"이 아저씨야! 일하고 싶으면 마담을 만나야지. 왜 당신을 만나?"

"아이고 형사님. 세상물정 모르시네. 요즘 얼굴 예쁘다고, 몸매 예쁘다고 다 일 시켜 주는 줄 아십니까? 그런 애들은 줄 섰어요. 여기에 공사하러 들어오는 애들도 많다니까!"

"알았으니까 똑바로 설명해봐."

"그러니까 이런 거죠. 술집 접대부 일을 하는 애들은 딱 두 종류예요. 용돈 벌려고 오는 애들과 집이 어려워 집을 먹여 살려야 하는 애들. 그렇게 나뉘죠. 그런데 이 친구는 돈이 필요해서 일을 하려고 한 거죠. 먼저 마담이 면접을 보고 그 다음 돈이 필요하면 우리를 만나죠. 선불이 필요하니까. 이 친구는 한 장이 필요하다고 했어요! 얼굴도 예쁘고 몸매도 죽여주고 해서 최소 일 년은 일해야 한다고 했더니 다시 생각해보고 연락한다고 했죠."

"그 다음에 또 왔나? 아니면 연락이 왔나?"

"아뇨! 문자만 왔어요. 안 되겠다고. 2주 전이니까 아마 여기 어디 있을 거예요."

배상두가 휴대전화를 들어 문자를 찾기 시작했다.

"한성아! 그 여자 사망 추정 시간이 언제지?"

"2시에서 3시 사이요!"

"뭐야! 그 년 죽었어?"

달걀로 눈 주위를 문지르던 까치가 부은 눈두덩이를 치켜 올렸다.

"죽, 죽었다구요?"

문자를 찾던 배상두도 왜 형사들이 자기들을 찾아왔는지 이해가 된다는 표정과 의외라는 표정이 교차하는 듯 박도준을 똑바로 쳐다보며 반문했다. 다시 머리를 숙인 배상두가 문자가 정말 중요한 알리바이가 된다는 것을 깨닫고 다시 열심히 찾기 시작했다.

"근데 '공사'는 뭐죠? 여자애들이 삽질할 일은 없을 테고."

원래 궁금증을 못 참는 이 형사가 배상두와 까치에게 질문을 던졌다.

"아. 공사요? 화류계에서 공사는 정확한 전문용어로 '공사친다' 입니다. 그러니까 학벌 없고 돈 없고 얼굴과 몸매되는 애들이 이쪽 일을 하다가 순진하고 돈많은 남자 꼬드겨서 등치는 걸 말하는데 그 사이즈가 좀 큰 거죠. 예를 들어 아파트 하나, 차 하나 받고 주기적으로 용돈 받으며 첩으로 들어앉아 주기적으로 놀아주는 것도 일종의 공사를 치는 건데. 그런 공사는 단기공사이고 대체로 1년 남짓이면 준공한다고 보면 됩니다. 왜냐하면 그런 새끼치고 사업 제대로 하는 놈 없거든요. 남자만 엿 되는 거죠. 단물 쓴물 제대로 빨리고 길거리에 나앉는. 가족에게도 버림 받고……."

떠벌리기 좋아하는 까치가 바쁜 배상두를 대신하여 자세히 설명을 해주었다.

"그리고 장기공사는 이 세계 접고 결혼하는 거예요. 스폰서 제대로 잡고 이 지저분한 세계랑 이별하는 거죠. 그런 애들 꽤 있습니다. 며칠 전에도 우리 가게에서 가장 싸가지 없는 애가 있었는데, 그 아이가 갑부집 아들놈한테 공사 제대로 쳐서 다음 달에 결혼한대요. 그런 거죠 뭐. 세상이⋯⋯."

"여기 있네! 여기 보세요! 10월 25일 4시 5분."

배상두가 힘들게 찾은 문자를 박도준에게 보여주며 입꼬리를 씰룩거렸다.

두 번째 사건 (R)

국과수 차량, 경찰차, 앰뷸런스에서 발산하는 경광등 때문에 사건 현장은 더욱 부산하게 보였다. 사건 현장 보존을 위해 넓게 쳐놓은 폴리스라인 밖에서 상쾌한 아침을 만끽하기 위해 나온 시민들이 파아란 바닷물에 해수욕을 하러 들어갔다가 해파리에 쏘인 것 같은 찌그러진 얼굴들로 장소에 걸맞지 않은 소품을 멍하니 구경하고 있었다. 과학수사대 대원이 현장감식을 위해 붓으로 피해자 손가락 부분의 흙을 정성껏 걷어내고 있었다. 잠시 뒤 들어난 왼쪽 손의 매니큐어는 주검의 성별을 알 수 있게 해 주었으며, 날카로운 기구에 의해 잘려있는 약지손가락도 드러났다. 현장에 가장 먼저 도착한 나태일 팀장은 박도준에게 여러 번 전화를 걸었지만 통 연락이 안 되는 상태였다.

"야! 박도준이 어디 갔어? 이 새끼는 꼭 필요할 때 없어!"

10미터 남짓 떨어져 있던 조 형사에게 짜증 섞인 말투를 날린 나 팀장의 얼굴이 뻘겋게 상기되었다. 조 형사도 전화통을 붙잡고 있는 탓에 나 팀장에게 손짓으로만 모른다고 표현했다.

"젠장! 아침부터 이게 무슨 날벼락이람!"

연쇄살인 사건이라는 불길한 예감이 뇌리를 스치며 한 개비 남은 담배를 꺼내 필터 부분을 라이터에 톡톡 치는 순간, 멀리서 이한성의 하얀색 승용차가 흙먼지를 일으키며 달려오다 폴리스라인 근처까지 들어와 급제동을 하며 멈춰 섰다.

"영화를 찍어라. 영화를."

차에서 내린 이한성은 늦게 도착한 것이 미안한지 빠른 걸음으로 나 팀장에게 다가와 인사를 했다.

"팀장님! 늦었습니다."

넉넉하게 시간을 가지고 조수석에서 내린 박도준은 방금 일어난 사람처럼 산발한 머리에 양손을 주머니에 꽂고 서서히 다가오다 비 맞은 개가 물 묻은 털을 털 듯이 온몸을 파르르 털었다.

"어휴. 추워. 날씨가 많이 쌀쌀해졌네! 살인이 무슨 유행인가? 하루가 멀다하고 시체와 면담해야 하니. 참."

"너! 어디서 처 자다가 이제 오는 거야?"

"일찍 나오셨습니다. 나 팀장님!"

박도준은 오른손을 꺼내 나 팀장에게 말년 병장이 신참 하사에게 성의 없이 경례를 붙이듯 인사를 했다.

"내가 저 인간 때문에 제명에 못 죽는다. 네가 팀장해라! 네가!"

박도준은 팀장의 짜증 섞인 넋두리를 뒤로 하고 시체 앞에 다가가 상하좌우로 빠르게 이동하며 곳곳에 예리한 시선을 뿌렸다.

"야~ 삽 가지고 와. 언제 붓으로 하고 있어! 유적지 발견했냐?"

팀장을 무시한 판단을 내린 박도준이 입이 찢어져라 하품을 해

댔다.

"네? 삽이요?"

이한성 옆에 서 있던 순경의 말이었다.

"야! 그래 그걸로 언제 하냐? 내가 책임질 테니 삽으로 좀 해봐! 빨리! 필요하면 포크레인을 부르든가!"

박도준을 한참 째려보고 있던 나 팀장이 박도준의 판단에 힘을 실어 주었다.

"여자, 나체, 손가락 잘린 형태로 보면 동일인물일 가능성이 큰 거 아니에요?"

"손가락은 분명 칼로 자른 건 아니야. 특이한, 그러니까 일반인들이 잘 쓰지 않는 그런 물건을 쓴 거야. 한 번에 '착'하고 잘릴 정도로 예리한 무엇으로."

"혹시 어제 동묘앞역에서 나온 그 손가락 아닐까요?"

"지하철 손가락, 땅 밑에 시체……."

"야! 또 감상만 하고 있지 말고. 휴대전화 사용내역 조사해 보고 소지품들 뒤져봐. 뭔가 잡아내야 수사를 할 거 아냐."

"저렇게 틀에 박힌 사고방식으로 일을 하니 맨날 진급에 누락되지."

박도준이 중얼거리듯 혼잣말로 말했다.

"뭐! 틀에 박힌 사고방식? 네가 안 들리게 얘기한다고 내가 못 들을 줄 아냐? 이 자식이 또 아침부터 개기네!"

"담배나 하나 주세요!

"나왔어요!"

이한성이 마무리 된 시체의 윤곽을 보며 나 팀장과 박도준에게
소리쳤다.

"……."

나 팀장 박도준, 이한성, 조 형사 네 명은 다시 세상과 만난, 알
수 없는 포즈의 우유 빛깔 주검을 멍하니 바라봤다.

"한성아~ 모양이 무슨 글자 같지 않냐? 그러니까 문양이나 문
자 이런 거?"

시체는 발가벗겨진 상태로 옆으로 누워 있었다. 두 팔의 엘보
부분은 밑으로 꺾여 심하게 부러져 있으며 머리는 어깨 쪽에 깊숙
이 파묻힌 상태였다. 다리 한쪽은 길게 밑으로 뻗어 있고 다른 한
쪽은 앞으로 뻗어 무릎을 굽힌 상태였다.

"모르겠는데요? 이게 무슨 글자지?"

"이쪽으로 와봐."

시체 측면에 있던 박도준은 이한성을 끌어당겨 시체 발밑 쪽을
보게 했다.

"이 시체를 위쪽에서 정면으로 본다고 생각해봐."

"위에서 보면 더 섹시 하겠네요. 똥배 나온 거 좀 빼고는."

"그럼 대문자 'R'을 생각해봐 난 아무리 봐도 알파벳 'R' 같아.
생각을 해봐. 손과 얼굴, 머리에 상처 하나도 없는 거 보니 반항을
안 한 건데…… 그렇다면 분명 약으로 마취되었을 것이고, 두 팔을
저렇게 꺾으면 고통이 심해서 반항했을 텐데 말이야."

"그러니까 죽인 다음에 두 팔을 저렇게 꺽었단 말이죠?"

"그렇지. 죽기 전에 뼈가 튀어 나오도록 꺾어 버리면 눈물이 나

오거나 고통 때문에 눈에 실핏줄이 많이 섰을 텐데 그런 것도 없고. 그리고 일반적으로 시체를 묻기 좋게 바로 누인 후 묻어야 정상인데 굳이 저렇게 칼잠을 재우듯 꼿꼿이 세워 묻었어. 그러니까 분명 전달하고자 하는 메시지가 있는 걸 거야. 내 감은 그래. 알파벳 'R'."

"선배가 그러니까 정말 대문자 'R' 같네요. 여하튼 이 새끼 사이코네요 변태 사이코!"

　　두 번째 살인 사건은 강남경찰서 강력계 4팀 모두의 머리를 하얗게 만들기에 충분했다. 팀의 브레인인 박도준조차 첫 번째 살인 사건 이후 연이어 터진 잔인한 사건에 대해 단지 연쇄살인 사건일 가능성이 있고 범인은 사회에 무언가 메시지를 전달하고자 한다는 것, 그리고 이제 시작이라는 단순한 감만 가지고 있을 뿐 대처할 수 있는 그 어떤 것도 머리에 떠오르지 않았다.

"야! 야! 시체 발견 지점부터 찍어봐!"

경찰서로 복귀한 강력계 4팀은 무언가를 해야 했다.

"예~ 여기가 첫 번째 발견 지점이고 여기가 두 번째 발견 지점입니다."

막내인 이한성이 벽에 붙어 있는 서울시 지도에 빨간색 스티커와 녹색 스티커를 붙였다.

"아까 보고 온, 그 두 번째 사건 여자가 사는 곳은 어디야?"

"한 여자는 고대 근처 풀빌라, 미혼, 복잡한 남자관계, 백조, 여신, 집에 돈이 좀 있는 정도고. 오늘 그 여자는 반포아파트, 남편은

68

치과의사, 4살된 딸이 있고, 미모 출중. 그렇지 여신에 가깝지. 그러니까 둘 다 세상 부러울 것 없이 좋은 환경에서 잘 자란 사람들인데."

박도준이 팔장을 낀 채 왼쪽 눈썹을 올렸다 내렸다하며 머리에 떠오르는 대로 쭉~ 쭉~ 독백을 했다.

그때 회의실 밖에 있던 신 형사가 문을 반쯤만 열고 고개를 들이 밀었다. 가지고 온 정보가 수사에 크게 도움은 되지 않을 거라는 판단에서였다.

"팀장님 오늘 그 여자 대학 때 미스춘향이었던데요?"

"그래? 어쩐지 시체에서도 후광이 비치는가 했더니 보통여자는 아니었구먼. 지금 3시지? 좀 더 없나? 한 시간 뒤에 서장님한테 보고 해야돼!"

"팀장님! 휴대전화요. 제일 최근에 통화했던 기록들, 문자가 다 지워져 있네요. 남편 것만 빼고요."

이한성이 브리핑에 혹시 도움이 될까 해서 나 팀장에게 말을 했지만, 나 팀장은 시큰둥하게 문을 열고 나가버렸다.

"그리고 또 하나 지하철역 그 손가락 DNA 판별이 어렵대요. 지문도 싹 지워졌다는대요?"

신 형사는 두 개의 정보만 제공하고 소리없이 나 팀장의 뒤를 따랐다.

사람들에게 보이는 나와, 나한테 비친 나는 반드시 같을 수 없다. 우리는 판단의 오류 속에 살고 있다. 아무리 분명하고 명확하고 옳은 판단을 해도 그 판단은 보는 관점에 따라 180도로 바뀔 수도 있다. 내가 나 자신에게 판단의 오류를 범하는 것처럼…….

휴대전화 광고의 '빠름, 빠름, 빠름'처럼 빠르게 움직이고 왕성하게 활동하는 것이 지금을 살아가는 우리들의 모습이다. 인생의 가치를 가늠하는 것이 물질이고, 삶의 척도를 반영하는 것이 성공이라고는 할 수 있지만, 인생에 있어서 선택이라는 피할 수 없는 숙제가 눈앞에 있을 때 과연 올바른 선택은 무엇일까? 최대를 위한 최선의 선택, 최고의 가치를 지향하는 최소의 선택, '선택'이라는 것은 우리들의 모습을 '우리들의 일그러진 모습'으로 바꾸게 할 수도 있다. 눈물이 나는 날에 난 과연 무엇을 해야 하나…….

간만에 야근을 하고 거리로 나온 이동준은 잠시 생각에 잠겼다.

"택시!"

"저 새끼 어디 가는 거지?"

회사 앞에서 잠복하고 있던 두 형사는 이동준이 잡아 탄 택시와 같은 동선을 그렸다.

'삐 삐'

이동준이 철문 옆에 있는 초인종을 누른 후 익숙하게 문 위쪽 구석에 설치되어 있는 카메라에 얼굴을 갖다 대었다. 3초 정도 지났을까? 문이 '툭'하고 열렸다. 이동준은 계단 쪽을 한 번 더 쳐다보고 안으로 사라졌다. 철문이 '텅'하고 굳게 닫혔다.

"안녕하세요?"

"예~ 간만에 오시네요……."

한쪽만 이어폰을 낀 남자가 이동준에게 먼저 말을 건다.

"여기는 다 좋은데 환기가 안 되는 게 문제야. 그렇죠?"

내부는 희미만 조명들만 켜 있어 어두컴컴했다. PC방 같은 분위기지만 컴퓨터는 찾아볼 수 없고 구식 오락기 크기만한 파친코 기계 20여 대가 2열로 놓여져 있었다. 이동준이 주위를 둘러보더니 한 자리를 꿰차고 앉았다. 아직 이른지 아니면 장사가 잘 안 되는지 주위에는 5~6명 정도만 심각한 표정으로 앉아 있었다.

조 형사와 최 형사는 계단 위에서 이리저리 주위를 살피고 있었다.

"야! 저기 뭐 하는 데 같냐?"

"뭐~ 이상한 곳이겠죠. 그런 데 있잖아요."

"어떤 데?"

"에이 최 형사님도~ 알면서……."

"야~ 저 새끼 아무리 생각해도 이상하지 않아? 수상한 점이 너무 많아. 덮칠까?"

"미행만 하라고 했잖아요."

"……."

"가게에 들어가서 한번 물어 볼까요?"

"넌 그러니까 아직도 초짜 소리 듣는 거다. 저 가게와 밑의 집이 한통속이면 어떡해?"

"아이 자기야~ 간지러워. 살살해. 그런데 손에 묻은 건 뭐야? 피야?"

"아이. 가만 좀 있어봐. 어. 이거? 조금 다쳤어."

"가야 해. 내일 봐. 에이 그만 좀 하고."

"어? 그래? 벌써 그렇게 됐나? 데려다 줄게!"

"됐어! 누가 보면 어쩌려고!"

"연쇄살인 사건 때문에 화성 전체가 난리인데 자기는 참 겁도 없어……."

"나 같은 다된 아줌마를 누가 노리기나 하겠어?"

"그 미친놈이 찬밥 더운밥 가리는 줄 알아? 치마만 두르면 모두 범행 대상에 올라간다고! 알아? 요 앞까지만 가자. 이젠 며칠 안 남았잖아?"

"……. 왜 그렇게 흥분해? 꼭 뭘 아는 사람같이?"

여자의 눈꺼풀이 어색할 정도로 치켜져 올라가 잠시 멍하니 서 있는 남자를 쳐다보았다. 골목에서 빠져나와 모습을 드러낸 두 사람은 같이 걸어가다가 인가가 밀집되어 있는 곳에 이르자 박도준의 모친은 혼자 앞으로 걸어가고 장 씨는 뒤돌아 걸어갔다. 아무 말이 없지만 헤어질 때 두 사람의 눈빛은 처음 사랑을 나눈 풋사랑의 학생 커플처럼 애절함이 가득 담겨 있었다. 집을 향해 걸어가고 있는 장 씨는 그저 허탈하기만 했다. 사랑하는 사람을 보내고 사랑하지 않는 사람 곁으로 돌아가는 길은 참 지루하다고 생각했다. 주위는 고요하고, 그 고요함이 얄미운지 귀뚜라미 몇 마리가 목놓아 울고 있었다. 그때 장 씨 옆에 돌멩이 하나가 날아와 벽에 맞고 발밑에 떨어졌다.

‘딱!’

"누구요? 거기 누구요?"

난데없이 날라온 돌에 장씨는 영문을 모르고 긴장했다.

"뭐야! 이거."

동네 약수터로 올라가는 길이 나 있는 산 밑에는 벽돌을 쌓아 올린 담벼락이 있었다. 밤이고 가로등불도 희미해서 그쪽 부분에 뭐가 있는지 육안으로는 볼 수가 없었다.

"여봐요!"

어른인지 아이가 흉내 낸 건지는 모르지만 여하튼 남자의 목소리가 장 씨의 시선을 그쪽으로 돌리게 했다.

‘축!’

‘쌔~~’

새총을 사용해봤던 사람들은 다 알 것이다. 장전 뒤 고무줄이 놓아지는 소리는 이렇게 한결같다는 것을.

‘탁!’

‘퍽!’

새총을 빠져 나간 주먹 반만한 돌멩이는 정확히 장 씨의 오른쪽 눈 위를 강타했다. 그리고 또 하나의 돌멩이가 장 씨 옆을 스쳐 벽에 맞아 떨어졌다. 깜깜한 밤하늘에 한줄기 비명이 들렸다. 장 씨는 분명 두 종류의 소리를 동시에 들었다. 이상하다고 생각할 틈도 없이 달콤했던 한 순간을 뒤로 하고 지옥과 통하는 다리를 건너고 있었다.

"아악!"

오늘도 술 한잔을 거나하게 걸치고 집으로 향하고 있던 박도준의 부친은 어두운 골목을 지나 희미한 가로등불 아래에 이르자 등불을 보며 흥이 나는지 희죽희죽 웃기 시작했다. 그리고 잘 알아듣지도 못할 것 같은 노래를 흥얼거렸다. 다시 고개를 떨구고 힘없는 손을 머리 위로 치켜들며 흥겨운 가락에 몸을 맡기려고 하는 순간, 눈앞에 나타난 핏자국 때문에 정신을 차리고 주위를 살펴보았다.

"어! 이봐요? 많이 다쳤어요?"

벽에 기대어 고통을 호소하고 있는 남자가 보였다. 박도준의 부친은 남자를 돌려세웠다. 오른쪽 눈 위를 손으로 움켜잡은 남자는 얼굴 전체가 피범벅이 되어 있었다. 그 피는 상의까지 흘러내려 심하게 핏물로 얼룩져 있었다.

"어! 장 씨 아니야? 이봐? 어디서 그런 거야?"

"형님! 저 집에 좀 데려다 줘요."

실눈을 뜬 왼쪽 눈으로 도준의 부친을 알아본 장 씨가 몸을 파르르 떨며 애절하게 말했다.

"술 처먹고 누구랑 또 싸웠어? 어휴! 이 웬수. 이 피 지지도 않을 텐데. 어휴! 이 웬수."

아침부터 마누라의 잔소리가 물결쳤지만 박 씨는 먼산을 보고 담배를 피우고 있었다.

"장 씨 알지? 지물포 장 씨!"

남편이 생전 입에 꺼내지도 않은 '장 씨'라는 호칭에 박도준의 모친은 간이 콩알만해졌다.

"네? 네~ 알지요. 알긴."

"멀쩡하게 생겨서 어디서 되게 터졌더라고. 그 피, 다 장 씨 피야."

순간 박도준 모친은 멈칫했지만, 정신을 가다듬고 다시 하던 일을 계속 했다. 그러다 빨래장갑을 반쯤 벗었다. 그러다 다시 끼고 빨래방망이로 빨래를 사정없이 내리치기 시작했다.

"그런데 당신이 도와줬어요?"

"응. 어제 오는 길에 발견했지. 피를 엄청 흘렸더라고~ 우리 동네에 아무래도 나쁜 놈들이 있는 거 같아. 그 착한 장 씨를. 어휴."

손가락

지친 몸을 이끌고 대중교통을 이용하는 퇴근길 직장인들에게는 다음 날을 맞이할 몇 시간 안 되는 시간이 그저 아깝기만 했다.

'다음 역은 태능입구역입니다!'

지하철에서 안내방송이 흘러나오자 전동차는 자동으로 브레이크 시스템에 의존을 했다. 문이 열리기 전 제각기 다른 곳으로 갈 사람들이 문 앞에서는 그렇게 다정하게 보일 수 없다. 문이 열리면 마치 내리는 사람들을 반겨주듯 양옆에 또 다른 목적지를 향한 사람들이 서 있다. 통상 지하철 안 뒤쪽에 있는 사람들은 혹시 내리지 못할까 하는 걱정에 앞사람을 조금씩 밀기 마련이다. 그러면 그 앞사람도 다른 앞사람을 밀고 그러다 보면 맨 앞에 있는 사람들은 거의 문에서 튀어 나오듯이 자동문을 빠져 나오게 된다. 사람들이 다 빠져 나오면 꼭 주고받는 듯 더 많은 사람이 올라 탄다. 만원이 된 지하철 안의 내부는 신문지 한 장 들어가기 어려울 정도로 빡빡하게 뭉쳐 있었다. 전동차가 출발하자 사람들은 출발하는 반대쪽으로 크게 한 번 출렁거렸다.

"에이. 왜 밀고 그래요!"

30대 중반 즈음 되어 보이는 여자는 뒤에 있는 남자에게 고개를 살짝 돌려 혹시 성추행은 아닐까 하는 노파심에 불만섞인 말을 던졌다.

"내가 밀었나? 그냥 밀린 거지? 참나. 밀리지 않으려면 지상에서 숨쉬지 왜 지하에 내려와서 고생이야?"

40대 중반 정도 되어 보이고 신문을 옆구리에 낀 회사원은 별꼴이라는 태도로 여자의 말을 되받아쳤다.

그저 그러는 것이었다. 싸움이 목적이 아니라 출퇴근할 때 차체가 출렁거리면 이내 버릇같이 나오는, 그저 반사작용일 뿐 아무런 의미가 없었다. 그때!

'악!'

남자 앞에 있던 여자가 갑자기 비명을 질렀다. 여자의 비명 소리에 신문 한 장 끼울 만한 공간도 없던 그곳은 그 여자를 중심으로 마치 개미 무리에 스포이트로 휘발유 한 방울을 떨어뜨린 것처럼 일순간에 여자를 중심으로 둥글게 퍼졌다.

"피…… 손가락…!"

여자는 자기 자신이 밟았을지도 모르는 복주머니 만한 크기 비닐봉지에서 터져나온 시뻘건 피를 내려보며 바들바들 떨고 있었다.

"손가락이다! 또 나타났어!"

피에 절은 3.5센티미터 정도의 손가락은 열차 바닥에 이리저리 나뒹굴고 있었다.

"까악! 이 전동차 세워야 돼! 악! 누구야? 피야! 피 밟지 말란 말이야!"

"야 씨발 그만 밀어! 어떤 새끼야! 비켜. 비키란 말야!"

"아줌마 좀 떨어져요."

"그만 떠들고 침착해요! 침착!"

아수라장이 된 양쪽 문 가운데의 상황은 그 차에 타고 있는 모든 사람이 드디어 나도 이런 상황을 경험한다고 생각하게 했다.

"저 사람! 아악! 저 사람한테서 떨어졌어요. 저 신문 낀 사람!"

여자는 눈물을 흘리며 바로 뒤에 있던 남자를 손가락으로 가리켰다.

"뭐야? 아줌마! 내가 뭘 어쨌다고?"

당황한 남자는 어쩔 줄 몰라했다. 하지만 이미 여러 사람들이 휴대전화로 사진을 찍기 시작했다.

"아저씨야? 아저씨가 범인이야?"

용감한 시민 한 명이 나서서 얘기했다.

"무슨 말을 하는거야? 내가 뭘?, 뭘? 어쨌다고?"

"잡아! 저 사람 잡아."

의협심으로 똘똘 뭉친 몇몇 남자들이 신문 낀 남자의 팔장을 단단하게 움켜잡았다. 신문을 놓친 남자는 계속 움직임이 줄어드는 몸을 이리저리 비틀었다. 하지만 이미 제압당한 상태였다.

"놔! 놓으란 말이야! 이 사람들이 사람을 어떻게 보고!"

"넌 죽었어 이제. 이젠 끝이라고!"

그때 다음 역을 알리는 방송이 나오고 조금 뒤 전동차는 속도를 줄이기 시작했다.

온 사방에 발자국을 남긴 정체 모를 피는 전동차 안을 더욱 소용돌이치게 했다. 문이 열리자 스페인 투우축제의 거대한 뿔소에 쫓기는 사람처럼 너나 할 것 없이 전동차 밖으로 돌진했다. 밀고 밀치고 쓰러지고 밟고 당기면서 사람들은 순식간에 블랙홀로 빨려 들어갔다.

그날 당번이었던 신 형사는 울리고 있는 전화는 왜 꼭 막내가 받아야 하는 건지 이해가 안된다는 표정으로 한 번, 두 번, 세 번, 네번이 울릴 때까지 기다렸다가 전화기를 들었다.

"예. 강력계입니다!"

"또 그거예요! 손가락! 지금 난리가 났어요."

1층에서 근무하는 전화 속의 순경 목소리는 많이 흥분되어 있었다.

"알았어. 호들갑 좀 그만 떨고."

'뚜~뚜~'

"어딘데?"

발톱을 깎는 데 열중하고 있던 나 팀장이 혹시나 하는 표정으로 신 형사에게 말했다.

"태능이요. 그 손가락 있잖아요! 방금 거기서 또 터졌대요."

"아이 제기랄! 왜 우리 관할도 아닌데 자꾸 이쪽으로 전화하고 지랄들이야? 우리가 뭐 동네 똥개야? 지나가는 사람마다 다 찝쩍대게? 박도준은 어디 갔어?"

"아까 이 형사랑 나갔잖아요. 잠복해야 한다고."

역삼역 사거리에서 좌회전 신호를 기다리고 있는 이 형사의 차는 앞에 줄줄이 서 있는 차들을 벌써 세 번이나 보냈다. 러시아워 시간이 훨씬 지났는데도 교통 체증은 풀릴 기미도 보이지 않았다.

"한성아. 네가 그렇게 법을 잘 지킨다고 나라에서 상 주는 거 아니다. 끼어들기 했으면 벌써 도착했겠다. 벌써."

"못 참겠으면 저기 보이는 역삼역에서 전철 타고 오세요. 제가 먼저 가서 기다릴 테니."

"너 요즘 때가 어느 때인데 지하철을 타라고 하냐? 장가도 못간 사랑스런 선배를 송장으로 다시 만나고 싶어?"

'오~ 오~ 오~ 강남 스타일~'

"어휴. 진짜 어울리지 않게. 벨소리 좀 바꾸라니까요!"

"어. 지원이네? 어~ 지원아."

이한성과 얘기할 때 목소리와는 사뭇 다른 부드럽고 굵은 목소리로 말을 한다.

"거긴 또 왜 갔어? 위험하게."

"일부러 간 게 아니라 내가 마침 2호선을 타러 가고 있었거든."

"어떻게 됐어? 또 터진 거야?"

"어! 여기 난리가 났어! 완전 난리야. 난리."

"지금 태능역이라고?"

"여보세요! 어 신 형사!"

이한성이 진동으로 되어 있던 전화를 움켜 잡았다. 신 형사를 통한 나 팀장의 호출이었다.

"어떤 여자가 그 손가락 폭탄을 밟았는데, 거의 기절 직전이야! 어떤 인간이 그 핏물주머니를 떨어뜨리는 걸 똑똑히 목격했다나봐."

"선배! 팀장님 호출인데요? 지금 빨리 들어오래요?"

이한성이 전화를 끊고 나 팀장의 메시지를 전달했다.

"지원아. 너 그렇게 열심히 한다고 누가 상주는 거 아니다. 위험하니까 빨리 나와!"

박도준은 이 형사의 말은 한 귀로 듣고 한 귀로 흘리며 엄지원과의 통화에 집중했다.

"그런데 선배! 내가 휴대전화로 에스컬레이터 위에서 찍었거든! 사람들이 에스컬레이터 위로 뛰어 올라오는데 가관이야 정말! 난 무슨 서울 바닥에 테러범이 나타난 줄 알았어."

"여하튼. 진짜 위험하니까 일단 빨리 빠져나와. 조금 있다가 다시 통화하고 알았지?"

"나 안 그래도 당직이야 선배. 오늘 그쪽으로 갈 거야. 있다 봐."

"어? 당직? 아, 알았어."

전화를 끊은 박도준은 휴대전화를 만지작거리며 머리를 뒤로
제쳤다.

"선배! 멀미해요? 갑자기 안색이 왜 그래요?"

"……."

"팀장님이 빨리 들어오래요. 유턴합니다!"

"맘대로 해. 새끼야!"

"근데 그 첫 번째 손가락 폭탄 사건 국과수보고서 나온 거 보셨
어요? 추정으로는 1986년부터 91년 정도에 숨진 여자 시체의 손
가락이래요. 처음에는 흙 속에 있었고 냉동으로 몇십 년간 보관되
다가, 근 몇 달 사이에 알코올에 보관됐다는데, 특이한 건 지문이
없대요. 일부러 지운 거라고."

박도준은 이한성의 말이 잘 들리지 않았다. 다시 혈색이 돌아온
박도준은 마냥 흐뭇하기만 했다, 가슴에 묻어둔 사랑이 다시 찾아
왔고 또 그 감정이 예전보다 한층 더 충만해 있었다. 사랑. 사랑이
라는 것…….

"선배! 꽤 잘 되나 봐요? 그럼 이제 형수라고 해야 하나? 꽤 미
인이시던데. 내가 그 사진 아직 가지고 있는 건 알죠?"

"조용해 새끼야! 지금 느끼고 있는데!"

"뭐야~ 변태같이!"

같은 시각, 두 형사는 3층 건물 건너편에서 건물 입구를 주시하
며 동태를 살피고 있었다.

"야! 조 형사! 저기 말이야. 들어는 애들은 몇 명 있는데 나오는

애들이 없어 그렇지?"

"다 그래요. 저런데 들어 가면."

"넌 뭐 안다고 자꾸 그래? 가봤어?"

"예~ 예전에 한 번. 전 취향에 안 맞더라고요. 히히."

"뭐하는 덴데 그래?"

"최 형사님. 내숭까시는 건 아니죠? 있잖아요. 그거. 예쁜 대학생들 있다고 뺑까는 곳. 그런데 이 새끼는 몇 시간째 이러고 있는 거야? 선배님! 낚시 하나 해서 들어가죠!"

"그래 내숭까는 거라고 치고. 잠깐! 저기 한 명 온다."

마침 모자를 쓴 남자가 택시에서 내려 골목으로 방향을 트는 것이 보였다.

"자연스럽게 가자고."

두 형사는 앞에서 걸어오는 남자가 3층 건물 입구까지 오기만을 기다렸다.

"내가 먼저 갈테니 넌 한 박자 쉬고 남자 뒤쪽으로 걸어와."

모자를 쓴 남자가 3층 건물 입구에 도착하기 5미터 전 최 형사가 먼저 남자에게 접근하기 시작했다.

"저기요. 아저씨!"

'읍. 파바박!'

그냥 한마디 던진 것뿐인데 최 형사 바로 앞까지 걸어왔던 모자 쓴 남자는 한쪽 눈만을 모자밑으로 살짝 보이고, 눈 깜짝할 사이 뒤로 돌아 뛰기 시작했다. 조 형사가 뒤로 오기도 전에 벌어진 일이라 어떻게 대처할 수가 없었다.

"야! 조 형사 뭐 해! 저 새끼 잡아!"

"에이 진짜! 또 뛰어?"

형사의 직업은 격투기선수에게 어울리는 것이 아니라 육상선수에게 적합했다. 그것도 단거리의 스피드를 가진 체력 좋은 장거리 육상선수.

"뭐 이렇게 빨라!"

몸을 뒤로 돌린 순발력만큼이나 뛰는 것도 거의 날아가는 수준이었다. 모자를 더 깊게 눌러 쓴 남자는 발이 안 보일 정도로 정말 성의있게 뜀박질을 하고 있었다. 남자는 차도에 들어서자 멈칫 하는 것도 없이 쌩쌩 지나가는 차 사이로 뛰어들었다.

'빠앙!!'

'끼익~~!'

"저~ 저 새끼가 미쳤나?"

'퍽, 쿵!' 차 두 대를 멈칫멈칫하며 겨우 겨우 피하더니 끝내는 차선을 바꾸던 택시에 몸이 튕겨져 나갔다.

'끼이이익!!"

4개의 검은색 타이어가 아스팔트와 거친 마찰을 일으키며 귀를 심하게 자극하는 소리를 토해냈다.

"저 새끼 뭐야!"

택시와 충돌을 한 모자를 눌러 쓴 남자는 택시 앞에서 몇 바퀴 구르더니 지체 없이 벌떡 일어나 다시 달리기 시작했다. 택시의 속도는 있었으나 모자 쓴 남자가 워낙 민첩하여 많이 다치지는 않은 듯했다.

"뭐! 저런 게 다 있어? 특수부대 출신인가?"

중앙선에 서 있던 두 형사는 그냥 허탈하기만 했다.

"최 형사님! 저기 모자 떨어졌는데요?"

"가보자."

시간은 벌써 새벽1시 30분을 넘어서고 있었다. 수배된 놈인지 빚쟁이인지는 모르지만 여하튼 의심스러운 남자를 놓치고 허탈해 하던 두 형사는 3층 건물 뒤쪽에 와 있었다. 그쪽에는 지하실과 연결되어 있는 비상통로가 있었다. 입구에서 나오는 사람이 단 한 명도 없는 걸 이상하게 여긴 조 형사가 건물 한 바퀴를 돌며 찾아 낸 은밀한 곳이었다. 그러니까 그 곳을 방문하는 사람들은 들어갈 때는 앞으로 들어가고 나올 때는 뒤로 나오기 때문에 앞으로 나오 는 사람이 하나도 없던 것이었다.

"조 형사 이 'B'라는 캐릭터 이니셜일까? 무슨 캐릭턴가?"

"모르죠 뭐. 여하튼 이 모자는 야구모자예요. 야구모자는 시야 확보 때문에 앞창이 좀 짧거든요."

"어. 그래? 그럼 베이스볼을 말하는 거겠구먼?"

"선배님! 또 나옵니다. 두 명이에요!"

"야! 그놈이다."

계단을 올라온 두 명의 남자는 서로 앞뒤 간격을 의식적으로 벌 리며 걸어갔다. 형사들은 이미 건물 앞쪽으로 이동하여 서로 대화 를 하고 있는 시늉을 했다.

"이동준 씨!"

조 형사가 굵은 목소리로 이동준을 불렀다.

“예? 저요? 누구세요?”

“누구는 누구야! 지구를 지키는 형사님들이지······.”

“왜요~ 또!”

이동준은 놀래기도 놀랬지만 며칠 전부터 진드기처럼 붙어 있는 형사들이 불쾌하기만 했다. 이동준은 은연중에 침을 뱉으며 혼잣말을 중얼거렸다.

“에이 씨발! 재수 더럽게 없네. 돈 잃고, 몸 버리고. 이젠 진드기까지.”

“뭐! 씨발?”

자기의 혼잣말이 형사들의 귓속에까지 들어가 파장을 일으켰다는 것을 충분히 느낄 수 있을 때 즈음, 이동준은 지금 자기 자신이 불법 도박장에서 나왔다는 걸 깨닫고 옆으로 맨 가방의 가운데에 있는 손잡이를 잡았다.

“비켜!”

‘퍽!’

앞에 있는 조 형사의 가슴을 가방으로 친 후 앞으로 뛰기 시작했다. 하지만 몇 시간 전 바람과 같이 뛰던 모자 쓴 남자와는 사뭇 다른 액션에 몇 걸음 뛰지도 못하고 조 형사에게 목덜미를 잡혔다.

“이 새끼가! 어딜 도망가!”

“놔요! 놔! 난 아무 잘못도 안 했다고요!”

이동준이 그때 할 수 있었던 건 최대한 소리를 크게 지르고, 들고 있는 가방을 무기 삼아 이리저리 휘두르는 것뿐이었다. 그것이 최대한 할 수 있는 저항이고, 그것이 형사 두 명한테 먹히기만을 간절히 바랐다. 그것은 머릿속에 동트는 해와 같이 붉게 떠오르는 아버지의 얼굴을 최대한 잊게 하는 하나의 발악이었다.

'퍽! 퍽!'

그러나 이동준은 최 형사의 찰진 주먹 두 방에 낙엽처럼 땅에 붙어버렸다.

골목 안쪽, 바로 도로와 연결되는 부분 보도블록 끝부분에 이동준이 손으로 얼굴을 감싸고 초라하게 쪼그려 앉아 있었다.

"그러게. 도망가긴 왜 도망가. 뭐 이 동네는 한 명 걸러 한 명 육상 선수야?"

"진짜라니까요! 못 믿겠으면 같이 들어가던가!"

"어쨌거나 불법이잖아. 맞지? 너 감방 한번 갈래?

"그런 일로 무슨 감방을 가요?"

"야! 들어가자~ 일어나 임마! 진짜 힘든 건 우리야. 몇 시간을 서 있었는지 알아?"

"그럼 그냥 들어갔다가만 나와야 해요? 알았죠? 그쪽 사장이 조폭이에요! 조폭!"

"아. 이 새끼. 말 많네! 당신 속고만 살았어? 당신 잊었어? 당신은 지금 살인 사건에 연루되어 있는 용의자 중의 한 명이란 말이야."

"아이 진짜 정말 아니라니까! 날 봐요. 제가 어디 사람 죽이게 생겼나!"

"아. 이 새끼가 정말 뚜껑 열리게 하네. 안 일어나 정말?"

"조폭들한테 쫓기면 정말 막아주는 거예요! 알았죠? 자 약속!"

이동준이 순진한 초등학교 학생처럼 새끼손가락을 수줍게 내밀었다.

"조 형사! 안 되겠다! 이 새끼! 그냥 정신병원부터 보내야겠다! 제 정신이야 지금? 정신. 그거 뭐야! 정신분열이라도 일으킨 거야? 형사한테 새끼손가락을. 아휴! 이게 정말!"

"맨날 조폭들한테 맞고 다니더만~ 꼭 힘없고 착한 나 같이 선량한 시민만 괴롭히는 게 형사들이지 뭐."

이동준의 혼잣말에 성질 급한 조 형사가 머리를 잡아 뜯었다.

"이 새끼가 정말! 최 형사님 좀 놔 보세요."

증기기관차의 기적소리가 머리에서 울리고 있는 것 같았다. 뚜껑이 열린 조 형사가 이동준의 멱살을 잡아 일으켰다.

"놔요! 놔! 들어갈 테니까."

이동준이 조 형사의 팔을 뿌리치고 앞으로 걸어갔다. 그 모습을 뒤에서 멍하니 쳐다보고 있던 두 형사.

"보통 놈은 아니에요. 최 형사님! 가시죠."

세계 각지의 양주들이 모두 집합되어 있는 20평 남짓한 공간에 진한 보라색과 검정색 투톤으로 인테리어를 한 부분이 세련된 조명과 어울려 엘레강스한 분위기를 연출했다. 바 안쪽 진열대 한 중간에는 반 고흐가 마시고 자기 자신의 귀를 잘랐다는 밝은 녹색의 앱상트가 진열되어 있고, 그 바로 앞쪽에는 호리호리한 바텐더 한 명이 바 안쪽 밑에 놓인 술잔들을 정리하고 있었다. 새끼손가

락과 연결된 왼손바닥의 한 귀퉁이에 가로 5센티미터에 세로 5센
티미터 정도의 반창고가 붙어 있었다. 상처가 생긴 지 얼마 되지
않았는지 반창고에 붙어 있는 얇은 솜에는 진한 적색의 피가 배어
나오고 있었다. 바의 오른쪽에 주먹 반만한 종이 달린 문이 살며
시 열리자 귀를 간지르듯 종소리가 들렸다.

'따~랑'

새벽 1시 반에 등장하는 사람치고는 너무 멀쩡해 보이는 한 여
자가 보랏빛 교태를 부리며 꼭 미스코리아 대회 중 워킹을 하는
것처럼 두발을 일자로 모으며 천천히 다가와 바텐더 정면에 앉았
다.

"마티니! 더티 마티니로 한 잔 부탁해요."

도도함이 극에 달해 있는 여성은 한마디 말을 내뱉고, 오른쪽
다리를 왼쪽 허벅지 위에 포갠 후 오른쪽 발을 다시 왼쪽 종아리
안쪽으로 넣어 카페에서 받은 쿠폰 한 장도 들어갈 수 없을 만큼
매끈한 인어의 다리같이 만들었다.

"올리브는 몇 개 넣어 드려요?"

"두 개. 다른 건 됐어요."

'올리브 두 개'라는 말에 조금 멈칫한 바텐더는 조금 뒤 '가십'
이라고 쓰여 있는 칵테일 받침대를 깔고 올리브 두 개를 넣은 더
티 마티니를 위에 올려놓았다.

"손은 왜 그래요?"

마치 인어처럼 앉아 있는 여자는 찰과상이 있는 바텐더의 손이
불쾌했는지 왼손으로 칵테일 잔을 살짝 들며 곁눈으로 바텐더를

보며 물었다.

"아. 출근했다가 택시와 작은 사고가 있었습니다. 설거지는 고무장갑을 끼고 하니 위생에는 문제없습니다."

　이동준은 이 세상에서 가장 악랄한 사기꾼이 형사라는 것을 약 30분 전에 깨달았다. 그 전날까지만 해도 악랄한 사기꾼의 제1순위는 항상 이동준의 뒤통수를 치는 진 부장이었다. 하지만 진 부장은 방금 전 2순위로 밀려났다. 가끔 경찰서를 드나들긴 했어도 항상 피해자 신분으로 어디서 뒤지게 얻어 터진 후 경찰의 도움으로 상황이 종료된 상태에서 진술서를 쓰기 위해서였다. 하지만 오늘은 다르다. 이동준은 오늘 불법 도박장 현장에서 체포되어 백차를 타고 강남경찰서에 범법자로 들어와 있는 상태다. 이동준은 1시간 전 자기 앞으로 먼저 걸어가던 운좋은 남자만 빼고 지하에 있던 모든 사람들의 뜨거운 눈총을 받으며 의자에 불편하게 앉아 있었다.

"이동준! 이동준 어디 있습니까?"

　문을 박차고 들어온 덩치 큰 50대 남자가 이동준의 이름을 재차 부르며 진술서를 쓰고 있는 형사 앞으로 다가왔다. 전화를 받고 단숨에 뛰어왔다는 것은 머리카락의 상태를 보면 알 수 있었다. 왼쪽 머리카락으로 온 머리를 덮고 있었던 대머리 남자의 머리카락이 오른쪽과 중앙의 공간을 비우고 밑으로 쏠려 내려와 있었다.

"수고하십니다. 이동준! 여기 있습니까?"

"아. 이동준 씨요?"

라면을 먹고 있던 조 형사가 무릎을 반쯤 펴며 일어나더니 눈짓으로 이동준이 앉아 있는 곳을 가리켰다. 이동준은 어디서 자주 보던 덩치 큰 남자의 목소리를 듣자마자 머리를 뒤로 돌리고 도마뱀처럼 벽에 딱 붙어 있었다.

"어라! 이놈이 이제 집안 망신까지 다 시킨다 이거지?"

동준의 부친은 단 걸음에 이동준에게 달려가 머리를 쥐어 박고 목덜미를 잡아 일으켰다.

"아버지! 아 이거 좀 놓고 얘기해요. 그런게 아니라니까요!"

"뭐가 그런게 아니야? 이 등신 새끼야! 내 진즉 그런 되지도 않은 회사 때려치우라고 했지! 어휴 이놈! 내가 그때 미국에 완전히 박아버리는 건데. 어휴 이놈! 내가 미친다! 내가!"

"아버지! 사람들 많은데 이것 좀 놓고 하세요. 제가 뭐 동네북이에요? 개나 소나 다 건드리게?"

"뭐! 뭐야! 개? 소? 이 자식이 정말!"

한 시간 전 이동준의 머릿속에 붉게 떠오르던 태양이 이제 바로 눈 앞에서 자신을 먹어 삼킬 것같이 이글거렸다.

"아저씨! 아니! 아버님? 그만! 그만 하시라고요! 좀!"

보다 못한 최 형사가 벌떡 일어나 확성기와 같은 우렁찬 소리를 내질렀다.

마루에 걸려 있는 오래된 벽걸이시계의 시침은 벌써 새벽 3시를 훌쩍 넘기고 있었다. 시계의 분침을 움직이게 하는 아날로그 모듈의 소리가 심장이 뛰는 박자보다 약간 늦게 귓등에서 방아를 찧고 있었다.

"너 인마! 이젠 도박까지 해? 미국에서 그렇게 놀다 왔으면 됐지. 네 동생 사법고시 합격해서 곧 사회에 나올 텐데. 넌 도대체 생각이 있는 거야 없는 거야?"

물잔을 들고 소파에 앉아 있는 동준의 부친은 한바탕 잔소리를 퍼붓고 얼마간의 침묵이 흐른 뒤, 이동준이 가장 민감해 하는 말들로 동준의 가슴을 긁었다. 이동준은 머리를 숙이고 손가락으로 무릎만 긁고 있었다.

"너 지금이라도 늦지 않았으니 그 되지도 않은 회사 때려치우고 다시 공부해서 한의대라도 가! 네 형하고 매형이 의사협회에서는 꽤 힘이 있다. 우리 집에 한의사가 없으니 그쪽으로 공부해 알았어? 정신차리고! 너 안 그러면 국물도 없어!"

"아버지. 제가 싫다고 몇 번을 말씀 드려요."

졸음이 쏟아지는 것을 꾹 참고 있는 이동준은 1년째 한결같이 듣고 있는 아버지의 잔소리에 대꾸할 힘도, 가치도 없다고 생각하고 있었다.

"이 자식이! 넌 우리 집안 망신이야. 치욕이라고. 돈이 곧 자유야. 이놈아. 네가 회사 다녀봐서 알겠지만. 그 쥐꼬리……."

"아버지! 몇 번을 말씀드립니까! 제가! 전 지금 이 생활이 마음에 든다고요. 아버지 마음대로 다 될 거라고는 생각하지 말아요!"

이동준이 갑자기 소리를 버럭 지르더니 옆에 놔두었던 상의를 들고 벌떡 일어나 밖으로 나가버렸다.

'쾅!'

"저. 저놈이!"

소파에 앉아 있던 아버지는 뜻하지 않은 반응에 멍하니 현관만 바라보고 있었다.

"무슨 일이에요? 여보?"

반쯤 눈을 뜬 동준의 모친이 현관문 소리를 듣고 안방에서 나와 동준의 부친을 보며 물었다.

"동준이는 나간 거예요? 이 밤중에?"

"어디 나가서 뒤져버리라고 그래. 나쁜 새끼. 자식 새끼 키워 봤자 아무 소용없어. 내가 무슨 부귀영화를 누리겠다고."

동준의 부친은 마음에도 없는 말을 내뱉고 안방으로 들어갔다.

"어휴. 비가 이렇게 오는데 또 어디 간거야? 우리 아들은."

베란다 창문에 비춰진 이동준 모친의 왜소한 모습은 세차게 내리치는 빗줄기에 의해 점점 희미해지고 있었다.

세 번째 사건 (E)

과천에서 강남으로 가는 가장 빠른 길은 우면산 터널을 통과하는 것이었다. 그리고 통행료가 가장 비싼 길도 우면산 톨게이트다. 우면산은 소가 졸고 있는 것 같은 형상을 가지고 있다 해서 붙여진 이름이다. 2004년 개통 이후 현실적이지 않은 통행료 때문에 차가 없어 낮에도 쉽게 통과할 수 있었지만, 몇 년 전부터 강남에 사는 돈과 휴지조각을 구분 못하는 사람들 때문에 가끔씩 정체를 보이기도 했다.

새벽 3시 30분, 톨게이트에 근무하는 직원들은 차가 한 대 한 대 들어올 때마다 그렇게 반가울 수가 없다. 서초동 방면 좌측 맨 끝 차선 게이트 요금소에서 외로이 근무하고 있는 여직원이 좀처럼 달아나지 않는 졸음 때문에 연이은 하품을 하고 있었다. 멀리서 헤드라이트 불빛이 보이자 하품하던 입을 손으로 잽싸게 막고 눈을 비볐다. 톨게이트로 들어오며 매너 있게 전조등을 끈 차가 서서히 조그만 창문 옆에 멈춰섰다.

"2,500원입니다."

"어! 원래 2,000원 아니었어요? 또 올랐습니까?"

"아. 선생님. 오른 지 좀 됐습니다."

"경기는 정말 바닥인데 물가는 자꾸 오르고. 이거 살라는 건지 말라는 건지. 하하! 여기 있습니다."

"경기가 IMF보다 더 안 좋다고 다들 그러시네요."

"청와대 새 주인이 누가 될는지. 잘 해야 될 텐데."

"빗길에 운전 조심하세요. 여기 잔돈입니다."

"날씨도 싸늘하고 비도 와서 으스스하네요. 자! 그럼 수고 하세요!."

중형 아우디 차를 탄 중년 남자의 넋두리가 출발하는 머플러의 소리와 함께 메아리처럼 들렸다. 비는 조금 더 거세졌다.

'똑!똑!'

"언니!"

"엄마~~! 어휴! 깜짝이야! 애 떨어질 뻔 했네."

여직원은 오른쪽 창문에서 자기를 부르고 있는 동료 후배의 갑작스런 목소리에 깜짝 놀랐다.

"뭘 그렇게 놀라? 뭐 좋은 거라도 보고 있었어?"

"아이. 참. 놀랐잖아!"

"커피 있어? 언니? 나, 다 떨어졌네."

"응~ 여기~ 날씨가 왜 이래? 으스스하다."

"오늘은 차 진짜 안 들어온다. 잘 마실게. 고마워!"

커피믹스를 몇 개 챙긴 동료 후배는 게눈 감춘 듯 자기 자리로 돌아갔다. 의자 하나가 놓여진 게이트 요금소 창문 안의 뒷공간에서 커피포트의 김이 모락모락 새어 나오고 있고, 조그맣게 라디오 DJ의 목소리가 흘러 나오고 있었다.

"어휴. 춥네!"

'쪼로로륵. 쪼로록."

동료 후배는 커피포트 앞에 쪼그려 앉아 물을 따라 커피믹스 봉지로 저은 뒤 자리로 가서 다시 앉았다.

"음~~ 커피맛 좋다."

"비~ 참 잘 온다. 곧 더 추워지겠네."

"어휴 추워!."

반대편 차선인 서초동 방면 톨게이트 맨 끝차선에 있는 선배 여직원이 화장실을 다녀온 후 다시 자리로 들어와 문을 잠그는 것도 잊어버린 채 급하게 의자를 차고 앉았다. 선배 여직원은 엉덩이를 살짝 들어 올려 밖을 빼꼼히 쳐다본 후 라디오의 소리를 올렸다.

“새벽에 듣는 라디오는 정말 분위기 있어.”

‘비가 오면 생각나는 그 사람. 언제나 말이 없던 그 사람.’

새벽, 비, 그리고 혼자인 여자와 절묘하게 어울리는 애절한 노래가 흘러나오고 있었다.

그때! 뒤에 있는 문이 소리 없이 천천히 열리고 검은색 우비를 뒤집어 쓴 남자가 게이트 요금소 안으로 들어왔다. 차가운 바람이 들어온 걸 느낀 직원은 무의식 중에 뒤를 돌아보았다.

‘헙!’

고개를 다 돌리기도 전에 검은색 우비의 남자는 오른손으로 여자의 입을 막고 왼손으로는 목을 지긋이 눌렀다. 30초나 지났을까? 발악을 하던 여직원의 두 팔이 힘없이 땅에 떨어졌다.

“무슨 소리지? 바람 소린가?”

두 손으로 따듯한 커피잔을 잡고 라디오 소리에 집중하고 있던 후배 직원은 이상한 소리에 잠시 멈칫했다. 그리고 듣고 있는 라디오 음악 소리를 다시 조정했다.

“오늘은 정말 차가 없네. 하긴 날씨가 이런데…….”

잠시 후, 서초동 방면으로 들어오고 있는 승용차의 헤드라이트가 보였다.

“자기야~ 자기야~ 좀 일어나봐. 집에 거의 다왔어.”

라디오에는 흘러간 팝송이 흘러 나오고 있었다.

“자기야 지갑 어디있지? 일어나봐. 좀!”

게이트 요금소와 게이트 요금소 사이, 헤드라이트의 빛이 닿는 맨 끝 부분에 검은색 우비 남자의 발이 천천히 움직이고 있는 것이 어렴풋이 보이다 이내 어둠속으로 사라졌다. 하지만 여자는 어둠이 무엇을 삼켜 먹었는지 조금도 눈치채지 못했다.

"어디다 뒀지?"

지갑을 찾는데에 정신이 팔린 여자는 다시, 뒷좌석 시트 위 가방 안 등을 이리저리 뒤졌다. 그러다가 남편이 배 위에 살포시 올려놓은 것을 발견하고 함숨을 토해냈다.

"아이! 이 아저씨가 정말!"

여자는 남편에게서 지갑을 매몰차게 뺏으며 짜증나는 눈빛을 날렸다. 그제서야 하품과 기지개를 펴며 일어나는 남편은 여기가 어딘지 어리둥절하기만 했다.

"다~~ 왔~ 어?"

"어휴~~ 술 냄새! 입 막고 얘기해요. 당신!"

짜증을 내던 눈빛은 경멸의 눈으로 바뀌며 두 손가락으로 코를 막았다. 삼천 원을 꺼낸 여자는 요금소 안을 쳐다보며 왼팔을 쭉 뻗었다.

"여기요!"

여느 때나 다름없는 운전자의 행동이었지만 요금소 안에는 인기척이 전혀 없다.

"화장실 가셨나? 자기야. 안에 아무도 없나 봐. 차 뒤로 뺄까?"

정신을 차리며 뒤를 돌아본 남편의 표정은 잠시 기다리자는 것이었다.

"야. 뒤에 차 오잖아. 내가 가볼게!"

문을 열고 차에서 내린 남편은 싸늘한 바깥 날씨에 몸을 한껏 움츠렸다.

"으아! 되게 춥네."

차에서 내린 남편은 차량의 앞쪽을 끼고 게이트 요금소를 향해 총총걸음으로 걸어갔다.

"여기요?"

닫혀진 게이트 요금소 창문을 밀치듯이 잡으며 안을 들여다본 운전자의 남편은 잠시 안에 있는 물체가 무엇인지 그 형상이 눈에 들어오지 않았다. 다만, 물체 옆으로 흐르고 있는 붉은색 액체를 보고 순간적으로 판단했다.

'시체다!'

"아악!!"

남편은 디디고 있는 발을 뒤로 빼며 시퍼렇게 질린 얼굴로 차를 향해 뛰어갔다.

"여보!! 뒤로! 후진! 후진! 차돌려! 사람이. 사람이……."

문을 열자마자 빨리 이곳을 떠나야 한다는 말과 함께 여자로 하여금 일단 '후진' 기어로 놓게 했다.

"왜? 왜 그래?"

너무 놀라 경직된 몸으로 오른쪽 발끝에 이미 힘을 주고 있는 여자가 갑작스러운 상황에 당황하며 물었다.

"주, 죽은것 같아."

남편의 떨리는 목소리, 시퍼렇게 질린 얼굴, 붉은 빛이 돌고 있는 눈동자.

“뭐!?”

‘끼이이익익!’

시퍼런 얼굴색이 그대로 전이된 여자는 있는 힘껏 가속페달을 밟았다. 계기판의 게이지가 빠른 속도로 출렁한 승용차는 비틀대며 뒤쪽으로 미끄러지듯 출발했다. 그리고 뒤를 쳐다본 조수석의 남편은 눈 앞에 들어온 두 줄기의 불빛을 보고 ‘아차’ 했다.

‘빵! 빵!’

‘꽝!’

조수석의 남편은 한 시간에 몇 대 지나가지도 않는 이 시간에 하필이면 지금 차가 들어 오는 것일까?라고 순간 생각했다.

비가 그친 새벽 6시 20분, 아직 어둠으로 둘러싸인 우면산 밑에는 사건 현장을 가득 메운 차량들로 즐비했다. 몇 종류의 경광등 불빛은 새벽 안갯속에 묻혀 간헐적으로 빛을 발산하고, 급하게 출동한 나 팀장은 폴리스라인을 살짝 넘어 게이트 요금소 쪽으로 걸어가고 있었다. 여직원의 동료 후배가 울먹거리는 목소리로 경찰에 설명을 하고 있었다.

“저는 정말 아무 소리도 못 들었어요. 언니한테 커피믹스를 빌리고 자리로 돌아와 차 한잔하며 라디오를 듣고 있었는데. 갑자기 비명이 들렸고, 어떤 남자가 크게 소리를 질렀어요. 그리고 조금 뒤 ‘꽝’ 하는 소리가 났어요. 그때 제가 밖으로 뛰어 나갔죠.”

“커피믹스를 빌릴 때 무슨 이상한 점이라도 없었나요? 그 선배 직원분 말이에요.”

팀에 유일한 여자인 신 형사가 물었다.

"전혀 그런 거 없었어요. 원래 조용하고 정말 참한 언니거든요. 뭐든지 잘 빌려 주고. 마음씨도 참 곱고."

"그분하고는 친하세요? 그러니까. 뭐 사생활이나 개인적인 얘기도 나누신 적이 있는지."

"음~ 가끔 일 끝나고 밥 같이 먹는 거밖에 없어요. 그 언니는 술도 잘 안 마시니까."

"아참!"

동료 후배는 뭔가 생각난 듯 눈을 크게 뜨며 말했다.

"며칠 전에 식사하다가 봤는데요. 목에 상처가 있더라고요. 뭐 꼬집힌 것 같기도 하고. 그래서 제가 물어 봤죠. 언니! 남자친구 생겼구나?라고 그런 얼굴이 시뻘게지면서 놀라더니, 벌레에 물렸다고 그러더라고요! 요즘 추워서 벌레 그런 거 없는데. 너무 당황하길래 더 안 물어봤어요."

"아~ 네."

나 팀장은 뒷짐을 지고 요금소 창문으로 안을 보고 있었다.

"참. 서글프네 서글퍼. 이건 완전 사람을 닭 잡듯이 잡아놨잖아."

"뭘 그렇게 중얼거리세요?"

"아이! 깜짝이야!"

박도준이 등 뒤에서 나 팀장의 머리를 넘어 게이트 요금소를 들여다보고 있었다.

"야! 너 인기척 좀 하고 다녀! 깜짝 놀랐네!"

“뭐야. 이건 또?”

“나와 인마. 안에 들어가 보게!”

“나오세요! 제가 들어가게! 담도 약하신 분이.”

박도준이 나 팀장의 팔을 당기며 사무실 안으로 발걸음을 옮겼다.

“이거 맨정신에 한 짓은 아니군.”

좁은 수사 현장에는 과학수사대 직원 2명이 이미 현장 검증을 하고 있었다.

시체 머리는 검은색 비닐로 씌워져있고, 양손은 묶여 배꼽 위에 얹어져 있었다. 다리는 요가에 나오는 자세처럼 옆으로 쭉 뻗어 ‘―’자를 유지하고 있고, 양쪽 무릎은 머리 쪽으로 꺾여 위쪽으로 향해 있었다. 양쪽 신발은 벗겨져있고 발꿈치 뒤에 있는 아킬레스건은 양쪽 다 절단된 상태였다. 그 부분에서 피가 새어 나와 상체 부위와 머리 밑이 흥건하게 젖어 있었다.

“돌았네! 돌았어! 미치지 않고 어떻게 이렇게!”

박도준의 어깨너머로 시체를 넘겨보던 나 팀장의 얼굴이 하얗게 질렸다.

“아킬레스건을 잘라 피를 뺀 걸 보면, 하체의 탄력을 없애서 죽은 모양을 그대로 유지하려고 한 것 같은데. 그 짧은 시간에 이 정도의 실력을 보여 준다는건 전문가 중에서도 거의 톱이라는 얘기 아니에요?”

“올해가 지구의 종말이 온다는 그때 아니냐? 정말 종말이 온다는 걸까?”

"팀장님! 팀장님!"

이한성이 팀장과 박도준 쪽으로 뛰어오며 팀장을 부르고 있었다!."

"이것 좀 보세요."

왼손에 낀 장갑 바닥에는 가운뎃손가락이 점잖게 누워있었다.

"어휴~~ 또 같은 놈이구먼!"

비닐봉지를 들어 형광등에 비추며 유심히 관찰하던 나 팀장이 한탄하듯 말했다.

"정말 이번 사건은 감이 안 오네요. 얼마나 대단한 인물이길래 지문도 없고, 흔적도 없고, 소리도 없는지."

"은소연? 이 여자 이름이 은소연이네요."

현장 안에 있는 여직원의 핸드백 안에서 지갑을 꺼낸 이한성이 주민등록증을 꺼내며 말했다."

"어? 선배님! 잠깐만요. 이것 좀 보세요!"

지갑사이에 끼워져있는 종이 쪽지를 보며 말했다.

'012-8337-7263 N비'

"이상한 번호가 있는데요?"

이한성이 나 팀장과 박도준 사이로 들어오더니 두 명한테 이상한 번호를 들이대며 호기심에 찬 얼굴로 말했다.

"잠깐 한성아! 012 야! 휴대전화는 010, 011 이지?"

"그렇죠. 그런데 아직 019 같은 것도 있어요."

"에이. 이건 무슨 번호야?? N비는 또 뭐고!"

"그런데 선배님! '은'씨가 있나요?"

“야! 이 바보야! ‘은지원’도 있잖아!”

“어휴! 대가리야. 또 편두통 오네! 야! 오늘 집에 가는 놈 있으면 사표 낼 각오해라! 빨리 정리하고 CCTV 테이프 가지고 와! 철수해!”

경찰서 안은 평소보다 더 빨리 움직이는 분위기였다. 평소와 같은 사람들, 귀에 익숙한 소리들, 눈에 익숙한 물체들이었지만 머릿속이 복잡한 두 형사에게는 사뭇 다르게 느껴졌다. 박도준과 이한성은 고래를 숙인 채 복도를 지나 회의실로 향하고 있었다.

‘没那么简单就能找到聊得来的伴(메이나머지엔딴 지우능짜오 따오 리아오더 라이더빤)’

평소에 좋아하는 중국 노래의 벨 소리가 이한성의 휴대전화에서 울리기 시작했다.

“음. 성희야!”

이한성이 박도준의 눈치를 보며 오른손으로 휴대전화와 입을 동시에 가리며 얘기했다.

“안 될 것 같아. 오늘도 완전 비상이야. 어~ 그래~ 미안해.”

힘없이 전화를 끊은 이한성은 마음이 아픈지 휴대전화 바탕화면의 장성희 사진을 그윽이 쳐다봤다.

“성희 씨?”

“네.”

“잘 좀 해줘라. 몇 년을 기다렸는데. 너희도 이제 결혼해야 하는 거 아냐? 애도 만들어야 하고.”

"하긴 해야 하는데 매일 이렇게 비상이라서, 그리고 똥차가 앞에 '떡'하니 버티고 있는데 하긴 뭘 해요?"

"똥차? 이 자식이! 너! 똥차한테 똥 세례 한번 받아볼래?"

"자꾸 '똥','똥' 하니까 화장실 가고 싶네. 먼저 들어가세요. 전 밀어내기 한판하고 들어갈게요."

"그래! 똥장군아! 빨리 들어와! 팀장님 또 열 받겠다."

대선이 얼마 남지 않은 11월, 정치공작이 아니냐는 야권의 메시지가 경찰청장을 통해 강력계 4팀에게도 전달되었다. 하지만 연쇄살인 사건과 정치와 어떤 연관을 지어 보려고 해도 답은 나오지 않았다. 강력계 4팀 팀장과 팀원들은 또다시 머리를 맞대고 구긴 인상들을 몇 시간째 유지하고 있었다.

"야! 박도준! 지금까지 진행된 거 얘기해봐!"

박도준은 의자에 거의 누워있는 것처럼 엉덩이를 의자 앞쪽까지 쭉 빼고 책상 위에서 볼펜을 '톡~ 톡~' 아주 느린 템포로 치며 깊은 생각에 빠져있었다.

"팀장님. 뭐~ 별로 없습니다. 뭐 좀 나오는 게 있어야지요."

말대꾸 없는 박도준을 방어하기 위해 이한성이 대신 치아를 보였다.

"최 형사! 그 이동준인가 하는 놈은 어떻게 됐어? 그 자식 어제 어디 있었대?"

"예~ 팀장님. 이동준 그 친구는 불법 도박장에 다니더라고요. 어제 1시 반쯤 잡아서 3시경에 보호자가 데리고 갔어요. 그 외는 별일 없었어요"

"3시? 보호자가 누군데?"

"이동준 부친이 오셨어요."

"3시에 여기에서 나갔다고? 그럼 사건 발생 시간 안에 들어 오는 거 아냐? 야! 최 형사 그 자식 빨리 소환해서 조사해봐."

"팀장님도. 참~ 그 시간에 아버지한테 끌려가서 제대로 잠이나 잤겠습니까? 여기서부터 그렇게 난리를 쳤는데."

조 형사의 말이었다.

"이동준! 그 친구는 오늘 사건과 관계가 없을 가능성이 커요!"

30분째 침묵만 지키고 있던 박도준이 말문을 열었다.

"그런데 당신은 어제 어디 있었어?"

"잠복~ 예. 잠복했죠."

엄지원 기자 집에 잠복했던 박도준이 양심에 가책을 느끼며 더듬더듬 둘러댔다. 팀장과 나란히 앉아있던 이 형사가 반대편을 보고 키득키득 웃고 있었다.

"좀 들어 보세요. 팀장님~ 진술서로 미루어보면 이동준의 차는 그 사람의 집에 주차되어 있었습니다. 그의 집은 논현동 H아파트죠, 여기서 논현동까지 아버지 차로 이동했을 테니 신호 무시하고 밟으면 빠르면 10분, 정상대로라면 15분 정도가 걸립니다. 3시 10분에 여기서 나갔으니 집에 도착한 시간은 3시 25분. 만약 도착하자마자 거기서 다시 차를 가지고 우면산 터널로 갔다고 하면 3시 40분 안에는 도착할 것입니다. 만약 양재동에서 성남으로 합승 뛰는 택시기사들의 운전 솜씨로 차를 몰았으면 가능하죠.

그러나 CCTV를 보면 아시겠지만 범인은 검은색 우비와 검은색 장화를 신었죠. 우비도 일반적으로 편의점에서 살 수 있는 일회용 노란 우비가 아니라, 산을 탈 때나 야외 레저 활동을 할 때 쓰는 질 좋은 전문가용 판초 우비죠. 얼굴을 완전히 가릴 수 있는.

그리고 손가락이 잘려진 단면을 보면 일반 가위나 톱으로 자른 것이 아닙니다. 깨끗하게 한 번에 자를 수 있는 어떤 전문공구를 쓴 것이고, 아킬레스건을 자른 부위는 왼쪽과 오른쪽이 한치의 오차도 없이 똑같습니다. 상처의 크기도 그렇고. 의학적인 지식이 풍부한 전문가라는 말씀입니다. CCTV에 뿌린 검은색 유성 에나멜 스프레이도 필요했고, CCTV에는 없지만 무릎을 'ㄱ'로 꺾으려면 힘이 최홍만 정도는 돼야 가능한 얘기인데……. 그러니까 어떤 무거운 물체로 무릎을 부순 후 관절을 빼내 위쪽으로 이렇게 꺾은 겁니다. 따라서 그 물체가 무엇인지는 모르지만 최소한 망치보다는 큰 어떤 것이겠지요. 그리고 그렇게 짧은 시간 안에 모든걸 처리했다면 이건 그 짓을 많이 해 본 비정상적인 놈이란 말입니다. 불법 도박장에서 파친코나 튀기고, 아버지한테 혼나는 그런 놈은 아닐 거예요. 총괄적으로 보면 네 가지에서 다섯 가지의 도구가 필요했을 텐데, 그 물건들을 다 차에 두고 다녔을까요? 이동준이란 그 사람이? 아니면 5분 정도 남는 시간 안에 그 걸 다 준비했겠습니까?

단, 한 가지 경우의 수는 있습니다. 부친과 공범 살해! 그러니까 부친이 모든 것을 준비해서 경찰서에 왔고 바로 우면산 터널로 갔으면 가능도 했을 겁니다. 따라서 저는 이동준은 이번 건에 대해서 만은 아니라는 쪽에 무게를 두고 싶네요. 물론 첫 번째 사건의 알리바이는 아직 완벽하지 않지만."

"또 한 가지. 한성아! CCTV 다시 돌려봐."

"네!"

이한성이 회의탁자 앞에 있는 컴퓨터로 이동하여 CCTV를 앞으로 돌리자 프로젝터의 푸른색 빛이 다시 흰 벽에 나타났다.

"문이 열린 후 피해자가 고개를 돌리기도 전에 2미터의 거리를 잔발로 움직였습니다. 약 0.5초의 시간에 성큼성큼 두 걸음을 옮기기는 쉽지만 다섯 발의 잔발로 옮기기는 쉽지가 않죠. 마치 닌자같이. 그 이유는 비가 와서 장화에 물기가 있었다는 점, 즉, 미끄러지는 것을 방지하기 위함이라고 생각합니다. 자! 보세요! 피해자의 입을 막은 것은 오른손이 아니라 왼손입니다. 입을 막은 목적은 고개를 꺾기 위해서라는 것을 바로 다음 행동을 통해 알 수 있는데, 보시다시피 오른손으로 목을 누른 후 왼쪽으로 목을 꺾었습니다. 즉, 가해자는 왼손잡이일 가능성이 높다는 거죠. 최 형사님?"

"어!"

"이동준이 담배를 피우나요?"

"어! 피우던데."

"어떤 손으로 피우죠?"

"잘은 생각이 나지 않지만 왼손은 아닌 것 같아."

"그럼! 진술서는 어떤 손을 썼죠?"

"음~~ 그건 오른손이 분명해."

"물론~ 밥 먹는 손, 시계 차는 손, 마우스 사용하는 손, 전화 받는 손 등 몇 가지 확인해야 할 사항이 있지만 이동준은 오른손 잡이일 가능성이 큽니다.”

“…….”

모두들 생각하지도 못했던 말들을 스스럼없이 꺼내는 박도준이 놀랍기만 했다. 특히 이동준을 바로 잡아오라고 했던 팀장은 더욱 난처했다.

“그. 그렇지. 그럴수도 있지.”

팀장의 계면쩍은 맞장구를 수습할 수 있는 것은 또 다른 질문이었다.

“그리고 이 형사! 그 번호는 뭐야? 아까 012로 시작했던!”

“예~ 팀장님~ 그거 삐삐번호에요. 삐삐.”

“뭐! 삐삐? 그거 아직도 있어? 아직도 누가 그런 걸 사용하나? 야! 한성아 나가자!”

삐삐번호라는 것을 알자마자 중요한 단서를 찾은 듯. 박도준은 눕듯이 앉아있던 자세를 바르게 고쳐 앉았다.

“예! 지금요?”

“그래 인마! 나가자!”

박도준이 계속되는 회의를 무시하고 회의실을 빠져나갔다. 곧 이한성이 눈치를 보며 슬금슬금 박도준의 뒤를 따랐다.

“야! 박도준! 저 새끼가! 회의하다 말고 어딜가? 저 새끼가 갈수록 지 마음대로야!”

벌떡 일어난 나 팀장이 박도준 일행을 보고 고래고래 소리를 질렀다.

'딱!'

나 팀장은 화가 머리 끝까지 올라 들고 있던 볼펜을 문 앞으로 집어 던졌다.

"야 이 새끼야! 네가 팀장해라! 네가!"

"뭐든 가지고 오라면서요!"

박도준의 목소리가 나지막이 들렸다.

같은 시각 글로벌 로지스틱스 사무실에도 부장 주관 회의가 진행되고 있었다.

"그래! 그쪽은 그렇게 처리하고 중국 건에 대해서는 우리 회사의 오랜 고객이니 장 차장이 계속 좀 수고해주고. 특히 신경쓰라고! 특히! 그리고 이 과장! 이번에 손님들 오시는 거. 이 과장? 이 과장!"

"아직 안 왔는데요."

눈치가 없는 오한수지만, 가장 솔직한 것도 오한수다. 만약 다른 팀원 같았으면 외근 나갔다고 했을 것이다.

"뭐? 몇 신데 아직 안 와? 또 지각이야?"

'저나 잘하지 어디 대고 지각 일등이라고 그래?' 장성희 대리가 혼잣말로 중얼거렸다.

"아! 네. 김 부장님! LA 건은 잘 처리됐습니다. 중국 건은 만나서……."

갑자기 걸려온 전화를 받으며 진 부장이 일어나 창문 쪽으로 향했다. 절묘한 타이밍이었다. '스르륵' 자동문이 열리며 이동준이 맨 끝에 남은 자리를 채우고 앉자마자 왼쪽 눈을 가렸다. 오한수가 30초만 입을 다물고 있었어도, 사건의 전말은 드러나지 않았을 것이다.

"네. 그럼 들어 가세요."

진 부장이 새로 산 휴대전화가 어색한지 종료된 전화를 들고 한참을 쳐다보다 바지에다 액정을 쓰윽 닦고 자리로 돌아와 앉았다.

"어? 넌~ 뭐야? 언제 왔어? 방금 전까지 없었는데?"

진 부장이 갑자기 하늘에서 떨어진 사람을 보고 당황해하며 말했다.

"장 차장! 재좀 어떻게 해봐. 아주 내가 골치가 아파서 회사를 때려치우던지! 내 인생을 때려치우던지, 둘 중에 하나는 해야 되겠어!"

"이동준 과장! 너 밤마다 뭐하고 다니는 거야? 어!"

진 부장 눈치를 보고 있던 장 차장이 매서운 한마디를 던졌다.

"어라? 야! 이동준. 너 손 좀 내려봐. 눈은 또 왜 그래?"

이동준이 가리고 있던 오른손을 멈칫멈칫하더니 살짝 내려 얼굴을 보여주려다 말고 계면쩍은 듯 반대편으로 더 돌렸다. 이동준의 눈이 심하게 부어 있었다.

"나~ 참! 너 이제 싸움질까지 하고 다니냐? 당신이 고등학생인 줄 알아? 어휴 저 화상. 야! 오늘은 여기까지! 다들 일들해! 그리고 장 차장! 이 과장! 두 사람 휴게실로 좀 와!"

이한성의 차는 오늘도 노란색 눈을 깜박거리고 있었다. 그리고 그 차를 지키고 있는 사람은 오늘도 박도준이었다. 박도준은 이한성이 통신사 문을 나오는 모습을 보자마자 자세를 고치며 앉아 차창을 내렸다.

"블랙 맞아? 설탕은?"

지금 이 시간 박도준에게는 이한성이 가지고 온 정보보다 한 잔의 블랙커피가 더 필요했다. 박도준은 항상 아메리카노에 설탕 반 스푼을 넣어서 마신다. 그게 미국에 사는 한국사람들 스타일이라나.

"선배님, 이거 사용하는 사람들이 아직도 있네요. 몇십 명쯤 된다고 하는대요. 보안을 걸어놔서 데이터는 바로 줄 수 없으니 정식으로 요청 하랍니다."

이한성이 아메리카노와 통신사 직원과의 미팅 내용을 차창으로 전달하고 운전석으로 이동했다.

"야! 웃기는 놈들이네. 이것 가지고 뭘 한다고. 우리가 장사 한 두번 하냐? 정식은 정식이고. 빨리 내놔봐. 삐삐 주인."

"세상 참 편하게 살아. 우리 선배님은. 자! 여기요."

이한성이 메모한 종이를 박도준에게 건넸다.

"주상식? 가자. 한성아!"

고속도로를 한 시간쯤 달렸을까? 일산 외각의 도로는 도심의 복잡한 도로와 상당히 엉켜 있었다. 고속도로에서 이한성에게 부동산 사장이 전화로 알려주던 길은 상당히 복잡해 보였는데, 박도준이 깜박 조는 사이 도착한 목표지점의 '부동산' 간판이 그의 눈에 들어왔다. 박도준은 '한성이는 이제 길 찾는 데 도가 텄구나'라는 생각을 했다.

'딸랑~'

문을 열고 들어가자 사장으로 보이는 중년 남자가 담배를 문 채 다리는 책상에 올려놓고 휴대전화로 전화를 받으며 담배를 들고 있는 손으로 앉으라는 시늉을 했다.

"어~ 손님이 오셨네. 어! 미스 리. 내가 좀 있다 전화할게."

자연스럽게 전화를 끊은 사장은 슬리퍼를 질질 끌고 형사들 앞으로 다가왔다.

"주상식 씨 되시죠?"

앉으라는 부동산 사장의 제스처에도 두 명의 형사는 꼿꼿하게 서 있었다.

"예~ 그렇습니다. 앉으시죠!"

부동산 사장이 쓰고 있던 안경을 코끝까지 내리고 안경 너머로 두 형사의 얼굴을 확인하더니 퉁명스럽게 말했다.

"강남경찰서에서 나왔습니다. 잠깐 실례 좀 하겠습니다."

대부분 처음 형사를 대하는 사람이면 눈빛이나 몸짓이 상당히 어색하게 변하기 마련이다. 아무런 죄를 짓지 않고 결백하다 하더라도 학생이 학생주임 선생님의 호출을 받고 교무실로 향하는 것처럼 불안하고 초초하기 마련인데, 부동산 사장은 전혀 그런 기색이 없었다.

"강남경찰서에서 어인 일로 일산까지?"

"주상식씨! 삐삐 사용하시죠?"

"삐삐요? 제 삐삐는 왜요?"

이한성은 갔던 길을 돌아올 때, 왜 갈 때보다 더 빨리 돌아온다고 느껴질까 하는 생각을 하고 있었다.

"그나저나 일이 좀 복잡해질 것 같죠? 일산으로 달릴 때 조금 기대는 했는데. 쉽게 풀릴 거라고 생각한 내가 바보지."

"이번 사건은 공소시효 다 채울 수도 있다고. 어떤 새끼인지 몰라도 우리 머리 위에서 놀고 있어. 메모한 것 좀 줘봐."

이한성이 메모지를 박도준한데 건넸다.

'인터넷 중고장터 삐삐 고가 매입, 용산전사상자 b동 203호 담당자 정재웅 hp 010-2344-5455'

박도준이 메모한 걸 보고 쭉 읽어 내려갔다.

"한성아 용산까지 얼마나 걸려?"

"한 50분 정도?"

"그럼 밥은? 밥은 안 먹어?"

"지금 밥이 문제에요? 밥 못 먹어서 걸신 들렸어요?"

"어릴 때 엄마가 밥을 안 줘서 그래. 이 놈아! 지그시 밟아라. 빨리 날아가자. 배고파 죽겠다."

용산에 도착하자마자 국수로 허기를 채운 두 형사는 주위를 두리번거리며 에스컬레이터를 타고 2층으로 올라가고 있었다. 에스컬레이터 계단이 계단 모양에서 일자로 변경될 때 즈음, 두 형사는 서로 입이라도 맞춘 듯 폴짝 뛰어 2층으로 올라섰다. 마음만 먹으면 2층으로 올라오는 사람들의 얼굴도장을 다 찍을 수 있는 명당 가게에 앉아 있는 사람들이 딴청을 피우면서도 호객행위를 하고 있었다. 두 형사가 그 앞을 지나갈 때 가게 안의 한 남자가 일부러 눈을 맞추며 말을 걸었다.

"손님! 휴대전화 하나 구경하고 가세요~~ 제가 지상 최대의 아름다운 가격으로 드릴게."

"203호는 어느 쪽에 있어요?"

입구 쪽 가게에 있는 사람은 이한성의 물음에 성의 없이 턱으로 대답을 대신했다. 두 형사는 코너를 돌아 30미터 정도 이동하여 203이라고 써있는 가게를 보고 잠시 멈칫거렸다. 마침 중화요리 배달원이 가게 안으로 들어가 음식을 내려놓고 몇 마디 대화를 나눈 후 이내 사라졌다. 누가 정재웅일까? 두 명 중 정재웅은 있을까? 두 형사의 뇌세포들이 활발히 움직이기 시작했다. 가게 안의 두 명 중, 한 명은 앞에 있는 손님과 얘기를 하고 있고, 다른 한 명은 탁자에 음식이 놓이자마자 랩부터 벗기기 시작했다. 보통 음식은 사장이 먼저 먹는 법, 그리고 사장이 직접 인터넷에 글을 올리는 일은 드물다.

"재웅 씨 밥 왔다! 밥 먹자!"

가게 밖에 있는 손님이 부스를 떠나자마자 시장으로 보이는 남자가 서 있는 남자를 불렀다.

"빙고!"

박도준이 작은 목소리로 목표를 확인했다는 표시를 했다. 그리고 혹시 모를 도주를 막기 위해 이한성을 먼저 앞으로 보냈다.

"날렵해 보이니까 조심해."

　이한성은 뒤에서 들려오는 박도준의 목소리를 듣고 전화를 받는 척 하며 가게를 지나 약 3미터 정도 떨어진 곳에 위치했다. 박도준은 가게 안에 있는 남자한테 말을 걸었다.

"저 여기 삐삐 있어요?"

"네? 네~"

　짜장면을 한가득 입에 문 남자가 가까스로 대답을 한 뒤 입안에 있는 음식을 힙겹게 씹어 넘기고는 뭔가 흥미 있는 듯한 얼굴로 다가왔다.

"하나 있긴 한데 예약이 돼 있어서. 요즘 왜 이렇게 삐삐 찾는 사람이 많지? 얼마나 쓰실라고? 새로 등록은 안 되는 거 아시죠?"

"당신 정재웅이지?"

　박도준의 말은 질문이 아니라 확인사살이었다. 사장이 '재웅 씨'라고 말하는 입모양을 어렴풋이 봤기 때문이다. 나지막이 직원의 이름을 부른 박도준을 식사를 하던 사장이 순간 쳐다봤다. 삐삐를 찾으려고 뒤돌아 진열장을 뒤지던 가게 안의 남자는 잠깐 멈칫하더니 이내 주머니에서 휴대전화를 꺼내 전화를 받았다.

"여보세요? 아. 네~ 사장님."

　박도준 쪽을 보고 다시 뒤돌아 선 남자가 진열대와 진열대 사이로 몸을 집어넣어 가게를 빠져나가려고 했다.

"정재웅 씨?"

　박도준이 한 번 더 물어본 뒤 빠져나가려고 하는 정재웅의 팔을 잡으려고 할 때 그는 돌연 박도준의 손을 뿌리치고 왼편 복도로 뛰기 시작했다. 하지만 옆에서 딴청을 피며 대기하고 있던 이한성이 침착하게 발을 걸자, 정재웅은 앞으로 꼬꾸라지고 말았다.

"일어나! 왜 사람들은 이름을 물어보는데 대답은 안 하고 도망을 가는 거지? 이해할 수가 없네."

박도준이 넘어져있는 남자의 목덜미를 잡아당기며 이해할 수 없다는 듯 고개를 갸웃거렸다.

"아이구 손바닥 까졌네? 아저씨! 경찰서 갈래. 그냥 여기서 말할래."

이한성이 팔을 잡아 꼼짝 못하게 한 뒤 정재웅에게 말했다.

"여기는 좀 그렇고, 나가시죠."

세월의 흔적은 감자전만큼이나 두껍게 덮어놓은 메이크업으로는 커버가 안 된다. 스쳐 보면 50대고 자세히 보면 60대 일 것 같은 다방 큰언니가 새빨간 립스틱을 칠하고 커피를 타며 박도준의 테이블을 힐끗힐끗 쳐다보고 있었다. 그 옆에는 껌을 질겅질겅 씹으며, 손이 안 보일 정도로 빠르게 문자 메시지를 하는 미니스커트 여자가 얼굴마담인 양 앉아있었다. 자리에 앉자마자 마담한테 밴드를 달라고 한 정재웅은 살짝 까진 손바닥을 '호호' 하며 불고 있었다.

"아직도 이런 곳이 있나?"

박도준이 신기한 듯 다방 주위를 쭉 둘러본다.

"이 근처에는 몇 군데 있어요. 워낙 다방커피 찾는 사람이 많아서. 우리 이층에서도 하루에 몇 번씩 이곳을 이용합니다. 이 집 매출이 우리 가게보다 더 많을걸요. 아마."

정재웅은 묻지도 않은 말들을 실타래처럼 풀어놓았다.

"아는 거 많아서 좋겠다! 그건 그렇고 그 삐삐 얘기 좀 해봐. 계속 가지고 갔다는 그 인간이 누구야?"

"제가 일 년 전에 아버지 삐삐가 우연히 정지되지 않은 걸 보고 며칠 가지고 놀다가 그냥 싼값에 팔려고 중고사이트에 올렸거든요. 근데 어떤 사람이 전화를 해서 한 달만 쓰고 버린다고. 그때 정지 시키라는 거예요. 40만원 준다고. 제가 골동품이라 5만원에 올려놓고도 비싸다고 생각했는데 말이죠."

"그래 가지고?"

"왠 떡이냐 하고 날름 팔아 먹었죠. 그런데 며칠이 지나자 또 필요하니 구해 달라는 거예요. 계속 사겠다고. 삐삐 모으는 취미가 있대요."

정재웅은 흥이 난 듯 삐삐와 관련된 얘기를 늘어 놓았다.

"그 인간 이름이 뭔데? 전화번호는 아는 거지?"

"좀 더 들어보세요."

그때, 짧은 미니스커트 여자가 여전히 껌을 질겅질겅 씹으며 커피를 가지고 와 쟁반을 내려놓고 정재웅 옆에 앉았다.

"오빠는 이거! 나머지 두 손님들은 이거."

"아니~ 왜 커피 세 잔이야? 난 쌍화차 시켰는데!"

"아이! 선배님! 그냥 대충 드세요. 빨리 마시고 일어나야 하는데."

이한성은 바빠 죽겠다는 표정으로 박도준에게 핀잔을 주었다.

"내가 군대 제대하는 날 쌍화차를 못 마셔서 그래. 그날 미스리가 없었거든. 옛날에 군대에서 외박 나오면 부대 앞 다방의 쌍화차가 죽였는데. 계란 노른자 '톡' 떨어트려서. 히히! 그래. 부대 다방 거기 미스 리가 죽였는데…… 아가씨! 성이 뭐야?"

"정 씨~~ 인~ 데요."

미니스커트 여자는 정재웅에게 귓속말로 두 사람이 뭐하는 사람들이냐고 물어봤다.

"이름은? 자기 몇 살이야?"

"이름요? 왜요? 여긴 시간타임 안 끊어요."

박도준의 취조하는 듯한 질문에 미니스커트 여자는 시골에서나 나올 법한 표현으로 박도준의 질문을 살짝 피하려고 했다.

"미성년자 아니야? 말투가 서울은 아니고."

"저, 서울 맞거든요!"

귀가 빨개진 미니스커트 여자가 소프라노톤의 목소리를 냈다. 불안한 광경이 이어지자, 세월의 흔적이 짙은 주인 큰언니가 중화기를 장착하고 지원군으로 등장했다.

"에이~ 요 예쁜 것이 깜빡 했나봐요. 얘 서울 맞아요. 용두동!"

노련한 큰언니는 엉덩이 뒤로 빨리 사라지라는 손짓을 하며, 다른 한 손으로는 쌍화차를 내려놓았다.

"우리 집도 쌍화차 죽여요. 한번 드셔 봐요."

"그래요? 허! 이것봐라. 괜찮은데! 정재웅 씨 계속해보세요. 시간 없어. 우리."

박도준이 쌍화차를 '호호' 불며 눈을 치켜 올려세웠다.

"그럼 얘기들 나누세요."

큰언니가 깊은 한숨을 쉬며 자리에서 일어났다.

"하여튼 삼천포로 빠지는 건 선수야."

"한성아. 저 각선미 좀 나오는 애 미성년자다. 나이는 열아홉
살. 고향은 전라남도고 어렸을 때 수영을 했어. 손톱 물어뜯는 버
릇이 있고, 최근에 술먹고 넘어져서 무릎이 까진 적도 있지. 내기
해도 좋아."

"재웅 씨 빨리 얘기해봐."

이한성이 다시 삼천포로 빠지는 박도준의 말에 관심없다는 듯
정재웅의 추가 설명을 재촉했다.

"그런데 이상하게 돈도 퀵으로 오고, 삐삐도 퀵으로 받는 거예
요. 매번 다른 지역에서, 전화번호도 매번 달라요. 전 아는 건 그
사람 목소리뿐이에요. 얼굴도, 뭘 하는 사람인지도 전혀 모르죠."

"전화번호가 매번 바뀌고, 얼굴도 모른다. 음."

"아! 그런데 똑같은 건 항상 있어요. 별다방과 S카페, 거기서 항
상 기다려요."

정재웅이 무릎을 '딱' 치며 말했다. 박도준, 이한성은 아무말도
하지 않은 채 멍하니 정재웅만 쳐다보고 있었다.

"한성아! 가자. 그리고 정재웅 너! 아까 왜 튀었어?"

"사채하는 김사장이 보낸 애들인 줄 알았어요. 빚이 좀 있어요.
저번에도 가게로 찾아와 한바탕했는데. 이번 달은 약속 못 지켜서
잡히면 저 죽어요."

"알았고! 그 새끼한테 다시 연락오면 숨도 쉬지말고 전화해! 알
았어? 그리고 문자 왔던 것들은 이 형사한테 그대로 다 보내."

"예~ 찾아보고 있는 대로 보내드릴게요."

118

정재웅은 형사들이 더 파고들면 좋을 게 하나도 없다는 판단을 하고, 박도준의 말에 순한 양처럼 대답을 했다.

"박 선배! 그만 가시죠. 에이! 일만 더럽게 많아지는구먼!"

이한성이 입을 삐쭉거리며 먼저 자리를 털고 일어났다.

"한성아~ 젊을 때 일하는 거다. 나이 먹으면 머리가 안 돌아가서리."

박도준이 일어서자 정재웅이 뒤따라 일어났다. 세 명이 일렬 종대를 지어 카운터를 지날 때 즈음 이한성이 뒤에서 계산한다는 손짓을 했다. 박도준도 이한성을 따라 손짓을 했다. 정재웅은 오른손으로 박도준의 뒤통수를 때리는 시늉을 하더니 큰언니를 보고 집게손가락으로 혀를 가볍게 대고 사선을 그리며 장부에 달아놓으라는 제스처를 취했다.

"어휴 저 화상 또 외상이야."

"안녕히 가세요!"

휴대전화 놀이에 정신이 팔려있는 미니스커트 여자가 기계적인 작별인사를 던졌다.

"언니! 나도 수영 계속했으면 저기 갈 수 있었을까?"

텔레비전에서 런던올림픽 홍보차원으로 올림픽게임 수영경기 재방송이 방영되고 있었다. 미니스커트 여자는 텔레비전을 보면서 못내 아쉬운 듯 한숨을 내쉬었다.

"너 조금 전에 큰일 날뻔한 건 알지? 쓸데없는 소리 하지말고. 앞집 부동산이나 갔다 와!"

정육점의 고기 보관 냉장고에서 발산하는 빨간색 빛깔의 분위기를 자아내는 조명 아래 흠이 군데군데 나 있는 서랍이 열리자 긴 머리의 가발, 콧수염과 뿔테 안경 등 변장할 때 쓰이는 도구들이 수 년에 걸쳐 공들여 모은 것처럼 오와 열을 지어 정리되어 있었다. 손이 큰 남자는 가발을 들어 올려 정성스럽게 빗어내리더니 이내 머리로 가지고 갔다. 목 폴라티를 입은 남자는 턱을 들어 음성 변조기를 착용하고 두꺼운 검은색 코트를 휘둘러 입은 뒤 지퍼를 목 끝까지 올렸다. 남자는 안경과 모자를 착용하고 거울에 비친 자신의 모습을 보기 위해 고개를 들었다.

"삐삐, 삐삐"

그 남자의 오른쪽 주머니에서 삐삐 소리가 울렸다.

'0234457266'

삐삐에 찍힌 숫자를 확인한 남자는 가발을 꺼낸 서랍의 밑 서랍을 당겨 열어 여러 개가 진열되어 있는 구형 휴대전화 중 하나를 집어 전원을 켰다. 잠시 뒤 삐삐에 찍힌 번호를 천천히 눌러 통화를 시도했다.

"예~ N비입니다. 그럼 거기로 모시러 가겠습니다. 차는 검정색 그랜저고, 차를 대면 뒷 좌석에 타도록 하세요. 룰은 잘 아실 테니 꼭 지켜주시고요. 그리고 문자로 번호 하나를 보내줄 테니 거기서 일단 기다리세요. 그럼 이만."

그 남자의 목소리가 음성변조기를 통해 보이스피싱 목소리로 변환되어 전화 속 상대방에게 차갑게 전달되었다.

같은 시각, 그랜드호텔 나이트 클럽의 사무실에서 까치가 책상 위에 다리를 올리고 앉아 있었다.

'무조건 무조건 이야~~'

까치의 부산한 전화벨 소리가 울렸다.

"네 말씀하세요~ 그렇죠. 그대로 거기로 오면 돼요. 걱정 마시고요. 내가 알아보면 되니까 들어오셔서 전화 한 번 더 주세요. 지하 1층."

그때 배상두가 방으로 들어왔다. 예정에 없던 상황이었다. 까치는 올려놓았던 발을 서둘러 내리고 일어나 배상두에게 배꼽 인사를 했다.

"형님! 나오셨어요!"

"음~ 그래~ 별일 없지?"

"예 형님! 전 잠시 나갔다 오겠습니다."

까치가 서둘러 사무실 문을 나섰다. 그때 다시 전화벨이 울렸다.

"예~ 계단을 내려오세요. 그럼 바로 제가 보일겁니다."

잠시 뒤, 까치와 그의 손님은 빈방에 어색하게 앉아있었다. 다소 곳이 다리를 모으고 앉아 있는 여자의 하체를 하이힐 앞코부터 무릎 부위까지 아래위로 수차례 눈요기를 하던 까치가 '아차! 그림에 떡이지! 'N비'새끼는 정말 좋겠다'라고 생각하며 입을 열었다.

"편하게 해요~ 편하게~ 뭐 면접 보러 오신 것도 아니면서."

까치 앞에 앉아 있는 여자는 짧은 스커트가 불편한지 엉덩이를 좌우측으로 움직이며 두 손으로 스커트를 조금이나마 더 아래로 내리려 노력했다.

"돈. 현금은 가지고 왔지요?"

"네."

여자는 핸드백에서 두툼한 흰 봉투를 꺼내 테이블 위에 올려놓았다. 까치가 흰 봉투를 자기 쪽으로 가지고 오더니 손가락으로 눌러 두께만 확인하고 안주머니에서 작은 상자를 꺼내 테이블 위에 올려놓았다.

"결혼했지요? 아니! 요즘은 예쁜 것들은 다 그런 걸 좋아해서 큰일났어. 일본 유학 출신? 정상적인 건 성에 안 차나? 물론 내 알 바는 아니지만."

"……."

까치의 질문에 당황한 여자는 손톱으로 허벅지를 살살 긁으며 아무 말이 없었다.

"히로뽕 잘못 쓰면 큰일 나는 거 잘 알지요? 일명 죽음의 꽃이야. 죽음의 꽃! 목숨 걸고 하는 일이니 룰은 절대로 어기면 안 되고, 여기 나가는 즉시 내 번호는 바로 지우도록 하세요. 물론 다음 주면 그 번호는 없는 번호로 나오겠지만."

"네. 그럼 이만."

반포의 한 공중전화 박스, 그 앞에는 검은색 그랜저 차가 비상 깜박이를 켜고 정차해 있었다.

"예~ 우회전, 그리고 좌회전. 그러면 공중전화 부스가 있고 검은색 승용차 한 대가 서있을 겁니다. 택시기사한테 반드시 제 차 뒤에 세우라고 하세요, 10미터 이상 떨어져서."

보이스피싱 목소리의 남자가 탄 승용차 뒤에 택시가 보이더니 말했던 것처럼 뒤쪽에서 서서히 정지를 했다. 택시 위에 달려있는 등이 녹색으로 변하자마자 까치와 대화를 나누던 여자가 모습을 드러내고 검은색 그랜저 차 뒤쪽으로 걸어와 조심스럽게 뒷문을 열고 몸을 감추자, 검은색 승용차의 비상 깜빡이가 꺼졌다.

"일단 묻는 말에 대답만 하세요. 마음에 내키지 않으면 바로 내려도 좋습니다."

긴머리에 모자를 눌러 쓴 남자는 룸미러로 여자의 얼굴을 확인하고 룸미러 방향을 밑으로 향하게 조정했다.

"네."

가을의 끝자락에 뜻하지 않은 비를 맞은 강아지처럼 떨고 있는 여자는 입술을 씹어 깨물며 가까스로 대답을 했다.

"일단 좌측 팔걸이 앞쪽에 있는 음료수 놓는 곳에 눈가리개가 있을 겁니다. 그걸 착용하세요."

여자는 룰을 이미 숙지하였는지, 당황하지 않으며 남자의 말대로 자연스럽게 행동했다.

"이름은?"

"유정. 허유정이에요."

"직장은?"

"한의사."

"결혼은?"

"했어요. 그 사람은 지금 출장 중이에요."

"묻는 말에만 대답하세요."

"네. 죄송합니다."

"집은?"

"도곡동입니다."

"위치 추적 웹 깔려 있습니까?"

"아니요. 없어요."

"자 그럼. 지금부터 30분만 참으면 됩니다. 불편하시더라도 이해해주세요. 그리고 전화가 오면 자연스럽게 받고, 받기 전에는 항상 그 앞에 놓여 있는 이어폰을 연결하세요."

여자는 파란색, 빨간색의 손톱만한 곰돌이가 대롱대롱 매달려 있는 휴대전화를 꼭 잡고 있었다. 차는 서서히 출발하더니 이내 속력을 내며 어둠 속으로 사라졌다.

'끼이익~'

검은색 눈가리개를 착용한 여자는 방금 들린 소리가 기름칠을 하지 않은 오래된 철문을 열 때 들을 수 있는 소리라고 직감적으로 판단했다.

"눈가리개는 풀어도 돼요. 조심해서 내려와요."

눈가리개를 벗은 여자는 얼얼한 눈을 몇 번 비비고 희미한 불빛이 새어 나오는 지하실 아래를 쳐다본 후 계단으로 한 걸음을 내딛었다. 지하실의 습하고 차가운 공기가 여자의 코를 자극했다.

"어머!"

약간의 어지러움이 여자를 스치고 지나자, 흔들거리는 여자는 몸의 균형을 유지하기 위해 벽을 짚었다.

"조심해요."

"손 좀 빌려 주세요. 눈가리개를 벗으니 좀 어지럽네요."

"그럼~ 여기요. 잡아요."

남자의 손을 잡자 미지근한 가죽 느낌이 느껴졌다. 계단을 내려가는 구두의 둔탁한 소리와, 하이힐의 가벼운 소리가 어울려 마치 맞춰 악기 소리같이 들렸다. 악기 소리가 멈추자 남자는 나무로 만들어진 문에 열쇠를 꽂아 돌렸다.

"들어와요."

형체를 간신히 알아볼 수 있을 정도의 붉은빛이 여자의 눈을 가득 메웠다.

"이쪽으로."

암실인 듯 했다. 한쪽 벽에 걸려있는 철사에 대롱대롱 매달려 있는 사각형의 종이들은 사진일 것이라고 생각했고, 그 다른 쪽 벽에는 형체를 알아볼 수 없는 주인공들이 벽을 한가득 메우고 있었다. 여자는 아무 말 없이 음울한 남자와 음산한 공간을 계속 걸었다. 열 걸음 정도 지났을까, 벽 끝에 다다르자 검은색 커튼이 나타났다. 남자가 커튼을 한쪽으로 젖히자, 한쪽 면 전체가 거울로 된 부분이 나왔다.

"좀 복잡하죠?"

여자는 보이스피싱을 한 남자의 목소리와 이곳이 잘 어울린다고 생각했다.

"네. 좀."

양파껍질처럼 겹겹이 쌓여 있는 비밀의 장소는 거울 뒤에 숨어 있던 보안장치에 카드를 대자 '열려라 참깨' 주문처럼 자연스럽게 열렸다.

'보안이 해제 되었습니다.'

남자와 여자는 10밀리미터 이상은 되어 보이는 두꺼운 통유리로 제작되어 있는 가로 4미터와 세로 2미터의 유리벽 한 가운데에 가로 1미터와 세로 1미터의 유리문을 통해 비밀의 그 곳으로 들어갔다. 몸을 비밀의 장소로 숨기자 유리문은 '텅'하고 둔탁한 소리를 내며 다시 닫혔다.

"그 의자에 앉아요. 이제 저는 준비 좀 하겠습니다."

의자에 앉은 여자는 조금 후 둘만의 파티가 기대되는지 목 아래가 뜨거워지는 것을 느꼈다. 공간에 우두커니 자리잡고 있는 눈앞의 산부인과용 의자를 비롯해 쇠봉을 연결해 놓은 철봉 닮은 물체, 나무로 만든 2미터 남짓한 딱딱해 보이는 침대가 배치되어 있고, 벽에는 채찍과 몽둥이, 사극에서나 볼 수 있는 백정이 쓸듯한 칼, 팔길이만 한 창 등이 정갈하게 걸려 있었다.

여자는 특별히 제작된 치마 잠옷 같은 옷을 입고 비밀 장소의 산부인과용 의자에 앉아 있었다. 유산된 후 산부인과에 한동안 출입을 끊은 그녀였지만 자기가 앉아 있는 의자가 산부인과 의자를 개조해서 만든 것이라는 것쯤은 알고 있었다. 모자를 벗고 긴 머리 위에 가면을 쓴 남자는 치렁치렁한 후드티만을 걸치고 온갖 도구들이 꽂혀 있는 주머니를 허리춤에 차고 있었다. 여자는 그 물건이 미용실에서 일하는 헤어디자이너들의 허리춤에서도 본 듯하다고 생각했다. 그 남자는 여자에게 다가가 미리 준비된 가죽 밴드로 여자의 손과 발을 고정했다.

"살결이 매우 고운데요."

보이스피싱의 목소리는 진공상태인 그녀에게 더욱 차갑게 다가왔다. 그 남자는 깨끗이 세탁이 된 길고 하얀 천을 여자의 입에 갖다 대고 머리 뒤로 돌려 적당하게 조였다.

"내 소문은 들어서 알겠지만, 이 일에도 순서가 있습니다."

입이 자유스럽지 못한 여자는 앞에 있는 남자가 자신이 하는 일에 상당한 자부심을 가지고 있다고 생각했다. 그 남자가 또다시 어둠속으로 사라지더니 전선에 집게가 달린 네모난 박스를 가지고 왔다. 그리고 도구주머니에서 가위를 꺼내 양손을 여자의 가슴으로 가지고 갔다.

"먼저 홍콩 정도로 가 보도록 하겠습니다."

이은정이 세상에 혼자 버려졌다고 처음 생각을 한 것은 어릴 적 가족과 이별하면서였다. 한번 눈물샘이 터지면 쉽사리 멈추지가 않는 이은정은 지금 서러움의 눈물이 아니라 외로움의 눈물을 흘리고 있었다. 이은정 맞은 편에 술에 취해 자고 있는 이름도 모르는 여자애들을 제외하고 다른 동료들은 모두 돌아가고 적막이 흐르고 있는 대기실에 그나마 이은정에게 마음을 쓰는 배상두가 측은한 표정으로 지켜보고 있었다.

"초선아~ 그만 울어라. 또 손님과 한바탕 했나 보구나. 나한테 말하지 그랬니. 다음부터는 진상들 만나면 무조건 연락해라. 응? 내가 박살을 내줄게."

이은정은 끊이지 않는 눈물을 계속 흘렸다.

"자~ 자~ 눈물 닦고 오늘은 그만 들어가라. 어? 알았지?"

보다 못한 배상두가 티슈를 몇 장을 빼서 이은정에게 다가갔다.

"죄송해요."

이은정이 티슈를 건네받고 서서히 일어나 문을 열고 나갔다.

계단을 올라와 바깥으로 통하는 뒷문을 여니 찬바람이 눈물에 젖은 은정의 얼굴을 더욱 차갑게 때렸다.

"벌써 가려고? 야~ 좀 조용히 살자."

"나 오늘 기분 안 좋으니까 좀 놔두세요."

"너. 형님이 예쁘다고 오냐오냐 하는데. 나한테 이러면 땅을 치고 통곡할 날이 있을거라는 건 알지?"

'무조건 무조건 이야~~'

이은정은 까치의 전화벨 소리가 들리자 이때다 싶어 까치를 스치고 지나가려고 했다. 하지만 까치는 전화를 받으며 피해 가려는 은정을 왼손으로 잡았다.

"예 형님~ 물건이요? 요즘 드물어서. 상두 형님한테 걸리면 전 작살납니다. 하하~ 알았어요. 제가 한번 구해볼게요."

전화를 끊은 까치가 이은정을 보며 비굴하게 웃었다.

"물건은 없는데. 요즘따라 찾는 사람은 왜 이렇게 많은거야? 물건만 있으면 떼돈 벌겠네."

왼손에 힘을 준 까치가 이은정을 끌어당기며, 오른손에 들고 있던 전화를 뒷주머니에 꽂아 넣었다.

"너! 나 다시 일하는 거 상두형한테 고자질하면 죽는다! 알지?"

고개를 옆으로 누인 까치의 미간에 주름이 깊게 잡혔다.

"……."

이은정은 아무런 관심도 없다는 듯, 고개를 떨구고 땅만 쳐다보고 있었다.

"그건 그렇고 내 돈은 언제 갚을 거야? 벌써 몇 달이 지났는지 알아? 약 팔아서 돈 해줬더니 이건 너무 심한 거 아냐?"

"갚을게. 돈 들어갈 데가 많아서 그래."

까치의 손을 뿌리치고 뒤로 돌아 다시 빠져나가려는 이은정의 목소리가 떨리고 있었다.

까치의 오른손을 매몰차게 쳐버린 이은정이 도도하게 또각또각 소리를 내며 밤이슬과 한몸이 되어 녹색 택시의 불빛 쪽으로 걸음을 옮겼다.

검은색 눈물을 흘리고 있는 여자는 표현할 수 없는 쾌감에 몸을 부르르 떨고 있었다. 빨간색 립스틱이 번져 조커의 입술만큼이나 커져 있었고, 온몸에 젖은 땀이 몸의 온도가 체온계를 부서버릴 만큼이나 높게 올라가 있다고 생각하게 했다. 약 40분 전의 다소곳한 그녀가 아마조네스의 여전사같이 거칠게 변해 있었다. 'X' 자 가면의 남자는 여자가 가지고 온 작은 상자를 열어 주사를 꺼냈다.

"자! 이제 이 세상에 없는 나라로 보내드리지."

남자는 쪼그려 앉아 몸을 한껏 낮춘 후 여자의 발목을 잡았다. 그리고 주사의 캡을 제거하고 한 방울의 액체를 튕겨 공기를 빼

후, 아킬레스건이 있는 부분에 주사를 꽂았다.

"뜨겁게~ 뜨겁게."

주사기 안의 투명 액체가 점점 줄어들자, 온몸이 흠뻑 젖어 있는 여자의 피부가 점차 분홍빛을 띠기 시작했다. 가늘게 뜨고 있던 눈이 점점 커지며 동공의 확대 속도도 눈에 보일 정도로 빨랐다. 조커의 입술도 동공이 확대되는 것과 비례하여 점점 커지더니, 이마 왼쪽의 핏줄도 두툼하게 올라와 파란 모습을 드러냈다. 발가락은 마치 복통이 심한 환자같이 동글게 말아 오무렸고, 손가락은 찢어질 듯 활짝 펴고 있었다. 팔에 묻혀 있던 힘줄이 살색 피부를 뚫고 나올 기세로 꿈틀거렸고, 상기된 얼굴의 자줏빛 색깔은 목을 거쳐 가슴까지 내려오기 시작했다.

"뜨거워. 뜨거워. 죽을 것 같아. 아~ 아아~ 아악!!"

최고조의 오르가슴을 느끼고 있는 여자는 급기야 엉덩이를 앞과 뒤로 움직이며 의자 위에서 요동을 쳤다. 'X'자 가면의 남자는 고통과 흥분으로 범벅된 여자의 모습을 음울한 미소를 띄우며 카메라 속에 담고 있었다. 잠시 후, 남자의 왼손이 후드 티 아래로 삐져나온 남자의 묵직한 부분으로 내려갔다.

눈을 뜬 여자는 최소한 며칠이 지났을 거라고 생각했다. 참을 수 없는 갈증이 밀려와 여자는 잠꼬대처럼 물을 찾았다.

"물~ 물."

남자는 여자의 입에 파란 알약을 두 개 집어넣고 손에 물병을 쥐여주었다. 여자는 물병을 집자마자 일주일간 사막에 버려졌던 사람처럼 벌컥벌컥 마셔대기 시작했다.

“당신이 다녀온 그 나라가 어떤지 사실 나도 궁금하긴 합니다.”

보이스피싱 남자의 목소리가 여자의 귀를 간지럽혔다. 하지만 여자는 정신이 있는 데도 불구하고 손가락 한 마디조차 움직이지 못한 채 그저 빛이 들어오는 쪽으로 실눈을 맞추고 입꼬리를 살짝 들어 올려 보였다.

“자. 옮깁시다. 이젠 2차전입니다.”

남자는 산부인과용 의자에서 여자를 가볍게 들어내 벽 옆에 붙어 있는 나무침대로 옮겼다. 그리고 다시 여자를 업드려 눕힌 후 손을 뒤로 묶었다. 어둠 속으로 사라진 남자가 여자 엉덩이 부근을 짧은 채찍으로 때리자 여자는 괴로움인지 희열인지 모르는 웃음과 비명을 쏟아냈다. 남자가 병에 들어 있는 액체를 집게손가락에 묻혀 여자 입에 넣자, 여자는 미친 듯이 손가락을 빨기 시작했다. 그러다 손가락을 조이고 있던 입술에 힘이 풀리더니 죽은 사람의 항문이 열리듯 힘없이 입을 열었다. 몸뚱어리에 전체적으로 파도치던 떨림도 이내 사라졌다. 입에서 끈끈한 점액이 흘러나와 나무탁자 아래로 쭉 미끄러져 가느다란 물줄기처럼 떨어지기 시작했다.

“오래 버틸 줄 알았는데. 싱거운걸!”

‘X’가면의 남자는 다시 어둠 속으로 사라지더니 이내 두 개의 용기가 담겨진 작은 상자와 문신 도구들을 가지고 침대 쪽으로 다가 갔다. 그리고 오른손을 ‘쭉’ 뻗어 침실 스탠드를 잡아당겨 여자 엉덩이 위의 허리 밑 부분에 밝게 비췄다.

여기서부터는 눈가리개를 풀어도 된다는 남자의 말에 여자는 다시 눈가리개를 풀었다. 다이아몬스 장식의 손목 시계는 새벽 3시를 가리키고 있었다.

"우회전이요. 그리고 좌회전, 저기~ 여기서 내리면 돼요. 차를 여기에 세워두었어요. 네~ 저 앞이에요. 그냥 저 옆에 세워주시면 돼요."

"알겠습니다."

여전히 치렁치렁한 머리에 모자를 눌러 쓴 남자가 차를 길가에 세웠다.

"오늘 정말 즐거웠어요. 소문대로 정말 최고시네요. N비 씨"

"……."

남자는 아무 말도 없었다.

"또 만날 수 있는 거죠?"

"기회가 되면. 그럼 이만."

"네. 조심히 들어가세요."

부드럽게 문을 열고 내린 여자 옆쪽에서 바로 유턴을 하며 떠나는 검은색 승용차 번호판에는 '허'자가 보였다. 하지만 여자는 이내 고개를 돌려 번호판을 머리 안에 넣지 않았다. 그것도 룰이기 때문이었다. 여자가 보이지 않을 정도까지 직진을 한 검은색 승용차는 갑자기 오른쪽 골목으로 우회전을 했다. 여자는 앞으로 조금 걷다가 좌우를 살피고 길을 건넜다. 하얀 아우디 차 앞문에 꽂혀진 형형색깔의 지라시를 귀찮은 듯 털어버린 여자는 앞 좌석에 몸을 밀착시켰다. 그리고 머리 위의 햇빛 가리개를 버릇처럼 내리고 얼굴을 이리저리 꼼꼼하게 들여다 보았다. 여자는 빨간 립스틱을 꺼내 낙엽처럼 마른 입술을 촉촉하게 보이게 한 뒤 지긋히 가속페달을 밟았다. 흰색 아우디 차가 유턴을 하여 조금 전에 밟고 온 도로의 반대편을 따라 이동했다. 몇 백 미터 즈음 지났을까. 흰색 아우디 차가 지나간 도로와 만나는 한 골목에 검은색 승용차의 헤드라이트가 켜졌다. 운전석에는 긴 머리의 남자가 정면을 보고 무표정으로 앉아 있었다. 검은색 승용차가 우회전을 하자마자 이내 멀리 보이는 가로등 불빛과 함께 사라졌다.

새벽 4시 30분 누군가 피묻은 수술용 장갑 한 켤레를 도로 옆 쓰레기통에 버리고 유유히 사라졌다.

네 번째 사건(H)

H아파트 앞 경사 15도의 완만한 언덕에는 주차되어 있는 차들로 빼곡했다. 6시 50분, 날이 밝아오기 시작하자 한 여자가 총총걸음으로 내리막길을 걸어갔다. 뒤따라 빠른 걸음으로 아파트 정문을 나서는 남자는 빼곡히 주차되어 있는 차량 쪽으로 다가와 리모컨으로 차의 잠금장치를 해제했다.

'삑삑'

"어? 이것 봐라~ 에이~ 뭐야! 이런 또. 박았잖아?"

뒤차가 경사의 각도를 이기지 못하고 흘러내려와 뒤 범퍼에 닿은 것을 확인하고 두 차가 닿은 부위를 이리저리 살폈다.

"아침부터 짜증나네. 빨리 가야 하는데. 사이드 브레이크를 안

잠갔나?”

　차 주인은 뒤차로 이동하여 앞 유리창에 알록달록 새겨져 있는 차주의 번호를 확인했다. 그리고 무의식적으로 차 안을 들여다보는 순간 차 안에 사람이 있다는 것을 깨달았다. 순간 여자의 맨다리를 보고 남녀가 사랑을 나누는 것이라 생각한 찰나, 기이한 장면이 눈에 들어와 여자가 혼자 있다는 것을 알았다. 그리고 그 장면은 지금까지 살아오면서 본 것 가운데 가장 끔찍한 장면이라고 생각했다.

　“으악~!! 뭐야. 아저씨!”

　귀신을 보고도 그렇게 놀라지는 않았을 것이다. 남자는 차 안의 상황을 보자마자 뒤로 돌아 경비실로 뛰기 시작했다.

　“경비 아저씨! 아저씨!”

　7시 10분, 서서히 어둠이 거치고 성에로 둘러싸여 있는 흰색 아우디 차가 모습을 드러내자 아파트 주민이 하나 둘 모이기 시작했다. 차 안에 있는 여자의 숨이 아직 붙어 있는지는 판단이 안 되었지만 정황으로 보았을 때 이미 저 세상 사람이라고 차 안을 들여다본 몇몇 사람들은 생각했다. 그 여자는 팔과 다리가 ‘一’자로 철사로 차문에 고정되어 있었다. 계속된 몸부림에 철사가 손목과 발목을 파고들어가 피가 줄줄 새고 있었다. 미니스커트는 위로 젖혀져 배 부위까지 드러나 있었고, 피어싱을 했던 흔적이 있는 배꼽 주위에는 동그랗게 액체가 뿌려져 있었다. 선루프가 장착된 천장에 메달려 있는 실린더 안에는 또 다른 액체가 코르크마개로 보이는 캡으로 막혀 있었고, 실린더는 배 쪽을 향하게 되어 있었다. 그리고 다시 4개의 문은 가는 철사로 실린더를 차 지붕에 매달아 놓은 한 부분에 연결되어 문을 조금이라도 열면 실린더가 떨어지게 되어 있었다. 사이드 브레이크는 풀려 있고, 그 스위치인 브레이크 레버와 연결된 와이어를 여자가 입으로 팽팽하게 물고 있었다.

"지금 상황 설명을 할 때가 아니라니까요! 사람이 죽었어요! 사람이! 예~ 논현동 H아파트인데요. 빨리요! 빨리. 차 안에 있다니까요!"

아우디 앞차의 주인은 손짓발짓을 해가며 급박한 상황을 그대로 경찰에 전달하려 노력했다.

'똑똑똑'

"아주머니! 들려요? 들리냐고요?"

경비원이 습기찬 창문을 손으로 닦으며 차 안쪽으로 계속 신호를 보냈지만 차 안에서는 아무런 움직임도 없었다.

'쿵쿵쿵'

이번엔 아우디 앞차 주인이 주먹으로 차창을 세차게 두드렸다.

"여기요! 여기요! 에휴 미치겠네~ 아주머니! 들리냐고요?"

남자는 여러 차례 문을 잡아당겨 보았지만 닫힌 문은 꿈쩍도 하지 않았다. 시간이 지나자 출근하는 사람들이 하나 둘 모이기 시작했지만 빼꼼히 쳐다본 후 자기 갈 길을 가는 사람들도 있었다. 그리고 아우디의 앞차를 제외하고 앞에 있던 차들이 하나 둘 빠져나가기 시작했다.

"에이~ 나도 가야 하는데. 아저씨! 경찰 올 때까지 지키고 계세요. 꼭요!"

아우디 앞차의 차주가 경비원에게 부탁을 하고 차에 올라탔다. 그때 아파트 안에서 흰색 BMW 한 대가 나오더니 그 차 옆에 멈추어 섰다.

"뭐지? 무슨 일이야? 아침부터."

차에서 내린 사람은 다름 아닌 이동준이었다. 월요일 아침 마음먹고 이른 출근을 시도하던 그였으나, 사람들이 몰려있는 것을 보고 참을 수 없는 호기심에 그쪽으로 발길을 돌렸다.

"무슨 일 있어요?"

사람들을 비집고 차 안을 보며 질문을 던진 이동준은 차 안의 상황을 보고 깜짝 놀랐다.

"뭐야? 이거! 애 떨어질 뻔했네! 주~ 죽은 거예요?"

믿을 수 없는 광경에 이동준은 다시 안을 들여다 보았다. 그때 차 안에 있는 여자의 눈이 이동준의 눈과 마주쳤다. 고개를 양옆으로 천천히 아주 천천히 흔들며 뭐라고 말을 하려는 듯 했다.

"살았네! 살았어! 나와 봐요!"

이동준이 문을 열기 위해 손잡이를 잡고 세차게 잡아당겼다.

"안 되겠어! 유리창을 부숴야겠어! 아저씨! 소화기 좀 갖다줘요!"

그때 앞에 있던 차가 서서히 움직였다.

"뭐야! 이건! 사이드 브레이크가 풀려 있는데."

'탕탕탕'

이동준이 앞차의 트렁크를 때리며 차를 세우려 했다.

"아저씨! 아저씨! 가면 안 돼요. 브레이크가 풀려 있어!"

앞차가 출발하자 사이드 브레이크가 풀려 있는 아우디 차의 바퀴가 움직이기 시작했다. 바퀴가 한 바퀴 원을 그리자 여자 입에 물려 있던 줄이 '탁' 하고 풀렸다. 그리고 차는 아래쪽으로 미끄러져 내려가기 시작했다.

"에이! 미치겠네~ 회사고 뭐고!"

이동준이 밀려 내려가는 차를 막으려 차 앞으로 움직였다.

"누구 좀 도와줘요!"

옆에서 보고 있던 경비원이 달려가 이동준을 거들었지만 둘 힘으로는 역부족이었다. 차량에 속도가 붙기 시작했다. 이동준과 경비원이 더 이상 버티지 못하고 뒤로 나자빠졌다. 그리고 아우디 차는 밑에서 빠르게 올라오는 경찰차 두 대를 향해 돌진했다. 앞에서 달려오던 경찰차는 시야가 확보되어 돌진해 오는 차를 피할 수 있었지만 뒤차는 미처 피하지 못해 두 차는 언덕 아래에서 정면으로 충돌했다.

'쾅'

충돌하자마자 아우디 차 실내에서 불꽃이 튀는 것이 보였다. 실린더가 떨어져 여자의 배에 동그랗게 묻어 있던 액체와 화학반응을 일으킨 것이었다. 불꽃은 삽시간에 실내 내부로 번졌다.

'쿠와왕!'

거친 폭발음을 내며 차 안의 모든 유리가 수만 개의 보석이 공중에 뿌려지듯 반짝이며 사방으로 흩어졌다. 아우디 차와 충돌한 차의 경찰들은 폭발음과 동시에 간신히 차에서 빠져나와 얼이 빠진 듯 부동자세로 서 있었다.

"이런!"

아파트 정문 앞 경사면에 서 있었던 이동준은 놀라지 않을 수 없는 장면에 두뇌회전이 멈춰버렸다.

"소화기! 소화기요!"

아파트 안에서 경비원 두 명이 소화기를 들고 뛰어왔다.

"빨리 내려갑시다! 불을 꺼야 해요!"

이동준의 옆에 있는 경비원이 튀어나온 배를 실룩거리며 소화기를 들고 내려갔다. 한 경찰이 트렁크에서 빼낸 소화기로 이미 회색 연기를 뿜어내고 있었다. 그 젊은 경찰은 불길이 엔진룸 쪽으로 번지면 2차 폭발 위험이 있다고 설명했다. 이동준도 소화기를 들어 엎은 뒤 안전 고리를 제거하고 오픈 집게를 잡았다. 아우디 차 주위는 온통 회색으로 휩싸였다.

사이렌 돌아가는 램프의 빛이 이동준의 눈동자와 직선을 이룬 뒤 다시 회전하여 다시 눈동자와 일자를 이루었다. 이동준은 사이렌 램프도 자세히 보니 참 아름답구나라고 생각했다. 그리고 왜 항상 나라의 녹을 먹는 인간들은 필요할 때는 없는 거지?라고 생각했다. 우리나라도 미국의 911처럼 드라마틱하게 처리하면 안 되는 것인가? 경찰이 1분만 일찍 왔어도 사람은 구할 수 있었는데라고 생각하고 또 생각했다.

"뒷북만 치는 새끼들!"

　새카맣게 타버린 아우디 차를 중심으로 폴리스라인이 설치되고 감식반, 형사, 경찰들, 소방차, 그리고 앰뷸런스 등 공무를 집행하는 사람들로 북적거렸다.

"문 열지마!"

특수 공구로 아우디 차의 문을 열려고 하는 소방대원을 보고 박도준이 달려오며 소리쳤다.

"헉헉. 어휴 숨차라. 아저씨 잠깐만요."

"헉헉. 어휴~ 선배는 아직까지 나 보다 빠르네. 위기상황에만."

뒤쫓아 온 이한성이 허리를 굽히고 헉헉대며 말했다.

"어디 좀 보자. 어떤 놈인지."

"선배! 다행히 사체는 크게 손상되지 않았어요. 이 새끼 무슨 과학자도 아니도 맥가이버도 아니고~ 그리고 저기 보세요! 네 번째 손가락 마디도 없습니다. 그 놈이 분명해요!"

"……. 찰칵!"

박도준은 사진을 찍은 뒤, 수첩에 무언가 꼼꼼하게 적었다.

"다리와 팔이 '一'자로 문에 고정되어 있었다. 기가 막히군. 앞좌석에 다리. 뒤 좌석에 팔."

"선배! 그런데 이 새끼가 저 차 안에서 어떻게 저렇게 정교하게 작업을 하고 빠져나온 거지요? 그리고 아무리 새벽이라고 하지만 어두워서 불을 켜고 작업했을 텐데 분명 여기서 작업했으면……."

"음~ 생각을 해봐. 실린더, 코르크마개, 휘발류, 철사, 그리고 가는 와이어 등등 이 여자를 주차된 상태에서 작업했을 리는 없어. 그러니까 다른 곳에서 작업을 해서 이곳으로 이동해온 거지. 분명 이상한 건 있어. 그 늦은 시간에 저 한 곳만 주차할 수 있도록 비워두지는 않았을 텐데. 요즘 서울바닥에 10시만 되면 주차된 차들로 빼곡해서 비집고 들어갈 틈도 없으니까 말이야. 그리고 키 박스를 봐. 밑에 플라스틱이 뜯겨있지? 그리고 키도 없잖아. 구형 아우디 차는 스마트키가 아니니까, 그런데 기어를 'P'에 놓지 않으면 차 키는 빠지지 않잖아. 그러니까 키 박스를 뜯어서 작업을 했고 기어를 중립에 놓고 내렸단 말이지, 아우디 SUV는 트렁크가 뒷좌석하고 연결되어 있으니까 그쪽으로 빠져나오고 이곳을 뜬거야. 그런 걸 거야."

"에이! 정말 못 해먹겠네!"

왔다 갔다 안절부절 못하던 나 팀장이 죄 없는 담배를 땅에다 내리 꽂으며 짜증을 냈다.

"거 참. 아니 이렇게 할 일이 없는 인간이 있나! 이번 승진은 이제 바람과 같이 사라지겠군."

나태일 팀장은 다시 한 번 차 안을 들여다보고 하늘을 쳐다봤다.

"도대체 뭐하는 놈이길래 이런 일을 꾸미지?"

이한성이 차 안을 유심히 들여다보며 말을 했다.

"저 새끼 뭐야! 이동준이잖아."

최 형사가 멀뚱멀뚱 서 있는 이동준을 보며 말했다.

"어? 저 인간이 왜 여기에 있지?"

사진으로만 봤던 이동준을 실물로 보기는 처음인 박도준이 눈쌀을 찌푸리며 나태일 팀장을 쳐다봤다.

"그러고 보니 여기 논현동 H아파트네요."

이동준은 세 번째 우면산 사건의 용의자가 절대 아니라고 주장하던 박도준이 다시 궁지에 몰렸다.

"야! 이 새끼야! 너 똑바로 말해! 새벽 그 시간에 어디 있었어! 왜 네 집이 하필이면 거기냐고?"

"아저씨. 저 회사 가야 해요! 이젠 정말 짤린다고요. 정말!"

이동준의 휴대전화에는 02로 시작하는 회사의 전화가 연이어 걸려오고 있었다.

"새벽 3시부터 5시까지 어디 있었어? 똑바로 말해! CCTV 돌리면 다 나오니까!"

"아이~ 씨발! 정말 아니라니까요. 왜 저한테 그러시는 거예요? 왜? 저는 아침에 출근하려다 그냥 좀 도운 것 뿐이에요!"

"뭐? 씨발? 이 새끼가! 어디다 대고 씨발이야. 씨발은!"

박도준은 이동준이 무의식 중에 내뱉은 욕설을 듣고 광분하여 금방이라도 테이블을 뒤집고 날아갈 기세였다.

"아니! 선량한 시민이 공로상 정도는 받아야 할 판에, 나를 용의자로 생각하니까 그러는거 아니에요! 나라 녹을 먹는 놈들이 다 그렇지 뭐! 맨날 뒷북이나 치고."

"뭐? 뭐 이 새끼야? 보자보자하니까 진짜 보자기로 아나!"

박도준이 벌떡 일어나더니 책상 위로 허리를 늘려 이동준의 멱살을 잡았다.

"너 이 새끼! 오늘 잘 걸렸다. 그렇지 않아도 기분도 엿 같았는데. 지금 나하고 해보자는 거지?"

이동준이 박도준에게 잡힌 멱살을 뿌리치겠다고 일어나 뒤로 물러서자 박도준은 책상을 밟고 뛰어넘어 본격적으로 멱살을 틀어쥐었다.

"선배님! 좀 진정하세요! 이거 멱살 좀 놓고요. 또 사람 때려서 본부장님한테 끌려가실래요?"

"그래요 박 선배! 이거 놓고 얘기해요! 빨리!"

옆에 있던 이한성을 비롯해 김 형사, 최 형사가 모두 달려들어 두 사람을 떼어 놓으려고 안간힘을 썼다.

"야이! 화상들아! 조용히 하던가, 그만두던가 둘 중에 하나만 해!"

한쪽 의자에 앉아 머리를 붙잡고 있는 나 팀장이 버럭 소리를 질렀다. 하지만 정신없는 다섯 명의 귀에는 그 소리가 들릴 리가 없었다.

"어~ 어~ 어!"

박도준의 머리끄덩이를 잡은 이동준, 이동준의 멱살을 잡은 박도준, 박도준의 허리춤을 잡은 이한성, 세 사람에 다시 엉겨붙은 김 형사, 최 형사가 힘의 균형을 이기지 못하고 한쪽으로 넘어져 사무실 입구에 세워놓았던 화분이 쓰러지며 난장판이 되어버렸다. 나 팀장이 어떤 결단을 내렸는지 비장한 눈빛으로 다섯 명이 엉겨 붙은 곳으로 발길을 옮겼다.

"너! 나중에 하나 더 시켜 먹어."

한쪽 구석에서 짬뽕을 시켜 랩을 뜯고 젓가락을 꽂아 처음으로 입에 가져 가려던 신 형사의 눈물젖은 짬뽕을 나 팀장이 가로채

갔다.

그리고는 그들이 엉겨붙은 곳에 빨간 액체와 덩어리들을 시원하게 뿌려버렸다.

"쏴~~"

"앗! 뜨거! 뭐야 이거? 으악! 이건 또 뭐야? 짬뽕이잖아?"

상황종료, 그들은 단 한방에 분리되었다. 춤을 추듯 난리법석을 떨었던 그들은 머리에 올려져 있는 국수 가락을 떨어내고, 짬뽕국물에 염색된 옷들을 너나 할 것 없이 벗어제쳤다.

심하게 교접을 하여 떨어지지 않는 두 마리의 개를 떼어놓는 가장 좋은 방법은 뜨거운 물을 붓는 거라는 것을 어릴 적 동네에서 들은 적이 있는 나 팀장은 사람도 똑같구나라고 생각하며 다시 자리로 돌아갔다.

19일 오후 4시, 국립과학수사연구원의 시체실에서는 기본적인 샘플링 검사를 다 마친 시체가 천장을 보고 누워있었다. 심하게 훼손된 시체를 원상태로 복구하는 데 많은 시간이 걸렸다. 죽은 자에 대한 최소한의 예우라고 여겨지는지 시체를 다루고 있는 두 남자는 자기의 몸을 닦아내듯이 아주 정성스럽게 작업을 하고 있었다.

"야! 이 여자는 피부가 예술이네! 어이 김 씨! 이것 좀 봐. 배 한복판의 탄 곳을 빼고는 피부가 참 좋지? 어쩌다가 이렇게 됐노. 쯧쯧쯧."

하체 부분을 맡은 정 씨는 콧노래를 부르다 말고 김이 모락모락

나는 수건을 들고 시체를 물끄러미 바라보며 김 씨에게 한마디를
던졌다.

"정 씨! 빨리 끝내고 밥 먹으로 가야지? 자! 뒤집자! 잡았지? 셋
에 뒤집는 거다! 하나 둘 셋!"

"어~ 어! 떨어질라!"

오랜 세월 같이 일해온 두 사람이었지만 오늘은 왠지 박자가 잘
맞지 않았다.

"미안~ 미안."

금속 침대 밑으로 떨어져 한쪽으로 기울어진 시체를 똑바로 눕
히기 위해 김 씨는 닦던 수건으로 등 부분을 잡고 버티고 있었다.

"그래 조금만."

"뭐야! 바로 셋에 넘기면 어떡해! 셋을 세고 그 다음에 뒤집어
야지. 정 씨 거기 좀 잡아봐."

김 씨의 짜증 섞인 말에 정 씨가 눈깜짝할 사이에 위치를 옮겨
김씨가 잡고 있는 부분을 같이 들어올려 금속 침대에 똑바로 눕
혔다.

"이제 똑바로 됐네."

시체의 뒤쪽 부위를 닦기 위해 천장을 향해 있던 시체를 금속침
대에 뒤집어 올렸다. 김 씨가 몇 초간 '꾹' 누르고 있던 등에서 김
이 모락모락 나는 수건을 떼었다.

"이게 뭐지? 정 씨 이것 좀 봐봐! 문신인가?"

수건을 뗀 자리에 빨간 점선이 서서히 이어지는 것이 보였다.
3~4초 정도 더 지났을까, 빨간 점들이 더 또렷이 이어져 문자를

144

형성하였다.

"정 씨. 사다리같이 보이지?"

"전 알파벳 'A'로 보이는데요?"

유리문의 중간 밑으로는 습기 때문에 안이 제대로 보이지 않았지만, 간혹 왔다 갔다하는 남자의 실루엣은 볼 수 있었다. 월요일 오후라 사우나는 꽤 한산한 모습이었다. 두꺼비 입에서 '쪼로록' 떨어지고 있는 온탕에 네 개의 검은색 물체가 물위를 둥둥 떠다녔다.

"푸와!"

이한성이 물속에 잠수해 있다가 거친 숨을 몰아 내쉬며 수면 위로 머리를 내밀었다.

"살다 살다 쨤뽕 세례는 처음 받아본다. 한성아! 도준 선배! 빨리 씻고 가죠? 영감, 또 치매현상 나오기 전에."

김 형사의 말은 박도준의 귀를 그냥 스치고 지나갔다. 박도준은 온탕 둘레의 대리석을 살며시 베고 누우며 긴 한숨을 토해냈다.

"휴……."

"그래도 좋네. 이렇게 평일 오후에 사우나도 와 보고. 우리 영감 아니면 어디 상상이나 했겠어?"

몇 달째 이어진 수사와 잠복, 거기에 엎친 데 덮친 격으로 연쇄 살인 사건까지 터져 지칠대로 지친 4명의 형사는 최 형사의 말을 듣고 위안이 됐는지 모두 박도준과 같은 포즈로 사각형 온탕의 테두리를 하나씩 차지했다.

"난 일 년간 짬뽕 안 먹겠어. 어휴! 이젠 냄새만 맡아도 토할 것
같아."

김 형사의 선언에 모두들 동의하는 눈치였다.

아무 말도, 표정도 없던 박도준이 거친 물살을 일으키며 물을
박차고 벌떡 일어났다.

"H! H야! 이니셜! 그 여자 이름 허유정의 이니셜!"

나머지 세 명의 형사들은 나체로 우뚝 서 있는 박도준을 이해가
안 간다는 듯, 눈만 껌벅거리며 올려다보았다. 뭔가를 깨달은 듯
한 알 수 없는 박도준의 표정이 낯설게만 느껴졌다.

다시 사무실로 들어왔을 때는 짬뽕 안에 있던 양파쪼가리조차
보이지 않았다. 이번에도 죄 없는 신 형사가 뒷처리를 말끔히 했
을 것이라고 모두들 생각했다. 신 형사는 말끔해진 형사들에게 나
팀장을 턱으로 가리키고 집게손가락을 머리 위로 들었다 내렸다
를 반복하며 아직 뿔난 상태라고 일러주었다. 박도준은 나 팀장이
짜장이 조금 엎어진 볶음밥을 반 정도 먹은 상태로 보아 식사 시
작한 지 2분 정도 되었고, 2분 후면 식사를 다 끝낼 것이라고 생
각했다. 짬봉국물의 랩은 뜯지도 않은 상태로 옆쪽에 찬밥 신세를
지고 있었다. '저도 인간인데' 박도준이 혼잣말로 중얼거렸다. 박
도준은 이한성에게 네 번째 살인 사건의 사진을 모조리 가지고 오
라고 지시한 상태였고, 이한성은 이미 자료를 준비해 회의실로 들
어간 상태였다.

"식사하세요?"

박도준이 태연하게 나 팀장에게 말을 걸었다.

"음~ 볶음밥이 아주 맛있네. 뭐 좀 찾았나? 식사들은 했지?"

나 팀장이 볶음밥을 입에 가득 물고 단무지를 집으며 태연한 척 말을 되받았다.

"짬뽕국물은 안 드시네요?"

박도준은 나 팀장 앞에까지 다가가 랩으로 쌓여 있는 짬뽕국물 그릇을 일부러 가리키며 비아냥거리 듯 말했다.

"허험……. 너 먹고 싶으면 먹어, 난 요즘 다른 용도로 사용하고 있으니까."

"아~ 네~ 그러세요?"

박도준이 짬뽕그릇을 오른손으로 들자마자 바퀴 달린 의자가 '도로록' 소리를 내며 뒤쪽으로 멀찌감치 이동했다.

"미안해! 도준아! 이러지 마!"

순간 뒤쪽으로 이동한 나 팀장이 열 손가락을 있는 힘껏 벌려 박도준의 돌발행동을 저지했다.

'딱!'

"됐습니다! 나태일 팀장님! 들어오세요. 회의하게."

박도준이 짬뽕국물 그릇을 책상 위에 내려놓고 알 듯 말 듯한 미소를 지으며 회의실로 향했다.

가로 2미터와 세로의 3미터 화이트 보드판 두 개가 옆으로 줄 지어 배치된 회의실의 첫 번째 화이트 보드에는 네 번째 사건의 사진이, 두 번째 화이트 보드에는 첫 번째부터 세 번째 살인 사건의 사진들과 관련 자료들이 줄지어 붙어 있었다.

"'H'! 이~ 알파벳을 만든 겁니다."

보드판 앞에 서 있는 박도준이 불에 탄 아우디 차량의 내부를 가로로 찍은 사진을 가리키며 눈을 동그랗게 뜬 팀장에게 말했다.

"그런 것 같기도 하고! 아닌 것 같기도 하고~ 근데 그게 뭐 어쨌다는 거야?"

"선배님 그러고 보니까 이 여자 '허'씨 잖아요. 허유정."

"그렇지! 그게 바로 포인트야. 그러니까 범인은 자기 사정거리 안에 있는 여자를 살해하고 그 살해된 여자의 이니셜을 따서 시체를 알파벳으로 표현 한거야! 그러니까 절대적으로 면식범일 가능성이 농후하다는 거죠."

박도준이 화이트 보드 위의 사진에 대고 손가락으로 'H'자를 그리며 설명을 한 후, 옆 화이트 보드로 이동했다.

"자! 그리고 보세요. 첫 번째 살인 사건입니다. 마치 예수가 십자가에 못 박힌 듯 캐노피 침대에 걸려있는 이 사진은 발목이 묶여 두 다리가 하나로 된 듯한 느낌을 주죠? 머리가 꺾여져 밑으로 향한 것을 보면 완전히 알파벳 'Y'와 유사하죠. 한성아! 이 여자 이름이 뭐지?"

"거기 붙어 있잖아요. 양신애!"

"자. 다음……."

박도준은 두 번째 화이트 보드 앞에서 두 번째 살인 사건의 피해자 류세희의 시체 모양 'R'과 세 번째 피해자인 은소연의 시체

148

모양이 'E'라는 것을 연이어 설명한 뒤 나 팀장의 반응을 기다렸다.

"음~ 그래 일리는 있어. 하지만 그게 뭐가 어쨌다는 거지? 지금 우리가 필요한 건 단서와 증거야. 눈에 보이는 것들. 검찰에 큰 소리 칠 수 있는 무슨 근거가 있어야 되잖아!"

"……."

나 팀장의 한 마디에 네 명의 형사들은 꿀먹은 벙어리가 되었다. 그때 회의실 문을 열고 신 형사가 들어왔다.

"팀장님! 아까 보고를 못 드렸는데. 아침에 있었던 사건이요. 그 아우디 차 앞에 있는 차주가 왔다 갔거든요. 그 사람이 그 자리에 주차한 시간은 11시30분 조금 넘어서였고, 그리고 주차할 때 뒤에 있던 차는 분명 검은색 SUV였다고 합니다. 아우디 SUV가 아니래요. 그 사람이 그러는데 일주일에 두세 번 정도는 그 자리에 주차를 한대요. 그런데 검은색 SUV는 처음 봤다고 합니다. 그 자리가 경사가 져서 운전을 잘하는 사람들만 주차를 한다고 해요. 그래서 주민들 중 몇몇만 그 곳에 주차를 해서 차들을 거의 다 알고 있답니다. 그런데 검은색 SUV는 처음 봤대요. 그래서 자기도 이상하게 생각했답니다."

신 형사가 낮에 취조한 내용을 팀장에게 자세히 설명해 주었다.

"음~ 검은색 SUV? 그러니까 신 형사는 범인의 차가 SUV이고 미리 그 자리를 확보해 놓은 후 자기 차를 빼고 작업한 아우디 차를 집어 넣었다고 추론하는 거지?"

나 팀장이 말하기 전에 박도준이 먼저 나서서 말을 이었다.

"그렇지. 그렇다고 할 수도 있네."

나 팀장이 뒤이어 맞장구를 쳤다.

'메이 나머 지엔 딴~'

이한성의 휴대전화가 울렸다.

"예! 이한성입니다! 예 그렇습니다. 예?"

이한성이 휴대전화의 송화기 부분을 막고 나 팀장과 박도준을 번갈아 쳐다보며 말했다.

"알파벳이 또 있다는데요!"

신월동 국립과학수사연구원 본사에 도착했을 때는 이미 해가 잠들고 달이 기지개를 펴는 시간이었다. 건물 창문에서는 밝은 빛을 쏟아내고 있었고, 형사들을 맞이한 건 젊은 여성 법의 의사였다. 부검실 입구 앞에 서자 그곳을 자주 찾았던 박도준 형사와 나 팀장을 제외하고는 들어가기를 조금 꺼려하는 분위기였다. 문을 열자 부검실의 특유한 냄새가 코끝을 자극했다. 의사는 입구에 들어서자마자 한쪽에 준비되어 있는 수건을 손에 들어 김이 모락모락 나는 물에 살며시 담갔다가 꺼냈다.

"자! 보세요. 시체 닦는 분들이 발견했는데요. 그냥 있으면 아무것도 보이지 않습니다. 그냥 맨 피부죠?"

여의사는 수건을 꼭 짜내더니 엎어져 있는 시체의 오른쪽 등 부위에 수건을 갖다 댄 후 '꾹' 몇 초간 눌렀다.

"자~ 보세요!"

수건을 들어내자 서서히 빨간 점선이 이어지기 시작했다. 처음에는 V자를 거꾸로 한 모양 같았으나, 조금 후 서서히 진해 지면서 가운데 사다리를 연결하는 '-'(하이픈) 비슷한 부분이 나타났다. 알파벳 'A'가 분명했다.

"이 문자의 정체는 뭔가요?"

박도준이 팔장을 끼고 입을 씰룩거리며 의사에게 물었다.

"저희는 수사권이 없어 이 알파벳의 정체는 모르지만, 성분은 분석해 놓았습니다. 닭피예요!"

뭔가 불만에 찬 목소리였다.

"네? 닭피요?"

"닭피를 문신 바늘로 피부에 새긴 거예요. 닭피는 평상시에는 안 보였다가 몸에서 열이나면 빨갛게 올라오죠. 무슨 의미로 그랬는지는 모르지만."

"닭피는 평소에는 보이지 않다가 화가 나거나, 술을 마셔서 몸이 뜨거워지면 서서히 올라오게 하기 위해 사용하는 걸로 알고 있습니다. 특히 양아치들 중에서도 여자들이 주로 사용하는데. 실제로는 불가능하다고 들었습니다. 제가 알기에 닭피는 문신용으로 사용할 수 없거든요. 모든 피부에 부작용을 일으킨다고."

박도준은 양아치들을 통해서 알게 된 문신에 대한 지식을 법의사에게 자신있게 말했다. 닭피가 아닐 가능성도 있다는 말을 돌려서 한 것이었다.

"잘 알고 계시네요. 살아있는 사람한테는 불가능하죠, 하지만 피부의 세포조직이 죽어있는 시체에는 가능합니다. 누워있는 이 여자처럼요."

의사의 말에 박도준과 이한성이 동시에 고개를 아래위로 끄덕였다.

"그리고! 또 있어요."

"예? 또요?"

김 형사와 최 형사가 놀란 눈으로 입을 모아 대답했다.

의사는 허리 위까지 덮혀 있던 흰색 천을 협곡이 드러나도록 엉덩이 중간까지 내렸다. 그리고는 다시 수건을 적신 후 허리와 엉덩이의 중간부분, 즉 골반 뒷부분에 수건을 갖다 댔다. 다시 몇 초간이 흘렀다. 의사가 수건을 살며시 들어올리자, 등 위에 있던 문자보다 더욱 선명하게 나타난 선홍빛 그림 같은 것이 모두의 눈 안으로 들어왔다.

"해골이네."

"해골이 웃고 있네~웃어." 이한성이 하얀 치아를 일부러 드러내 보이며 실실 따라 웃어 보였다.

"스마일 스컬 (Smile Skull) 이야!"

나 팀장과 박도준에게 어려운 사건 때마다 줄곧 도움을 주고 있던 흰 백발과 알이 큰 안경을 코끝에 걸친 변 박사가 등장하며 한 말이었다. 박도준은 '앞으로 알버트라고 부르게'라고 한 변 박사의 말이 다시 생각났다. 박도준은 변 박사가 아인슈타인과 꼭 닮아 그가 환생한 것 이라고 변 박사를 처음 만난 자리에서 한 말 때문이었다.

"안녕하세요? 박사님."

나태일 팀장이 인사를 하자 뒤에 있던 형사들이 따라서 고개를 숙였다.

"한성아! 세 번째 우면산 요금소 시체 어딨어?"

"아직 여기 있겠죠? 여기 어디쯤?"

박도준, 나 팀장, 이한성, 김 형사 모두 의사를 쳐다봤다.

"어디 있죠?"

모두가 이구동성으로 그녀에게 물었다.

"잠깐 기다리세요. 이름이 뭐라고 했죠?"

"은소연! 은소연이요."

"잠깐 기다리세요. 확인해 볼게요."

두 손을 주머니에 넣고 있던 의사는 휴대전화를 꺼내더니 어디론가 전화를 걸며 바쁜 걸음으로 부검실 문을 나섰고, 박도준은 그녀의 뒤를 따라 나갔다.

"저 자식! 인사 안하고 개기는 건 아직도 못 고쳤네. 뭐에 집중할 때는 눈에 보이는 게 없지? 어미든, 아비든, 나든. 허허허."

박도준의 버릇을 정확하게 알고 있는 변 박사는 눈짓으로만 인사를 나눈 박도준의 뒷모습을 흐뭇하게 바라보았다.

박도준과 이한성이 이미 경직된 마네킹같은 시체를 뒤집어 돌렸다. 나 팀장은 여전히 팔장을 끼고 지켜보고 있었다.

"이쯤이라 이거지? 수건 좀 줘 보세요."

박도준이 의사에게 말했다.

박도준이 김이 모락모락 나는 수건을 충분히 대고 있다가 서서히 떼어내자 숨죽인 8개의 눈동자에 알파벳 'X'가 들어왔다.

"한성아?"

"예!"

"빌라 결과 두 번째 여자는 어디 있지?"

마른 침을 '꿀딱' 삼킨 박도준이 수건을 엉덩이와 허리를 연결해 주는 옴폭 파인 부분에 대고 말했다.

"오늘이 19일이니까 첫 번째 사건은 벌써 2주도 넘었는데……. 음~ 그래도 한번 연락해 볼게요."

수건을 떼어내자 웃고있는 해골이 어김없이 나타났다. 박도준은 왠지 웃고 있는 해골이 자기를 조롱하는 것처럼 느껴졌다. 해골의 입꼬리가 올라갔다 내려갔다하며 마치 동영상처럼 박도준의 눈동자 앞에서 춤을 추었다.

11월 20일 오전7시

'삐삐, 삐삐~'

네모난 시계의 알람 소리가 조그맣게 울려 퍼졌다.

'짜르릉, 짜르릉'

자명종 시계의 시끄러운 소리가 '삐삐' 소리와 섞여 울려 퍼지기 시작했다. 한번 자면 세상이 두 쪽이 나도 눈을 뜨지 않는 잠버릇 때문에 박도준은 항상 2중, 3중으로 알람을 맞춰 놓았다.

'징징징 징징징 ~ 오빤 강남스타일!'

휴대전화는 컬러링 음악이 두 바퀴를 돌고 나서야 조용해졌다.

"음~ 왜?"

눈을 감은 채 박도준이 귀찮은 듯 휴대전화에 대고 말했다. 이한성은 장성희의 언니가 입원해 있는 병원에서 장성희와 같이 아침식사를 하며 박도준에게 전화를 걸고 있었다.

"연락됐는데요."

"음~ 누가?"

박도준은 여전히 눈을 감은 채 배에 올려놓았던 베개를 한쪽 옆으로 슬며시 치워버리고 풀려 있던 몸에 긴장감을 불어넣기 위해 상하로 기지개를 폈다.

"첫 번째, 두 번째요."

"어디 있는데? 이미 뼛가루가 된 거 아냐?"

눈썹을 추켜올려 세운 박도준이 다리를 굴려 상체를 일으켰다.

"아직요. 그런데 문제가 있어요. 두 번째가 오늘이 발인이래요. 지금 수원 화장터로 출발했다는데요?"

"첫 번째는?"

"매장이요! 그 여자 아버지가 절대 화장은 안 된다고 해서 선산에 묻었대요. 돈이 좀 많은 집안 같아요. 매장하는 데만 3천만 원을 썼다고 하니."

"매장? 한성아. 나 지금 출발할 테니 너도 빨리 수원화장터로 와! 지금 빨리!"

"예? 지금요? 어쩌시려고요?"

'삐릭. 뚜뚜뚜.'

끊긴 전화기와 함께 이한성은 살며시 숟가락을 놓았다. 앞에 앉아 있는 장성희는 이한성의 행동이 이상하다고 생각했다. 장성희와 어색하게 눈을 맞춘 이한성은 반쯤 걸터앉아 있던 엉덩이를 엉거주춤 올려세웠다. 그리고는 말없이 뒤도 돌아보지 않고 뛰기 시작했다. 앉아 있던 장성희는 입에 한가득 밥을 머금고 어이가 없다는 듯 숫가락을 들고 일어나 허리에 두 팔을 올렸다.

"나~ 참~ 출근시켜 준다며. 또 어딜 가는거야?"

일주일간이나 한성이 차를 얻어타고 다닌 덕분에 연료 계기판의 표시등은 반 이상을 가리키고 있었다. 시동이 걸리자마자 4개의 고무 도너츠가 요란하게 바닥면과 마찰되는 소리를 뿜어냈다. 햇빛이 강렬해서 눈을 뜰 수가 없었지만 조급한 마음은 시야 확보에 신경을 쓸 겨를조차 없었다.

'잿더미가 되기 전에 막아야 해! 그 시체에도 분명 무언가 있을 거야.'

박도준은 혼잣말을 하며 오늘 최대의 목표가 화장을 막는 것이라고 몇 번이고 곱씹었다.

'연쇄살인에는 반드시 연관성이 있어 이번 건은 그 문자야! 알파벳이 하나라도 빠지면 영영 풀지 못할 숙제로 남을 거야! 반드시 그 시체에서 문자를 얻어내야 해 반드시!'

박도준의 얼굴이 시벌겋게 상기되었다. 아파트 정문을 지나 우회전을 하자마자 오른쪽에 보이는 편의점 앞에 차를 거칠게 세웠다. 그리고는 보온병을 들고 편의점으로 안으로 뛰어 들어갔다.

'딸랑~ 딸딸랑랑~'

유리문 위에서 모양을 알아볼 수 없을 만큼 심하게 흔들리며 얇

게 거슬리는 소리를 뿜어내는 종 때문에 편의점 안에 있던 세 사
람이 박도준을 유심히 쳐다보았다. 몇 군데 새집을 지어놓은 머리
스타일과 대충 입은 옷차림, 보온병을 들고 신발을 질질끌며 들
어온 박도준의 모습은 가히 가관이다. 박도준은 이리저리 주위를
돌아보다 두 명의 학생이 컵라면을 먹고 있는 쪽으로 달려가 보
온병을 대고 뜨거운 온수의 레버를 눌렀다. 박도준의 동선을 '쭉'
지켜보던 아르바이트생이 박도준 쪽으로 조심스럽게 다가왔다.

"소~ 손님. 여기서 이러시면 안 됩니다."

"소풍 가는거야~ 라면은 나중에 먹을게."

박도준은 학생들의 시선을 아랑곳하지 않고 계속 물을 받았다.
라면을 먹고 있던 두 학생이 다시 박도준을 이상하게 쳐다보았다.

"음~ 그냥 계속 먹어. 자, 됐다."

보온병에 물을 가득 채운 박도준은 꼼꼼하게 뚜껑을 닫은 후 아
르바이트생과 학생 두 명을 번갈아 쳐다본 후 한번 씨익 웃어 보
이고 '딸랑' 소리와 함께 사라졌다. 아르바이트생은 멍하니 흔들
리는 종만 바라보고 있었다.

11월 20일 오전 9시 30분 화성화장터

주말에 비해 평일의 풍경은 그래도 화장터의 분위기가 느껴졌
다. 주말에는 누가 화장을 하는 건지, 화장을 당하는 건지 모를 정
도로 북적거렸을 테지만 그 날은 그나마 한산한 분위기였다. 따라
서 사람들은 3호실의 분위기가 사뭇 다르다는 것을 더 잘 느꼈을

지도 모른다.

"뭐! 어떻게 한다고? 이 사람이 미쳤나? 당신 형사면 다야? 사람이 죽었는데. 제대로 보내줘야 할 것 아냐? 갈 때까지 왜 이 난리야?"

상주가 머리끝까지 올라온 화를 입으로 내뱉으며 박도준과 이한성에게 쏘아붙였다.

"예, 저희도 특이한 사항인 건 알겠습니다만, 한 번만 딱! 한 번만 협조 좀 해주세요."

이한성이 몸집이 가장 크고 수염이 수북이 나있는 유족에게 머리를 조아리며 사정했다. 죽은 피해자 아버지인 그 남자는 절대로 있을 수 없는 부탁을 한다며 고래고래 소리쳤다.

"야! 이 경우 없는 사람들아! 사람이 한 번 죽지 두 번 죽냐? 당신 미쳤어? 당신 가족이라면 이렇게 할 수 있어?"

피해자 아버지의 형님으로 보이는 노인이 이한성의 멱살을 움켜잡으며 참을 수 없는 노여움에 온몸을 부르르 떨었다. 옆에서 구경만 하고 있던 가족들이 그때서야 달려들어 노인을 말렸다.

"그만 좀 하라고요! 경찰 불러. 경찰! 저 사람 완전 미쳤어! 지금 우리 집안을 욕보이고 있다고요!"

울고 있던 피해자의 어머니까지 달려들었다.

"스톱! 스톱! 범인! 범인 잡는다니까!"

지금까지 상황만 지켜보고 있던 박도준이 얼굴을 회색빛으로 물들이며 지으며 3호실이 떠나갈 것 같이 소리쳤다.

"어르신 범인 잡고 싶지 않으세요?, 아버님! 그 범인 잡고 싶지

않냐고요? 제가 못 잡으면 저기로, 저쪽으로 들어갈게. 제가 저기
에 들어간다고요!”

　박도준이 오른손에 들고 있던 보온병으로 소각로를 가리키며
애절하게 소리쳤다. 몇몇 여자들의 흐느낌을 제외하고 3호실은
쥐죽은 듯이 조용해졌다. .

　장성희 대리가 글로벌 로지스턱스에서 근무한 지도 벌써 7년이
다 되어갔다. 회사 업무라면 누구한테도 지지 않는 악발이지만,
이제는 좀 쉬고 싶은 생각도 있었다. 남자한테 사랑받으며 평범한
여자처럼 가정을 꾸리고 싶은 생각이 요즘 계속 머리를 떠나지 않
고 있었다.

　‘우리 자기는 언제쯤 나한테 프로포즈를 할까? 마음이 없는 건
아닐까?’ 혼잣말을 중얼거리며 이한성에 대한 간절한 기대가 이
제는 퇴색된 고민이 되어 얼굴을 어둡게 했다. 전날 중국으로 선
적 된 화물의 송장을 포함한 선적서류를 꼼꼼히 챙기고 있던 장성
희는 진 부장이 부르는 소리도 듣지 못한 채 일에 집중하고 있었
다.

　“장 대리. 장 대리!”

　옆에 앉아 있던 이은정이 장성희의 책상을 똑똑 치며 눈짓을 주
었다.

　“대리님. 부장님이 찾으셔요”

　“장 대리!”

　“네. 네! 팀장님.”

나가 놀던 정신이 모래바람을 일으키며 마하의 속도로 다시 돌아오는 것을 느낀 장성희는 벌떡 일어나 부장 쪽으로 방향을 틀었다.

"장 차장이 가지고 간 계약서는 법무팀에서 검토한 거지?"

컴퓨터를 보고 있던 부장은 장성희가 일어나자 모니터에 숨겨두었던 머리를 옆으로 꺼내며 느끼한 표정으로 장성희와 눈을 맞췄다.

"연장 계약에 관한 조항 말이야. 중국어와 영어가 맞지가 않아. 다시 좀 봐요. 법무팀 친구들은 그걸 검토라고 하고 있어? 꼴통 놈들! 그리고 장 차장한테 전화해서 아직 사인하지 말라고 하고."

"오늘 가격 협상 끝냈고, 계약서 사인은 내일 할 거예요. 미리 전화해 놓을게요. 지금 고객들과 저녁 식사 중일 거예요."

"그래. 한 시간 차이가 나니까 벌써 거나하게들 취했겠구먼, 그 화주 말야 '왕종(王总)'. 중국에서 얼마나 술을 먹이던지. 장 차장은 술을 잘하니까 잘 버티겠지 뭐. 오한수 그놈은 따라가서 제대로 배우고 올지 몰라. 맹 해가지고."

11월 20일 23시

영동고속도로의 밤은 의외로 차분했다. 올해는 춥고 눈도 많이 온다는 기상예보도 있었다. 하지만 가을의 끝 자락은 눈보다 비가 더 어울렸다. 차 앞유리에는 윈도우 브러쉬를 가끔 쓸 정도의 안개비가 내리고 있었다. 라디오 시사 방송에서는 제주도에서 발생한 올레길 살인 사건의 범인이 1심에서 23년형을 선고 받았다는 내용이 흘러나오고 있었다. 박도준, 이한성, 조 형사와 최 형사가 이한성의 차를 타고 영동고속도로를 달리고 있었다.

"그 인간 콩밥 먹고 나오면 제사상에 사진 올라가 있겠네. 23년이라……."

"그런데 그 아가씨 아버지는 중소기업 사장이라면서요? 그냥 깨끗하게 화장을 하지. 귀찮게 뭘 매장이야?"

"돈이 많다잖아요. 돈이. 나도 돈 있으면 매장하겠다. 억울하게 젊은 나이에 죽었는데. 무덤 옆에 일찍 간 젊은 놈이라도 하나 묻어서 영혼 결혼식도 시켜주고. 그런데 왜 룸살롱에서 일하려고 했을까? 그것도 이상해."

운전대를 잡은 이한성이 깜빡이와 윈도우 브러쉬를 동시에 작동하며 말을 이어갔다.

"종교가 유교라서 그런거지. 돈 보단."

"바보야! 유교가 종교냐? 사상이지. 원래 중국에서 건너온 거고 조상과 자연, 그리고 왕을 숭배한 거야. 화장은 불교 쪽이 많이 하고, 그런데 생각을 해보면 종교의 발생지역과 상관이 있는 것 같아. 불교는 인도잖아. 날씨가 덥고 땅을 상당히 소중히 여긴 데다가, 해충도 많고 시체를 땅에 묻으면 전염병이 발생할 가능성이 클 거라고 생각해서 화장을 했던 거야. 매장은 원래 이슬람에서 시작했는데 그쪽은 고온이지만 건조해서 땅에 묻어도 금방 말라버리거든, 병이 발생할 위험이 없었던 거지!"

박도준이 한심한 듯 조 형사를 쳐다보며 자세히 설명해 주었다.

"하하~ 하여튼 우리 도준 선배는 아는 것도 많아."

"아는 거 많아서 좋겠다. 도준아! 그 좋은 머리로 이번 사건도 깔끔하게 처리할 거지? 난 이제 나이를 먹어서 머리가 썩어 들어 간다. 썩어 들어가."

최 형사가 한마디 거들었다.

차 안에서 한참을 떠들어대던 네 명의 형사들은 덕평 톨게이트가 나오자 면접시험을 치르는 신입사원처럼 왠지 불안한 듯 옷매무새를 추스렸다. 톨게이트를 통과하여 좌회전 한 번, 우회전 한 번을 한 후 골목으로 들어간 이한성의 차는 어둠 속에서 도깨비눈 같은 브레이크등을 한 번 번쩍이고 이내 사라졌다.

"어이~ 추워라! 이거 꼭 해야 하는 거야?"

차에서 내린 최 형사가 지퍼를 목 끝까지 올리며 엄살을 피웠다. 네 명의 형사 눈앞에 우뚝 선 검은 산은 금방이라도 그들을 한 입에 먹어버릴 것 같은 음산한 소리를 내었다.

'쉬~휘~'

"이거 걸리면 올레길 그 인간하고 같이 생을 마감할 지도 몰라. 이 범인이 어떤 인간인지는 몰라도 잡히면 내가 올레길 한 가운데에 묻어 버리겠어. 삽은 젊은 네가 들어라 한성아."

첫 번째 사건의 주인공이 매장되어 있는 곳의 위치는 묘비를 제작했던 업체를 통해서 이한성이 알아냈다. 하지만 달도 떠 있지 않은 깜깜한 한 밤중에 목표지점을 찾아내기란 공항 활주로에서 땅에 떨어진 100원짜리 동전을 찾아내는 것만큼 어려운 일이었다. 박도준은 나머지 형사 세 명과 떨어져 5미터 정도 앞에서 걷고 있었다.

"한성아! 네가 말한 그 시멘트 집 여기 있는 것 같다!"

묘비를 제작한 담당자는 이곳을 서너 번 왔다 갔다 했기 때문에 이한성에게 올라가는 길을 찾는 법, 갈림길에서의 방향, 지표가 될 만한 물체에 대해서도 자세히 설명을 해주었다.

"그럼 왼쪽 길로 올라가야 돼요."

숨을 죽인 이한성이 박도준이 걸어가고 있는 거리만큼 전달될 수 있도록 조용하게 목소리를 내었다.

20분 정도 걸어 올라갔을까? 이한성이 말한 대로 큰 부채를 활짝 편 것 같은 묘지 두 개가 나왔다.

"됐다! 여기까지 찾았으면 다 된거야! 도준 선배~ 왼쪽 묘지를 가로질러서 왼쪽으로 내려가면 거기가 우리가 찾는 곳이에요."

"어휴~ 죽겠네! 정말 우리 달밤에 체조하고 있는 거 맞지?"

산을 타는 내내 불만을 토로한 최 형사가 묘지 한 가운데서 담뱃불을 붙이며 큰 한숨을 쉬었다.

"찾았다! 빨리 이쪽으로 건너와!"

박도준이 가지고 있던 손전등을 양옆으로 흔들어 위치를 알려주었다.

'픽! 첩! 픽! 첩! ~ 픽! 첩!'

"내가 군대 제대하고 오늘같이 삽질 많이 한 날은 처음이네! 자 다시 교대!"

최 형사는 한 번도 쉬지 않고 계속 투덜거렸지만, 삽질 실력은 정말 대단했다. 순식간에 무덤을 평지로 만들어버린 최 형사와 박도준은 조 형사와 이한성에게 삽을 던지며 도움을 청했다.

"전생에 도굴범이었나? 팔자 정말 더럽네. 남의 무덤까지 파고."

"좀 조용히 일들 좀 합시다. 시체가 자다 말고 시끄러워서 벌떡 일어나겠네."

'쩍!'

그때 이한성이 쇳덩이가 나무에 꽂히는 손맛을 느꼈다. 드디어 관까지 내려온 것이었다. 잠시 후 최 형사가 삽 끝으로 관을 열었다. 그 가냘팠던 여자는 삼베에 싸여서 그런지 엄청나게 크게 보였다. 지상의 온도보다 지면 아래의 온도가 상대적으로 따뜻한지 몇 마리의 벌레들만이 그녀를 외롭지 않게 지켜주고 있었다. 박도준은 그녀가 마치 한겨울에 도로에서 치인 개가 지나가는 차들에 의해 밟히고 또 밟혀서 핏기조차 없어진 후 가죽만 너덜너덜하게 남은 것 같이 처절하고 외로워 보인다고 생각했다. 네 명의 형사들은 얼굴에 흐르는 땀을 느낄 수 없을 정도로 가슴이 너덜너덜해졌다.

"가위나 칼. 뭐 그런거 있나? 우리?"

"전, 보온병만 준비하라고 해서."

"삼베는 이빨로 뜯으면 되잖아."

모두들 이한성을 동시에 쳐다봤다.

"젊은 놈이 해야지? 이가 없으면 잇몸으로라도."

최 형사가 이한성에게 하얀치아를 내 보이며 눈짓으로 어떻게 해야 하는지 설명해 주었다.

"캬악!"

이한성의 비명이 검은 산을 에워쌌다.

11월 21일 아침 7시

새벽 4시까지 도굴작업에 혼신을 다했던 강력계 4팀 팀원들은
소기의 성과를 달성하고 곧장 서울로 내려왔다. 피곤함은 참을 수
없었지만 야산 밑에서 잠이라도 들었다가는 안 그래도 일찍 일어
나는 시골 주민들에게 의심을 받아 시끄러워질 수도 있기 때문이
었다. 2시간 남짓 눈을 붙인 형사들은 허기를 채우기 위해 해장국
집으로 향했다.

"뼈다귀로 4개. 깍두기 엄청 많이요!"

"말 안 해도 알거든!"

일주일에 두세 번은 찾는 단골 해장국집의 넙대대한 주인아주
머니의 얼굴을 보니 몇 시간 전 검은 야산에서 시체와의 혈투를
벌인 일이 꿈만 같이 느껴졌다. 일상으로의 복귀, 그런 기분이었
다. 주문하자마자 보글보글 끓는 4개의 뚝배기를 가지고 온 주인
아주머니는 깍두기를 남산만큼 쌓아가지고 식탁에 올려놓았다.

"많이들 먹어. 밥 방금해서 맛있을 거야. 부족하면 더 달라고
해."

주인아주머니의 다정한 말 한마디가 형사들의 찌든 피로를 어
느 정도 가시게 하였다.

'손가락 폭탄 사건은 현재까지 총 네 번, 각기 다른 곳에서 발

생 하였습니다. 그리고 지난 일요일에는 이미 방송에서 나간 것처럼 석계역에서 발생했습니다. 세 번의 사건이 평일에 일어난 것과는 대조적으로 이젠 주말에까지 시민들을 불안에 떨게 하고 있습니다.'

마침 텔레비전에서 그 사건을 보도하고 있었다.

"쩝~쩝~"

"아이~ 좀! 시작부터 박자 맞추네. 그만 좀 쩝쩝대요!"

이한성이 조 형사의 '쩝쩝' 대는 소리가 귀에 거슬린다며 연이어 핀잔을 주고 있었다. "어떻게 저런 소리가 나지? 저 인간, 쩝쩝대는 소리로 아카펠라해도 되겠어."

박도준이 이한성의 말에 맞장구를 치며 조 형사를 쳐다봤지만 조 형사는 아무 말 없이 밥 먹는 데만 집중하고 있었다.

"저 개새끼를 잡아야 하는데. 년인지, 놈인지 모르겠지만."

"가장 최근에 일어난 지난 일요일 사건의 피해자는 처음으로……"

"잠깐! 일요일? 한성아! 우리 네 번째 사건이 월요일 새벽이었지?"

박도준이 등에 지고 있던 텔레비전 소리를 듣고 고개를 쳐들어 이한성에게 물었다.

"예! 그렇죠."

"이번에 저 손가락 폭탄 사건은 위치가 어디였지?"

"좀 전에 석계역이라고 하던데요!"

"그럼 세 번째는?"

"음~ 아마~ 태능역이었을 거에요. 잠깐요. 제가 어디 적어놓은 것이 있을 텐데."

이한성이 박도준에게 새로 산 S노트2의 기능이 엄청나게 좋아졌다고 하며 적어놓았던 기억을 더듬었다.

"세 번째 살인 사건의 위치가 우면산 톨게이트였잖아. 그리고 그 전날. 그 날이 며칠이었지?"

"맞네요! 13일 밤 태능역 손가락 폭탄 사건 발생, 14일 새벽 살인 사건 발생!"

"그래! 그러니까 손가락 폭탄 사건이 일어난 그 다음날 새벽에 살인 사건이 발생하는 거네. 공식같이 그렇지? 맞지?"

박도준의 입에서 자근자근하게 씹힌 밥알이 산발탄을 발사하듯 수없이 튀어나왔다.

"그러네요. 좀 이상하네요. 혹시 동일범이거나, 두 사람의 합작품 아니면 한 조직이 여러 명을 시켜서 꾸민 사건?"

"야! 가자! 사무실로 들어가자!"

박도준이 숟가락을 식탁에 '딱'하고 내려놓으며 지갑과 휴대전화를 챙겼다.

"도준아! 내 배가 운다. 울어! 밥 좀 제대로 먹자."

뼈다귀를 왼손으로 들고 있던 최 형사의 목소리였다.

"선배님하고 조 형사는 마저 드시고 오세요. 저희는 먼저 들어갈게요!"

박도준과 이한성이 해장국집 문을 열고 나와 차에 올라탔다.

"선배님~ 저 있잖아요. 조금 있다가 성희랑 약속이 있는데."

시동을 걸자마자 이한성이 박도준의 눈치를 보며 넌지시 건넨 한마디였다.

"야! 너 지금 한가하게 데이트나 할 때야? 이 놈이 정신이 있는 놈이야! 없는 놈이야!"

"한 번만요. 두 달만에 하루도 아니고 반나절인데요. 주말에는 더 못 쉬잖아요! 성희는 오늘 월차 냈단 말이에요. 이미."

'덜덜덜' 떨리고 있는 이한성 차의 머플러에서 기름이 '톡톡' 떨어졌다. 이한성은 거의 사정하다시피 박도준을 설득했다. 비상이 걸린지 벌써 몇 달째. 거기에다 연쇄살인 사건이 터진 이후로는 한 번도 쉬어본 적이 없는 막내 이한성이었다. 오늘은 목적을 달성하기 위해 기필코 시간을 내야 했다.

"알았으니까! 멀리 가지 말고~ 연락하면 바로 튀어와! 일단 사무실까지 나 좀 데려다 주고."

"정말요? 아싸! 선배 최고! 도준 선배 최고!"

사람은 궁핍할수록 작은 일에 감사하게 되고, 풍요로울수록 소중함을 잃어버리게 된다. 박도준은 오케이란 이 한마디에 어린아이처럼 좋아하는 이한성이 측은하기만 했다. 그리고 가슴이 저미게 미안했다.

"선배! 나~ 장가가라면서!"

이한성은 박도준을 본부에 내려주고 집에 들러 흙먼지 나는 옷을 갈아입고 부푼 꿈을 안은 채 다시 운전대를 잡았다.

카톡 : 좀 있다 봐! ㅋ

카톡 : 응 자기야 ^^

이한성이 처음 차를 세운 곳은 삼성동 H백화점 앞이었다. 티파니 액세서리 가게는 1년 동안 벌써 네 번이나 들렸고, 오늘이 다섯 번째였다. 형사 봉급으로는 감당이 되지 않는 가격이었지만 장성희에게 처음 선물하는 '링'을 그냥 시장바닥에서 사고 싶지는 않았다. 이한성은 가게에 들어가자마자 또다시 진열대 앞을 두리번 두리번거리며 오랫동안 눈에 새겨둔 반지를 찾았다.

"또 오셨네요?"

다섯 번이나 얼굴을 봤는데, 직원이 이한성을 알아보지 못할 리가 없다. 이한성은 귀찮을 텐데도 언제나 다정하게 맞아주는 가게 직원이 그저 고마울 따름이었다.

"네~ 이번엔 진짜 사려고요."

이한성이 머리를 긁적이며, 어색하게 웃어 보였다.

"어떤 걸로 보셨죠? 반지는 오래 고르면 고를수록 마음에 둔 여자분을 많이 사랑하는 거래요."

가게 직원이 편안한 미소를 지으며 이한성의 마음을 안정시켰다.

"아~ 그렇죠? 저기 있네요. 저것으로 주세요."

이한성이 두 번째로 차를 정차시킨 곳은 강남역 7번 출구 앞이었다. 다행히 도착하자마자 지하철 출구로 나오는 장성희의 모습이 보였다. 이한성은 손을 흔들며 총총 걸어오는 장성희가 마치 부산영화제에서 레드카펫을 걷는 여배우처럼 아름답다고 느꼈다. 실제로 장성희와 다니면 백옥같이 빛나는 피부와 윤곽이 뚜렷한 이목구비, 숱많고 짙은, 꼬리가 약간 올라간 눈썹 때문에 사람들의 시선을 한 몸에 받았다.

"고집은! 전철은 타지 말라니까! 그렇게 예쁘게 해 가지고 돌아다니는 것도 범죄야. 범죄!"

장성희가 차에 타자마자 이한성은 잔소리를 늘어놓았다.

"지하철에 사람이 없어서 편하게 왔어. 매일 이랬으면 좋겠다."

"지금 때가 어떤 때인지 잘 알면서. 자기가 둘러봐라, 지하철 입구 4개 중에 어디 밑으로 들어가는 사람이 있나?!"

이한성이 강남역 사거리를 손가락으로 가리키며 걱정스런 불만으로 애정을 표시했다.

"어휴~ 이 아저씨 또 시작이셔. 나한테는 그렇게 못하니까 맘 푹 놓으셔요. 형사 나리!"

장성희는 이한성의 귓볼을 살며시 잡아당기며 애교 섞인 말로 그를 안심시켰다.

"그럼 어디 가는 거야? 우리?"

"음~ 멋있는 바다는 못 보여 드리고요. 가까운데 가서 조개구이랑, 회랑 먹고 오자. 내 군대 동기가 그쪽에 있거든."

"오빠 그런데 오늘 안 들어가 봐도 돼? 비상이잖아!"

"괜찮아. 알잖아! 오빠 말 한마디면 다 껌뻑 죽는 거. 경찰청장감을 누가 건드려! 하하~ 그게 아니고 몇 대 맞으면 돼."

이한성은 장난 섞인 넉살을 늘어놓았다.

"괜히 부담되네."

'부웅~'

이한성이 노란색 불빛의 비상등을 점멸시키고 가속페달을 힘껏 밟았다.

10월 31일 첫 번째 손가락 폭탄 사건 발생, 11월 1일 첫 번째 살인 사건, 11월 7일 두 번째 손가락 폭탄 사건 발생, 11월 8일 두 번째 살인 사건 발생, 11월 13일 세 번째 손가락 폭탄 사건 발생, 14일 우면산 세 번째 살인 사건 발생, 11월 18일 그리고 19일……. 박도준이 탁상달력에 손가락 폭탄 사건과 살인 사건을 차례로 표시했다. 그리고 모든 사건이, 손가락 폭탄 사건이 일어난 날 자정을 넘어 일어난 것을 발견했다.

"이런! 미끼? 첫 번째 피해자의 손가락이 첫 번째 손가락 폭탄 사건의 손가락이 아니다. 그러면? 두 번째 손가락 폭탄의 손가락이 첫 번째 피해자의 손가락일 가능성은?"

박도준은 심장과 같이 뛰고 있는 수첩을 꺼내들었다.

'1차 피해자 – 새끼손가락' 이라고 메모가 되어있었다. 박도준은 1번을 눌러 엄지원에게 전화를 걸었다.

"지원아~ 두 번째 발생한 손가락 폭탄 사건의 손가락이 혹시 몇 번째 손가락인줄 알아?"

"응. 당연하지~ 새끼손가락이야."

"음~ 그럼 세 번째는?"

"약지인데. 약손가락. 왜 선배?"

"음~ 아니야. 나중에 다시 통화하자."

'미끼, 교란, 동일인물! 누구지? 왜지?'

박도준이 손가락 폭탄 사건과 연쇄살인 사건의 연관 관계를 머리에 새길 무렵 이한성은 여전히 후리지아꽃이 양쪽으로 만발해 있는 향긋한 오솔길을 걷고 있었다.

"오빠 자?

눈을 질끈 감고 있는 이한성은 아무런 미동이 없었다. 장성희가 휴대전화의 버튼을 눌러 시계를 확인하니 이미 10시 50분을 넘어가고 있었다.

"오빠?"

"어!"

"우리 올라갈까? 언니가 너무 걱정돼서. 지금은 차도 안 막힐 텐데."

머뭇거리던 장성희가 겨우 입술을 움직였다.

"어~ 어~ 그러는게 좋겠지? 나도 도준 선배 때문에 걱정하고 있었어."

"그런데 술 다 깼어?"

"몇 잔 마시지도 않았은데 뭐~. 가시죠! 사모님."

"잠깐만 성희야!"

옷을 입는 장성희 뒤쪽으로 이한성이 미리 발신버튼을 누른 휴대전화를 귀에 갔다 댔다.

"선배. 전데요~ 우리 지금 올라갈 거니까 조금 있다가 봐요. 그리고 내가 그 이동준의 회사 동료들을 조사해 봤는데요. 기가 막힌 사실을 알아냈어요. 혹시 이은정이라고 아세요? 그리고……
에이! 아니다. 여하튼 좋은 소식 하나하고, 나쁜 소식 하나에요.
선배 지갑에 있는 그 사진과도 관련이 있는…… 궁금해 죽겠죠?
히~히~. 그냥 들어가서 말씀 드릴게요. 배 고프면 뭐 좀 사 가고
요, 오케이."

"이은정?"

전화 속의 박도준이 생소한 이름이라는 듯 되물어 왔다.

하나가 되기로 약속한 둘은 잠시 머물렀던 모텔을 등에 지고
11시가 조금 넘어 타이어를 아스팔트 위에 올려놓았다. 서울로
가기 위해 고속도로로 통하는 국도는 낮에도 한산했지만, 밤이
되자 지나가는 차의 전조등조차 보기 힘들 정도로 고요함만 가득
했다. 생각보다 일찍 도착한 한쌍의 예비부부는 불이 거의 다 꺼
진 병원 정문 앞에 멈추어 섰다.

"빗방울이 떨어지네?"

"오빠! 고마워! 운전 조심하고~ 전화해!"

차에서 내린 장성희가 헤어짐이 못내 아쉬운지 허리를 굽혀 창
문으로 이한성을 다시 보고 또 보았다.

"우산 가져갈래?"

"금방 뛰어 들어가면 돼."

"그래. 피곤할 텐데 얼른 들어가서 쉬어. 나 간다."

이한성이 창문을 내려 장성희에게 작별인사를 했다.

장성희는 출발하는 이한성을 바라보며 손으로 하트 모양을 그
리고 '사랑해!'라는 말을 입모양으로 그렸다.

그렇게 가슴이 찢어질 정도로 사랑하던 그들 앞에, 매일매일 죽음을 향해 달려가는 그 마지막 날이 오늘이라고는 두 사람은 꿈에도 상상할 수 없었다.

프로포즈한 장면을 다시 그리며 이한성은 흐뭇한 표정으로 운전대를 잡고 있었다. 좀 더 멋있게 할 수도 있었는데라는 아쉬움을 속으로 되내이며 집으로 향하는 중이었다.

"내일도 못 들어올 테니, 속옷하고 양말이라도 챙겨가야겠다."

이한성은 장성희의 휴대전화 뒷자리를 비밀번호로 설정해 놓은 현관 열쇠의 '츠윽 삐이릭' 소리가 오늘따라 유난히 크다고 느꼈다. 현관에 들어서자 옅은 오렌지 색깔 불빛만이 이한성을 맞아주었다. 습관처럼 휴대전화, 지갑, 열쇠, 담배를 식탁 위에 차례차례 올려놓은 이한성은 식탁 위에 반이 접혀 있는 낯설은 사진 한 장을 발견했다. 아무리 바빠도 눈에 익은 작은 공간의 변화는 쉽사리 느낄 수 있었던 이한성이었다. 왠지 불길한 예감이 든 그는 사진을 들어 올려 한참 동안 쳐다봤다. 그 사진은 바로 몇 시간 전 조개구이 집에서 식사할 때의 사진이었다. 이한성은 뒤통수를 얻어맞은 기분으로 오감이 멈춰버렸다. 그리고 아니겠지 하는 기대감으로 접힌 사진을 피면서 휴대전화를 들어 올렸다. 거기에는 이한성을 사랑하는 눈빛으로 턱을 괴고 빤히 쳐다보고 있는 장성희가 있었다. 이한성은 무의식적으로 장성희에게 전화를 걸기 위해 엄지손가락을 '1'번에 갖다 댔다.

"야구 좋아하나?"

얼음주머니를 머리 뒤에 갖다 댄 것처럼 뒤통수가 서늘했다. 보이스피싱의 목소리 파장이 이한성의 고막을 흔들었다.

"뻑!"

이한성이 몸을 뒤로 돌리기도 전에 야구 방망이가 이한성의 뒤통수를 가격했다.

'헉. 쿠당탕~'

아차! 하는 순간 뒤통수를 심하게 얻어 맞은 이한성은 식탁 모서리에 얼굴을 부딪힌 후 의자를 잡고 땅바닥에 쓰러졌다. 바닥에 밀착된 이한성의 뺨 옆으로 뜨거운 피가 흘러내렸다. 마치 생선이 횟감으로 도마 위에 올라가 두꺼운 칼등에 머리를 맞고 펄떡거리는 것처럼 상체와 하체가 움찔움찔 들썩거렸다. 하지만 이한성은 그저 장성희와 같이 찍힌 사진만 손에 꼬옥 쥔 채 아무런 대응도 할 수 없었다.

"나 오늘 홈런 쳤어! 방망이 좋은데? 쓸만해."

그 남자는 야구 방망이의 중간 스팟 부분을 쓰다듬으며 혼자 중얼거렸다. 식탁 바닥에 떨어져 있는 이한성의 휴대전화에는 '우리 예쁜이야'가 표시되며 벨소리를 울렸다.

병원에 도착한 장성희는 언니가 곤히 자고 있는 것을 확인하자 마음이 놓였다. 장성희는 세면을 마치고 보조침대에 누워 길게 뻗은 손가락을 더욱 빛나게 해주고 있는 반지에 눈을 맞추며 사랑스런 미소를 지었다. 보슬보슬 내리고 있는 비를 창문을 통해 바라보고 있던 장성희는 빗길에 운전하는 이한성이 마음에 걸려 전화를 걸었다.

“……..”

“어? 왜 전화를 안 받지? 씻고 있나?”

휴대전화를 가슴에 안고 옆으로 돌아누운 장성희는 잠을 청했다. 하지만 걱정이 되었는지 다시 벌떡 일어나 이한성에게 전화를 걸었다.

“……..”

“어? 이상하네?”

걱정이 된 장성희는 박도준에게 전화를 걸어야겠다고 생각했다.

“도준 오빠! 저예요~ 한성 오빠 전화가 안돼서…….”

“음! 성희야~ 나도 지금 한성이랑 연락이 안 돼서 너한테 전화하려던 참이었는데. 언제 헤어졌어?”

“한 시간이 좀 넘은 것 같은데~ 이런 일이 한 번도 없었거든요. 집에서 옷 챙겨 도준 오빠한테 간다고 했는데.”

“뭐? 나한테는 직접 온다고 했는데? 그래도 도착했어도 벌써 도착했어야 하는데! 나중에 통화하자. 내가 가봐야겠어!”

박도준이 이한성한테 전화를 계속 걸며 서둘러 사무실을 나갔다.

새벽 1시 22분, 이한성이 감겼던 눈을 억지로 떴다. 이한성은 그동안 장성희와 있었던 모든 일이 몇 초도 되지 않아 영화필름이 돌아가듯 선명하고 빠르게 지나가는 것을 느끼며 꿈이었구나라고 생각했다. 그리고 얼굴에서 흘러내리고 있는 쓰디쓴 피맛을 느끼며 꼼짝도 할 수 없는 몸을 버둥거렸다. 이한성은 무릎이 꿇린 채 야구 방망이가 종아리와 허벅지 사이에 끼워져 있고, 뒤로 묶인 손은 다리와 몸통을 하나로 연결시킨 매듭에 꼼꼼하게 묶여 있었다. 남자가 방으로 들어오더니 이한성의 입에 테이프를 붙였다. 의식이 돌아온 것을 알아차린 것이었다. 남자는 다시 이한성의 고개를 뒤로 젓힌 후 투명 박스테이프로 양쪽 눈 부위를 감아 발목까지 내린 후 발목을 감아 다시 위로 올려 뒤로 젖혀진 고개가 움직이지 않게 했다. 뒷짐을 지고 있던 남자는 미리 준비한 깔대기를 들어 올려 테이프로 막혀 있는 이한성의 입에 사정없이 꽂아 넣었다.

"윽!"

"너한테는 미안하지만 그 인간한테 처음부터 극에 달하는 좌절을 줄 수는 없잖아? 하나씩 하자! 하나씩~ 그래서 인간관계가 중요한 거야. 미필적 고의라는 말 알지?"

이한성은 그 와중에도 찌그러진 시야를 통해서 중성적인 목소리의 주인공을 보기 위해 안간힘을 썼다. 분명 연쇄살인 사건과 관련 있는, 아니 이 사람이 범인일 수도 있다는 생각이 순간적으로 뇌리를 스쳤다. 그리고 뭔가 단서를 남기기 위해 이리저리 머리를 굴렸다. 그 남자는 옆에 세워 두었던 보드카의 뚜껑을 돌려 열어 이한성의 입에 꽂혀 있는 깔대기에 천천히 붓기 시작했다.

"내가 남자 피는 싫어 하거든~ 기분 좋게 저승으로 안내할 테니 조용히 따라와야 해. 보드카 좋아해?"

"헉. 격, 헉. 읍."

이한성은 목줄기를 타고 내려 오는 뜨거운 액체를 막으려고 온

갖 애를 썼지만 깔대기 때문에 열려있는 식도는 60도가 넘는 알
코올을 그대로 장기에 전달했다.

"발악 하지마~ 너만 힘들어져!"

보드카 병에서 알코올이 '똑똑' 떨어질 때까지 마지막 한 방울
까지 부어 넣은 그 남자는 옆에 놓아둔 염산통을 집어들어 뚜껑을
열었다.

"보드카 때문에 이놈이 좀 희석될 테지만, 그래도 효과는 그런
대로 괜찮을 거야. 기대해도 좋아."

회색 용기에서 흘러나오는 액체가 코를 심하게 자극했다. '꿀럭
꿀럭' 깔대기 안으로 들어가던 액체는 다시 역류해 이한성의 코
와 귀로 흘러나왔다. 이한성은 참을 수 없는 고통에 머리를 심하
게 흔들었고 생식기에서 흘러나온 배설물 때문에 바닥이 흥건하
게 젖었다.

'음음! 엉음엉~'

극에 달한 고통을 이겨내기 위해 목이 찢어질 정도로 소리를 질
렀지만 입에 붙어 있는 테이프와 꽂혀 있는 깔대기 때문에 그 소
리는 동물의 울음소리같이 처절하게만 들렸다.

"워~워~ 조금만 참아."

피와 땀과 눈물로 범벅이 된 이한성은 끝내 아무런 미동도 하지
않았다. 남자는 염산통을 옆으로 던져 버리고, 거실로 나갔다. 거
실 바닥에 떨어져 있는 이한성의 휴대전화는 여전히 벨소리를 울
리며 선명하게 '도준 선배'를 표시하고 있었다. 구두를 신은 남자
는 뒤꿈치로 휴대전화를 찍어 누른 후 유유히 이한성 집에서 사라

졌다.

　박도준이 이한성 집으로 가기 위해 좁은 골목으로 들어선 시간은 새벽 1시 40분이었고 빗발은 더욱 거칠게 몰아치고 있었다. 보통 이한성의 집을 갈 때 차를 대놓던 자리는 이미 다른 차들이 차지해버려 좀 더 거리가 떨어진 곳에 주차를 하고 올라갈 수밖에 없었다. 마음이 바빠진 박도준은 차에서 내리자마자 우산도 챙기지 않은 채 전력을 다해 뛰기 시작했다. 30미터 정도 뛰어 올라가자 이한성의 차가 온전하게 주차되어 있는 것이 보였다. 보닛은 아직 따듯한 온기가 남아 있었다. 박도준은 다시 전력을 다해 뛰었다. 모서리를 돌아 조금만 더 올라가면 이한성의 집이었다.

　'퍽!'

　'척~ 쨍!'

　박도준이 모서리를 돌아서는 순간 뜻하지 않은 일이 발생했다. 반대편에서 걸어오고 있는 남자와 부딪혀 뒤로 넘어진 것이었다. 박도준은 심하게 부딪혔기 때문에 상대방도 분명 넘어졌을 것이라고 생각했다. 박도준과 부딪힌 남자는 떨어져 나간 열쇠 꾸러미를 서둘러 주웠지만 열쇠 하나가 빠져나가 하수구 블럭 사이에 세로로 꽂힌 건 알지 못했다.

　"죄송합니다!"

　1초, 아니 0.1초도 아까운 이 순간에 사사로이 부딪힌 일로 시간을 지체할 수 없었다. 박도준은 넘어진 상대방도 괜찮겠지하는 마음으로 미안하다는 말 한마디를 남기고 서둘러 그곳을 떠났다.

"……."

　박도준과 부딪힌 남자 역시 아무런 반응도 없이 급히 그 곳을 떠났다. 박도준은 부딪힌 남자의 반응이 이상하다고 생각했지만 이미 계단을 뛰어 올라가고 있었기 때문에 방향을 바꾸기에는 너무 늦었다.

　이한성의 집 문앞에 도착한 박도준은 초인종을 누르지 않고 문고리를 잡았다. 혹시 집안에 제2의 인물이 있을지 몰라서였다. 예상한 대로 문고리가 힘없이 돌아갔다. 박도준의 오른손은 이미 옆구리에 차고 있는 총집에 닿아 있었다. 평소에도 겁이 많던 이한성은 집에 들어가자마자 항상 문을 잠그는 버릇이 있기 때문에 분명 무슨 일이 있다고 판단한 것이었다. 소리를 내지 않기 위해 문을 위쪽으로 들어 올리며 열자, 매캐한 냄새가 코를 찔렀다. 안으로 들어가자 현관 등이 자동으로 켜지며 가지런히 벗어놓은 이한성의 신발을 비추었다.

　'들어갈 때는 평소와 다름없었고.' 박도준이 속으로 생각했다. 문을 닫고 벽 쪽에 몸을 붙인 박도준은 불이 켜져 있는 거실에 시선을 집중시켰다. 거실에는 모양이 이상하게 변한 이한성의 휴대전화만 바닥에 덩그러니 떨어져 있었다. 박도준은 현관을 지나 오른쪽 벽으로 붙었다. 휴대전화는 심하게 손상되어 있었으며 식탁 의자는 넘어져 있고 바닥에는 핏자국이 보였다.

　'한성아!'

　마음속으로 이한성을 불러봤다. 오감이 잔뜩 긴장되어 있는 박도준의 이마에서 땀방울이 흘러내렸다.

'제발 죽지만 말아다오'

박도준은 간절히 바라고 또 바랐다. 거실에 아무도 없는 것을 확인한 박도준은 문이 닫힌 화장실을 살며시 열고 총을 들이댔지만 아무도 없었다. 문이 3분의 2쯤 열려 있는 침실로 걸음을 옮긴 박도준은 불이 꺼져 있는 방에 앉아 있는 사람을 발견했다.

'제발…… 제발…….'

박도준은 열려 있는 문을 등으로 지고 다시 침실 안쪽으로 총을 들이댔다. 무릎을 꿇고 앉아 있는 사람이 이한성이라고 확신한 박도준은 아무도 없는 것을 확인한 뒤 그때서야 이한성에게 달려 들었다.

"한성아! 한성아!"

아무런 반응이 없었다. 목에 손을 대어 맥박을 확인했지만 심장은 이미 멈춘 상태였다.

"한성아! 이한성! 이렇게 죽으면……."

온몸의 세포들이 멈춘 것처럼 아무 생각도 할 수 없었던 박도준은 이한성을 잃을 것 같다는, 아니 이미 잃었다는 두려움과 좌절감에 온몸을 부들부들 떨었다. 무릎을 꿇고 있던 박도준은 급하게 불을 밝힌 후 다시 돌아와 이한성의 눈에 감겨져 있는 테이프를 떼어낸 후, 깔대기를 입에서 빼내려고 했지만 고통을 참기 위해 어금니를 물고 있는 이한성의 앞니가 깔대기의 대롱에 박혀 꿈쩍도 하지 않았다.

"어! 그 새끼!"

박도준의 머리에 방금 전 길에서 부딪힌 남자가 떠올랐다. 박도준은 숨도 쉬지 않은 채 밖으로 튀어나갔다.

“실수다! 젠장!”

계단을 한 걸음에 뛰어 내려간 박도준은 빌라 정문을 지나 건물 밑으로 내려 갔다. 그리고 남자와 부딪힌 그 장소를 지나 모서리를 돌아 다시 아래쪽으로 내려갔다. 박도준이 주차해 놓은 곳을 지나 사거리에 도착했다. 하지만 방향을 어디로 잡을지 몰랐다. 앞뒤, 양옆을 두리번거렸지만 눈에 들어오는 것은 길을 잃은 고양이와 까만 어둠뿐, 사람의 모습이라고는 찾아볼 수 없었다. 힘이 빠진 박도준은 그 자리에 주저앉아 버렸다. 그리고 휴대전화를 켰다.

“팀장님.”

“야! 꼴통! 넌 몇 신데 전화하고 그래! 나 오늘 쉬는 거 몰라?”

“한성이가 잘못 됐어요…….”

“무슨 자다가 봉창 뒤지는 소리야! 뭘 잘못 먹었다고?”

“한성이가. 한성이가. 당했다고요.”

“너 약 먹었어? 무슨 미친 소리야!”

“어휴. 씨발! 우리 한성이가 죽었다고요! 그 새끼한테 당했다고요!”

“…….”

아무 말도 없는 나 팀장의 거친 숨소리만 수화기 사이로 새어 나왔다.

“이 개새끼! 씹새끼! 죽여버릴 거야!!

박도준은 끝내 울분을 참지 못하고 땅을 치며 목놓아 울기 시작했다.

'엉엉~엉~엉~'

박도준의 통곡하는 소리는 어둠으로 둘러싸인 밤에 메아리처럼 퍼져 나갔다. 휴대전화에서는 나 팀장의 목소리가 나직하게 흘러나왔지만 박도준은 아무런 생각도, 아무런 대답도 할 수 없었다.

11월 25일 멀어져간 사람

그렇게 이한성은 세상을 떠났다. 한 사람이 세상을 뜬다고 한들 이 세상에 변하는 게 있을까? 하지만 장성희와 박도준에게는 너무도 가혹한 일이었다. 참으려 안간힘을 썼지만 박도준의 목에서는 자꾸 덩어리가 치밀었다.

이한성이 마지막으로 남기고 간 청혼의 증표인 반지를 낀 손에 들린 하얀 손수건은 장성희의 고운 얼굴을 떠나지 않았고, 화장터는 이한성을 애도하는 사람들로 가득 메워져 있었다.

"찬송가 115장을 부르겠습니다."

목사님의 굵은 목소리를 시작으로 조문객들은 눈물 섞인 찬송가를 부르기 시작했다. 덥수룩하게 수염이 자란 박도준이 자기도 모르게 턱밑으로 떨어지고 있는 뜨거운 눈물을 닦으려고 하지도 않은 채, 이한성이 고이 잠들어있는 갈색 빛깔의 관을 맨 앞에서 잡고 화장터 안으로 들어가고 있었다.

"오빠! 어엉~ 한성오빠! 어엉~ 어엉~ 나 두고 가면 어떻게 해

~ 난 이제 어쩌란 말야~ 어엉~ 어엉.”

장성희는 끝내 걸음을 멈추고 주저앉아 가슴에 들어 있는 이한성의 추억을 눈물로 모두 꺼내 놓았고, 옆에서 부축하며 같이 걸어가고 있던 엄지원이 그녀를 따뜻이 안아 주었다.

그렇게 이한성은 갔다.

일요일 점심 전이라 그런지 고속도로의 줄줄이 사탕같은 행렬은 보이지 않았다. 이한성 차의 운전대를 잡은 박도준은 이한성의 자리를 채우고 있는 이 순간까지 그에 대한 애절함으로 채워져 있었다. 박도준은 자기가 운전하는 차의 속도가 160킬로미터가 넘었는지도 몰랐다. 평소 같았으면 속도를 줄이라고 잔소리를 해댔을 나 팀장이지만, 그 또한 허리를 좌석 깊숙히 파묻은 채 아무런 말도 하지 않았다.

‘징징징~징징징~’

진동으로 설정해 놓은 박도준의 휴대전화가 플라스틱 위에서 계속 울렸다.

‘징징징~징징~’

“전화 안 받을거야?”

고요한 침묵을 깬 건 턱을 괴고 가만히 창밖을 바라보고 있던 나 팀장의 목소리였다.

“……”

멍하니 운전만 하고 있던 박도준이 휴대전화를 집어들어 발신 번호를 확인했다. 휴대전화에는 ‘발신 번호 제한’이 표시되어 있었다. 한참을 보고 있던 박도준은 전화를 받았다.

"네."

푹 가라앉은 목소리로 간신히 입술을 떼었다.

"오랜만이군."

" 누. 누구시죠?"

박도준은 기분 나쁜 중성적인 목소리가 귀에 낯설었다.

"당신이 찾고 있는 사람이지."

'끼이이이이익!!'

머릿속이 하얗게 변한 박도준이 100킬로미터가 훨씬 넘는 속도에서, 그것도 고속도로 한 복판에서 10미터가 넘는 시커먼 타이어 자국을 남겼다.

급브레이크 때문에 옆에 앉아 있던 나 팀장의 머리는 차장을 뚫고 나갈 뻔했다.

"뭐야! 왜 이래?"

흥분한 나 팀장이 멍하게 전화를 받고 있는 박도준을 쳐다보며 소리쳤다.

"이 돌대가리야! 날 그냥 내버려두면 서로가 편하잖아. 그런 귀찮고 슬픈 일도 없고."

"너 누구야! 누구냐고!"

"내 손에 괜한 피 묻히게 하지 말라고. 하하~ 하하하! 다시 말하는데 날 찾지마. 필요하면 내가 갈 테니."

"너. 누구야. 누구냐고! 이 새끼야!"

'뚝……'

박도준의 기대와는 반대로 전화는 힘없이 끊어졌다.

"끄아악! 으아악!"

발악하는 박도준의 괴성이 뒤에 멈춰선 차들의 불만 섞인 클랙슨 소리와 뒤섞여 고속도로 한 복판에 넓게 울려 퍼졌다.

경찰서에 복귀한 나 팀장 일행은 문을 열고 들어서는 순간 또 다른 벽에 부딪히고 말았다. 서울특별시를 패닉 상태로 만들어 놓은 연쇄살인 사건 수사가 답보 상태에 이르자 본부장을 필두로 한 특별수사팀이 구성된 것이었다.

"그동안 뭐 했는지 모르겠어요! 사람이 이렇게 죽어 나가는데 이젠 우리 동료도 죽고, 능력이 없으면 말이야."

막강한 인맥을 자랑하고 있다고 소문이 파다한 특수팀 팀장은 촉망받는 인물로 차세대 본부장감으로 떠오르고 있었다. 나 팀장 자리로 다가온 특수팀 팀장은 책상을 화일로 '툭툭' 치며 말을 던졌다.

"진급도 몇 년째 누락, 실적은커녕 좀 도둑 하나 못 잡는 쓰레기 형사들 모아놓고 팀장은 밥이나 넘어가나 모르겠어. 관련 자료 다 넘기라고 지시 떨어졌으니 빨리 움직입시다. 시간 없으니까."

특수팀 팀장은 나 팀장의 가슴에 송곳같이 꽂히는 말만 골라서 늘어놓은 채 강력계 4팀 팀원들의 따가운 시선을 온몸에 받으며 뒤돌아 나갔다.

"뭐야. 이 새끼야?"

박도준의 목소리가 모두의 시선을 돌려 놓았다. 뒤돌아 가던 특수팀 팀장도 제자리에 가만히 멈추어 섰다.

"대가리에 피도 안 마른 새끼가 어디서 말도 안 되는 소리를 하고 있어!"

"자. 잠깐! 당신 지금 나한테 새끼라 그런거야? 박도준 형사!"

특수팀 팀장이 고개를 돌려 짙은 두 눈썹을 치켜 올려 세웠다.

"그럼 당신 같은 싸가지 말고 여기 또 누가 있나?"

"어허~ 이 자식이. 시궁창에서 놀더니 입까지 걸레가 됐네."

"뭐야! 이 되도 않는 새끼가!"

벌떡 일어난 박도준이 특수팀 팀장의 멱살을 잡으며 소리쳤다.

"너. 이 새끼! 이젠 사람도 치려고? 쳐봐! 쳐봐! 쳐보란 말야! 쓰레기같은 새끼야!"

특수팀 팀장은 박도준 앞으로 얼굴을 들이밀었다.

'퍽!'

박도준의 주먹은 번개같이 날아가 특수팀 팀장 광대뼈에 그대로 꽂혔고 특수팀 팀장은 보기 좋게 뒤로 나자빠졌다.

"너~ 박도준! 너~ 이 새끼 잘됐다. 내가 콩밥 먹게 해줄게!"

다음날, 신호등이 고장난 사거리에 2인 1조로 긴급 출동한 교통경찰 중 박도준이 포함되어 있었다. 제복과 흰 장갑을 낀 박도준이 뻐딱하게 모자를 눌러쓰고 사거리 한 가운데서 어울리지 않는 수신호를 보내고 있었다. 난생 처음 해보는 교통정리에 몰두하고 있던 박도준은 갑자기 떠오르는 이한성의 얼굴이 머릿속을 가득 메웠다. 얼마나 지났을까? 정신을 놓고 있는 박도준 때문에 사거리의 차량은 실타래같이 엉키기 시작했다. 그때 좌회전을 시도한 차와 직진을 하고 있던 차가 접촉사고를 냈다. 화가 난 사고차량의 운전자가 박도준을 향해 다가왔다.

"아니! 경찰 아저씨! 수신호로 좌회전을 하라고 했으면, 저쪽 직진 차량을 막아야 되는 거 아니에요?"

허리에 손을 올린 운전자는 박도준에게 삿대질을 하며 목소리를 높였다. 옆으로 꼬나보던 박도준은 가소롭다는 듯 운전자를 쳐다보며 장갑을 벗었다.

"그래 그렇게 잘났으면 당신이 경찰하세요!"

박도준이 비아냥거리는 말을 던지고 손톱을 물어 뜯어 '퉤' 하고 바닥에 내뱉었다.

"뭐? 당신? 어디 대고 찍찍 반말이에요?"

"뭐? 찍찍? 내가 쥐냐. 찍찍대게? 되도 않는 놈까지 지랄이야! 에이 정말! 더러워서 못해 먹겠네! 에이!"

흰 장갑을 운전자 얼굴에 집어던진 박도준이 금방이라도 달려들 기세였다.

"뭐야 이런? 놈? 지랄?"

무의식적으로 장갑을 건네받은 운전자의 얼굴이 새빨갛게 상기되었다

"야~ 호루라기도 줄 테니까 당신이 해!"

견장에 꽂혀 있던 호루라기를 운전자에게 매몰차게 던진 박도준이 도로 밖으로 성큼성큼 걸어나갔다.

"뭐…… 뭐. 저런 새끼가 다 있어! 야 이 자식아! 거기 안 서?"

운전자가 사고지점으로 다가오고 있던 한 대의 경찰차와 레커
차를 피해 박도준 쪽으로 달려갔다.

데스크 탑 앞에 모여 있는 경찰들은 강력계 4팀 팀원들의 눈치
를 보며 키득키득 웃고 있었다. '교통경찰 만행 사건'이란 제목으
로 포털사이트에 동영상이 올라온 것이었다.
"뭐? 찍찍? 내가 쥐냐. 찍찍대게? 되도 않은 놈까지 지랄이야!
에이 정말! 더러워서 못해 먹겠네! 에이!"
"뭐? 놈? 지랄?"
"야~ 호루라기도 줄 테니까 당신이 해!"
허리를 굽혀 책상의 가장 밑 서랍을 연 박도준이 흰 봉투를 꺼
낸 뒤 다시 허리를 꼿꼿이 세웠다. 박도준의 표정을 곁눈으로 계
속 지켜보던 나 팀장이 책상 위에 있던 담배와 라이터를 챙겨 자
리에서 일어났다.
"팀장님~ 잠깐만요."
자리에서 일어난 박도준이 나 팀장을 가로막았다. 그리고 한 걸
음 한 걸음 앞으로 나아갔다.
"왜? 나 바빠. 나중에 얘기 하자고."
박도준 때문에 뒤로 밀리고 있던 나 팀장이 다시 자리에 주저
앉았다. 예상은 했지만 너무 빠르다고 생각한 나 팀장이 박도준의
눈을 피해 옆으로 돌아 앉았다.
"죄송합니다. 팀장님. 나중에 연락 드릴게요."
흰 봉투 위에 까맣게 적힌 세 글자가 왠지 쓸쓸해 보였다. 나 팀

장의 축 늘어진 어깨를 한 번 움켜잡은 박도준은 등을 돌려 소리 없이 걸었다.

"어휴~ 내 팔자야. 김 순경! 도준이 휴가로 처리해."

경찰서 정문을 빠져나온 박도준은 밝게 빛나고 있는 태양이 얄 궂게 느껴졌다. 이런 날은 하늘에 먹구름도 끼고, 비도 좀 주적주 적 내려야 어울릴 텐데라고 생각하던 박도준이 휴대전화의 문자 알림음을 듣고 화면에 눈을 맞추었다.

'좀 쉬어라. 휴가 처리 해놓을 테니 ^^;'

나 팀장의 얼굴이 내리쬐는 햇빛을 스치고 지나갔다. 저멀리 서 쪽 하늘에 먹구름이 드리워지고 있었다.

"노인네 하고는……."

박도준은 영혼이 빠져나간 이한성의 시체를 안고 괴로워했던 며칠 전 일이 머리를 떠나지 않았다.

'내 잘못이야, 한성이를 챙겼어야 하는데, 범인을 잡을 수도 있 었는데. 다 내 책임이야.'

한성이를 지켜주지 못한 절망감, 혼자 됐다는 서러움, 다시 보 고 싶은 그리움, 이제는 정말 더 이상 할 수 없다는 자신에 대한 실망감, 이 모든 걸 달래기 위해 박도준이 지금 할 수 있는 건 단 지 몸과 정신을 최대한 괴롭게 만드는 것뿐이었다. 낮 2시부터 한 성이와 자주 갔던 뼈다귀 해장국집에서 혼자 술을 마시기 시작한 박도준은 두 시간 남짓한 시간을 혼자 보내고 이한성이 무척이나 좋아했던 '황우'라는 대창집에 와 있었다. 아직 5시가 되지 않아

종업원들은 재료를 준비하고 있었지만, 벌써 수년째 단골인 박도준은 사장의 배려 덕분에 대창과 양, 그리고 한성이가 가장 좋아하는 전골을 시켜놓고 멍하니 술병만 바라보고 있었다.

"너 이 대창에 콜레스테롤이 얼마나 많은 줄 알아? 1인분에 4만원이라니 그 돈으로 차라리 투플러스 소고기를 사 먹겠다."

"좋~~다고. 소고기 사묵겠지. 하하~ 선배! 이 집 대창하고 양은 다른. 집하고 달라요, 오~~ 요놈 잘 익었네. 한번 맛 들이면 완전 중독된다니까요!"

"너 월급이 한 달에 얼마인줄 알아? 이놈아?"

"먹다 죽은 귀신은 때깔도 좋다고 하잖아요! 돈이야 뭐 벌면 되지. 히히."

한 달 전만에도 앞에 앉아서 동글동글한 놈들을 게눈 감추듯 먹어치우던 한성이와의 추억을 떠올리며, 박도준은 찰랑찰랑하게 글라스를 가득 채운 약수같이 투명한 액체를 한 번에 들이키고 입술 옆으로 흘러내린 액체를 소매로 '스윽' 닦았다. 드럼통 위에 동그란 철판을 올려 만든 테이블에 놓여진 박도준의 휴대전화는 엄지원에 의해 '징징' 울리고 있었지만 박도준은 휴대전화를 들어올릴 힘조차 없었다.

"박 형사님? 박 형사님!"

소매가 흠뻑 젖은 박도준은 결국 테이블에 머리를 맡길 수밖에 없었다. 다급히 달려온 사장이 테이블 위에 엎드려 있는 박도준을 흔들어 깨웠다.

"이를 어쩐다. 박 형사님! 좀 일어나 보세요."

밀려 들어오는 손님들의 눈에는 대창 모양이 둥둥 떠다녔다. 사장은 일어나지 않는 박도준을 계속 흔들며, 어쩔 수 없이 옆에서 울리고 있는 휴대전화를 들었다.

"여보세요? 박 형사님 휴대전화입니다."

"네? 누구시죠?"

"아. 네~ 여기 역삼동 '황우'인데요! 형사님이 여기 지금. 좀 취하셨어요~ 혹시?"

"예~ 저번에 같이 갔던 엄지원입니다. 제가 바로 그쪽으로 갈게요!"

"아~ 예. 다행이네요. 되도록이면 빨리 부탁드립니다. 기자님. 그럼 기다리겠습니다."

"몇 시쯤 됐나요?"

사장이 전화를 끊고 휴대전화를 테이블 위에 올려놓으려 할 때, 박도준이 힘겹게 머리를 들어 정신을 차리고 있었다.

"어휴~ 박 형사님~ 무슨 혼자서 소주 4병을 마셔요! 술도 잘 못하시면서~ 안주도 그대로 남았네…….'

"얼마죠?"

"지금 저번에 같이 오신 기자분이 오시기로 했어요. 조금만 기다리세요."

사장의 말을 한 귀로 듣고 그냥 흘려버린 박도준은 지갑에서 오만 원짜리 4장을 꺼내 테이블 위에 올려놓은 뒤, 휴대전화와 담배를 집어들고 비틀거리며 출입문으로 향했다.

"박 형사님~ 어디 가세요! 운전하시면 안 돼요. 대리라도…….'

사장은 박도준이 걱정돼 대리기사라도 불러줄 참이었지만, 박
도준은 사장의 말을 무시하고 밖으로 나가버렸다.

박도준의 머리에는 손목을 자를까, 한강에 뛰어들까, 옥상에 올
라가 투신을 해야 하나, 목을 매달아 버릴까? 온갖 죽을 생각으로
가득차 있었다. 박도준은 복잡하고 괴로운 마음을 달랠 길 없어
술을 마셔댔지만 아무리 마셔도 영혼이 달아날 만큼은 취하질 않
았다.

박도준의 휴대전화는 여전히 엄지원으로 인해 징징거렸다. 발
신인을 확인한 박도준은 휴대전화를 옆좌석에 그냥 '툭'하니 던져
버렸다.

'미안하다 지원아! 우린 정말 인연이 아닌가보다.'

박도준은 내뱉지 못하는 말을 마음속으로 되새겼다.

"어머! 저는 들어오시는데 무슨 영화배우가 들어오시는 줄 알
았어요. 정 마담이에요. 호호호~ 앞으로 잘 부탁합니다."

정 마담이 화류계에서 생활한 지도 어느덧 15년, 남자들의 첫
인상만 봐도 진상인지, 아니면 VIP로 모셔야 하는지 느낌으로 알
수 있었다. 정 마담은 새끼 마담을 붙이기 전에 자신한테 직접 연
락을 해온 장성우와 그의 친구들에게 살랑거리며 명함을 전달했
다.

"괜찮은 애들 좀 있나? 여기 내가 모시고 온 분들, 강남바닥에
서 꽤 잘나가는 분들이니까 신경써서 잘 모셔야 해요."

　장성우가 테이블 너머로 명함을 전달하기 위해 엉덩이를 꼿꼿이 들고 있는 정 마담을 향해 말했다.

“야! 친구야~ 출장 갔다 왔으니까 네가 쏘는 거지?”

“월급쟁이가 돈이 어딨다고. 하던 대로 가자.”

“하여튼 저 새끼는 정말 짠돌이야. 너 요즘 광저우 쪽이랑 사업하는 거 잘 된다며! 돈도 많겠다. 장가도 잘 갔겠다.”

　장성우의 옆에 앉아 있던 키 작고 두꺼운 뿔테 안경을 쓴 ‘달봉’이가 장성우를 계속 치켜세웠다.

“야~ 그래. 너 정도면 인생 성공한 거지, 유명한 피아니스트 마누라에 회사에서도 잘 나가고.”

　담배를 피우며 거만하게 앉아 있던 덩치 큰 남자가 ‘달봉’이의 말을 거들었다.

“야! 오늘 뭐 내 생일이냐? 왜 이렇게 비행기를 태워?”

“어머! 그렇게 잘 나가시는 분인지도 모르고. 호호호~ 장 사장님! 오늘 제가 에이스로 ‘쫙’ 깔게요. 마음에 드시면 술값은 좀 올립니다. 호호호~”

　정 마담이 기회를 놓칠세라 한 마디를 거들어 오늘의 호스트로 보이는 장성우에게 아양을 떨고 있었다.

“여기 초선이라고 있지?”

　정 마담이 밖으로 나가려고 문고리를 돌리는 순간 장성우가 말했다.

“네? 초. 초선이요?”

　정 마담이 살짝 놀라며 휴대전화를 쳐다봤다. 휴대전화에는 ‘세

브란스 김 이사'라고 표시되어 있었고, 그 사람은 항상 초선이만 찾는 사람이었다.

"네~ 출근했어요~ 그 아이 준비할까요?"

안 그래도 요즘 김 이사가 초선이한테 짓궂게 행동해서 떼어 놓으려 하는 참에 잘됐다고 생각한 정 마담은 장성우한테 소개해야겠다고 마음 먹었다.

"있으면, 그냥 다른 친구들 들어올 때 첫 번째로 들어오도록 준비 좀 해줘요. 괜찮죠?"

"그럼요~ 당연히 해 드려야죠. 그럼 전 이만."

한 두잔 맥주로 목을 축이고 있던 순간, 새끼 마담이 노크를 한 후 문을 열었다.

"애들 보시겠습니다!."

새끼 마담이 가벼운 목례를 하고 뒤에 줄지어 있는 여자들에게 들어오라고 손짓을 하자, 첫 번째 여자부터 다섯 번째 여자까지 줄지어 방안으로 들어왔다. 장성우는 문 옆쪽에 앉아 있었고, 여자들이 들어올 때 고개도 돌리지 않았기 때문에 맨 앞에 들어온 여자가 안쪽으로 깊숙히 들어 오고서야 얼굴을 볼 수 있었다.

"오!"

평소에 가장 까다롭다던 달봉이 입에서 탄성이 나왔다. 옆에 앉아 있던 덩치 큰 친구의 눈도 휘둥그레졌다.

"자~ 오른쪽부터 1번, 2번…… 5번입니다."

"야~ 경국지색의 여인들이 떼를 지어 들어왔네. 1번은 거의 절세가인이라 불러도 모자라지 않을 미인이구먼, 성우야! 넌 어디서 이런 고급정보를 얻은 거야?.”

평소에 사자성어를 즐겨 쓰는 달봉이가 일어나 고개를 정신없이 돌렸다. 그리고 초선이는 ‘성우’라는 이름을 듣고 갑자기 고개를 푹 숙였다. 초선이가 오른발을 뒤로 살짝 빼며 오른쪽 문 옆에 앉아 있는 장성우를 힐끔 훔쳐보았다.

“마담! 1번. 얼굴 좀 들어보라고 해요. 초선이 말이에요.”

장성우의 목소리까지 들은 초선이는 고개가 가슴으로 들어갈 만큼 깊숙히 떨구었다. 그리고는 어쩔줄을 몰라하며 몸을 비틀어 돌아 나가려고 했다.

“난 1번 할게요.”

장성우가 새끼 마담을 쳐다보며 말했다. 지명을 당한 초선이는 당황하며 얼굴이 빨개지더니 여자들 뒤쪽으로 빠르게 몸을 숨겨 문쪽으로 향했다.

“뭐야~ 얘~ 얘! 초선아!”

줄행랑을 치려는 초선이를 새끼 마담이 잡아 세우려 했지만 초선이의 몸은 이미 문을 통과한 상태였다.

“이런~ 죄. 죄송합니다. 제가 나가서 데리고 올게요. 화장실이 급했나 봐요.”

당황한 기색이 역력한 새끼 마담이 상황을 진정시키려 생각나는 대로 둘러댔다.

“일단 다른 분들부터 먼저 하시죠.”

“난 3번!”

"난 4번. 아니다. 5번으로 할게!"

친구 두 명은 우열을 가리기 힘든 미모 앞에서 선택하기가 힘들어 고민 고민 끝에 번호를 외쳤다.

"야! 여기 완전 슈퍼모델 본선 무대인데? 성우야 이런 곳은 어떻게 알았냐?"

"어? 어. 그냥~ 아는 사람 통해서."

화장실 변기에 치마를 올리지도 않고 그냥 앉아 있는 이은정은 황당하고 갑작스런 이 사태를 어떻게 해결해야 하나 입술을 뜯으며 걱정하고 있었다.

'장 차장님이 분명 내가 여기 있다고 알고 찾아온 건데, 그럼 언제부터 알고 있었던 걸까? 어떻게 알았을까? 마담 언니한테 말해서 빼달라고 하면……. 아냐~ 그럼 장 차장한테 약점을 잡히는 거잖아. 마담 언니도 회사 사람 때문에 못 들어간다고 하면, 다른 데로 옮길까봐 분명 까치한테 말할 거고, 그렇게 되면 일은 더욱더 꼬이는데. 까치가 회사에 말한 걸까? 과연 뭘까. 도대체 왜.'

"은정아! 은정이 여기 있니?"

거칠게 문을 연 정 마담의 목소리가 화장실을 쩌렁쩌렁하게 울리게 했다.

"똑!똑! 이은정? 은정이 여기 있지?"

정 마담의 노크 소리가 들렸다.

'지금 상황에서는 그냥 정면으로 부딪히는 수밖에 없다. 며칠 안 남았어 이런 일 하는 것도.'

"어. 언니! 볼일 보는데 왜 그래요?"

"아! 그래? 미안. 미안~ 빨리 나와라. 손님 기다리신다! 별일 없
는 거지?"

"응! 언니~ 바로 들어갈게요. 화장실이 급해서……."

이은정은 사면초가인 이 상황을 정면으로 돌파하기로 마음먹
었다. 일단, 장 차장의 입만 막으면, 모든게 정상적으로 될 것이고,
반드시 이렇게 해야만 까치한테도 벗어날 수 있었기 때문이었다.
물론 평소에 이은정한테 매너 좋은 장 차장이 무리한 요구도 하지
않을거라 굳게 믿었다.

"오~오~오~ 오빠 강남스타일. 강남스타일~"

달봉이가 음정 박자 다 무시하고 항상 자기 만의 스타일로 편집
해서 부르는 노래를 들은 지도 20년, 친구들은 그가 무대로 나가
면 항상 즐거웠지만, 오늘은 웬일인지 민석이란 친구가 옆에서 말
춤을 추며 흥을 돋구고 있었다. 장 차장과 이은정은 가운데로 탱
크가 지나가도 될 만큼 거리를 두고 앉아 있었다. 하룻밤의 커플
이라고 하기에는 양복바지에 고무신을 신은 것처럼 너무도 어색
하게 보였다.

"이은정 씨. 난 다시 봤네요. 회사에서 그렇게 요조숙녀인 척 하
더니 밤에는 이런 험한 곳에 나오시고. 참 세상 오래 살고 볼 일입
니다."

장 차장은 회사에서의 매너 있는 모습을 여전히 유지하고 있었
다. 하지만 걷잡을 수 없는 욕망의 꿈틀거림이 자신의 시선을 미

니스커트가 엉덩이 바로 아래까지 올라와 핑크빛 광채를 내고 있는 이은정의 비단 같은 하체로 향하게 했다.

"죄송해요~ 차장님~ 제가 사정이 있어서요. 회사에는 제발 말하지 말아주세요. 부탁이에요."

손바닥이 흥건하게 젖은 이은정은 스커트를 무릎 쪽으로 잡아당기고 연신 스커트에 손을 닦으며 애원하듯 작은 목소리로 말했다.

"그런데 이제 보니 허벅지에 상처가 있네요?"

장 차장이 손가락으로 왼쪽 허벅지를 가리키며 잘 보이지도 않는 상처에 대해 말했다. 다시 스커트를 밑으로 끌어내리던 이은정이 대답했다.

"아주 어릴 때 자전거 때문에 넘어져서 생긴 거예요. 차장님. 대답 좀 해주세요. 제가 이런 곳에 다닌다고 하면 회사에서 분명히 그만두라고 할 거예요. 차장님!"

"그럼 당신은 나한테 뭘 해줄 건데?"

줄곧 존대말을 해오던 장 차장은 갑자기 편하게 말을 놓으며 태도를 바꿨다. 이은정은 '딜'을 하자는 것인지? 아니면 장난을 치는 건지 도대체 알 수가 없었다. 장 차장이 앞에 있던 스트레이트 잔을 들더니 이은정을 그윽한 눈빛으로 쳐다봤다.

"뭐해? 건배 해야지?"

"네? 네."

"자 건배!"

'쨍!'

장 차장의 무테 안경에 어지러운 빛들이 숨어들어 다시 갖가지 모양과 색깔로 반사되었다. 이은정은 눈을 지그시 감고 턱을 위로 올리며 투명한 갈색의 액체가 입속으로 마술같이 사라지는 장 차장의 모습이 마치 뭔가를 결심한 사람처럼 느껴졌다.

이은정도 손에 들고 있던 스트레이트 잔을 단숨에 목 안으로 털어 넣었다.

2부
POLICE STATION
POLICE
COMPAN

열쇠

박도준이 입고 있는 점퍼와 바지가 전날과 달라진 점이라고는 바지 밑단에 튀긴 구토의 흔적 뿐이었다. 소주병과 맥주캔 등이 널브러져 있는 거실 한복판에는 마치 소주병과 오와열을 맞춘 듯이 박도준이 누워 있었다.

"오빠! 오빠! 문 좀 열어요."

'쿵쿵쿵!"

장성희와 엄지원이 문 앞에서 철문과 실랑이를 벌인지도 벌써 30분째였다. 이들은 전화통화가 안돼서 나 팀장한테 연락했다가 사직서를 제출하고 전날 유유히 사라졌다는 얘기를 듣고, 뭔가 꺼름직한 생각이 들어 아침부터 박도준의 집으로 찾아온 것이었다. 아파트 경비원은 새벽 3시가 넘어서 들어왔고 나가는 건 아직 본 적이 없다고 했다. 그리고 박도준이 주차장 초입에 차를 대각선으로 세워놓아 빠져나가지 못하는 차도 여러 대여서 아침부터 주차장을 시장바닥으로 만들어 놓은 걸 보면 분명히 집에 있다고 판단한 것이다. 두 여자는 아무리 두드려도 인기척이 없자, 일단 자물쇠를 따는 기술자를 불러 놓고 계속 철문과 씨름하고 있었다.

집 안에 엎드려 누워있는 박도준은 베고 있는 왼손이 새빨개 질대로 새빨개져 뼛속까지 저린 느낌에 눈을 떴고, 그제서야 여기가 내 집이구나라고 생각했다.

"오빠! 진짜 이럴 거예요? 오빠! 문 좀 열어요."

무슨 일이라도 생긴 건 아닐까 하는 두 여인의 애타는 마음이 계속 철문을 흔들게 했다. 박도준은 움직이지 않는 몸을 가까스로 뒤집었다. 눈에 보이던 벽이 천장으로 따라 올라왔다. 천장을 한 참이나 보고 나서야 시선이 한 곳에 고정되었다.

'아직 소주 3병이군.'

박도준은 밖에서 들려오는 소리는 아랑곳하지 않고 주위를 더 듬어 담배를 찾았다. 뼛속까지 저린 왼팔은 괜히 달고 있는 것 같 이 느껴졌다. 천장을 보고 담배 연기를 한 번 길게 내뿜은 박도준 은 오른손을 의지해 일어나 비틀거리며 현관으로 향했다.

'철컥'

자물쇠를 풀자마자 장성희와 엄지원이 범인을 잡으러 출동한 형사들처럼 거칠게 들이닥쳤다. 박도준은 밖에서 들어온 신선한 공기 때문에 안에 있는 공기가 얼마나 찌들어 있는지 순간 알 수 있었다. 거실로 들어온 두 여자는 돼지우리로 변해 버린 박도준의 소박한 공간을 보고 무슨 일이 있었는지 짐작할 수 있었다.

"도준 오빠! 정말 너무 하는 거 아니에요? 오빠만 힘들어요? 오 빠만 죽고 싶은 거예요? 일도 그만 두고 연락도 안 되고! 오빠 정 말 이것밖에 안 되는 사람이에요?"

장성희는 뒤돌아 있는 박도준을 향해 칼바람이 불 정도로 매섭 게 쏘아붙였다. 참고 참았던 말들이 멍이 들어 시퍼런 가슴을 뚫 고 터져 나온 것이었다.

"후……."

"그냥 내버려 둬라. 조용히 살자. 내가 진 죄는 내가 받아야지."

필터 바로 밑까지 빨갛게 달아오른 담배를 깊게 들이마신 박도 준은 연기를 길게 내뿜으며 귀찮다는 듯이 말했다.

“선배! 식사는 하고 사는 거예요?”

눈물이 글썽글썽 맺힌 엄지원이 측은한 눈빛으로 초췌해진 도준을 보며 말했다.

“도준 오빠! 오빠 때문이 아니잖아요. 저도 힘들어요. 제발 정신 좀 차리세요. 오빠가 잡아줘야지. 그 새끼 오빠만 잡을 수 있잖아요!”

“아니! 틀렸어! 난 아무것도 할 수가 없다고! 지쳤다. 제발…… 제발! 조용히 살자.”

장성희가 갑자기 뒤돌아 있는 박도준을 돌려세우고 점퍼를 두 손으로 움켜잡았다. 그리고 애원하듯, 투쟁하듯, 세차게 흔들어댔다.

“오빠! 제발! 그 새끼 좀 잡아주세요. 제발이요! 부탁이에요! 엉~ 엉~ 엉~엉엉.”

자신을 움켜잡고, 애원하며 흐느끼는 장성희의 모습을 초점 없는 눈동자로 말없이 달래는 박도준은 자신의 몸을 완전히 장성희에게 맡겨버린 것 같이 힘없이 흔들거렸다. 그리고 풀려 있는 눈동자에서 한줄기 뜨거운 눈물이 흘러 내렸다.

“이러지마.”

“오빠! 제발~ 엉엉엉.”

“이러지 말라고.”

“오빠! 부탁이에요~ 제발!”

“이러지 말라고! 제발!”

‘쨍!’

고통스러운 상황을 못 이긴 박도준이 장성희의 두 손을 뿌리쳤다. 그 순간 손에 잡고 있던 장성희의 열쇠 꾸러미가 마룻바닥에 떨어지고 열쇠 하나가 빠져나가 옆에 세워진 장식장 밑부분의 유리에 부딪혔다. 그리고 잠시 적막이 흘렀다.

"잠깐!"

박도준은 떨어진 열쇠를 한참이나 쳐다보더니 쪼그려 앉아 열쇠를 집어 올려 이리저리 돌리며 다시 자세히 바라보았다.

"왜? 왜 그래요? 선배!"

아래턱을 쭉 늘어뜨린 채 미친 것처럼 멍하게 행동하는 박도준을 이상하게 생각한 엄지원이 근심어린 표정으로 말했다.

박도준은 열쇠를 뚫어져라 쳐다보며 서서히 일어났다. 그리고 다시 힘없이 열쇠를 일부러 바닥에 떨어뜨렸다.

"탁!"

이번에는 마룻바닥에만 부딪혀 조금 전보다 더 둔탁한 소리를 냈다.

그때! 이한성이 살해된 날 범인과 부딪혔을 때! 박도준은 땅에 떨어진 열쇠 꾸러미에서 열쇠 하나가 튀어나가 아스팔트와 부딪힌 소리를 기억해냈다.

'그 열쇠의 떨어지는 소리는 분명이 왼쪽에서 들렸어, 그 새끼의 열쇠 꾸러미는 넘어진 바로 앞에 있었고, 도망치듯 사라져버렸으니 열쇠가 빠져나간 걸 몰랐던 거야.'

"그래. 그~~ 열쇠!"

풀린 눈으로 베란다 쪽을 멍청하게 쳐다보고 있던 박도준이 혼잣말로 중얼거렸다.

"그래! 그거! 거기 있을 거야!"

박도준은 미간에 힘을 주어 눈동자의 초점을 잡았다. 그리고 갑자기 주머니를 뒤지더니 실성한 사람처럼 무언가를 찾았다. 그리고는 식탁 밑으로 들어가 떨어진 차 키를 집어들고 아무런 말도 없이 밖으로 뛰쳐나갔다.

울음을 그친 장성희가 열려진 대문을 보고 허탈해하며 뒤를 돌아 엄지원을 쳐다봤다.

"언니~ 내가 너무 심했죠?"

장성희와 엄지원은 마주보며 고개를 갸우뚱거렸다.

"끼익~!"

박도준이 한걸음에 달려온 곳은 이한성의 집 앞이었다. 오늘은 골목에 있는 차들이 모두 빠져나가 이한성의 집 바로 아래까지 올라올 수 있었다. 공기는 꽤 차가웠지만 내리쬐는 햇빛 때문에 포근한 분위기를 자아냈다. 박도준은 차에서 내려 주머니에 손을 넣고 모퉁이를 아주 천천히 돌았다. 그리고 그날, 남자와 부딪힌 그 장면을 다시 세세하게 떠올렸다.

'내가 그 새끼하고 부딪힌 곳은 바로 여기, 그리고 열쇠 꾸러미가 떨어진 곳은 여기쯤. 그건 내가 봤으니까. 그런데 왜 열쇠 꾸러미가 앞으로 떨어진 거지? 주머니에 넣었으면 부딪혔다고 떨어지긴 힘들고 또 떨어진다고 해도 구멍이 대부분 사선으로 되어 있으니 뒤쪽 아니면, 옆쪽으로 떨어질 텐데…… 만약 허리에 차고 있었다면 분명히 옆으로 떨어졌을 테고, 앞으로 떨어진 이유는 손에 들고 있었다는 가능성이 제일 큰 건데. 그렇다면 차 키와 같이 붙어있었겠군. 그리고 자주 쓰는 열쇠일 거고.'

박도준은 눈으로 확인하고 오른손 집게손가락으로 다시 확인된 곳을 가리키며 실낱같은 희망으로 초인적인 기억력을 끄집어내고 있었다.

'탁! 소리가 난 후 쨍!하는 소리가 났지! 그러니까 열쇠 꾸러미가 떨어진 소리와 열쇠가 떨어진 소리는 시간차가 있었어. 내가 긴장해서 그랬나? 한 0.5초, 아니 0.7초, 아니 1초?'

'땡~'

박도준은 자기 열쇠를 하나 빼서 공중에 가볍게 던졌다. 손을 떠난 열쇠는 곡선을 그리며 아스팔트 위에 떨어졌다.

'3미터 정도 체공거리면 1초 안쪽이군. 그럼 1.5미터 높이로 떴을 때 바로 옆쪽이고, 30센티미터 정도 높이로 떠서 날아가면 2.5~2.7미터 정도 날아가겠군, 그럼 여기쯤인데.'

박도준은 열쇠가 떨어졌을 만한 곳의 범위를 축소하여 샅샅이 뒤지기 시작했다. 하지만 아무리 찾아도 조그만 금속 덩어리는 모습을 보여주지 않았다.

'그 새끼가 다시 와서 찾아간 것일까? 아니면 다른 사람이 집어갔나? 빗물에 쓸려갔나?"

다시 눈꺼풀이 눈동자의 반을 가린 박도준은 이한성의 빌라 계단에 쪼그려 앉아서 담배를 물었다.

'그날 내가 계단을 뛰어내려와 모퉁이를 돈 동선은 직선이 아

니었어. 속도 때문에 원심력이 생겨 오른쪽으로 쏠려 크게 돌아서
저 맨홀 뚜껑을 밟고 지나갔단 말이야. 그런데 저 곳은 열쇠 꾸러
미가 떨어진 곳에서 3미터가 넘게 떨어진 곳인데? 거의 직선으로
날아가야 저기까지 튀어갈 텐데.'

시멘트 맨홀 뚜껑을 뚫어져라 쳐다보고 있는 찰나 '번쩍' 빛이
나는 물체가 보였다.

"어? 저게 뭐지?"

박도준은 담배를 집어던지고 빛이 발산되고 있는 시멘트 맨홀
뚜껑을 향해 걸음을 옮겼다.

"옳지!"

햇빛에 반사된 열쇠 머리 부분이 세로로 맨홀 뚜껑 사이에 끼어
있었다.

"이거야!"

박도준은 차 키로 맨홀 뚜껑 사이를 후벼 파기 시작했다. 그러
나 이미 맨홀 사이에 흙과 함께 단단하게 고정된 열쇠는 꿈쩍도
하지 않았다.

"들어내자."

팔을 걷어붙인 박도준은 맨홀의 여섯 개 구멍 중 두 개를 잡고
잡아 당기기 시작했다.

'끙~ 웅~ 끙~'

'쑤욱~척!'

맨홀 뚜껑이 '척'하는 소리를 내며 들어올려졌다. 열쇠는 화석
같이 빠져나온 맨홀 뚜껑의 옆에 붙어 있었다.

“됐어!”

‘세상이 나를 비웃어도 괴로워하거나 슬퍼하지 말고 술이나 처먹자!’

서초동 법원 앞을 지나고 있는 박도준은 차창 너머로 태성이의 사무실이 눈에 들어오자 태성이가 입에 달고 사는 말을 기억해 냈다. 위로가 필요했다. 누구나 그렇지만 지금은 자기 자신의 심장을 움켜쥐어도 용서할 수 있는 어떤 사람이 절실히 필요했던 것이다.

“너 전화를 너무 사무적으로 받는 거 아냐? 내 번호 안 뜨냐?”

“어! 도준! 미안~ 미안~ 나 지금 영감 방이야. 바로 전화줄게!”

귓속말을 하듯 전화를 받은 김태성의 목소리가 다시 사라졌다. 몇 달 만인가, 아니 일 년도 넘은 것 같았다. 박도준은 그동안 친구도 못 챙기고 미친듯이 살아온 것에 대해 잠시 후회하는 마음을 가졌다. 박도준이 햇빛 가리개를 내리고 카드 꽂는 부분에 열쇠를 단단히 끼우는 도중에 태성이한테 전화가 걸려왔다.

“어 그래~ 태성아!”

“야~ 세상 오래 살고 볼 일이네. 경찰청장이 나한테 전화도 다 주고 말이야. 하하하~ 그래. 어때? 아직도 잠복 중이야?”

“야~ 태성아 미안. 미안. 내가 그렇지 뭐. 저녁에 시간 어때?”

“너 작년에 나랑 마지막 통화가 ‘잠복 중이니 나중에 전화할게’였는데. 하하 기억나냐? 왜~ 저녁에 같이 잠복하자고?

“야~ 미안하다. 인마~ 그래~ 그럼 거기서 만나자. 간만에 한

번 달려볼까? 예전처럼?"

　김태성은 다음 날 무인도로 가는 배를 탈 사람처럼 방안에 들어가자마자 지명한 여자를 불러달라고 마담을 닥달했다. 새끼 마담은 엄마가 어린아이를 달래듯 익숙하고 세련된 솜씨로 김태성을 안정시켰다. 그 이유는 분명 김태성이 지명한 여자가 지금 다른 방에서 손님과 있기 때문일 거라고 박도준은 생각했다.
　"후아! 오늘 물 죽이는데! 도준아 너 먼저 해라."
　"됐어~ 무슨 여자는 여자야. 술이나 한잔 하면 되지."
　"자식! 여기는 치외법권이 허용되는 곳이다. 알렉산드르 6세가 다녀간 이런 성지에서 사도신경을 외우겠다고?"
　박도준의 강한 거절에도 불구하고 김태성이 대신 고른 여자는 꾸어다 놓은 보릿자루처럼 박도준 옆에 앉아 있었다. 김태성이 오만 원짜리 한 장을 맥주잔에 감싸 기타를 연주하는 밴드 마스터한테 건네자, 그는 무릎까지 꿇으며 신명나게 기타를 연주했다. 김태성은 반주에 맞추어 한 곡조를 멋드러지게 부르고 있다가 지명한 여자가 들어오자 노래를 자르라는 표시를 하고 여자를 반겼다.
　"야! 더 예뻐졌네. 초선아~ 잘 있었어?"
　"안녕하셨어요?"
　"여기는 내 친구 박도준. 잘 생겼지?"
　"안녕하세요……."
　박도준이 어색한 미소로 인사를 했다.

"자 이제 성원이 됐으니 이 밤을 한번 불태워 볼까? 자! 자! 뭣들하는 거야? 건배하자고!"

김태성은 조용한 분위기가 마음에 들지 않았는지 파트너 어깨에 손을 얹고 술잔을 들어올리며 건배를 제의했다. 박도준의 바로 옆에 앉아 있던 김태성의 파트너는 김태성의 팔 때문에 눌린 머리카락을 오른손을 사용해 빼냈다. 마침 박도준이 무심코 쳐다본 초선이의 오른쪽 목 뒷편에는 3분의 1은 진한 고동색, 3분의 2는 갈색인 새끼손가락 반 만한 점이 있었고, 그 장면은 박도준으로 하여금 잊고 있었던 어떤 한 사람을 생각나게 했다. 박도준이 잡은 술잔 안의 액체는 도준의 마음만큼이나 요동치고 있었다.

1985년 화성시 봉담읍

박은지가 엄마를 보고 울고 있었다.

"엄마 애들이 나 점 있다고 놀려!! 앙~ 앙~"

"또 시작이네. 또 시작이야. 엄마가 그랬잖아. 머리를 풀고 다니면 안 보인다고."

"덥단 말이야. 앙~ 앙~"

'기인'과 박도준

"도준! 도준아! 야!"

"어? 어~ 미안."

"너 왜 그래? 무슨 일 있어?"

혼이 완전히 빠져버린 박도준의 눈에 김태성의 손바닥이 몇 번 왔다 갔다하고 난 뒤에야 박도준은 정신을 차렸다.

"미안! 미안! 그래~ 마시자!"

"뭐 하시는 분일까? 너무 터프하시다. 작가신가? 아니면~ 음악 하시나?.

휴대전화 두 개를 한 손에 들고 있는 정 마담이 박도준의 파트너 옆에 앉더니 얼굴을 빼꼼히 내밀고 눈을 깜빡거리며 박도준에게 관심을 보였다. 박도준은 배상두와 까치를 만날 때 정 마담을 문밖에서 잠깐 스쳤던 기억이 있었지만 일부로 아는 척을 할 필요는 없다고 생각했다. 박도준은 정 마담의 관심에 대꾸도 없이 앞에 있는 술잔을 조용히 비웠다. 박도준의 관심은 오로지 초선이한테만 쏠려있을 뿐이었다.

"언니! 그 사람 말이야."

박도준의 파트너가 정 마담에게 속삭이듯 말했다.

"누구?" 정 마담이 휴대전화를 받을까 말까 망설이며 대답했다.

"내가 아는 언니가 만났데! 그 'N비'라는 사람!"

눈을 동그랗게 뜬 박도준의 파트너가 부러워하듯 정 마담에게 말했다.

"N비가 누구야!"

박도준은 순간 두 사람의 대화를 계속 듣고 있었던 사람처럼 자기 파트너 입에서 나온 말에 민감한 반응을 보였다. 박도준이 파트너에게 아무 관심도, 반응도 없었기 때문에 정 마담과 파트너는 더욱 놀랐다.

"어머! 깜짝이야! N…… N비요?

"나와 봐! 잠깐!"

박도준이 매서운 눈빛으로 변했다는 것은 다시 본업으로 돌아왔다는 뜻이었다.

'선배~ N비라고 이상한 번호가 있는데요?'

이한성이 현장에서 발견한 쪽지를 보며 박도준에게 말했던 기억이 선명하게 떠올랐다. 시뻘겋게 달아오른 박도준의 얼굴은 심하게 쿵쾅거리는 가슴에서 비롯됐다는 것을 손목이 잡혀 끌려나가고 있던 파트너는 전혀 알지 못했다.

"어머. 언니!"

끌려나가는 박도준의 파트너가 정 마담을 쳐다보며 도움을 청했다. 당황한 정 마담이 그 뒤를 총총걸음으로 따라나갔고 김태성은 초선에 푹 빠져 옆에서 무슨 대화를 하고 있는지도 몰랐다. 그냥 박도준이 자기 파트너가 마음에 들어 밖으로 데리고 나간 걸로만 생각했다.

초선에게 그렇게 마음을 쓰던 김태성은 결국, 그녀의 손을 꼭 잡고 어깨에 기대어 잠이 들고 말았다. 한 번이라도 더 초선을 돌려야하는 정 마담은 웨이터를 시켜 코까지 고는 김태성을 부축하여 밖에 대기하고 있던 승용차에 옮겨 놓았다. 박도준은 같이 타고 가라는 정 마담의 호의를 거절하고 김태성의 집만 알려준 후

큰길로 나가 택시를 잡았다.

"약주 하셨나 봐요? 허허."

아무 말도 없던 인상 좋은 택시기사는 사거리에서 차가 신호에 걸리자 잘 익은 홍시처럼 박도준의 변해 있는 얼굴을 보며 말했다.

"아저씨~ 죄송합니다. 저 담배 한 대만 피울게요."

"이런! 이렇게 타이밍이 딱 떨어질 때도 있네요. 허허~~ 잘 됐네요. 저도 한 대 피우고 싶었는데. 마음대로 피우세요. 저도 손님 모시고 나서 집에 들어 갈랍니다. 오늘은 공쳤네요."

"저도 들은 얘기인데요. 전 사실 관심은 없어요. 제가 M(마조히스트)이 아니니까요. 근데 M애들한테 그 사람은 거의 우상이에요. 꼭 한 번 만나고 싶은 그런 사람이죠. 잘 만날 수도 없지만…… 왜냐하면 번호가 계속 바뀌거든요. 뭐 예를 들면 이번 주는 청담, 다음 주는 압구정, 한두 달 뒤에는 뭐 다른 장소, 그런데 요즘은 그 바에 가면 연결될 수 있는 방법이 있다던데. 그러니까……."

박도준이 약 30분 전에 파트너가 한 말들을 곰곰히 생각하고 있었다.

"그런데~ 왜 물어보세요? 혹시 M? 호호~ 그렇게 안 봤는데. 호호호~ 그런데 남자는 사절이라던데. 호호."

박도준 파트너는 그가 마조히스트인줄 알고 있는 정보를 다 토해냈다. 박도준은 우면산 톨게이트 살인 사건 현장에서 휴대전화로 찍은 삐삐번호와 N비라는 문자를 다시 꺼내 뚫어지게 쳐다봤다. 박도준은 담배 연기를 길게 내 뿜다가 시계를 쳐다 봤다. 12시

30분을 가리키고 있었다.

"스톱!!"

'끼이이익~'

박도준의 돌발적인 행동에 택시기사가 발작하듯 오른발에 힘을 주어 브레이크 페달을 밟았다.

"차 돌려주세요. 죄송합니다."

어안이 벙벙해진 택시기사는 온몸이 경직되어 아무런 반응도 보이지 않았다.

"빨리요!"

"네? 알. 알겠어요!"

택시는 앞에 있는 신호를 무시하고 다시 유턴하여 질주했다.

"어디로 가자고 하셨지요?"

"신 형사! 어디야? 지금? 그래? 그럼 가로수길로 와. 그래~ 급한일이야. 설명은 나중에 해줄게."

택시가 유턴하는 사이 박도준은 이미 신 형사에게 전화를 걸고 있었다. 4팀에서 남자들까지 포함해 가장 그럴듯한 비주얼을 가진 게 그래도 여자인 신 형사였다. 물론 신 형사에게는 자존심 상하는 말일 테지만 말이다.

문자 : '집에 가서 신 형사가 가지고 있는 옷 중 가장 섹시한 옷으로 갈아입고, 화장 예쁘게 하고 1시 반까지 와!'

문자 : ?? ㅜㅜ ^^;;

문득 얘기치 않은 불행은 줄지어 온다는 말이 생각났다. 이동준은 그 기점이 '나이트 양신애'와의 만남이라고 생각했다. 그녀를 만난 이후로 되는 일이 하나도 없다는 생각이 들었다. 회사 일, 아버지와의 관계, 주식, 하물며 요즘은 이틀이 멀다하고 싸움까지 일어났고, 형사들이 항상 주위를 맴돌고 있는 것 같았다. 고개를 흔들어 정신을 차리자 낯익은 회사 동료들이 이동준을 쳐다보고 있었다. 진 부장의 눈을 피한 이동준이 슬그머니 자기 자리에 앉았다.

"야! 뺀질이!"

"……."

"이동준 과장!"

"예! 부장님."

의자를 박차고 벌떡 일어선 이동준이 부장 앞으로 걸음을 옮겼다.

"동준아~ 너 사는 게 힘드냐? 어? 너 뭐하는 새끼야! 몰골이 그게 뭐야? 너 몇 시에 왔어?"

이동준을 아래위로 훑어보던 부장이 한심하다는 듯 고개를 옆으로 돌리고 한쪽 눈만을 찡그리며 말했다.

"죄송합니다. 어제 일이 좀……."

고개를 푹 숙이고 왼손으로 코를 만지작거리던 이동준이 입을 연 후, 마른 침을 삼켰다.

"당신 정체가 뭐야? 도대체! 너 밤에 도대체 뭐 하고 다니는 거야? 너 투잡해? 너 혹시 스파이 아냐? 너 북한에서 남파된 스파이지? 아니면 너 배트맨이지?"

양옆 세로로 줄지어 있는 팀원들이 키득키득 웃는 소리가 이동준의 귓등을 때렸다.

"어디 그 옷 나 좀 빌려줘 봐라. 정의를 위해 싸우게!"

"저~ 피치 못할 사정이 있어서요. 어제는 정말 죄송합니다."

"어제는 뭐? 말을 해 인마!"

"변기가 고장나서요."

"무슨 개똥같은 소리야! 그걸 지금 변명이라고 하는 거야? 좋다! 오늘은 정시에 출근했다고 치자. 당신! 지각 안 한 날이 도대체 몇 번이나 있어?"

진 부장이 찌그러진 얼굴로 뒷목을 잡고 상체를 뒤로 젖혔다.

"한 세 번 정도……."

"일 년 얘기하는 거지? 너 말 잘했다. 일년에 3일 정도 빼고 다 늦었잖아. 야! 배트맨 하는 일이 그렇게 힘들면 때려 쳐! 밤에 하는 일이던 낮에 하는 일이던 말이야!"

박도준은 서장의 눈을 피해 일부러 아침 일찍 출근했지만 쓰레기 차를 피하려다 똥차를 만난 것처럼 화장실에서 본부장을 만나 어색한 눈빛 교환과 유치한 물총 경쟁을 벌였다. 사무실에 들어가니 나태일 팀장이 뭔가 열심히 준비하고 있었다. 박도준은 오늘 본부장한테 보고가 있나 보다 생각했다.

"팀장님. 요즘 공무원들 살기 좋은가 봐요? 얼굴이 통통해지셨네."

"부은 거다. 자식아! 맨날 라면만 처먹어서."

책상 앞으로 다가오는 박도준을 보고 웃을까 말까 망설이며 말을 던지는 나 팀장의 모습이 왠지 쓸쓸해 보였다.

"제가 맡겨 놓은 거 주세요."

"뭔 소리야? 뭘 맡겨 놔?"

박도준의 말을 무시하고 계속 일을 하던 나 팀장은 오른쪽 하단의 책상 서랍을 열쇠로 열고 총, 수갑 그리고 경찰 신분증을 꺼냈다.

"너 밥은 먹고 다니는 거야? 얼굴이 반쪽이 됐네."

"밥 좀 사 주시던 가요. 밥도 안 사주면서 맨날 말은!"

"야! 보관료는 내가 받아야 하는거 아냐? 그거 내가 손질도 한번 했다. 잘 나갈 테니까 쓸 데 있으면 써. 매번 공포탄만 날리지 말고."

"눈물 나게 고맙습니다. 나 팀장님!"

"이 웬수! 넌 언제 철들래?"

나 팀장이 옆에 있던 옷을 챙기며 일어났다.

"해장국이나 사라! 보관료는 안 받을 테니."

나 팀장이 앞에 걸어가는 박도준의 어깨에 팔을 올렸다.

"왜 이러세요~ 징그럽게."

"너 이제 정신 차린거지? 박도준 나리?"

하루종일 사무실에서 자료를 수집한 박도준은 밤이 되자 신 형사와 함께 전날 들렀던 가로수길의 바 앞에 와 있었다. 전날 눈도장을 찍은 신 형사는 단단한 각오로 친구한테 미니스커트까지 빌려 화려하고 섹시하게 변신해 있었다.

"선배님 이미 눈도장 찍었으니 이상하게 생각하지는 않겠죠?"

"그래도 의심 안 받게 조심히 잘해. 신 형사 담배 피울 줄 아나?"

"한 번도 안 피워 봤는데."

"자! 한번 피워봐."

박도준이 담배 한 개비를 신 형사에게 물려주고 불을 붙였다.

"빨아~ 천천히!"

박도준은 어린아이를 가르치는 유치원 선생님같이 손짓까지 하면서 흡연 교육을 시켰다.

"읍! 켁! 콜록! 콜록!"

"계속 빨아! 그냥 빨아봐."

"캬약! 콜록 콜록 콜록! 으아 죽겠어요."

"엄살은. 무슨 여자가 담배도 못 피우냐! 야! 그냥 담배는 피우지 마라. 이러다 가겠다. 자~ 출동해."

'땡'

"어서 오세요. 어! 또 오셨네? 어젠 잘 들어 가셨어요?"

"네."

"뭘 좀 준비해 드릴까요? 식사는 하셨어요?"

전날의 우중충한 분위기에서 180도 변한 신 형사의 화려함에 바텐더는 적극적인 관심을 보였다.

"더티 마티니 한 잔 주세요. 올리브는 두 개만."

반짝이는 눈으로 바텐더와 인사를 나눈 신 형사가 박도준이 알려준 공식을 어색하지 않게 말하려고 애를 썼다. 신 형사의 말을 들은 바텐더는 왠지 표정이 굳는 듯 했다.

"예~ 준비하겠습니다."

잠시 후 바텐더는 마티니 한 잔을 손 위에 턱을 올려놓은 신 형사 앞에 놓았다. 그리고는 스트로우를 잔 위에 얹어놓았다.

"마티니 좋아하시나 봐요."

관심이 있는 건지, 비꼬는 건지 알 수 없는 뉘앙스였다.

"예~ 즐겨 마셔요. 특히 더티 마티니는요."

신 형사가 와인색의 네일이 돋보이는 손으로 스트로우를 챙긴 후 다른 손으로 칵테일 잔을 우아하게 들어 올려 입술에 가져다 댔다.

박도준은 건물 입구에서 나오는 여자를 보고 몸매가 잘 빠졌다고 생각하며 멍하니 쳐다보고 있었다. 그 탁월한 몸매의 여성이 점점 눈앞에 가까워지자 신 형사라는 것을 알고 여자는 꾸밀 때와 그렇지 않을 때가 하늘과 땅 차이구나라고 생각했다.

"됐어요!"

"뭐 이상한 건 없었어?"

"예~~ 별로요. 제가 너무 섹시했나 봐요. 바텐더가 저한테 눈을 못 떼고 계속 추파를 보내더라고요."

"물건은?"

"여기요."

신 형사가 핸드백 안에 들어있던 스트로우를 박도준에게 내밀었다.

"저도 술집이나 나갈까 봐요. 돈도 많이 번다는데."

"남자를 미모로 잡나, 때려서 잡나 그게 그거지."

"방금 선배도 날 뚫어지게 쳐다보던데, 혹시 나한테 반한 건 아닌가? 이 넘쳐나는 아름다움에?"

"힘~ 허험!"

박도준이 감추고 있던 걸 들켜버렸다는 듯 헛기침을 했다.

"하하~ 농담이에요. 뭘 그렇게 놀라고 그래요? 빨리 그거나 꺼내 봐요."

박도준이 망원경을 보듯이 한쪽 눈을 감고 스트로우 안을 들여다 보니 돌돌 말려져 있는 물체가 보였다. 한 손으로 스냅을 줘서 '탁탁' 쳐봤지만 좀처럼 빠지지 않았다. 스트로우를 입으로 갖다 댄 박도준은 있는 힘을 다해서 공기를 불어넣었다. 그때서야 바닥에 떨어져 나오는 말려 있는 종이 조각. 신 형사 다리 밑에 떨어진 종이를 펼치자 삐삐번호가 적혀 있었다.

"그래~이거야! 이제 좀 게임이 풀리겠군."

10시 52분. 신 형사가 사용한 휴대전화에 찍힌 번호는 정보를 제공한 룸살롱 여자의 말처럼 공중전화 번호였고 구역별로 나눠져 있는 공중전화 번호의 앞자리로 위치가 우면동이라는 것을 알 수 있었다. 평소 같았으면 잠복하기 전에 목표지점 주위를 먼저 답사했겠지만 'N비'라는 괴물의 치밀함에 대비해, 위성을 통하여 주위를 확인했고, 한 팀은 공중전화 박스에서 뒤쪽으로 약 10미터 떨어진 식당 앞 골목에, 다른 한 팀은 공중전화 박스 앞쪽 7미터에 위치한 승합차 앞에서 잠복을 시작하였다. 앞팀의 전방 10미터에는 삼거리가 있었고 우회전을 하면 바로 주유기 4대짜리 소형 주유소가 있었다. 1시간 남짓 흘렀을까. 검은색 승용차 한 대가 공중전화 박스 앞에 멈췄다. 그리고 몇 분 지나지 않아 택시 한 대가 검은색 승용차 뒤에 정지하더니 지붕 위에 달려 있는 동그란 녹색 등에 불을 켰다.

"지금이야. 다들 긴장들 하라고."

팀장의 무전이 팀원들에게 전달됐다. 신 형사는 택시에서 내려 N비와 미리 약속한 대로 차장으로 안에 있는 사람을 확인하는 절차를 생략하고 뒷문을 열고 차에 올랐다.

"아직. 지시할 때까지 아무것도 하지마!"

두 팀은 자세를 낮추고 팀장의 무전에 촉각을 곤두세웠다.

검은색 승용차 뒷좌석은 앞좌석을 앞으로 더 밀어 꽤 넓은 공간이 확보되어 있었다. 손님을 배려한 것인지 운전석에서 손님의 디테일한 행동까지 다 파악하려 한 것인지 의도는 알 수 없었지만 신 형사는 뭔가 대우받고 있다는 느낌은 버릴 수 없었다.

"이름이 뭐예요?"

"예~ 저. 신아름이라고 합니다."

"나이는?"

"서른입니다."

신 형사는 긴 단발머리에 모자를 폭 눌러쓰고 밤인데도 불구하고 선글래스를 낀 남자의 보이스피싱 목소리 때문에 온몸에 소름이 돋았다. 만약 무슨 일이라도 생기면 자기 자신이 의지할 것은 휴대전화 밖에 없었으므로 무의식적으로 네모난 전자기기를 과도하게 움켜쥐고 있었다.

운전석의 남자가 시동을 걸고 서서히 왼쪽으로 돌리자 차량은 부드럽게 움직이기 시작했다. 검은색 '허'자 차량은 골목을 빠져나와 우회전 깜빡이도 넣지 않은 채 오른쪽으로 사라졌다.

"도준! 10초 후에 출발."

팀장의 목소리가 흘러나왔다.

"그런데 상당히 빨리 오셨네요? 어디서 오셨어요?"

"아. 네. 양재역에서 출발했어요."

"아까 통화할 때는 논현동 집 앞이라고 하지 않으셨나요?"

"네? 그. 그랬었죠."

운전석 남자의 선글라스가 룸미러를 통해 신 형사의 눈과 마주쳤다.

"지금 이 시간에도 강남대로는 많이 막힐 텐데. 정말 빨리 이동하셨습니다."

신 형사의 손에서 땀이 흘러 잡고 있던 휴대전화가 미끌미끌해졌지만, 차창 밖에 이미 왼쪽으로 돌고 있는 남산만한 유조차가 눈에 들어오자 머리가 복잡해지기 시작했다.

"빠앙!"

위험을 표시하고 유조차의 육중한 몸매를 과시하듯 시끄러운 클랙슨 소리가 울려 퍼졌다. 검은색 차량의 운전자는 상향등을 켜 지나가겠다는 의사를 유조차에 전달하고 오른쪽 맨끝에 붙어 가까스로 빠져나갔다.

"무슨 일이 있나봐요. 팀장님! 저 먼저 출발합니다."

넷까지 세고 있던 박도준은 앞에서 들려온 클랙슨 소리를 듣고 가속페달을 밟았다.

"미행 들키면 안 되는거 알지? 우리는 50미터 유지한다."

나 팀장의 긴장된 목소리가 다시 무전기 속에서 튀어나왔다.

"왼쪽 팔걸이 음료수 넣는 부분에 보면 구멍이 두 개인 젠더가 있습니다. 휴대전화에 끼어놓고 이어폰을 끼세요. 그리고 옆에 있는 이어폰도 다른 구멍에 끼시고 저한테 건네주시기 바랍니다."

"네? 제 휴대전화요?"

갑자기 설명에 없던 내용이 나오자 신 형사의 머리와 심장은 뜨거워지기 시작했다.

"이건 룰입니다. 저도 신변보호는 해야지요. 그리고 그 옆에 있는 눈가리개도 착용하세요."

"제기랄!"

주유소를 빠져나오는 차가 유조차의 진로를 막아서 도로 한복

판에 가로로 서 있었고 신 형사가 탄 검은색 차량은 이미 빠져나
간 상태였다.

"여기! 막혔어요! 팀장님은 뒤로 돌아가세요! 젠장할!"

"무슨 말이야?"

'빠앙! 빠앙!'

"나와! 빨리 나오란 말이야."

주유소 안으로 들어간 박도준이 차창을 내리고 길을 막고 있는
차를 향해 빨리 지나가야 한다는 다소 거친 의사표현을 했다.

"죄송합니다. 죄송!"

운전자 건물 옆쪽에서 바지춤을 잡고 뛰어나온 홍금보를 닮은
남자가 상황도 모르고 환한 얼굴로 미안하다는 표시를 하며 차에
올라탔다.

"젠장! 저 양반 오줌 때문에 일이 완전 꼬였군."

"여봐요! 빨리 안 빼요?"

그때서야 그 차는 운전사의 덩치처럼 서서히 움직이기 시작했다.

미세하게 떨고 있는 신 형사의 오른손에 들고 있던 이어폰이 더
블젠더의 두 구멍을 다 막았다.

"지금부터 전화는 정상으로 받으세요."

"제발…… 제발."

박도준이 알려준 룰 중에 젠더나 이어폰 얘기는 전혀 없었다.
만약 동료들에게 전화라도 온다면 앞에 앉아 있는 남자에게 들킬
게 뻔하고, 신 형사를 100퍼센트 경찰로 생각할 것이다. 상황이 좋

지 않았다. 신 형사의 이마에 송글송글 땀이 맺혔다.

간신히 유조차를 등에 진 박도준의 차가 출발하기 시작했다. 옆 좌석의 김 형사가 들고 있는 위치 추적장치의 신호가 깜박이며 계속 멀어지고 있음을 표시했다.

"선배! 이대로 가다간 놓치겠는데요? 갑자기 지하실이나 뭐. 신호 안 터지는 곳으로 들어가면 신 형사가 위험하겠어요."

"팀장님! 위치 어디에요?"

"양재 화물터미널 근처야! 너보다 1킬로미터 정도 뒤에 있다. 상황은 어때?"

"어라! 이러다 신 형사 놓치겠어요. 통화 해야 겠어요."

"야! 그건 최악의 경우에 해야잖아!"

"지금이 최악이에요. 지금 상황으로는 150킬로미터 이상으로 달려도 못 따라가요!"

"그 새끼가 N비인지, 중간에 심부름만 하는 놈인지 아직 알 수도 없잖아! 바보야!"

"에이. 이러다가 신호없는 곳으로 사라지면 신 형사가 위험하다고요! 이 아저씨야!"

"김 형사! 신 형사한테 전화 걸어봐. 그리고 신호 가면 나 바꿔 줘."

신 형사의 통화연결음 소리가 박도준에게도 들려왔다. 우려하던 진동 소리는 신 형사의 손을 떨리게 했다. 차 안에는 차 밖에서 흘러들어 오는 잡음을 제외하고 아무런 소리도 없었기 때문에 진동음 소리는 N비의 귀를 간지르기에 충분했다. 진동음이 계속되자 신 형사도 '이젠 어쩔 수 없구나. 몸으로 떼워야지'하며 마음을 고쳐먹었다.

"왜 안 받으시죠? 자연스럽게 받으세요."

N비가 룸미러로 검정색 눈가리개로 가려진 신 형사의 얼굴을 쳐다보며 말했다.

"어! 여보? 나 오늘 조금……."

"내말 잘 들어. 자연스럽게 듣기만 해! 지금 따라가고 있는데 거리가 좀 있어. 목적지에 도달하면 휴대전화를 차에 떨어뜨……."

'뚜~ 뚜~'

신 형사가 일부러 전화를 꺼버렸다. 그리고 약 5초 간의 침묵이 흘렀다. 신 형사는 다리에 힘을 주고, 돌발사태에 대비해 눈가리개를 벗을 준비를 했다.

"경찰이 따라 붙었군. 통화 내용을 봐서는 당신도 경찰일 거고."

너무 침착하게 반응을 보인 N비의 목소리 때문에 신 형사는 잠시 할 말을 잊었다.

"음~ 경찰이라……."

N비가 오른쪽 다리에 힘을 주어 가속페달을 힘껏 밟았다. 검은색 차량은 날아가듯 자동차전용도로를 질주했다.

'여기서 N비를 잡지 못하면 사건 풀기가 쉽지 않을 거야.'

신 형사는 박도준 선배의 의도를 곰곰히 생각했다. 어느새 박도준의 차가 N비의 차 바로 뒤까지 따라와 있었다.

"개새끼. 넌 끝났어!"

N비의 승용차 옆쪽으로 차를 붙인 박도준의 시선에 긴머리의 운전자가 눈에 들어왔다. 눈가리개를 하고 있는 신 형사의 모습도 보였다. 신 형사는 눈가리개를 벗을 준비를 하고 휴대전화를 더듬어 통화버튼을 눌렀다. 김 형사의 전화에 신 형사의 이름이 표시되었다.

"왔어요! 신 형사 전화."

"신호다!"

신 형사가 눈가리개를 벗으려고 하는 순간과 박도준이 N비의 차를 추월하려고 하는 순간이 맞아 떨어졌지만, 몸이 옆으로 쏠리는 바람에 신 형사는 눈가리개를 벗지 못했다. 어느새 두 대의 차량은 두 개의 터널 앞을 달리고 있었다. 한쪽 방향으로 가는 두 개의 터널이었다. 1차선과 2차선을 장악하고 달리는 두 차량은 속도로 봐서는 분명 왼쪽 터널로 들어가야만 했다. 차선을 바꾸어 오른쪽 터널로 들어가기에는 거의 불가능한 일이었다. 박도준은 N비의 차량을 주시했다.

"끼이이익!"

"어! 저놈!"

똑같은 속도로 달리던 N비의 차가 흰 연기를 뿜으며 시야에서 사라졌다. 그리고 어느새 박도준의 뒤쪽에서 살짝 모습을 비추더니 이내 오른쪽으로 사라졌다. 눈깜짝할 사이에 벌어진 일이라 박도준은 어떻게 대처를 할 수 없었다. 한쪽 방향의 도로에 두 개의 터널이지만 터널을 지나면 다시 하나로 만나기 때문에 박도준은 속도를 줄이지 않고 그냥 내지르기로 했다.

"팀장님! 터널 보이시죠. 오른쪽! 우측 터널로 들어가야 돼요!"

"보여! 알았어!"

오른쪽 터널로 들어간 N비는 가장 우측 차선으로 붙자마자 차량 두 대 정도가 들어갈 수 있는 안전지대에 차를 세우고 시동을 껐다. 사람들은 신경쓰지 않고 그냥 지나쳐 잘 모르는 장소였지만, N비는 터널 안의 구조를 잘 알고 있었다. 왼쪽 터널을 지난 박도준이 오른쪽을 주시하며 속도를 냈다. 하지만 N비의 차는 보이지 않았다. 1차선을 타고 오른쪽 터널로 진입한 나 팀장과 최 형사의 눈에는 앞에 달리고 있는 검은색 차량이 보이지 않았다. 이리저리 시선을 돌려봤지만 '허'자 넘버의 차량을 없었다.

"야! 최 형사 저거 아냐? 저기 안전지대에 있는!"

N비가 시동을 끈 시간은 정확히 30초, 눈가리개를 벗으려고 숫자를 세고 있던 신 형사는 다시 덜컹거리는 차의 움직임 때문에 몸이 앞쪽으로 쏠렸다가 오른쪽, 왼쪽으로 한 번씩 요동쳤다. N비의 차가 비상 깜빡이를 켜고 후진하기 시작했다.

나 팀장 눈에 뒤쪽으로 멀어지고 있는 차량 번호판에 '허'자가 어렴풋이 보였다. 하지만 뒤에 줄줄이 따라오고 있는 차량 때문에 정지할 수는 없었다. 정지했다간 바로 대형 사고로 이어질 가능성이 너무나도 컸기 때문이었다.

"저. 저 새끼 도대체 뭘 하려는 거야? 과천경찰서에 지원요청해! 빨리!"

후진의 속도가 일반 여성운전자들의 전진 속도만큼은 되어 보이는 N비의 차는 갓길을 통해 후진으로 질주하였다. 뒤쪽에서 달려오고 있는 차가 한 바퀴 돌릴 수 있을 만큼 거리가 있다고 생각한 N비는 도로 한복판에서 차량을 180도 돌려 상향등과 비상 깜빡이를 켜고 역행하기 시작했다. 앞쪽에서 달려오는 차들도 갑자기 시야에 들어온 정신 나간 운전자 때문에 충돌을 방지 하기 위해 눈에 거슬리는 상향등으로 연속해서 신호를 보냈다.

이미 N비가 박도준 차와 나 팀장의 차를 따돌렸다는 느낌이 든 신 형사는 더 이상 지체하다가는 정말 놓치고 말겠다는 생각에 왼손으로 눈가리개를 잡고 오른손은 총을 꼭 쥐었다.

"차 세워!"

눈가리개를 벗은 신 형사가 총을 N비의 머리에 들이댔다.

"끼익!"

과천으로 빠져나가기 위해 급브레이크를 잡은 차의 원심력 때문에 신 형사는 다시 뒤쪽으로 몸이 쏠려 총구가 하늘로 향하고 말았다. 또다시 출발하는 차의 움직임 때문에 몸이 다시 요동쳤다. 신 형사는 도저히 중심을 잡을 수가 없었다.

"경찰이 맞긴 맞군. 총을 가지고 있는거 보니."

N비는 뒤에 앉아 있는 예쁘장한 여형사가 절대 자신을 쏠 수 없다는 확신을 가지고 한 말이었다.

"끼이익!"

우측으로 선회하던 차는 다시 급브레이크를 잡았다. 신 형사의 몸이 다시 앞으로 쏠렸다. 그때 N비가 오른팔로 신 형사의 오른팔을 잡아 당긴 뒤 신 형사의 오른손 손목을 힘껏 내려쳤다. 총은 힘없이 조수석 시트 밑으로 떨어졌다.

"사이코 새끼!"

악에 바친 신 형사가 N비의 머리를 잡았다.

"아! 야! 이거 안 놔?"

그렇게 침착하던 N비도 머리카락이 여자의 손에 잡히자 인내심의 한계에 다다른 듯 했다.

"차 세워. 새끼야!"

신 형사는 오른손으로 머리카락을 힘껏 잡아당기고 왼손으로 N비의 선글라스를 잡았다. 중심을 잃은 차가 다시 양옆으로 춤을 췄다.

"어! 이 년이!"

'퍽!'

N비의 모자가 벗겨졌다. 신 형사는 긴 머리카락를 움켜잡고 있었지만 가발이 벗겨지는 순간 N비의 팔꿈치 공격으로 다시 뒤쪽으로 나동그라졌다. 정신을 차리고 선글라스를 고쳐 쓴 N비가 의자 밑에서 묵직한 곤봉을 꺼냈다.

"이 년이 봐 주려고 했더니만. 젠장!"

"차 세워! 차 세우란 말이야!"

N비의 팔꿈치에 눈 주위를 심하게 가격당한 신 형사가 다시 앞쪽으로 달려들었다.

'척!'

N비가 뒤쪽으로 휘두른 곤봉은 정확히 신 형사의 턱을 가격했다.

'퍽! 퍽!'

N비는 한 방에 정신을 잃은 신 형사의 머리를 향해 다시 두 차

레 곤봉을 휘둘렀다. 가격당한 신 형사의 머리 윗부분에서 약간의 시간차를 두고 피가 분수처럼 솟아 올랐다.

"내가 널 상대할 사람은 아니지."

차를 세운 N비는 몸을 뒤쪽으로 비틀어 돌려 문을 열고 너부러져 있는 신 형사와 그녀의 소지품을 쓰레기 버리듯 밖으로 밀어 버렸다.

'부웅~'

스커트가 속옷 위쪽까지 올라가 있고 숨조차 쉬지 않는 것 같은 신 형사는 가발의 일부분을 한 움큼 잡고 있었으며, 토해내듯 흘러 나오는 핏물이 검은색 아스팔트를 더욱 검게 만들고 있었다.

터널을 빠져 나와 성남 쪽으로 달리던 박도준은 첫 번째 출구로 빠져 나와 최대한의 속력으로 과천으로 진입했다. 신 형사의 위치 신호는 여전히 깜박거렸지만 과천경찰서의 더딘 협조는 박도준이 실망하기에 충분했다.

"본부 이 경사입니다. 이쪽 고속화도로 뒤편 진입로에 여성 한 분이 쓰러져 있습니다. 앰뷸런스 호출 요망!"

신 형사를 찾아낸 경찰차가 아무런 감정 없는 뉘앙스로 정보를 보내왔다.

"정신 나간 인간들! 5분만 더 일찍 출발했어도 잡았을 텐데."

"빨리 가 보시죠. 신 형사 어떻게 된 거 아닐까요?"

"재수 없는 소리 하지마!"

"본부! 본부! 의식이 없고 피를 많이 흘렸습니다. 앰뷸런스 긴급 호출 요망!"

과천경찰서의 순찰 차량이 신 형사 바로 앞에 있는 것이 분명했다.

"아이. 우리 신 형사. 선배 저기서 우회전이요!"

멀리 보이는 경광등 불빛을 따라 우회전을 한 박도준은 신 형사의 위치를 바로 알 수 있었다. 두 명의 경찰이 가까이 다가오는 박도준을 실눈을 뜨고 쳐다봤다.

"신 형사! 신 형사! 정신 좀 차려봐!"

걷어차듯 차문을 연 박도준이 신 형사를 부축했다. 피를 흘리는 신 형사를 팔에 안은 박도준이 근심에 찬 얼굴로 상태를 확인했다.

"저기…… 강남경찰서 분들이죠?"

키가 작고 다소 왜소한 고참으로 보이는 경찰이 긴가민가하는 표정으로 박도준과 김 형사의 신분을 확인했다.

"그럼. 우리가 경찰서 분들이지, 동사무소 분들로 보입니까?"

김 형사가 경찰을 불만에 찬 얼굴로 쳐다보며 말했다.

'삐뽀~삐뽀~'

다행히 시간을 지체하지 않고 앰뷸런스가 도착했다.

"빨리! 이봐! 간호사! 빨리 좀 해봐!"

"이쪽이요! 이쪽으로."

산소마스크를 쓴 신 형사의 눈에서 한 방울의 눈물이 흘러내렸다. 신 형사는 입술을 움직여 무엇인가 말하려고 계속 애를 썼다.

"신 형사! 신 형사 나 누군지 알아보겠어?"

범인이 앞에 뛰어가도 달리기를 하지 않는 나 팀장이 닫히는 응급실 문을 잡고 안으로 뛰어들어오며 얼굴을 들이댔다. 신 형사가 무거운 눈꺼풀을 힘들게 들어 올렸다. 어느 정도 의식이 돌아온 것이다.

"신 형사! 나 보여? 야! 너 보고 분위기 파악하라고 그랬지. 그 새끼 잡으라고 했어? 총은? 큰일 날 뻔했잖아!"

눈물이 가득 맺힌 박도준이 떨리는 목소리로 후회인지 질책인지 모르는 말들을 토해냈다. 신 형사와 '전 괜찮아요'라는 눈빛을 교환한 박도준은 금방이라도 터질 것 같은 울음보를 누르고 또 눌렀다.

"선생님들! 여기서 이러시면 안 됩니다. 자 조금만 옆으로."

지저분한 흰색 가운을 입고 검은 뿔테를 낀 의사가 침대에 붙어 있는 형사들을 밀어내며 말했다.

"그래도. 나 잘했죠. 수사에 도움이…… 죄송해요. 놓쳐서."

신 형사의 산소마스크에 입김이 맺혔다 사라졌다를 반복했다. 그리고는 꼭 쥐고 있던 오른손을 들어 올려 서서히 손바닥을 폈다. 손바닥안에는 땀과 피에 젖어 있는 한 줌의 머리카락이 있었다.

"그 새끼……. 가발."

하늘을 향해 있던 신 형사의 팔이 다시금 침대 밑으로 떨어졌다.

"그래! 잘 했다! 잘했어! 너 목숨이 두 개야?"

"김 간호사! 바이탈 체크해주고."

"좀! 저쪽으로 좀 비키세요!"

얼굴이 붉으락푸르락해진 간호사가 바이탈 사인을 체크한 뒤 구겨 신은 신발을 다시 질질 끌고 커튼 뒤로 사라졌다.

"박 선배! 방금 국과수에서 전화 왔는데요. 연락이 안 된다고 전화 좀 달래요."

뒤쪽에서 전화를 받은 김 형사가 박도준의 귓가에 대고 속삭이듯 말했다.

"병신 같은 새끼들! 뭐 하나 제대로 된 것도 못 주면서. 전화는~ 손가락이 없어 발가락이 없어! 저희들이 하지. 왜 맨날 나보러 하래."

"야! 도준아 빨리 해봐라. 뭐 나왔을 수도 있잖아."

나 팀장의 재촉에 박도준이 휴대전화를 꺼내들자 휴대전화의 화면에 '존경하는 변박'이 표시되었다.

"예~ 박사님. 이 야심한 밤에 전화를 다 주시고. 지금요? 예~ 바로 가겠습니다."

전화를 끊은 박도준이 나 팀장의 얼굴을 말없이 쳐다봤다.

"또 접대야? 여긴 내가 좀 보고 있을 테니 얼른 날아가라. 박사님이 뭔가 들고 왔을 거야."

"젠장! 그럼. 신 형사 좀 부탁해요."

하늘이 꺼져라 한숨을 쉰 박도준이 신 형사를 측은하게 한 번 더 쳐다보더니 축 처진 어깨 밑으로 고개를 떨구고 뒤돌아서 땅에 붙은 뒤꿈치를 조금씩 옮기기 시작했다.

박도준이 포장마차에 도착했을 때 아인슈타인을 떠올리게 하는 변 박사의 얼굴은 백발의 머리카락이 더욱 눈에 띌 정도로 붉게 달아올라 있었다. 포장마차 안의 파란색 간이 테이블 위에는 홍합탕과 소주 두 병이 올려져 있었고, 변 박사의 맞은편에는 찰랑찰랑하게 채워진 소주잔이 주인을 기다리고 있었다. 박도준이 비닐로 된 문을 열고 주인과 눈인사를 한 후 변 박사 쪽으로 향했다.

"박사님!"

"어! 그래. 이쪽이야~ 오늘은 좀 일찍 만났네. 허~허~허."

"어디서 한잔 하시고 오셨나 봐요?"

등받이가 없는 테이블과 한 세트를 이루고 있는 파란색 간이 의자를 잡아당기자 땅에 끌려 '트드득' 소리가 났다.

"아냐! 두 잔 했지. 허허허~ 야! 도준아! 내가 술 먹다 생각이 나서 너한테 전화한 건데. 자! 한잔해라. 에이~ 또 비었네. 구멍이 났나?"

누가 보면 정신 나간 사람인지 착각할 정도로 변 박사의 행동과 사용하는 말들은 정상적인 사람과 많은 차이가 있었다. 변 박사는 소주병을 들어 올려 병 밑에 구멍이 났나 하고 심각하게 확인하였다.

"여기 소주 하나!"

박도준이 옆에 있던 빈병을 주인장에게 들어 올려 보였다.

"자! 일단 그 앞에 있는 소주 삼배해라. 내가 널 위해 제사를 좀 지냈다."

"약속도 안 했잖아요."

"싫으면 말고. 중요한 거 알려주려고 했는데."

"박사님! 저 오늘 상태 안 좋아요. 술먹고 확 죽어버릴까 하고 지금 심각하게 고민하고 있어요. 제가 죽으면 이 나라에 경제적 손실이 얼마나 날까 하고 생각 중이었다고요."

"분석은 엑셀로 해야지. 넌 범인은 잘 잡지만, 우리 대한민국에서 입은 경제적 피해는 다른 형사들보다 2백 배는 많을 걸? 너 죽으면 경제적 손실이 아니라 이득이라고 할 수 있지. 무슨 일 있었나?"

"신 형사가…… 당했어요."

"죽었냐?"

"아이~ 정말! 죽긴 왜 죽어요!"

"그럼 됐고."

아르바이트생이 가지고 온 소주병의 뚜껑을 오른쪽으로 비튼 변 박사가 두 손가락으로 V자를 그려 소주병의 목을 쳤다. 소주병에서 튀겨져 나간 액체는 아스팔트 위에 살포시 떨어졌다.

'노인네~ 변하지도 않아!'

혼잣말로 중얼거린 박도준이 도미노처럼 가로로 붙어 있는 세 잔의 소주 중 첫 번째 잔을 들어 올려 한 번에 입에 털어 넣었다.

"캬 좋다! 저, 세 잔이면 치사량인 줄 아시죠?"

"그건 네 사정이고~ 도준아 내가 말이다. 재미있는 거 하나 가르쳐 줄게. 그 놈 말이야. 네가 찾고 있는 그 괴물. 지문은 없는데 손가락의 흔적이 있어~ 지문만큼 중요한 흔적을 남겼단 말이지."

"그게 무슨 말이에요? 알기 쉽게 설명 좀 해주세요!"

박도준이 파란색 간이 의자를 앞으로 당겨 귀를 쫑긋 세웠다.

“자! 이배”

“에잇!”

박도준이 두 번째 잔을 들어 올렸다.

“그러니까 말이야~ 이런 거야! 너 이리 와봐.”

박도준 쪽으로 의자를 잡아당겨 몸을 옮긴 변 박사가 박도준의 목을 오른손으로 잡고 조르는 시늉을 했다. 그리고는 젓가락으로 복부를 찔렀다.

“죽어!”

“에이! 뭐 하시는 거예요!”

“그 다음에 그 새끼가 작업을 했잖아. 그 문신 비슷한 거 말이야. 돌아 앉아봐!”

얼떨떨한 박도준은 여느 때와 마찬가지로 변 박사 말에 따라 몸을 움직였다.

“자! 내가 오른손으로 널 잡고 있지! 누워있는~ 그러니까 상대가 업드려 있는 상태로 말이야. 그리고 이렇게.”

젓가락을 잡은 변 박사의 왼손이 박도준의 등 뒤에서 알 수 없는 그림을 그리기 시작했다.

“간지러워요. 도대체 뭐 하시는 거예요?”

변 박사가 오른쪽 등 뒤를 누르고 있던 오른손을 잠시 떼고 코를 한 번 만졌다.

“돌아 앉아봐!”

박도준이 뒤쪽으로 고개를 돌렸다.

“코요? 오른손이요? 뭐요? 그게 어떻다는 건데요?”

오른손으로 코를 만지고 왼손으로 젓가락을 들고 있는 변 박사의 우스꽝스러운 모습이 박도준의 눈에 들어왔다.

"그리고! 또다시 작업을 한 거지. 자 다시 돌아 앉아봐."

"에이. 진짜! 답답해 죽겠네."

"이렇게 말이야!"

변 박사의 오른손이 다시금 박도준의 오른쪽 등을 눌렀다.

"아직도 모르겠어? 얘는 답을 불러줘도 받아쓰지를 못해. 쯧쯧."

"도준아! 돌아 앉아봐. 아저씨! 여기 맥주 한 병 줘요."

찝찝한 표정의 새빨간 박도준의 얼굴과 어린아이처럼 밝게 웃고 있는 변 박사의 얼굴이 다시 포개졌다.

'퐁'

젓가락의 지렛대 힘이 맥주병 뚜껑을 하늘로 날려버렸다.

"자. 세 번째 잔은 고급으로 가는 걸로."

변 박사가 손에든 맥주병을 맥주잔에 갖다 댔다. 그리고는 세 번째 소주잔을 넣은 후 박도준에게 들이댔다.

"자~ 삼배요~"

"내가 술을 끊던 목숨을 끊던, 아니면 박사님과 인연을 끊던 세 가지 중에 하나는 해야겠어요."

"캬~"

술은 못 마시는 놈이 소리는 그럴듯하게 낸다는 소리가 또 나오지 않게 박도준은 맥주잔을 흔들어 달그닥 소리를 내며 다 비웠다는 표시를 했다.

"잠깐! 이렇게요?"

실눈을 뜨고 인상을 찌푸린 박도준이 갑자기 고개를 갸우뚱거리며 다 마신 맥주컵을 왼손으로 잡고 오른손으로 변 박사의 얼굴을 집었다.

"이렇게요?"

균형없는 이목구비지만 남자 얼굴치고는 연예인들 얼굴만큼이나 작은 변 박사 얼굴이 박도준의 큼지막한 손으로 덮혀졌다.

"그렇지~ 자식 많이 늘었네! 그런데 손 좀 치워 주겠니? 좀 답답하다."

"그러니까! 왼손잡이라는 거잖아요 그렇죠?"

"이 새끼 술먹으니까 말이 통하네. 그런데 그게 중요한 게 아니고~ 자! 더 중요한 건 손을 등에서 떼었을 때 어떤 행동을 했느냐는 거야. 그 자식은 자기 지문을 감추기 위해 수술용 장갑 같은 걸 꼈을 거 아냐? 그렇지? 근데 거기에는 생각지도 못한 증거가 남았어. 자 이거 봐."

변 박사가 휴대전화 안에 저장되어 있는 사진을 박도준에게 보여 주었다. 시체 오른쪽 등 위에 규칙적으로 찍힌 파란색 점들이 박도준의 눈에 들어왔다.

"이 천재 박사가 약물로 뽑아낸 건데. 봐라~ 이게 엄지손가락이고 긴쪽은 검지손가락이야. 그렇지? 다른쪽은 표시가 안나. 그러니까 두 손가락만 묻을 수 있는 무언가가 있었다는 거지."

"그게 뭔데요?"

"콧기름! 코를 만지는 버릇이 있는 사람은 거의 두 손가락만 쓰잖아. 엄지손가락와 집게손가락. 너! 가운뎃손가락과 엄지손가락으로 코 만지는 사람 봤어?”

“아~ 그렇네요.”

“이제부터 이 천재 박사가 강의를 좀 해주지. 그러니까…… 너 모공이라는 거 알지? 털구멍 말이야. 사람은 손바닥, 발바닥, 그리고 입술이나 성기의 점막을 제외하고는 온 몸이 털로 뒤덮여있어. 단지 커서 눈에 보이는 털이 있고, 너무 작아서 눈에 거의 보이지 않는 털이 있을 뿐이지. 그런데 말이야. 모공 안쪽에 털이 박혀 있는 부분의 약간 옆쪽에는 피지선이라고 하는 포도송이 같은 기름샘이 붙어 있는데, 여기서는 피지라고 하는 기름을 만들어 내지. 네 얼굴에 흐르는 그 개기름 말이야. 그게 피지 기름의 일부인 거야. 피지선에서 피지의 분비 방식이 아주 독특한데, 땀샘에서는 땀을 만들어내는 공장과 같은 세포가 있어서 세포는 그대로 있고 땀만 만들어 밖으로 내 보내잖아. 그런데 피지선은 세포 자체가 분비되지. 좀 더 자세히 보면 피지선 아래쪽에서 세포가 계속 만들어져 오래된 세포는 입구 쪽으로 계속 밀려가는데, 피지선 세포는 밀려가면서 안에서 피지가 될 기름을 만들어내 끝에서는 세포 자체가 기름덩어리처럼 변해버리는거야. 이 놈은 밖으로 나오는 입구에 도달할 때 쯤이면 제멋대로 산산히 흩어져버려. 이렇게 세포와 세포의 내용물이 모두 모공으로 분비되는 거야. 우리가 피지라고 하는 것은 세포 안에 있던 기름과 세포 부스러기가 모두 합쳐진 거지. 재미있는 건 우리 몸 전체에서 피지가 나오는데, 머리카락은 가장 굵은 털이고 몸에 있는 털은 아주 가는 털이지. 얼굴의 경우는 털이 제일 작은데 특이하게 피지선은 아주 크지. 너 처럼 말이야. 피지선의 크기나 분비량은 성호르몬의 영향을 많이 받는다는 건 너도 알고 있지? 그리고 얼굴 중에서도 피지가 가장 많은 곳은 코 부분이야. 그러니까 결론적으로 범인은 피지가 많이 나오는 성적으로 왕성한 놈이고, 왼손잡이고, 또 코를 자주 만지는 버릇이 있어. 특히! 당황하거나 긴장하거나 흥분할 때 말이야. 그리고 하나 더! 지금 세포 부분만 추출해서 DNA를 뽑아내고 있는데 말이야. 쉽지가 않아. 피지가 엉켜 있거든! 가능성은 있으니까. 한번 해 보자고! 사람은 긴장할 때 피지를 가장 많이 만들어 내는데 죽을 때 극도로 긴장하거든. 그러니까 죽은 그 여자 피지와 범인 피지가 지금 붙어 있어. 무슨 운명의 장난인지 모르겠다. 죽어서도 원수와 질퍽하게 붙어 있어야 하다니."

파리가 열 마리는 들어가 날아다닐 수 있을 만큼 박도준의 입이 떡하니 벌려져 있었다.

"됐지? 박도준! 감탄하기는~ 입 다물어 자식아."

"뭐. 좀. 연구 좀 하셨네요."

"술 값내라! 난 간다."

평소에도 자기 말만, 자기 행동만, 자기 하고 싶은 것만 하는 변박사는 오늘도 역시 자기가 할 말만, 마실 만큼의 술만 마시고 박도준을 뒤로한 채 비닐문을 열고 나갔다.

"에이 진짜~ 천재인 건 인정하는데 매번 저 지랄이야. 여기 얼마에요?"

"삐리릭."

박도준 휴대전화에서 문자 알림음이 울렸다.

'박 형사님! 회신이 좀 늦었습니다. 아래 내용 참고하세요.

'본명 이은정, 장은정이었다가 5년 전에 개명. 8세까지 박은지였다가 서울로 주소를 옮긴 후 부친 이름을 따라 장은정으로 개명함. 원적 화성시 봉담읍, 현주소 하월곡동 산2번지 532. 이상. 수고하세요.'

문자를 확인한 박도준은 혓바닥이 입천장에서 떨어지지 않아 숨을 쉴 수가 없었다. 가까스로 정신을 차리고 심호흡을 한 박도준은 고개를 하늘로 쳐들었다. 그리고 열흘은 굶은 들쥐가 뒷골을 파먹는 것 같은 고통이 도준의 가슴으로 파고들어 왔다.

"은지…… 은지였어!"

뜻하지 않은 재회

10시 반인데도 불구하고 산동네의 좁은 골목에는 지나다니는 사람이 눈에 띄게 많았다. 박도준은 택시를 타고 올라갈 수 있는 곳까지 올라가 달라고 했지만 좁은 길 때문에 동네 맨 아래에서 내려야 했다. 가파른 언덕길을 15분 정도 올라갔지만 찾고 있는 번지수의 집은 좀처럼 나타나지 않았다.

"아휴~ 힘들어 죽겠네. 여긴가?"

허리를 굽힌 박도준이 거친 숨을 몰아쉬며 '장영남'이란 나무 문패가 걸려있는 낡은 대문 앞에서 휴대전화의 문자 내용과 번지수를 대조해 보았다.

244

"젠장. 서울이 한 눈에 들어오겠군."

박도준은 지나가는 사람들을 의식하며 우편함에 손을 넣었다.

"뭐야. 이거! 은정이란 이름은 하나도 없네?"

박도준이 우편물의 이름을 하나씩 확인했지만 이은정 또는 장은정의 우편물은 찾을 수 없었다. 그때 마침 대문 안쪽에서 인기척이 났다. 박도준은 왼쪽으로 몸을 돌려세우고 몇 미터 정도 위쪽으로 다시 올라갔다.

'끼~이익~'

듣기에도 거북한 녹슨 철문 소리는 그 집안의 경제적인 수준을 판단하기에 충분하였고, 안에서 나온 여자는 50대는 훌쩍 넘었을 것 같고 옷차림 또한 산동네 분위기와 잘 맞아 떨어졌다.

박도준은 머리가 복잡해졌다. 27년 동안 혼자 삼키고, 혼자 불러보고, 혼자 힘겹게 묻어 두었던 울분을 참아내기에는 앞에 걸어가는 여자의 모습이 너무도 초라했다. 박도준이 정확한 판단을 내리기도 전에 이미 몸은 언덕을 내려가고 있었다.

박도준은 산동네 여자의 식판 이는 솜씨가 아직 여물지 않았다는 생각을 하고 있었다. 그 여자는 큰 식판을 머리에 이고 땀을 뻘뻘 흘리며 길 건너 도로를 벌써 열 번째 왔다 갔다 반복하고 있었다. 빈 식판을 손에 들고 터덕터덕 힘없이 걷고 있던 여자가 갑자기 멈추더니 휴대전화를 보고 불안한 듯 주위를 두리번거렸다. 여자는 신경질적으로 뭐라고 몇 마디 하더니 이내 전화를 끊어버리고 식당으로 모습을 감추었다. 멀리서 지켜보던 박도준은 거리가 있어 통화 내용을 듣지는 못했지만 분명 유쾌한 내용은 아니라고 생각했다. 식당으로 들어갔던 여자는 뒤를 쳐다보며 다시 밖으로 나와 휴대전화를 귀에 갖다 댔다. 조금 뒤 여자의 왼편에서 촌스럽게 멋을 낸 중년의 남자가 주머니에 손을 넣고 여자에게 다가가는 것이 보였다.

"이 웬수! 또 술 처먹었네. 왜 가게까지 찾아오고 그래?"

독기를 품은 여자는 불안한 듯 자꾸 뒤를 돌아보며 중년 남자에게 쏘아붙이듯 말을 했다.

"야~ 전화는 왜 그렇게 안 받고 그래! 빨리 돈 좀 줘봐."

"그럼! 일하는데 어떻게 전화를 받아! 그리고 내가 돈이 어딨어?"

박도준은 두 사람의 대화를 엿듣기 위해 건물과 건물 사이의 도로를 건너갔다.

"이 웬수야! 나 바쁘니까 빨리 가. 일해야 돼!"

"이 여편네가~ 당신 그러면 나 식당 들어가서 또 외상 먹는다. 좋은 말로 할 때 돈 좀 줘봐."

"벼룩의 간을 빼 먹어라. 이 웬수야. 지금 우리 빚이 얼마인지 알아? 얼마인지 당신 머릿속에 들어있기라도 하냐고!"

산동네 여자는 마지못해 주머니에 있던 꼬깃꼬깃한 만원짜리 몇 장을 꺼내 중년 남자에게 건넸다.

"당신. 자꾸 이러면 나 또 다른 곳으로 옮겨야 돼. 제발 정신 좀 차려!"

"여편네! 잔소리는~ 어여 가서 일해!"

만원짜리 몇 장을 뺏듯이 챙겨넣은 중년 남자는 건성으로 몇 마디를 내뱉고 등을 돌려 어디론가 전화를 했다. 산동네 여자는 다시 식당 안으로 총총걸음을 옮겼다.

"아줌마! 어디 갔다가 인자 오는 거여? 배달이 산더미처럼 밀렸는디!"

식당에 들어가자마자 식당 주인의 질책이 식판을 머리에 인 여자의 등 뒤에 꽂혔다. 매서운 주인의 목소리는 박도준의 귀까지 들렸다.

식당 주인의 심기를 조금이라도 안정시키기 위해 2단으로 쌓은 식판을 머리에 이고 나온 여자는 무게를 이기지 못하고 양옆으로 심하게 흔들렸다가 도로에서 나오는 차를 보고 침착하게 정지해 이내 중심을 바로잡았다.

"휴~"

여자는 긴 한숨을 토해낸 후 다시 조심스럽게 모퉁이를 돌았다. 그때 갑자기 모퉁이에서 오토바이가 튀어나왔다.

'와장창~'

산동네 여자는 아슬아슬하게 옆을 스치고 지나는 오토바이 때문에 중심을 잃어버렸고, 머리에 이고 있던 2단짜리 식판은 여자의 몸과 함께 아스팔트 위에 패대기쳐졌다. 여자는 갑자기 벌어진 일에 놀랐는지 땅바닥에 털석 주저앉고 말았다. 지나가는 사람들은 엎어진 찌개냄비, 밥그릇, 반찬들을 쳐다보며 안쓰럽게 여자를 쳐다보고 있었고, 여자를 스치고 지나간 오토바이에 탄 남자는 뒤를 한번 쳐다보더니 무심하게도 줄행랑을 쳐버렸다.

"일어나세요."

박도준이 한 개, 두 개 조용히 그릇을 집어 들며 산동네 여자에게 27년 만에 던진 말이었다. 여자는 아무 말도 하지 않았다.

"일어나서 쟁반 챙기세요. 이렇게 밑바닥 인생 살려고 도망간 겁니까?"

여자가 몸을 일으키며 땅에 떨어진 물건들을 챙기고 있는 박도준을 유심히 쳐다봤다.

"27년 만이네요."

찌개냄비를 손에 든 여자의 얼굴에 뜨거운 눈물이 흘러내리기 시작했다.

"인연을 끊으려면 확실하게 끊어야지. 작은 실마리도 남기지 말고."

박도준의 목소리가 떨려오기 시작했다. 벌떡 일어선 여자가 박도준의 얼굴을 뚫어져라 쳐다봤다.

"도…… 준아! 도준이! 맞지?"

빨개진 눈을 보이지 않으려 애써 얼굴을 피한 박도준이 식판을 2단으로 포개어 놓고 아무말도 하지 않은 채 유유히 모퉁이를 돌았다. 잘 챙겨진 식판 옆에 서 있는 여자는 27년 전에 아들을 버리고 사라진 자신이 27년 만에 나타나 자신을 등지고 사라진 아들의 이름을 차마 소리내어 부를 수조차 없었다. 여자는 자신의 초라한 모습이 용서받지 못하는 죄보다 더 수치스럽다는 것도 잘 알고 있었다. 힘이 빠진 여자는 다시 주저앉아 떨군 고개를 통곡하는 소리와 함께 들썩이기 시작했다. 주위에 지켜보고 있던 사람들도 하나 둘 그 자리를 떠났다.

　하월곡동으로 다시 돌아온 박도준은 산동네 여자 집 초인종을 조심스럽게 눌렀다. 집 안에 사람이 있는 걸 확인하려고 한 행동이지만 여러 번 울린 초인종 소리에도 아무런 반응이 없었다. 담배를 꺼내 입에 문 박도준은 27년 동안 겨우 살아 낸 날들을 회상했다. 어릴 때는 엄마가 없다고 놀림을 받았고, 학교 졸업식 때는 알코올중독 아버지조차 학교에 올 수 없어, 아프다는 핑계로 가지 않았다. 철이 든 이후에는 불우한 가정형편을 보여주기 싫어 남들보다 더 열심히 공부했고, 더 열심히 세상 사람들과 섞여 살았다. 명석한 박도준에게도 그런 이유가 단지 어릴 때 모친에게 버려졌다는 것만으로는 해석되지는 않았지만, 세상에 수학공식처럼 정확하게 풀어낼 수 없는 것들도 많다고만 생각할 수밖에 없었다. 하지만 너무도 버거웠다. 하루하루가 지나고, 일주일이 가고, 한 달이 스치고 일 년, 또 일 년을 계속해서 등져도 항상 혼자라는 생각에 외로움과 먼저 싸워야 했기에, 힘에 부친 어깨에 짊어진 세상의 무게는 커져만 갔었다. 항상 검은 먹구름은 몰려왔지만 비를 피할 수 있는 곳은 어디에도 없었다. 그런 박도준이었다. 27년을 그렇게 살아온 박도준이었는데 단 한순간에, 몇십 분 만에 그의 의지는 산산이 부서지고 말았다.
　"제기랄! 정말 개떡같군!"
　두 대째 피우던 담배를 땅에다 힘껏 내리치며 괜한 아스팔트에 화풀이를 했다.

'그 사람 나만 볼 수 있나요~ 내 눈에만 보여요~'

엄지원이 저장해 놓은 컬러링 소리가 울렸다.

'진동으로 해 놨는데 언제 풀린 거지?'

"음~ 지원아. 아직 안 잤어?"

"선배! 괜찮아? 일하는 것도 좋지만 몸 좀 추스리고 다녀."

"지원아. 미안해~ 난 항상…… 예전에도 그랬고 지금도 그렇고. 네가 있어서 좋다. 걱정하지 마."

박도준은 영화처럼 다시 만나 극적으로 피운 사랑을 다시는 잃고 싶지 않았다.

"선배. 나한테는 미안하다는 말 하지마. 우리 사이에……."

특유의 차분하면서도 설득력있는 엄지원의 말투가 야생마 같은 박도준을 어린왕자처럼 얌전하게 만들었다.

"지원아~ 있잖아……."

"응. 선배."

"……."

"뭔데. 선배. 무슨 할 말 있어?

"오늘 나 버린 그 여자 만났어."

박도준은 일생일대의 대 사건을 누구한테라도 말하고 싶었다. 비록 자기 자신이 한순간에 무너졌다고 생각하면서도 엄지원한테는 꼭 말하고 싶었다. 위로를 받고 싶다는 것보다는 혼자 감당하기에는 너무도 힘든 일이었기 때문이었다.

"뭐? 그럼~ 엄마를 만났다고? 어디서? 언제?"

"응~ 자세한 얘기는 만나서 해줄게. 전화 들어온다. 나중에 다시 통화하자. 알았지?”

박도준의 휴대전화에서 ‘김 형사’의 이름이 뜨자 지원과의 통화를 접고 김 형사와의 통화로 전환했다.

“그래~ 김 형사! 뭐? 어느 역인데. 그 또라이 또 나타났어? 취재진들은? 어 알았어. 좀 있다가 보자고.”

박도준이 김 형사와의 통화를 끊고 휴대전화를 뒷주머니에 넣을때 즈음, 아래쪽에서 올라오고 있는 중년 남자가 눈에 들어왔다. 동대문 시장에서 우연치 않게 산동네 여자와의 대화를 엿들은 박도준은 그 중년의 남자가 다시 앞에 나타나자, 그가 27년 전 자기 모친을 꼬드긴 그 더러운 지물포집 남자라는 것을 확신할 수 있었다.

꼴사나운 그 남자는 한눈에 봐도 인생의 막장을 달리는 듯한, 국적을 알기 힘든 말투의 여자를 끼고 술에 흠뻑 취해 집을 향해 올라오고 있었다. 멀리서 시끄럽게 떠들어대는 술취한 남자의 목소리가 밤의 적막을 사정없이 뒤흔들었다.

“내가~ 씨발~ 왕년에 말이야! 좀 잘 나갔거든! 이 놈의 여편네만 안 만났어도. 지금 청와대에 있을 텐데. 꺽! 씨발! 인생 엿같네!”

“어떤 년이 오빠 인생을 그렇게 해 놨어! 상판대기 한번 보고 싶네. 꺽! 꺽!”

한심하기 짝이 없는 한쌍의 바퀴벌레는 그들만의 환상 속에서 서로의 등을 긁어주고 있었다.

‘정말 더러운 새끼군!’

박도준이 낡은 철문 앞으로 다가가자, 한쌍의 바퀴벌레는 그제
서야 박도준을 쳐다보고 움찔 놀래는 듯 했다.

"개만도 못한 새끼!"

"……. 응? 개? 지금 개라고 했냐? 꺼억~ 당신. 누구요?"

동태 눈깔을 한 중년의 남자가 당당하게 서 있는 박도준을 노려
보며 말했다.

"네가 사람 새끼냐? 제 버릇 개 못준다더니. 인간 같지도 않은
새끼!"

"당신! 뭐야? 어디서 행패야? 대가리에 피도 안 마른 자식이 어
디서."

"오빠~ 그냥 참아~ 오빠 특공대 나와서 사람 때리면 죽는다며.
그냥 보내줘."

졸졸 뒤꽁무니를 따라오던 볼품없는 여자는 중년 남자의 팔장
을 쥐어짜듯 잡아당겼다.

"이 개 같은 새끼! 더러운 양아치 같은 새끼!"

'퍽! 퍽!'

주먹으로 때릴 가치도 없다고 생각한 박도준은 주머니에 손을
넣고 오른쪽 다리의 조인트 부분을 사용해 중년 남자의 허벅지를
연타로 가격했다.

'읍~ 악~'

갑자기 허벅지를 공격당한 삐쩍마른 중년 남자는 힘없이 주저
앉았다.

"왜~ 왜. 이러세요!"

앉아서 일어나지도 못 하는 중년 남자는 비굴하고 겁에 찬 눈빛으로 박도준을 올려다봤다.

"내가!"

'퍽'

"당신을!"

'퍽'

"용서하려고 했잖아!"

'퍽'

"안 일어나?"

"으윽~ 아이고 사람 죽네. 사람 죽어!"

순식간에 온몸을 두들겨 맞은 중년 남자는 지나친 엄살을 피며 땅바닥에서 데굴데굴 구르기 시작했다.

"그런데!"

'퍽!'

"왜 이런 꼴을 보이고 지랄이야!"

'퍽!'

"살려주세요! 제발. 제발! 제가 있는 돈 다 드릴게요!"

소리를 지르며 데굴데굴 구르던 남자는 최후의 수단이 비는 것이라고 생각하고 무릎을 꿇고 앉아, 지갑을 앞에 꺼내논 뒤 두손으로 싹싹 빌기 시작했다.

"제가 있는 돈은 다 드리겠습니다. 목숨만은 살려 주세요."

"맞을 가치도 없는 인간! 쓰레기 같은 인간!"

박도준은 중년 남자의 비굴한 모습을 더 이상 볼 수 없었다. 그럴 일도 없을 것이라고 생각했지만 만약 사는 동안 한 번이라도 마주치면 그날은 그 남자가 세상과 영영 이별하게 해주겠다고 27년 동안 다짐하고 또 다짐했었다.

박도준은 메스껍기 짝이 없는 인간과 가장 어울릴 만한 물건을 주위에서 찾아냈다. 주위에 그 물건이 있어서 정말 다행이라고 박도준은 생각했다.

"쓰레기만도 못한 새끼!"

박도준은 몇 미터 떨어진 곳의 음식물 쓰레기통을 집어 들었다.

'이 정도면 샤워도 할 수 있겠네.'

"왜 이러세요. 사장님. 그것만은 제발."

옆에 마음을 졸이며 입을 막고 있던 여자는 소리를 지르며 언덕 밑으로 달려 내려가기 시작했다.

"쓰레기 같은 새끼!"

'촤~~'

박도준은 조금의 망설임도 없이 1미터는 넘어 보이는 쓰레기통을 그 중년 남자 머리에 쏟아버렸다.

"으으으~ 으악!"

"다시는…… 다시는! 내 눈에 띄지 마라! 쓰레기 같은 새끼."

다섯 번째 사건(C) - 11월 30일

11월 29일에서 30일로 넘어가는 30일 새벽 1시경, 11월의 비는 종종 볼 수가 있지만, 그 날은 10월 말에 내리는 눈처럼 기이한 날씨였다. 비가 오는 음산한 새벽길, 면목동 사가정역 근처 골목길에 한 여자가 우산을 쓰고 통화를 하면서 걸어가고 있었다.

"엄마. 약 잘 챙겨 먹고. 아빠는? 알았어. 내년에는 한번 내려가야지."

허스키 보이스, 중성적인 목소리는 키 크고 잘 빠진 모델 같은 여자와 왠지 잘 어울리지 않았다. 전화통화에 정신이 없는 30대 초반의 여자는 우비를 걸친 남자가 빠른 걸음으로 옆을 지나갈 때까지 그 남자가 뒤에서 걸어오고 있었다는 것을 모르고 있었다. 여자는 갑자기 앞으로 튀어 나온 우비를 덮어 쓴 남자 때문에 가슴이 덜컹 내려앉았지만 그 남자가 지나가고 난 뒤 남겨놓은 향수의 향기 때문에 어느 정도 마음을 진정시킬 수 있었다.

'배달하는 사람 같은데~ 향수 고르는 안목은 있네.'

여자가 혼잣말로 중얼거렸다.

"응! 뭐라고?"

전화 속의 모친이 여자가 혼자 중얼거린 말을 듣고 무슨 말인지 확인하고자 물어왔다.

"음. 엄마! 나중에 또 전화할게. 몸 잘 챙기고 아빠한테 잔소리 좀 그만하고~ 그리고 나 아주 잘 지낸다고 아빠한테 얘기도 좀 해주세요. 물론 그렇게 해도 아빠는 날 용서하지 않을 테지만."

가방에서 열쇠를 뒤적이던 여자는 열쇠를 손에 들고 다시 앞을 쳐다봤다.

"엄마야!"

바로 앞에 서 있는 옆집 아저씨 때문에 허스키 보이스 여자는 다시 가슴이 철렁 내려앉았다.

"이제 와? 비는 왜 이렇게 오는지……."

태연하게 하늘을 처다보면서 우산을 접는 여자한테 말을 건 사람은 평소에도 잘 알고 지내고 있던 옆집 아저씨였다.

"어머! 놀랐잖아요. 뭐 하세요? 밤 늦게……."

"그래? 무슨 일 있어?"

전화 속에서 걱정스러움에 가득찬 모친의 흥분된 목소리가 휴대전화 밖으로 튀어나왔다.

"잠이 안 와서. 늦었네 오늘은~ 어여 들어가."

"네. 아저씨도요~ 추운데 빨리 들어가 주무세요. 그럼."

"쯧쯧~ 저렇게 착한 놈이 무슨 죄가 있어서……."

옆집 아저씨의 시선이 주룩주룩 내리고 있는 빗줄기로 다시 빠져들었다.

허스키 보이스 여자가 2층에 다다르기도 전에 자동 전등이 켜졌다. 건물 안에서 '또각또각' 울리는 하이힐 소리조차 음산하게 느끼고 있던 여자는 미리 불을 밝혀주는 전등에 고마워하고 있었다.

"어디서 이렇게 본드 냄새가 나지? 어디서 공사를 했나?"

고개를 갸웃거리던 여자는 자물쇠에 열쇠를 꽂아 넣고 오른쪽으로 돌렸다.

'찰칵'

깊은 밤의 적막 때문에 잠금장치 풀리는 소리가 더욱 선명하게 들렸다.

"이상하네~ 왜 이러지?"

여자는 조금이라도 빨리 문을 열고 들어가려고 오른쪽으로 돌린 열쇠를 곧바로 다시 왼쪽으로 돌리고 재빠르게 잡아뺐다. 하지만 왠지 모르게 열쇠는 빠지지 않고 헛바퀴만 돌았다.

그때, 머리 위에 있던 전등이 꺼졌다. 복도의 전등은 7초가 지나면 자동으로 꺼지게 되어있기 때문이다. 여자는 어두워진 복도를 다시 밝히기 위해 팔을 들어 허공을 저었다. 전등은 곧바로 켜졌지만 이상하게도 손가락 끝에서 옷감 비슷한 물체가 살짝 느껴졌다. 손가락 끝에 어떤 물체가 닿았다는 느낌을 받았을 때 여자는 두려움에 휩싸여 뒤돌아볼 생각도 할 수가 없었다. 누군가 뒤에 있는 것처럼 어둡고 답답했다.

"누구…… 누구…… 누구세요?"

떨리고 있는 여자 목소리 사이로 극에 달한 두려움이 새어 나왔다. 여자는 좀 더 야무지게 열쇠를 잡아당겼다. 뒤돌아보지도, 소리를 지르지도 못하는 여자가 자기 자신의 다리 가운데로 검은 신발이 들어오는 걸 느꼈을 때는 이미 커다랗고 얼음처럼 차가운 손에 의해 입이 덮힌 상태였다. 손 가운데에 마스크 재질의 천이 있다는 것도 입술에 닿고서야 알아차렸다.

'흡!'

여자는 문 안으로 밀고 들어가는 검은 우비의 남자에 저항할 방법이 아무것도 없었다. 여자의 입을 막은 것은 병원 냄새가 진하게 밴 마취제였기 때문이다.

'쿵~ 쨍!'

문이 닫히는 소리와 열쇠가 계단 아래로 떨어지는 소리가 거의 동시에 들렸다.

11월 30일 이른 아침, 어둠이 채 걷히기 전부터 분주하게 움직이고 있는 우유 배달원이 우유 박스를 빌라 앞 1층에 놔두고 계단을 두세 개씩 뛰어서 올라갔다. 다시 1층으로 내려와 우유 박스를 들던 우유 배달원은 양옆을 두리번거리더니 건물 벽쪽에 붙어 모퉁이를 돌아갔다.

'수슈슈~'

우유 배달원의 오줌 줄기가 벽에 닿아 경쾌하게 들렸다.

'쉬쉬수~'

아치형의 줄기가 직선으로 바뀌며 오줌 줄기가 점점 줄어들고 있을 때, 위쪽에서 물줄기 같은 것이 머리로 떨어졌다.

"뭐야 이거!"

찝찝함에 얼굴을 찡그린 우유 배달원은 위쪽을 쳐다보며 바지 지퍼를 잡고 있는 반대편 손으로 머리를 닦았다. 어두워서 한번에 알아볼 수는 없었지만 빗물일 거라고 생각한 그는 액체가 묻은 손을 눈 앞으로 가져갔다.

"또 비가 오나?"

진득진득한 액체를 자세히 살펴보던 그는 무의식적으로 그 액체를 코에다 댔다.

"에이 뭐야. 이건."

알 수 없는 액체가 떨어진 건물 위쪽을 향해 다시 고개를 든 그는 마침 정확히 코 부분에 떨어진 액체 때문에 눈을 감았다.

"뭐가 이렇게 자꾸 떨어지지?"

오른손으로 코 부분을 문지른 그는 손에 묻어 있는 액체를 다시 한 번 보았다.

"뭐야. 이건! 피인가?"

온몸에 소름이 돋은 그는 바지춤을 추스르고 뒷쪽으로 몇 걸음 옮긴 뒤 액체가 떨어진 건물 윗부분에 시선을 고정시켰다.

"저게 뭐지?"

빌라 건물 맨 꼭대기에 두 눈을 시퍼렇게 뜬 여자가 대롱대롱 매달려 자기를 쳐다보고 있는 것이 보였다.

"으악!!!"

우중충한 날씨는 좀처럼 개지 않았다. 아침 7시인데도 불구하고 빌라 주위는 죽은 자를 보호해주듯이 어둠이 둘러싸고 있었다. 간혹 빠르게 지나가는 구름 사이로 수줍은 빛이 내려오는 것을 제외하고는 살인 현장과 드라마틱하게 맞아 떨어지는 색조로 시체 주위를 뒤덮고 있었다.

'왼손잡이'

'코를 만지는 버릇'

'가발과 모자'

'삐삐와 대포폰'

'비와 검은색 우비'

현재까지 용의자에 대한 정보를 끄적여 놓은 작은 수첩을 보고 있는 박도준이 땅이 꺼질 듯한 한숨을 쉬었다.

"아무것도 도움되는 것이 없군."

대롱대롱 매달려 있는 시체를 올려다보고 있던 박도준이 한쪽 옆에서 쪼그려 앉아 담배를 피우는 우유 배달원과 경찰에게 조사를 받고 있는 옆집 아저씨를 차례로 쳐다보고 고개를 설레설레 흔들었다.

"아니 나도 모른다니깐요! 왜 열쇠가 여기 붙어 있었는지……. 난 그냥 걸을 때 소리가 나서 바닥을 보니. 이게 붙어 있었어요. 그것도 아침이 되서야 알았어요."

몇 시간 전만 해도 비오는 하늘을 쳐다보며 명상에 잠겨 있었던 옆집 아저씨가 꼬여 있는 알리바이를 풀기 위해 열변을 토해내고 있었다.

"사체 내릴까요?"

"아냐! 조금만 더 기다려봐. 감식반 작업이 아직 끝나지 않았잖아. 사진도 충분히 찍으라고."

"사진은 찍어서 뭐 합니까! 같은 놈이에요. 저건 알파벳 C를 나타낸 거라고요. 위로 올라가 보죠."

팀장이 따라오기를 기다리던 박도준이 먼저 빌라 계단을 밟았다. 피해자의 집은 301호였다. 반쯤 열려 있는 문으로 들어가자 감식반이 증거를 찾으려고 분주하게 움직이고 있었다. 먼저 도착한 김 형사가 피해자의 가방을 팔에 건 채 작은 손지갑을 왼손으로 잡고 오른손으로 무언가를 유심히 쳐다보고 있었다. 옆으로 다가

간 박도준은 그 물건이 주민등록증이라는 것을 알았다.

'채성운.'

분명 옆집에 사는 아저씨는 여자의 이름을 채서연이라고 했고, 메달려 있는 시체의 흉부도 B컵 이상은 되어 보이는 여자의 가슴을 가지고 있었다. 하지만 주민등록증 상의 이름은 확실하게 남자 이름이었다.

"남자 이름인데?"

김 형사와 박 형사의 눈이 서로를 향해서 쳐다보고 있을 때 즈음 특수 수사팀의 팀장 목소리가 문밖에서 들린 뒤 여러 명이 급하게 계단을 올라가는 소리가 들렸다.

"똥파리 새끼들. 또 등장했군."

오전 9시가 지나자 굶주린 햇빛이 하얗게 얼굴을 내밀었다. 금요일 아침이라 그런지 경찰서로 들어가는 길은 평소 때보다도 더 혼잡했다. 벌써 5명째, 강력계 4팀이나 특수팀이나 아이디어가 없기는 마찬가지였다.

"어제 손가락 폭탄 사건은 그냥 조용히 끝났나?"

휴대전화에서 지하철 노선도를 보고 있던 박도준이 운전하는 김 형사에게 말했다.

"뭐. 별로요~"

언론에서는 연일 긴급뉴스로 손가락 폭탄 사건을 보도하고 있었지만 이제 경찰들에게나 시민들한테도 그 사건은 그저 담담하게 받아드릴 수 있는 작은 이벤트였다. 공식도 있었다. '손가락이 발견된 곳에서는 아무런 일도 일어나지 않는다'라는 공식.

"어제가 건대입구역이라고 그랬지."

"예. 건대입구역이요. 어제는 어떤 할아버지가 핏물주머니를 깔고 앉으셨대요."

"미친놈. 이젠 좌석에까지. 이렇게 연결 하면……."

박도준이 휴대전화에서 노선도를 보며 손으로 손가락 폭탄 사건이 일어난 부분에 임의의 점을 찍어 눈으로 점들을 연결하였다.

"둥글게 연결하면 타원형. 직접 연결하면 찌그러진 육각형."

"뭐 하세요?"

박도준의 행동이 궁금해진 김 형사가 곁눈질을 하며 물었다.

"에잇! 모르겠다. 담배나 하나 줘봐!"

휴대전화를 뒷좌석에 던진 박도준이 포기한 듯 팔짱을 끼고 맥없이 창문 밖을 바라보았다.

'메시지가 도착했습니다.'

"선배! 메시지 왔는데요?"

"……."

멍하니 창밖을 보던 박도준이 귀찮은 듯 뒤쪽으로 허리와 팔을 늘려 휴대전화를 다시 잡았다.

"휴대전화 없는 세상에 살면 얼마나 좋을까요? 선배."

'선배! 11시쯤 건너편 카페에서 어때?'

"김 형사 휴대전화는 꼭 필요한 거다. 우린 이 첨단 문명에 감사하고 살아야 해."

'응. 지금 들어가고 있으니 11시 정도면 괜찮아.'

박도준은 엄지원을 만난다는 기대만으로도 엔돌핀이 넘쳐흘렀
다. 박도준은 방금 전 맛없는 햄버거를 반쯤 먹다 버리는 것처럼
집어던진 휴대전화를 소중하게 감싸며 엄지원에게 문자 회신을
했다.

"성희 씨~ 월남쌈도 하나 시킬까?"
"뭘 그렇게 많이 시켜. 세트 메뉴 시켰으니까 충분할 것 같은
데?"
회사 일을 하면서 가장 친한 사람이기도 한 이동준이었지만, 틈
만 나면 작업을 걸어서 어느 순간부터는 멀리해야겠다고 마음먹
은 장성희였다. 하지만 이동준이 살인 사건의 용의자 선상에 오른
걸 이한성에게 들은 뒤부터 조금이나마 그에게 도움이 되고자 평
소 이상한 점이 있나 주위 깊게 살펴봤고, 이한성이 잘못된 뒤에
도 박도준의 부탁으로 조금 더 많은 대화를 나누기 위해 가끔 점
심을 같이 하기도 했다.
혹시 몰라 이한성의 장례식도 비밀로 하고 회사에는 집안의 친
척이 돌아가셨다고 철저하게 숨겼지만 이동준에 대해 수상한 부
분은 전혀 발견하지 못했다.
그냥 아침에 술냄새가 많이 나고, 가끔 클럽에서 싸움박질을 하
고, 괜한 일 때문에 엮여서 경찰서를 몇 번 들락날락한 적은 있지
만 그런 사건이 있을 때마다 솔직하고 실감나게 열변을 토하며 세
상이 자기를 괴롭히고, 식구들이 자기를 인정하지 않고 있으며,
나는 전생에 개였다는 둥 넋두리만 늘어놓을 뿐이었다. 이동준은

여전히 4차원이었고, 돈 많고 좋은 집안에 부러울 것 없는 강남바닥 상류층의 아들이라고 생각했다.

3시에 집합 명령이 떨어진 강남경찰서의 특수팀과 관련 부서, 그리고 사건을 이관한 강력계 4팀 팀원들은 30분이 넘도록 내려오고 있지 않은 서장 때문에 모든 일에 손을 놓고 있었다.

2012년 11월 30일 금요일은 첫 번째 살인 사건이 일어난 지 꼭 30일이 되는 날이었고, 손가락 폭탄 사건까지 합하면 31일이 되는 날이었다. 대통령 선거 유세가 점점 뜨겁게 달아올랐고, 여당과 야당은 서로 물어뜯고 할퀴며 물귀신 작전을 펴다가도 아군에게 도움이 될 만한 이슈가 생기면 언제 그랬냐는 듯 서로 악수하며 시커멓고 털이 많은 가슴을 가진 천사의 얼굴로 변했다.

얼굴이 시커멓게 변해버린 서장이 계단을 내려오다 놀란 듯 전화를 받고 허리를 반쯤 굽힌 자세로 뒤돌아 전화를 받았다.

"적어도 한 시간짜리야."

언제나 그랬다는 식의 담담한 표정으로 최 형사가 귀를 후비며 말했다.

'뛰리리~ 뛰리리~'

한쪽에서 사무실 책상 위의 전화가 울렸다. 머리를 뒤로 질끈 동여맨 여순경이 깜짝 놀라며 수화기를 가로채듯 귀에 가져갔다.

"김 형사님! 김 형사님!"

상대방과 몇 마디를 나누지도 않은 여순경이 목소리를 낮추고 빠르게 손짓을 하며 멍하니 서 있는 김 형사를 불렀다.

“야~ 김 형사. 저쪽에서 부르잖아.”

손짓이 눈에 먼저 들어온 최 형사가 김 형사에게 턱을 들어 올려 보였다.

“에잇. 뭐야. 서장한테 또 찍히겠군.”

김 형사는 투덜거리며 여순경 쪽으로 향했다. 그런데 김 형사는 여순경과 몇 마디 나누지도 않고 다시 최 형사와 박도준이 있는 자리로 돌아왔다.

“배상두가 죽었다는데요.”

“뭐? 배상두가 죽어?”

자리에서 벌떡 일어난 나 팀장이 침을 튀기며 동그래진 눈으로 최 형사와 박도준을 번갈아 쳐다보았다.

“어휴~ 올 것이 왔네. 올 것이 왔어.”

책상에 걸터앉은 박도준이 팔장을 끼고 미리 예견한 것처럼 고개를 끄덕였다.

“뭐? 어휴? 올 것이 왔다고?”

줄이어 배치되어 있는 책상 맨 앞에 서장이 동상처럼 서 있었다. 강력계 4팀 팀원 모두는 자세를 다듬고 얼음처럼 굳어버렸다.

“당신들~말이야. 그렇게 뒤에서 상사나 씹어대고 하니까 용의자 하나도 파악을 못하는 거야. 등신 같은 놈들. 나 팀장!”

“예. 서장님!”

“당신! 진급 안 할거야? 환갑 때 퇴직 안하고 그때 진급할래? 밑의 애들 보기에 창피하지도 않아? 당신 동기들 다 위로 올라가 날개 달고 훨훨 날고 있는데, 당신 지금 뭐하고 있는 거야!”

"서장님~ 그게 아니라……."

"아니긴 뭐가 아니라는 거야?"

'쾅!'

흥분한 서장이 손에 들고 있는 서류철을 책상에 내리쳤다.

"배상두가 죽었답니다."

서장도 잘 알고 있는 강남보스 배상두의 일을 수면 위로 들어 올리면 일단 작은 불은 끌 수 있겠다는 계산에 조용해진 틈을 타 박도준이 서장에게 말했다.

"뭐? 배상두? 강남 보스! 그 배상두?"

"예~ 서장님."

분위기가 전환된 틈을 타서 나 팀장이 두 손을 곱게 모으고 서장을 올려다보며 대답했다.

"어휴~ 엎친 데 또 덮쳤구먼. 그러니까 나 팀장 자네가 문제야. 해결되는 일이 없으니 일이 계속 눈덩이처럼 불어나기만 하지. 꼴도 보기 싫으니까 어서 튀어나가! 그리고 특수팀 당신들은 회의실로 들어와!"

한바탕 쏘아붙인 서장이 찬바람을 일으키며 회의실 쪽으로 사라졌다.

배상두 집에 도착한 강력계 4팀 팀원들은 이미 집 안에 진을 치고 있는 까치와 까치 수하들과의 어색한 만남을 먼저 가져야만 했다. 색기를 '펑펑' 풍기는 부인은 이틀 전 부부싸움을 했고, 친정에 갔다가 돌아와보니 말도 안 되는 이런 사태가 발생했다고 했다. 눈물도 보이지 않았고, 화장이 그대로 있는 것을 봐서는 별로 슬퍼하는 눈치는 아니었지만 친정에 있었다는 알리바이만 증명된다면 이 여자는 이 사건과 관련이 없을 것이라고 박도준은 생각했다.

이미 문이 열려 있는 화장실로 들어간 박도준은 거울 속에 비친 자기 모습이 깃털 빠진 수탉처럼 볼품없다는 것을 느꼈다. 그리고 거울 속에 비친 배상두의 모습 또한 강남바닥을 호령하던 기세는 퇴색되고 허물을 벗은 뱀이 몸을 돌돌 감고 죽어있는 것처럼 처량하고 측은해 보였다.

박도준은 먼저 욕조의 물을 손가락으로 찍어 냄새를 맡아 보았다.

"몇 시에 발견하셨나요?"

박도준은 화장실 문 앞에 기대 서 있는 배상두 부인에게 질문을 던졌다.

"12시가 조금 넘어서요. 잠겨 있는 문을 열고 들어와서 신발이 있는 것을 확인한 뒤 안방으로 먼저 들어갔거든요. 벗은 양말이 침대 옆에 있었고 바지와 와이셔츠가 침대 위에 있길래 들어온 지 얼마 안 됐다고 생각했어요. 원래 일을 끝내고 새벽 4시쯤에 들어오는데, 오늘은 낮 12시인데도 불구하고 침대에서 일어난 흔적도 없고, 입고 있었던 옷들이 침대 위에 가지런히 놓여 있는 걸 보고, 그렇게 생각했거든요. 문이 닫힌 화장실 쪽을 봤더니 문 앞에 속옷이 있길래 화장실에서 씻고 있구나라고 생각했습니다. 그런데 30분이 지나도록 아무 소리도 없길래…… 그래서 확인했어요. 그러니 12시 30분이 조금 넘은 시간이었을겁니다."

배상두의 부인은 미리 작성해놓은 원고를 읽듯이 하나의 막힘도 없이 박도준의 간단한 질문에 성실히 대답했다. 박도준은 남편만큼이나 경찰들은 많이 만났던 경험에 의한 자연스런 반응이라고 생각했다.

"지금이 7시니까 12시 반부터 최소 6시간 반, 새벽 4시에 들어왔다면 이것저것 준비하는 시간도 있으니 4시 반으로 가정하면 14시간 30분이 지났군."

허리를 굽힌 박도준이 아직도 뜨고 있는 배상두의 눈을 조금 더 벌려 동공 상태를 확인했다.

"야! 까치! 어제 배상두 몇 시에 퇴근했어?"

감식용 장갑을 낀 나 팀장이 샤워기를 두 손가락으로 들고 큰 목소리로 까치에게 질문을 던졌다.

"어제 일찍 들어가셨는데~ 한 3시 반쯤이요? 식사도 안 하시고 먼저 들어가시겠다고 하고 가셨습니다."

머리를 긁적이며 까치가 대답했다.

"배상두 휴대전화 가지고 와봐."

시체의 피부 색깔을 유심히 훑어보던 박도준이 말했다.

"휴대전화요? 여기요."

까치가 들고 있던 두개의 휴대전화 중 하나를 박도준에게 건냈다.

"그런데 그건 왜 네가 들고 있지?"

박도준이 자신의 휴대전화를 손가락으로 누르고 다시 시체의 피부를 확인했다.

"문자 보냈으니 확인해 봐."

박도준의 시선이 하복부를 지나 하체로 내려갔다.

"문자요?"

배상두의 휴대전화에서 진동음이 울렸다. 까치는 배상두의 휴대전화에서 점을 이어 보안을 푸는 방식의 화면이 나오자 너무도 자연스럽게 집게손가락으로 선을 그려 보안을 풀었다. 그리고는 문자를 확인했다.

'너지?'

두 글자의 문자를 보자마자 까치의 겨드랑이에서 식은땀이 흘러나왔다.

"무슨 말을 하시는 겁니까? 형님. 제가 존경하는 형님을 왜요?"

"됐어! 인마. 당황하기는…….".

박도준이 까치 말을 가로막으며 욕조 안의 배수구 캡 쪽에 시선을 고정시켰다. 박도준이 배상두의 집에 들어올 때에 까치가 두 개의 휴대전화를 포개 들고 있던 것을 보았다. 하나의 휴대전화는 일반적인 전화, 즉 까치 자신의 휴대전화일 거고, 또 하나의 휴대전화는 커버가 검은 가죽으로 두껍고, 이어폰 꽂는 부분에 사파이어 같은 것이 달려 있는 휴대전화였다. 예전에 배상두를 심문할 때 요란한 휴대전화와 배상두가 정말 안 어울린다고 생각했던 그 휴대전화가 까치 손에 있었던 것이다. 살인 사건이기 때문에 휴대전화가 있어야 할 위치는 배상두가 놓아둔 바로 그 곳, 옷속 아니면 식탁이나, 테이블 그런 곳이야만 했다. 그러나 휴대전화 안의 내용을 조작하려면 휴대전화를 만져야하고, 또 보안도 풀어야만 하는데 심복이지만 까치가 진행하는 불법적인 사업이 마음에 들지 않는 까치에게 휴대전화 암호를 가르쳐줄 리 없기에 이상하게 생각했던 것이었다.

"존경? 좆나게 경계하는 거겠지."

"무슨 말씀을 하시는 거예요, 형님!"

"됐고, 부인께서는 배상두 씨의 비밀번호를 아십니까?"

"아니요! 저희는 서로 휴대전화에 손 대지 않았어요."

"형님! 또 저를 의심하시는 거예요?"

"야~ 까치! 누가 네 형님이야. 난 너 같은 동생 둔 적 없다."

박도준이 팔을 걷어올리고 배수구 캡 쪽으로 손을 집어넣었다.

"야! 까치! 너무 겁먹지 마라. 장난이다. 장난."

물속에 있는 캡을 손톱으로 몇 번 긁은 박도준이 작은 물살을 일으키며 팔을 끄집어냈다.

"음…… 타살에 무게를 두어야겠군."

손톱에 긴 이물질을 유심하게 본 박도준이 혀로 맛을 보더니 이내 세면기에 내뱉었다.

'퉤! 퉤!'

"타살? 배상두가 타살이라고?"

변기통에 머리를 박고 있던 최 형사가 증거를 발견했을 거라는 기대감에 박도준을 쳐다보았다.

"심장마비나 심장협심증 같으면 어떻게해서라도 지인에게 연락하기 위해 몸부림치며 욕조를 나오려고 했을 텐데, 물이 튄 범위를 보면 굉장히 소극적인 행동을 했다는 걸 알 수 있습니다. 그러니까 꼼짝없이 당했다는 얘기죠. 피부의 색깔을 보면 짙은 회색 빛을 띄는 발부터 점차 연해져 상체로 올라오면 푸른 빛을 띄는 데, 이것은 피가 몸 안에서 탔기 때문입니다. 이 곳에서 물속에 있는 사람의 몸 안에 있는 피와 핏줄을 손상시키는 방법은 고압전류밖에 없습니다. 그리고 감전을 일으킨 전도체는 욕조 바깥에서 들어온 것이 아니라, 욕조 안에 있는 스틸로 된 배수구와 그것을 덮는 배수구 캡입니다. 그래서 하체는 더 심하게 변색된 거지요.”

조용한 주위의 분위기 때문에 바깥에서 진을 치고 있던 까치의 수하들에게도 초보적인 감식 결과가 전달되었고, 스포츠 머리를 한 까치의 오른팔 ‘덩치’의 뒷목에서 한 줄기 땀이 흘러내렸다.

“단독주택이니 더 쉬웠겠지요. 범인은 아마 추리소설을 많이 읽은 사람일 겁니다. 최 형사님! 김 형사! 건물 바깥에 배수구가 연결된 부분 좀 조사해 주세요. 이 사건은 물론 시간이 문제겠지만 조만간 해결될 겁니다.”

“감식반은 왜 이렇게 안 오는 거야?”

박도준의 추론 외에 더 이상 나올 것이 없다고 생각한 나 팀장이 시계를 보며 바깥으로 나갔다.

“감식반이 와도 결론은 똑같이 내릴 걸요? 팀장님! 같이 가요. 최 형사님, 김 형사 뒷일 좀 부탁해.”

2012년 11월 30일은 이렇게 저물어 갔다. 배상두의 죽음은 머지않아 닥쳐올 허리케인의 전조 현상인 것처럼 너무도 고요하고 평온했다.

나 팀장과 박도준은 경찰서에 도착하자마자 CCTV화면과 도로 교통정보, 수집 카메라 화면 등 전날 'N비'라는 작자가 도주한 예상 경로에 대한 자료를 보기 위해 컴퓨터 모니터 앞에 얼굴을 들이밀고 있었다.

"과천에서 빠져나가는 도로는 모두 잡아냈어요. '허'자 번호판 차량도 다 수배했는데, 말씀하신 그 번호판은 렌터카 회사에 등록이 안 되어 있는 차량이더라고요. 그리고 화면에서도 사라졌어요."

"분명 어딘가에 있을 거야! 다시 좀 잘 찾아 보라고."

"오후 내내 이 작업만 했는데…… 에이~ 오늘 밤새겠네."

"잠깐!"

박도준이 컴퓨터 화면에 손가락을 갔다 대며 이상한 점을 발견한 듯이 말했다.

"앞으로 좀 돌려봐. 아니, 아니. 뒤쪽으로……."

"이쪽으로요?"

"저 레커차는 뭐지?"

"뭐, 그냥 레커차겠죠."

"그날 그 시간에 이 고속도로에서 사고 사건 접수된 거 있나?"

"데이터에는 없었어요."

여순경이 옆에 뽑아 놓은 A4 용지를 다시 한 번 훑으며 박도준을 보고 대답했다.

"봐봐~ 이쪽 화면에는 빈차인데, 저쪽 화면에서는 뒤에 차가 실려 있잖아. 화면 좀 확대해봐."

여순경이 커서를 이용해 모니터 안의 오른쪽 화면을 확대했다.

"그러네요. 검은색 차량 번호판은 가려서 안 보이는데. 어?"

"조금 뒤로. 조금만 더. 됐어! 거기!"

세 명의 머리가 점점 더 모니터 앞으로 다가갔다. 박도준은 모니터에 거의 얼굴을 묻고 있었다.

"사람이 타고 있네요?"

여순경이 박도준을 바라보며 신기한 듯 말했다.

"나참~ 기가 막히군. 아무리 찾아도 없더니 이런 방법으로 빠져나갔네."

"저 레커차 번호판으로 수배 내리고 어느 톨게이트로 나갔는지 빨리 알아봐"

"네~에."

여순경이 입을 삐쭉거리며 대답했다.

"팀장님! 전 잠시 나갔다 오겠습니다."

테이블에 놓아둔 물병을 집어든 박도준의 발걸음이 출구를 향했다.

"야! 박도준! 또 어딜가는 거야?"

11월 30일 8시58분 '기인'

예전과는 다르게 12월 초에 진행했던 작년 동기 모임 송년회 반응이 그런대로 괜찮아서 올해는 11월의 마지막 날이고 금요일인 30일에 망년회를 갖기로 한 장성우와 그 동기들은 벌써 1차를 마치고 이미 '기인'에 들어앉아 있었다.

"오빠! 멋쟁이 오빠! 또 오셨네."

새끼 마담이 문을 열고 들어오며 애교 섞인 비음으로 조용한 방 안의 분위기를 전환시켰다.

"오빠들 바쁘니까. 바로 초이스 하자. 오케이?"

"난 그 친구."

장성우가 뒤돌아나가는 새끼 마담의 머리를 돌려놓았다. 새끼 마담은 다시 돌아서서 장성우 옆에 앉더니 새빨간 입술을 장성우 귀에 댔다.

"초선이 다른 방 들어갔어. 조금만 일찍 오지."

"잡아와~ 내가 연락해놓았으니까. 아마 올거야."

"이그~ 알았어요."

소파에서 엉덩이를 들어 올린 새끼 마담이 장성우의 팔을 가볍게 꼬집고 다시 돌아 복도로 나가는 문고리를 잡았다.

정 마담과 같은 방향으로 다리를 꼬고 대기실에 앉아 있던 이은정은 새끼 마담이 들어오자 꼬았던 다리를 풀며, 그녀의 입술이 떨어지기를 간절하게 쳐다봤다.

"애! 은정아~ 막무가내다. 너 그냥 들어가야겠다."

정 마담 옆에 앉은 새끼 마담이 앉자마자 담배를 꼬나물고 불을 붙이며 이은정의 눈빛을 피하며 말했다.

"……"

새끼 마담이 앉아 있는 반대 방향의 벽을 쳐다보는 이은정의 눈빛이 가늘게 떨렸다.

"은정아! 그냥 들어가라."

"어차피 다 알았잖아. 너 까치한테 또 걸리면 또 귀찮아지니까, 그냥 오늘은 눈 딱 감고 들어가라. 그래야 미리 가져온 돈 빨리 갚고 너 좋다는 그 어디야, 뉴질랜드? 아니~ 캐나다? 여하튼 거기 갈 거 아냐. 응?"

정 마담이 귓속말로 살살 달래며 은정의 엉덩이를 토닥거렸다.

"아니~ 그런데 그 손님 왜 싫다는 거야? 매너 좋고~ 술값 올려도 계산 확실하게 해주고~ 또 좀 잘생기기도 했고~ 은정아! 차라리 공사를 쳐라."

"몇 번 방이야?"

이은정이 벌떡 일어나며 말했다.

11월 30일 9시37분 까페

그동안 엄지원이 손가락 폭탄 사건에 대해서 정리해 놓은 보도 자료와 관련 사진, 또 박도준 자신이 사건 현장에서 직접 찍은 사진 등이 까페 한쪽 구석의 테이블 위에 너저분하게 놓여있었다. 엄지원은 박도준의 체온과 입김을 느낄 만큼 가까이 기대어 자신이 직접 찍은 사진들을 하나하나 같이 넘겨보고 있었다.

"선배! 저쪽 밑에서 비명 소리가 난 다음, 사람들이 막 뛰어올라오는 걸 찍은 거야! 난 위에 있었고."

눈꺼풀이 내려오는 걸 느낀 박도준이 커피를 한 모금 마시고 내려놓으려다 부족한 듯 다시 한 모금 마시며 다음 사진을 손가락으로 넘겼다.

"잠깐! 이 사람."

머리와 귀 부분만 보이는 남자를 유심히 쳐다보는 박도준이 귀 부분을 가리키며 호기심을 보였다.

"다른 사진은 없어? 저 여자 뒤에서 옆쪽을 보고 있는 남자 말이야."

엄지원이 다시 사진 두 장을 넘겼다. 에스컬레이터 위쪽으로 다가오는 사진의 남자 머리가 점점 더 커졌다.

"어! 그래. 어디서 본 적이 있는데. 어디더라? 보이지! 이 점 말이야. 그때 분명 예전에 귀걸이 했다가 부작용이 생긴 것인데 안 없어진 거라고 했어. 그때 그 남자랑 똑같은데? 왼쪽 귀 손톱만한 검은색 부분……. 분명."

"누군데? 어디서 만난 사람인데?"

호기심이 가득찬 얼굴의 엄지원이 박도준 쪽으로 완전히 돌아앉으며 묻는다.

"잘 생각이 안 나네. 머리가 돌이 됐나. 네 번째 사건이 언제 있었지?"

사진에 찍혀 있는 날짜가 11월 18일 7시 40분을 본 박도준이 말을 이었다.

"선배가 11월 19일이라고 했는데?" 엄지원의 명석한 머리가 빠르게 움직였다. 박도준이 재차 확인하기 위해 수첩을 뒤졌다.

“그러네. 11월 19일 월요일 새벽 3시 이후.”

“선배 전화 온다.”

테이블 위에서 떨고 있는 박도준의 휴대전화 진동을 먼저 감지한 엄지원이 휴대전화를 집어들어 박도준에게 건넸다.

“영감이군~ 네. 팀장님!”

“야! 도준! 너 어디야? 그 시체 뒤에서 알파벳 V가 나왔어. 빨리 들어와. 사무실로 박사님도 오신다고 했어. 5분 준다.”

“V요? 알았어요. 바로 들어가겠습니다.”

전화를 끊은 박도준이 엄지원을 쳐다봤다.

“나 팀장 전화야. 들어가봐야 하니까 나중에 통화하자.”

“응 선배 빨리 가봐. 또 늦었다고 욕먹지 말고. 나도 좀 있다가 집으로 바로 들어갈 거니까. 문자 보낼게.”

“간다. 나중에 봐!”

박도준이 테이블 사이를 빠른 걸음으로 빠져나가 카페 문을 열고 창문을 통해 손을 흔들 때까지 엄지원의 시선은 계속 박도준에게 고정되어 있었다. 엄지원은 박도준이 멀어져 보이지 않는 걸 확인한 뒤에야 커피잔에 손을 갖다 댔다.

“형사…… 참 힘든 직업이야.”

엄지원은 혼잣말을 하며 차가워진 커피 한 모금을 목으로 넘겼다. 그리고 박도준이 어디서 본 것 같다는 사진 속의 남자에게 시선을 돌렸다.

“어디서 봤을까?”

엄지원이 박도준의 손에서 빠져나온 사진 뭉치를 들고 다시 한 장 한 장 뒤쪽으로 넘기며 대상 인물을 유심히 살펴 보았다. 한 장 한 장 넘길 때마다 그 대상 인물은 조금씩 조금씩 위쪽으로 올라오고 에스컬레이터의 위쪽까지 올라왔을 때는 앞에 서 있던 여자가 사라지고 그 남자의 얼굴이 또렷이 나타났다.

"어!"

동그래진 눈앞으로 사진 뭉치를 당겼다. 사진에 나타난 사람은 다름 아닌 이동준이었다. 다시 봐도 이동준이었다.

"이동준! 이 사람이 왜 여기에 있지?"

엄지원은 사진 뭉치와 테이블에 너저분하게 놓여 있던 자료를 추스려 서류 봉투에 넣고 떠날 준비를 했다. 웬지 찝찝함이 머리를 떠나지 않았다. 엄지원은 이동준의 사진을 박도준에게 휴대전화로 찍어서 보낼까 망설이다가, 그냥 휴대전화를 주머니에 넣고 일어섰다.

11월 30일 10시 58분 '기인'

밤이 점점 깊어가는 '기인'에서는 가운데 자리를 차지하고 있는 장성우의 양쪽 옆에 이미 흥건하게 술에 젖어 있는 그의 친구들이 각자의 파트너와 정겨운 얘기를 나누고 있었다. 한쪽 옆에 엎어져 있던 한 친구는 이미 술과 피곤에 곯아떨어진 상태로 간혹 코까지 골았다. 장성우는 처음 '기인'에 왔을 때와는 다르게 적극적인 자세로 왼팔은 소파에 올리고 다른 한팔은 이은정의 어깨를 가볍게 감싸고 있었다. 새끼 마담이 늦은 밤인데도 불구하고 줄지어 들어오는 손님 때문에 바쁜지 정 마담이 직접 계산서를 가지고 방으로 들어왔다.

"잘들 노셨어요? 말씀하신 데로 두 분은 2차 준비했습니다. 예쁜이들! 나가서 옷 갈아 입어라~"

두 명의 인조미녀들이 동시에 일어나 하이힐의 경쾌한 소리를 냈다.

"이 친구도 2차 준비시키지."

장성우가 이은정에게 올리고 있던 팔을 내리며 반대편 손으로 맥주잔을 잡고, 어느 정도 무게가 있는 목소리를 정 마담에게 던졌다.

"오빠~ 은정이는 2차 안 되는데……."

정 마담의 눈이 동그레지며 마음에도 없는 말을 흐렸다.

"얘기 끝났으니 준비시켜."

"자! 가자~~ 불타는 밤을 위하여!"

키가 작은 한 친구가 넥타이를 머리에 두른 채 양복을 집어들며 일어났다.

"이쪽으로 모시겠습니다."

정 마담의 뒤에 서 있던 웨이터가 허리를 굽히고 팔로 문쪽을 가리키며 나머지 두 사람도 일어나길 바라는 눈빛을 던졌다. 앞에 있는 물을 한 모금 마신 장성우와 그의 친구도 잠시 뒤 먼저 나간 친구의 뒤를 따랐다.

"저 친구는 좀 있다가 깨우고 택시 좀 불러 주도록 해요."

장성우가 소파에 기대어 꿈나라로 향한 친구를 가리켰다. 장성

우는 웨이터에게 오만 원권 지폐를 한 장 쥐어주며 이은정을 곁눈
으로 한번 훔쳐보고 다시 발길을 옮겼다.

방에 혼자 남은 이은정은 공허함과 후회에 가슴이 철렁 내려앉
았다. 그녀의 머릿속에서 천사와 악마가 소리를 지르며 싸우고 있
었다.

"은정아! 정말이야? 나가기로 했어?"

이은정은 정 마담이 들어와 옆에 앉은 줄도 몰랐다.

"어~ 그래. 그렇다고!"

"……. 그래. 잘 생각했어, 이왕 이 바닥에 들어온 거 프로같이
한 일 년 벌고 깨끗이 끝내는 게 낫다. 어휴~ 속은 좀 상한다."

찌푸린 미간과 살짝 올라간 입꼬리가 어우러져 자아내는 정 마
담의 표정이 50대 중년이 적나라한 비키니 수영복을 입은 것처럼
무척 어색해 보였다.

"가기로 했어. 이왕 이렇게 된 거 가기로 했다고! 언니도 좀 프
로처럼 하라며. 그 놈의 프로! 일주일에 한 번, 한 달만 자기 접대
하면 큰 걸로 두 장 주기로 했어. 그러면 선불한 것도 거의 다 갚
을 수 있잖아."

눈물을 글썽이며 억지로 웃어 보이고 있는 이은정이 양주를 반
쯤 따랐다.

"회사에는 말 안 했겠지."

'꿀꺽~ 꿀꺽~ 꿀꺽'

'딱!'

이은정이 생각을 고쳐먹기도 전에, 다량의 원액이 식도를 타고

내려왔다.

"나, 이제 어떡하지. 어쩔 수 없는 걸까?"

잠시 생각에 잠겼던 이은정이 벌떡 일어나 1월의 추위와도 같은 냉기를 뿜으며 이미 열려 있는 'VIP'룸을 빠져나갔다.

카이사르를 보았다.

팀장의 연락을 받고 경찰서로 들어간 박도준과 팀원들은 벌써 1시간째 머리를 맞대고 있었다. 회의실에서 특수팀이 활발하게 회의하는 소리가 나 팀장이 있는 방까지 들려왔지만, 강력계 4팀의 팀원들은 대학 입학 후 처음 미팅하는 대학생이 무슨 말을 할지 몰라 어색해 하는 것처럼 간혹 쓸데없는 말들만 서로에게 던지고 있었다.

"혹시 치정 아닐까요?"

"김 형사~ '난적'이 뭔지 아나?"

여전히 다리를 책상 위에 올려놓은 나 팀장이 천장을 바라보며 말했다.

"뭐~ 어려운 적을 말하는 거겠죠."

"그러면. '숙적'은 뭔지 아나?"

"음~ 평생 숙적이라는 말도 있잖아요. 그러니까 숙명적인 적을 말하는 거겠죠."

"그렇지~ 그럼 '정적'은 뭐지?"

나 팀장이 계속 정답을 말하는 김 형사에게 좀 더 어려운 질문이라고 생각하며 천장에 담배 연기를 뿜었다.

"조용하다는 얘기 아니에요? 뭐, 정적이 흐르다. 이런 말도 있잖아요."

"넌 거기까지!"

나 팀장이 테이블에서 발을 내리며 배에 힘을 주었다.

"정적이 '치정'이야. 그러니까 사랑으로 얽힌 적을 말하는 거지. 삼각 관계로 인한 치정 살인! 뭐 그런 것들 흔하잖아."

"그런데요? 그게 뭐가 중요한 건가요?"

김 형사가 머리를 긁적이며 궁금한 듯 물었다.

"척하면 척 해야지~ 너 'V'하고 치정이 무슨 상관이 있다고 치정이라는 말을 하는지 모르겠는데, 이 남자는 여자가 아니라 남자야. 몸은 여자, 이름은 남자. 그런데 사실은 정말 남자라는 거지. 성전환 수술을 한다고 본질이 변하는 게 아니잖아. 그런데 이미 외모상 여자로 변해버린 남자한테 남자가 꼬일 것 같아? 트랜스 젠더들은 여자라는 자체가 좋아서 트랜스젠더가 되는 거야. 남자를 꼬시기 위해서 여자가 되는 건 아니라고. 그리고 각진 얼굴을 봐라. 그렇게 남자가 많이 꼬일 것 같나."

어깨를 으쓱거리던 나 팀장이 또다시 다리를 테이블 위에 올리고 의자를 뒤쪽으로 젖혔다.

"오랜만에 팀장님이 말이 되는 말을 하시네. 난적, 숙적, 정적."

박도준이 휴대전화로 '고압전류 감전에 의한 사망'이란 국과수 보고서를 보며 나 팀장의 신경을 자극했다.

"그럼 강적은 뭔지 아세요?"

"참나~ 도준아! 넌 내가 바보인 줄 아냐? 그건……."

"이 범인이지. 잡히지 않는 이 놈."

한쪽 옆에서 가라대 비슷한 자세를 취하고 무언가에 몰두하고 있던 변 박사 특유의 코맹맹이 소리가 나지막하게 들려왔다.

"그렇죠. 이 놈이 진짜 강적입니다."

박도준이 첫 번째 사건부터 다섯 번째 사건까지의 사건 개요, 피해자 사진, 관련 자료, 그리고 발견 지점이 표시가 되어 있는 서울시 지도 등 수십 장의 종이가 더덕더덕 붙어 있는 화이트 보드를 훑어 보며 주머니에서 수첩을 꺼내 펼쳐들었다.

"조 형사~ 옆방에 있는 화이트 보드 하나만 더 가지고 올래?"

"예~ 선배."

조 형사가 터벅터벅 힘없이 문을 나섰다.

'왼손잡이'

'코를 만지는 버릇'

'N비, 가발과 모자'

'삐삐와 대포폰'

'비와 검은색 우비'

그리고…… 한성이

'손가락 폭탄'

'알파벳'

'지하철'

'닭피'

'M과 S'

'이니셜'

박도준이 수첩에 적혀 있는 메모를 속으로 읽는 사이 변 박사가 기마자세를 취하고 손을 앞으로 쭉 내민 상태에서 심호흡을 하며 입으로 하나하나 단어를 나열했다. 변 박사가 나열한 단어는 박도준의 수첩에 있는 단어들과 꼭 맞아 떨어졌다. 박도준은 마지막에 하나의 단어를 더 적었다.

'배상두'

"아무래도 이상해. 배상두의 죽음."

"선배?"

한손으로 화이트 보드의 오른쪽 틀을 잡고 있는 조 형사가 어느새 박도준의 바로 옆에 서 있었다. 박도준은 화이트 보드의 덜그럭거렸던 바퀴 소리조차 듣지 못하고 멍하니 서 있었다.

"김 형사! 화이트 보드 맨 위쪽에는 첫 번째 사진부터 다섯 번째 사건 사진을 옆으로 쭉 붙이고 그 밑에 사망자 이름을 적어봐."

컴퓨터 게임을 하고 있던 김 형사가 앞으로 나와서 주섬주섬 사진을 챙겨 아무것도 써있지 않은 보드에 박도준이 시키는 그대로 적었다.

'양신애, 류세희, 은소연, 허유정, 채서연'

"자~ 오와 열을 칼 같이 맞춰서 썼습니다."

김 형사가 박도준을 보며 화이트 보드에서 한 걸음 뒤로 물러났다.

"그 다음 내가 부르는 대로 써."

‘Y. R. E. H. C’

“이렇게요?”

“좋아 잘 했어!”

칭찬을 들은 김 형사의 입꼬리가 살짝 올라갔다.

“이니셜이군~ 사체의 이름. 그리고 이니셜의 첫 알파벳 모양으로 시체에 몹쓸 짓을 했군.”

기마자세를 푼 변 박사가 숨을 헐떡거리며 의자에 앉았다. 그리고는 화이트 보드의 내용을 정확하게 보기 위해 콧등에 내려온 안경을 위로 치켜 올렸다.

“그런데 도준아! 이상한 게 있다. 범인은 왜 이니셜을 알파벳 영문으로 했을까? 외국인일까? 만약 우리의 예상대로 ‘N비’라는 작자의 만행이라면 좀 이상하잖아. 분명 한국말을 하는 한국사람이라고 하던데.”

“저도 그 부분이 좀 이상해요. 그래서 N비 말고 제2의 용의자가 있다는 가능성을 충분히 열어 놨습니다. 그리고 요즘은 한국말 잘하는 외국인도 많아요.”

박도준이 변 박사 옆자리에 앉으며 휴대전화를 들었다.

“음~ 신 형사. 몸음 좀 어때? 그래 천만다행이다. 내일 신 형사 좋아하는 초밥 사가지고 들를게. 한 가지만 물어봐도 될까? N비 그 새끼 말이야. 사용하는 한국말이 좀 서툴거나 그러지 않았어? 혹시 외국사람이 한국말을 사용하는 뭐 그런 느낌이었다던가.”

“야~ 도준아. 넌 몸도 성하지 않은 애한테 전화를 하고 그래. 하여튼 저 새끼 저거.”

상황을 가만히 지켜보던 나 팀장이 박도준을 힐끔힐끔 쳐다보며 신 형사가 들을 수 있을 만큼 큰 소리로 박도준을 나무랐다.

"신 형사는 다시 거친 사내 모드로 돌아왔네요. 많이 좋아졌나 봐요."

"그래서 뭐래? 그런 느낌이 없었대?"

"예~ 전혀요. 사투리도 없고, 정확한 서울말이었다는데요?"

박도준이 휴대전화를 테이블 위에 놓고 엉덩이를 앞으로 밀어 의자에 편하게 앉았다.

"이니셜을. 그러니까 그녀들 성을 한국말로 하면 '양류은허채'인데…… 거꾸로 하면 '채허은류양' 아무 의미 없는 말이잖아. 너도 알다시피 연쇄살인의 대부분은 메시지 전달이야. 이번 사건도 어쩌면 거기에 초점이 있을 수 있어."

"그런데 이상한 게 있어요. 현재 유력하다고 판단되는 용의자는 변호사 장호철, 직장인 이동준, 나이트 제비 성재욱, 우면산 터널 사건의 최상훈, 트랜스젠더 옆집 아저씨 등이죠. 이 사람들은 제가 정리한 연관 검색어하고는 전혀 맞지가 않아요. 그러니 연쇄살인 사건의 용의자일 가능성은 거의 99퍼센트 없다는 얘기로, 예를 들어 단독범행으로 한 사건의 용의자는 될 수 있지만 연쇄살인 사건과는 거리가 멀다는 얘기예요. 그리고 첫 번째 사건의 가장 유력한 용의자인 배상두가 죽었으니……."

테이블 쪽을 바라보고 오른손으로 턱을 괸 박도준이 테이블에 얼굴을 묻었다.

"그리고 한성이 사건도 애매해요. 연관성이 없어요. 분명 어떤 목적을 가지고 치밀하게 계획된 범행인데……. 열쇠. 그 열쇠가 핵심인데…….”

“도준아~ 힘내라! 너까지 흔들리면 강남경찰서 전체가 흔들리는 거야.”

풀이 죽어 있는 박도준을 변 박사가 다독거렸다.

“김 형사! 알파벳 밑에 시체 등에서 나온 알파벳을 하나씩 써봐! 빨간색으로.”

갑자기 벌떡 고개를 치켜든 박도준이 손에 들고 있던 수첩을 김 형사에게 건네며 말했다.

“선배, 시키려면 한 번에 시키시죠. 아! 배고파 죽겠네. 이렇게요?”

‘R, K, X, A, V’

“그래. 됐어~ 이제는 연관성에 초점을 맞춰서 영어 단어에서 찾아보자. 어차피 이번 사건은 몸으로 풀릴 일이 아니고 머리야, 머리! 어쩌면 범인은 두뇌 싸움을 원하는지도 몰라. 한성이를 죽인 걸 보면 어쩌면 강남경찰서에, 아니 강력계 4팀에 도전장을 낸 것인지도.”

“자~ 지금부터 각자 저 칠판에 적혀 있는 알파벳이 들어가 있는 영어 단어를 다 찾는다! 최소 5글자에서 최대 10글자 정도까지. 왜냐하면 아직 연쇄살인은 계속 진행 중이니까.”

가만히 먼 산만 바라보고 있던 나 팀장이 박도준과 변 박사의 대화내용을 다 들은 후 팀원들에게 오랜만에 팀장다운 지시를 했다. 테이블 앞에 덩그러니 놓인 박도준의 수첩에는 이미 수십 개의 영어 단어가 써 있었다.

"아직 숙면 상태는 아니셨나봐요? 나태일 팀장님."

"그리고 가방끈이 제일 긴 박도준하고, 변 박사님은 나머지 애들한테 힌트 좀 주시고요. 물론 저를 포함해서."

"그래? 그럼 내가 하나 쓰지."

빨간 수성 매직 펜을 든 변 박사가 어깨에 힘을 주며 화이트 보드에 단어 하나를 썼다. 회의실 투명 유리문에 붙어 있던 특수팀 형사들이 변 박사가 쓴 글씨를 빼꼼이 보더니 이내 자취를 감추었다.

'CHERRY'

"천재 박사는 오늘까지만! 박사님 R이 두개잖아요."

박도준이 자기 수첩과 화이트 보드를 번갈아 보며 비아냥거리듯 변 박사를 보며 말했다.

"순서대로 나열하면 나올 수 있는 단어는 없습니다만, 다섯 번째 알파벳부터 거꾸로 쓰게 되면 CHERY가 되죠. 그런데 이건 뜻이 없어요. 가장 가까운 단어가 CHERRY라는 단어인데, 이 단어는 이 사건과 전혀 연관이 없습니다."

"그렇지 CHERRY는 벚나무, 속어로는 아마 처녀라는 뜻도 있고 그렇지? 도준아?"

변 박사가 박도준의 말을 이어받아 영어 단어에 대해 구체적으로 설명하였다.

"그렇죠. 이번 사건은 유부녀도 있고, 나이트 죽순이도 있고, 게다가 트랜스젠더도 있으니 처녀와는 거리가 멀죠. 연쇄살인이 끝나지 않았다면 분명 몇 가지 암시는 더 있을겁니다. 우린 그걸 알아내야 추가적인 범행을 막을 수 있어요."

"그래 그러면 CHERY를 포함하는 단어부터 시작해야겠네. CHERY가 시작되는 단어나, 끝나는 단어가 뭐가 있는지 찾아봐! 그 뭐야, 인터넷 사전으로 찾으면 빠르잖아?"

흐리멍텅해져 있던 나 팀장의 눈동자가 점점 초롱초롱하게 빛났다. 김 형사는 자기가 가지고 놀던 노트북으로 검색창을 띄우고 사전을 입력한 후 엔터 키를 눌렀다. 그리고 첫 번째 추천 영어 사전 사이트에서 'CHERY'를 쳤다. 하지만 연관검색어는 나오지 않았다.

"안 나오는데요?"

김 형사가 팀원이 모여있는 테이블 중심쪽을 바라보며 얘기하자, 모든 사람들은 김 형사에게 시선을 돌렸다.

"그럼 다른 곳에서 찾아봐!."

박도준은 검색되지 않을 것이라는 확신을 가지고 있었지만 한 번 더 확인 하고 싶은 탓에 다른 사전에서 찾아보라고 재촉했다.

"그러지 말고 딕 임펙 쩜 피이 쩜 케이알 한번 쳐 봐라(http://dic. impact. pe.kr.) 거긴 아마 연관검색어 가능할걸?"

변 박사가 또 한 번 제동을 걸며 화이트 보드에 주소를 적었다. 김 형사는 변 박사가 적어놓은 주소를 입력한 후 집게손가락으로 엔터 키를 경쾌하게 때렸다.

"뭐야! 우리 집 구석만큼 허접하잖아!"

"너~ 얼굴 잘생겼다고 다들 돈 많은 줄 알아? 잔말 말고 입력해

봐!”

김 형사가 ‘CHERY’를 입력하고 엔터 키를 다시 한 번 때렸다. 허접한 화면 치고는 꽤 똑똑한 놈이라는 것을 수십 개가 넘는 연관단어의 결과물로 알 수 있었다.

“어! 많이 나오는데요? 최 형사님! 거기 프로젝터 케이블 좀 꽂아 주세요.”

파워를 킨 프로젝터에 케이블을 꽂자, 희미했던 화면이 점점 선명해지기 시작하였다. CHERY란 단어 밑에는 여러가지 단어들이 쭉 나열되어 있었다.

“BEWITCHERY! 매혹! 매력! 이건 대학 영어.”

“LECHERY! 호색! 음란! 이건 고등 영어.”

“TREACHERY! 배신! 배반! 이건 미드 영어. 이 정도의 범위면 한번 해 볼만 하잖아?” 영어 좀 한다는 박도준도 걸어다니는 백과사전이라는 별명을 가진, 아인슈타인이 빙이한 변 박사의 해박한 지식에 놀랄 따름이었다.

“그래 이 세 단어 정도가 연관이 있을 수 있겠다. 첫 번째 단어는 10글자, 두번째는 7글자, 3번째는 8글자~ 글쎄! 이럴 땐 분명 다른 암시가 있을 텐데.”

“영화 ‘세븐’이 기억나네요. 고등학교 때 수업 빼먹고 사복갈아 입고 봤었는데. 청소년 관람불가였거든요. 저에겐 정말 충격이었죠. 명작이기도 하고.”

“브레드피트 주연의 대작이지. 1995년도 영화로, 단테 신곡 7가지 죄악이 나오는, 집중하지 않으면 좀처럼 풀 수 없는 사건들로 구성된 짜임새 있는 작품! 너같이 불량청소년이었으면 열여덟 살에도 볼수 있었겠지만 모범생이었으면 성인이 돼서 봤겠지. 도준이 말대로 분위기상 그 영화랑 관련이 있을 수도 있겠다.”

영어 단어가 허공을 날아다니자 편두통을 일으킨 나 팀장이 간헐적으로 한숨을 쉬며 입을 내밀고 먼지 하나 없는 테이블을 손으로 이리저리 쓸었다.

“박사님 말씀대로 만약 범인이 그 영화를 보고 영향을 많이 받았다면 최소한 저처럼 고등학교 졸업 후에나 봤겠네요. 예를 들어 열여덟 살부터 삼십대 전후 그 정도 나이에요. 가정을 해 본다면 제가 열여덟 살 때 저 영화를 봤으니까 최소 35세 이상인 남자가 대상이 되겠네요. 만약 스무살 때 봤으면 지금 나이는 37세 정도고요.”

“아이~ 머리 아파 죽겠네. 그래서 도대체 어떤 단어가 이 사건하고 관련이 있다는 거야?”

“레쳐리(LECHERY)!”

변 박사와 박도준이 이구동성으로 한 단어를 말한 후 서로를 쳐다봤다. 그때 테이블 위에 덩그러니 놓여 있던 박도준의 휴대전화 벨소리가 울렸다.

“음! 지원아! 어. 음. 뭐라고? 그래? 알았어. 우연이 아니면 필연이겠지. 그래 고마워 전화할게.”

전화를 끊은 박도준이 김 형사 앞에 있는 노트북 쪽으로 잽싸게 자리를 옮겼다.

“우리 똑똑한 지원이가 선물을 하나 보냈답니다.”

박도준이 개인 메일함에서 엄지원이 보낸 유첨자료를 노트북 바탕화면에 옮겨 받았다.

"자~ 이거 한번 열어 줄래?" 그리고 지하철 노선도도 한번 띄워주고."

"오케이!"

손바닥을 비벼 몇 번 마찰을 일으킨 김 형사의 눈동자가 초롱초롱 빛났다.

조금 뒤 엄지원이 보내온 자료가 프로젝터의 빛을 타고 흰색 벽면에 비춰지자 회의실 안에 있는 사람들은 저절로 탄성을 자아내었다.

"이제야 비슷하게 맞아 떨어지는군."

캡처를 뜬 지하철 노선도 위에 살인 사건이 일어난 주위의 지하철역에 점을 찍고 그 선을 연결하여 나타난 그림이 벽면에 진하게 모습을 드러냈다.

"세븐! 사평역, 청담역, 사가정역, 고려대역 이것만 연결해도 답은 비슷하게 나오네요. 거기다 우면산 터널 부분에 점을 찍어 이으면 더 확실한 '7'자가 나타납니다."

"야~ 도준이 여자친구 한번 잘 됐다. 요즘은 얼굴 예쁜 여자가 머리도 좋다고 하더니 딱 엄 기자를 보고 말하는 거네. 하하하."

주머니에 손을 넣고 벌떡 일어나 벽면을 뚫어지게 바라보고 있던 나 팀장이 아부성 발언을 하며 즐거워했다.

"관련있는 숫자 하나 나왔다고 즐거워하시는 팀장님이 이 시점에서 어떻게 말씀하시는지 한번 들어보고 싶네요. 숫자 '7'이 관련

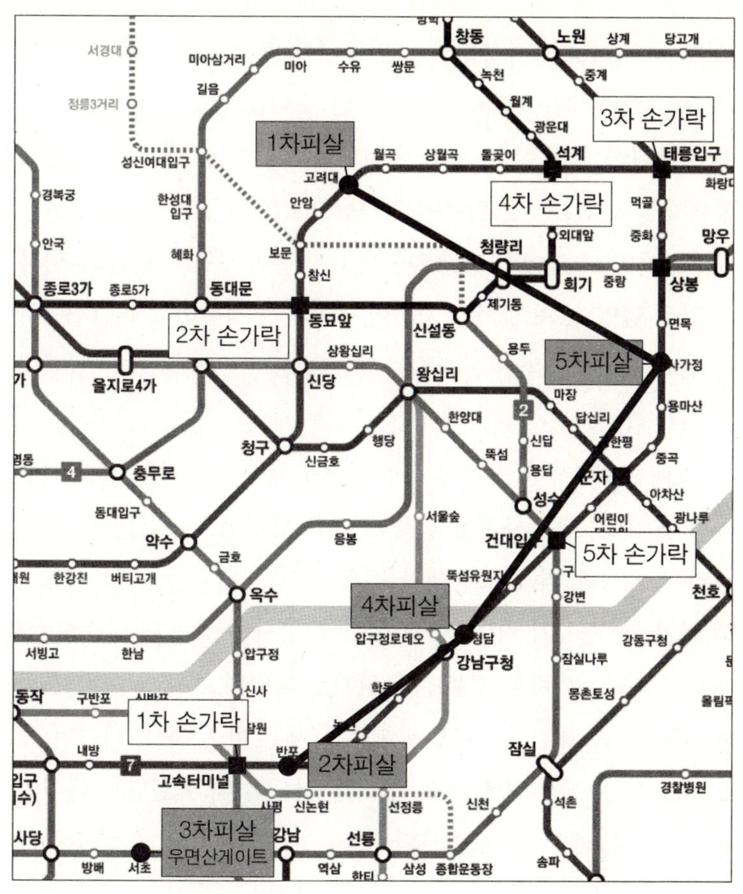

있다면 과연 '7'은 무엇을 암시하는 걸까요?"

박도준이 다시금 팔장을 끼고 고개를 떨구었다.

"도준아~ 너무 어렵게 생각하지 말자. 범인이 풀 수 있는 초등학교 산수 문제를 내겠지 풀 수 없는 대학수학 문제를 내겠냐? 지금까지 나온 걸로 보면 일곱 개의 스펠링으로 된 'Lechery'와 '세븐’이 두 가지를 가지고 공식을 만들어야 한다.”

“Lechery는 색골, 타락, 호색, 이란 뜻이잖아요. 피해자들의 생활이 문란한 것 불륜, 성생활이 타락한 것, 마조히스트 같은 변태성욕자인 것에 초점을 맞추면 의미상으로도 딱 들어맞아요.”

평소에 별로 말이 없지만 차분하고 냉철한 부분이 있는 최 형사가 입을 열었다. 최 형사는 고참이지만 항상 성실하고 솔선수범하며 뒤에서 팀원들을 지원해주는 역할을 했다. 그러나 가끔 덜렁대는 것이 흠이기도 했다.

“그래요~ 박사님 말씀이 옳아요. 자! 일단 지하철역 연결 선상에서 손가락 폭탄 사건이 발생한 점을 빨간색으로, 그리고 살인 사건이 발생한 역을 노란색의 점으로 찍고 그것들을 한번 연결해 보자. 김 형사가 작업 좀 해주고. 조 형사는 장호철, 이동준, 성재욱, 최상훈, 까치와 김봉수의 위치를 파악하고 내일 바로 소환할 준비를 좀 해줘. 그리고 박사님은 ‘세븐’이 뜻하는, 관련된 모든 내용을 좀 조사해 주세요. 최 형사님은 사내 메일함에 들어와 있는 국과수 메일 좀 확인 부탁드리고, 그 내용 요약 좀 해주세요. 마지막으로 팀장님은…….”

“뭐~ 임마. 네가 팀장해라 네가 팀장해.”

삐딱하게 앉아 턱을 위로 치켜세우며 박도준에게 쌍심지를 킨 나태일 팀장이 내심 카리스마를 드러내고 있는 박도준을 자랑스워하며 겉으로는 불만 섞인 말투를 내뱉었다.

“밥! 그거 제일 중요한 거 잖아요. 밥 좀 시켜주세요. 배고파 죽겠어요.”

"난! 우설탕!"

변 박사가 키득거리며 한술 더 떴다.

"나 안 해! 변 박사님까지~ 너무 하십니다."

나 팀장이 의자를 박차고 일어나 문쪽을 향했다.

"팀장님! 같이 가요. 담배 피우러 가는 거면서."

박도준이 웃으며 나 팀장을 따라나섰다.

11월 30일 11시 29분 기인 위 호텔 객실

몇 년간 심장 안에 꼭꼭 넣어 두었던 비녀가 금방이라도 타 버릴 듯한 두려움과 자책감에 '기인'의 에이스 초선이는 깨물던 손톱이 없어져 살끝이 빨깨진 것도 모르고 속옷만 입은 채 큼지막한 침대에 몸을 맡기고 있었다. 헛기침을 하며 욕실문을 열고 나오는 장성우의 그림자가 보이자 이은정은 반사적으로 살며시 반대편으로 돌아누웠다.

"여기가 4성급 호텔이라구? 웃기고들 있네. 이은정 씨는 꽤 떨리나 봐요? 세상 다 그런 거니 너무 자책하지 말고."

장성우가 이은정을 흘끔흘끔 쳐다보며 머리끝에 묻은 물기를 타월로 털어내었다. 이은정은 장성우의 머리끝만 젖은 걸 보고 호텔에서 자고 가지는 않을 거라는 걸 직감적으로 느끼며, 호텔방을 나갈 때 애매한 상황이 벌어질 수도 있겠다는 생각을 해봤다.

"자. 그럼."

의자에 수건을 걸친 장성우가 알몸으로 침대에 몸을 실었다.

"너 진짜 떨고 있구나. 왜 무섭니? 나이가 있는데 처음은 아닐 테고."

지금까지 불편할 정도로 존대말을 썼던 장성우가 갑자기 어른이 아이를 다루듯 말을 편하게 놓았다.

"키스는 안 돼요. 제발요. 부탁이에요."

"하~ 하~ 꼴에 본 것은 있어서. 알았어. 스치지도 않을게. 자 이쪽으로 와."

장성우는 은정의 머리를 살짝 들어 왼팔을 목아래로 넣어 팔베개를 한 후 머리로 살포시 가려진 귓볼과 얼굴 표면의 냄새를 맡았다.

"음~ 냄새 좋은데. 낮에는 요조숙녀! 밤에는 에이스라! 나 이런 거 좋아해. 내 약속하지. 오늘 끝나면 바로 5백 주고 일주일에 한 번씩, 딱 네 번에 2천이다, 어때? 괜찮은 장사 아니야?"

음흉한 장성우의 미소가 이은정의 얼굴 위를 더디게 지나갔다. 장성우는 더 이상 참을 수 없다는 뜻을 몸으로 나타내기 시작했다.

이은정 위로 스프링이 튀듯 올라간 장성우는 뜨겁고 두툼한 혀를 꺼내 상체를 연주하기 시작했다. 천장을 바라보고 있는 이은정의 눈은 동공이 확대된 것처럼 조금의 초점도 없었다. 먹이를 잡은 호랑이가 이미 끊어진 동물의 숨통을 계속 누르며, 또 다른 먹이감을 쳐다보는 듯한 장성우의 여유로움이 이은정을 굵고 깊게 연주 하기 시작했다. 밤은 깊었고 인생은 초라했다.

11시를 넘은 강남경찰서 괘종시계에서 고요함을 깨는 한 번의
종소리가 울렸다. 강력계 4팀은 조금식 풀리려고 하는 첫 번째 매
듭에 더 집중하고 있었고, 특수팀 형사들은 아직 출발을 알리는
총소리조차 듣지 못하고 발만 동동 구르고 있었다.

"세븐과 연관있는 내용들을 정리한 거야. 몇 개 안 되지만 알짜
배기니까 한번 보자고."

화면에 나타난 내용은 다음과 같았다.

단테의 신곡 7가지 죄악 - 종교

일주일 7일(7일째가 안식일) - 종교

Lucky seven(7번째 Inning) - 야구(미국)

7달째 젖니, 7살 이갈이 - 중국

주민번호 뒷 자리 - 식별 및 암호(한국체계)

'시바' 히브리어 7일 - 애도기간(힌두교)

"선배! 왼쪽 화면은 말씀하신 대로 점을 찍은 겁니다."

김 형사가 손가락으로 왼쪽 화면을 가리키며 말했다.

"그러면 김 형사, 검은색 선으로 모든 점을 한번 연결해 볼래?"

김 형사가 작업하는 동안 박도준은 변 박사와 세븐에 관련된 내
용들을 하나하나 살펴보았다.

"선배! 됐습니다. 한번 보세요."

화면에 나타난 그림은 다음과 같았다.

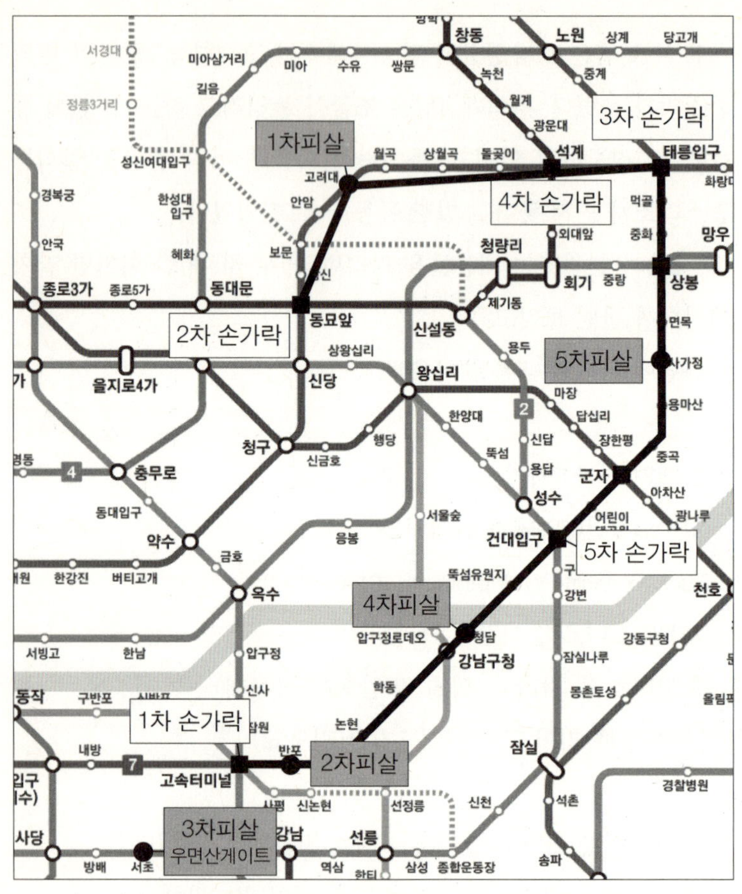

"팀장님~ 의미있는 조합이라고 생각 하십니까?"

"몰라! 새끼야. 네가 벌렸으니, 네가 생각해 봐! 무슨 그림인지."

"뭐~ 비슷한거 같은데? '7'자 같기도 하도 '9'자 같기도 하고."

말없던 최 형사가 담배 연기를 길게 내뿜었다.

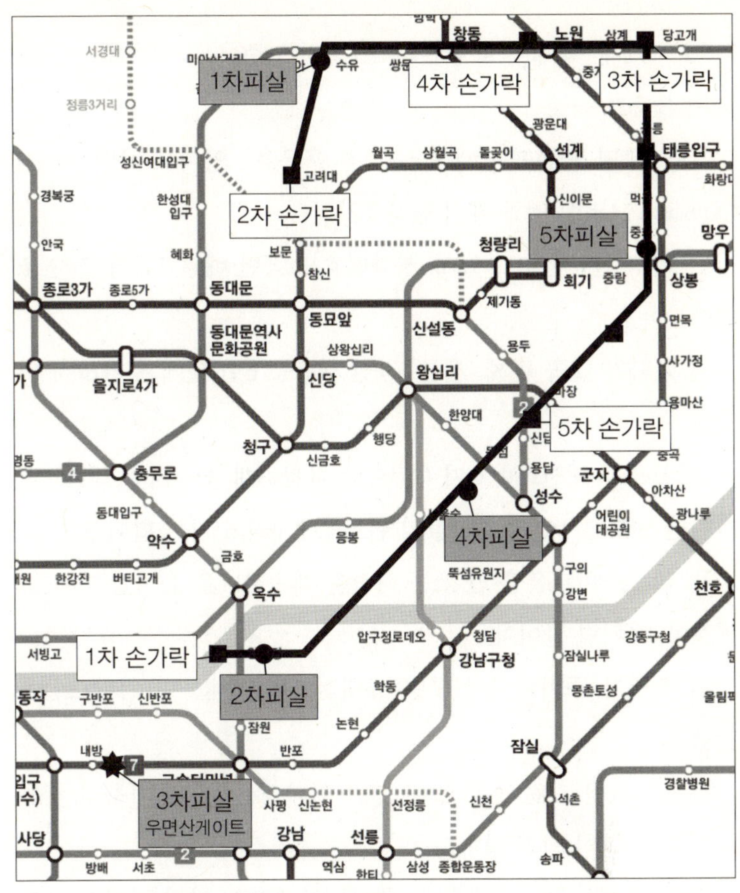

"선배 이렇게 하면 꼭 물음표 같지 않아요? 다른 사건들은 모두 지하철역이나, 근처에서 발생했는데 우면산 터널은 좀 떨어져 있 잖아요. 그러니까 이렇게 이 부분만 이은 선을 빼면……."

컴퓨터로 작업하고 있는 김 형사가 화면에 나타난 우면산 터널 지점과 1차 손가락 폭탄 사건이 발생한 지점의 선을 삭제하였다.

"오~ 그래. 꼭 물음표 같은데? 그렇지 도준아?"

'?, 물음표…….'

"네~ 분명 물음표 같네요. '7? 칠 물음표', 영어로 하면 Seven Question Mark!! 일곱 개의 물음표?"

"그리고 전화번호도 있네, 전화번호도 국번 빼면 7개의 숫자 조합이잖아."

변 박사가 일곱 번째 '세븐' 관련 내용을 6번 밑에 추가하여 넣었다.

"지금은 휴대전화번호가 010으로 바뀌 8개 숫자지만 몇 년 전까지만 해도 011썼던 사람들의 번호도 7개의 숫자 조합이죠."

"그래~ 스마트폰을 안 쓰는 사람은 계속 011을 유지할 수 있는 거잖아. 나처럼 말이야."

변 박사가 주머니에서 구형 휴대전화를 꺼내들며 자랑스럽게 말했다.

"도준 선배! 그런데 등 뒤에 있는 알파벳은 뭐죠? 아무리 찾아도 단어 조합이 되질 않아요."

"자! 하나하나씩 갑시다. 조 형사! LECHERY 단어 밑에 이름을 적고, 그 위에 등에서 나온 닭피 문신의 알파벳을 적어봐."

화이트 보드에는 다음과 같은 알파벳 조합이 적혀졌다.

V	A	X	K	R
L	E	C	H	E	R	Y
채	허	은	류	양
서	유	소	세	신
연	정	연	희	애

"보자하니~ 우리가 예상한 단어가 맞다면 범행 대상은 이제 두 명 남은 것 같은데?"

"우리가 아니라 팀장님을 제외한 나머지 사람이죠. 2시간 만에 다 알고 있는 고견을 내시네요."

컴퓨터 화면에 비친 김 형사의 입술이 양옆으로 쭉 올라갔다. 김 형사가 컴퓨터 작업에 너무 집중을 한 나머지 무의식적으로 박도준의 말투를 흉내내고 혼자 즐거워하는 것이었다. 갑자기 회의실에 썰렁한 고요함이 감돌았다. 나 팀장의 불타는 두 눈은 김 형사의 옆통수를 파고 들어갈 정도로 강렬하게 비춰졌다.

"너~ 너! 죽을래?"

"그래요! 그 개 같은 새끼가 알리고자 하는 메시지가 저거면! 이제 두 명 남았네요. 그러고는 멈추겠죠. 그리고 사라지겠죠. 화성 사건 때처럼."

박도준의 굵은 목소리가 회의실을 가득 메웠다.

"김 형사! 죽이는 건 나중 일이고, 야! 소설 쓰지 말고. 빨리 생각해봐. 이제 남은 범행 대상이 누구인지. 야! 조 형사 우리나라에 성이 몇 개 있는지 다 조사하고 알파벳과 일치하는 것 추려내. 빨리!"

계속 피어오르고 있는 담배 연기 사이로 잠시 열을 시켰던 프로젝터의 빛이 다시 통과하고 있는 회의실 안에 작은 화이트 보드 하나가 더 추가되었다. 그리고 조 형사가 추려낸 대한민국 성씨에 대해서 복잡하게 분석된 내용들이 적혀 있었다.

"식사 왔습니다."

오리털 점퍼로 중무장한 배달원의 반가운 목소리가 하나된 마음의 팀원들 고개를 일제히 돌리게 했다.

"어디에 둘까요?"

힙팝바지를 입은 배달원이 헤드폰을 벗으며 철가방을 열었다.

"저쪽으로 놔. 식대는 월말 계산이다. 자! 밥 먹고 합시다!"

"지구는 독수리 5형제가 지키고, 강남은 강력계 4팀이 지키고, 형사님들 야밤에 고생이 많으십니다. 자~ 그럼 맛있게 드세요!"

뭐가 그렇게 좋은지 콧노래를 부르며 지그재그로 음악에 맞춰 폴짝폴짝 뛰는 배달원의 뒷모습을 멍하니 바라보던 박도준이 철가방 뒤에 쓰여 있는 '조커'라는 글자를 보고 조 형사에게 물었다.

"조커? 조 형사 우리 밥집 바꿨어?"

"항상 시켜먹던 그 집 건너편에서 시켰어요. 요즘 뜨고 있는 야식 집입니다. 몇 번 시켰는데. 그 집보다 맛있어요."

강력계 4팀 팀원들과 변 박사는 테이블 한쪽에 진지를 구축하고 전투식량을 먹을 태세를 갖추었다.

"난 뭐 먹으면 되냐? 소주는 없나?"

"대충 시켰으니까 손에 잡히는 걸로 드세요."

"하여튼 나 팀장은 서장 말도 잘 듣지 않으면서 도준이 말은 잘 들어, 집에서 키우는 똥개같이."

"박사님!"

"에헤이~! 나 이런. 팀장님! 밥풀 튀잖아요~ 에이 더러워. 내 찌개 안에도 들어갔네."

나 팀장 앞에 앉아 있던 조 형사가 숟가락으로 밥풀을 떠내며 나 팀장을 째려보았다. 김 형사와 박도준은 찌게를 손으로 가리며 늘있는 따발총 공격에 대해 미리 수비 모드로 전환한 상태였다.

"'조커'가 카드의 그 '조커'인가? 도준아 너 카드 잘하냐?"

변 박사의 뜸금없는 질문이 밥풀사태를 진정시켰다.

"카드는 무슨. 신용카드 막기도 바빠 죽겠는데. 옛날에는 좀 했죠. 카드는 김 형사가 선수예요."

"그래? 그러면 내가 문제 하나 내지. 난 너희들이 모른다에 건다. 1대 4로 하는 거야. 그리고 내가 지면 오늘 집에 갈 때 대포 한 잔 쏜다. 자! Q는 Queen이고 K는 King이잖아. 이 정도는 다 알겠지. 그러면 J는 뭐지?"

"……."

"제니요! 제니!"

최 형사가 자신있게 스타트를 끊었다.

"제니가 뭐냐? 제니가. 그건 야동에 많이 나오는 이름이고."

최 형사는 아무 말 없이 다시 밥을 먹기 시작했다.

"잭! 제이에이씨케이, Jack이요. 그걸 누가 몰라요?"

별 흥미 없다는 표정의 박도준이 별것도 아닌 걸로 문제를 낸다는 듯 성의 없는 대답을 하고 팔을 뻗어 변 박사가 고른 제육볶음에 젓가락을 갖다 댔다.

"역시 도준이한테는 초등학교 수준의 문제였군. 내가 널 너무 과소평가한 것 같다. 하하."

"의미는 병사죠. 꼭 대포 한잔 하는 겁니다. 매번 얻어먹어서 어쩌지?"

"근데~ J가 병사면 숫자로는 왜 11이죠? A는 때로는 14도 되고 1도 되고 그러잖아요."

가장 빠른 속도로 밥그릇을 비우고 있던 김 형사가 갑자기 궁금증이 생긴 듯 젓가락으로 허공을 저으며 박도준을 보고 말했다.

"……."

그 답을 아무도 모르는 회의실은 다시 적막에 잠겼다. 잠시 뒤, 변 박사가 콧등까지 내려온 안경을 위로 올리며, 슬로우 비디오같이 얼굴을 박도준 쪽으로 돌렸다. 박도준의 얼굴도 변 박사를 향해 돌아가고 있었다. 두 사람의 시선이 정확히 가운데서 만났다. 두사람은 무언가를 알아낸 듯 동시에 눈꺼풀을 위로 올렸다.

"야! 다들 밥 치우고! 이쪽으로 모여봐!"

서서히 시작된 상하운동이 격렬해지기 시작하자 장성우는 불을 뿜어내는 용처럼 거칠게 변해 있었다. 이은정의 소리 없는 신음이 최고조에 다다랐을 무렵, 남자는 쇠붙이와 돌이 부딪힐 때 나는 강렬하고도 날카로운 소리를 토해내며 이은정의 얼굴 왼편에 자신의 얼굴을 깊게 파묻었다. 천장을 보고 있는 이은정의 초점 없는 눈동자 안에서 투명한 액체가 샘솟듯 쏟아져 나왔다. 꽤 오랜 시간 아무 말도 없이 숨을 고르고 있던 장성우가 간신히 머리를 들어 올렸다. 장성우와의 어색한 눈빛 교환을 피하기 위해 오른쪽으로 고개를 돌린 이은정의 눈물이 콧등을 타고 반대편 눈 안으로 들어가 더 큰 덩어리로 만들어져 침대 위에 소리 없이 떨어졌다.

"씻지 그래?"

고개를 돌리고 있는 이은정은 아무런 반응도 없었다.

"내가 먼저 씻어?"

"……."

"인간의 도덕, 인품과 아름다움을 느끼는 것과의 관계는 도대체 뭘까? 일종의 가식일까? 만약 그렇다면 인간의 진정한 본심은 그것과는 반대되는 개념을 지니고 있을 것이다. 우리가 사는 이 세상에는 선과 악, 모두가 각자의 세력과 힘을 가지고 공존하는거야. 자책하지 말고 그대로 받아들여. 그래야 덜 힘들다. 그리고 너와 내가 어떤 관계인지 알면 네가 살아온 인생을 크게 후회할지도 몰라. 물론 내가 말을 안 하면 어떤 관계인지도 모르겠지만 말이야."

장성우가 거창하게 마친 독백을 뒤로 하고 침대에 걸터앉았다.

"조금만 나와 주세요."

이은정의 차가운 목소리가 장성우의 매끈한 등 뒤를 때렸다. 장성우가 옆으로 살짝 비켜주자 서둘러 속옷을 차려입은 이은정이 화장실 쪽을 향해 걸어갔다.

"좋은데! 역시 예상대로 좋은 걸(Girl)이야."

침대에 다시 대자로 누운 장성우의 입가에 만족감에 휩싸인 음흉한 미소가 깊게 드리워졌다. 장성우는 멍하니 천장을 보고 있다가 뭔가가 생각났는지 급하게 일어나 가방에서 조그마한 약봉지를 꺼내고 물을 따른 컵에 소리 없이 털어 넣은 후 손가락으로 조심스럽게 저었다. 하얀 가루약은 마치 마술을 부린 것처럼 투명한 물에 녹아 모습을 감추어 버렸다. 긴 타월을 허리춤에 두른 장성우는 침대에 다시 걸터앉아 리모컨을 잡았다. 샤워가 끝난 뒤에도 이은정은 꽤 오랜 시간 화장실에 머물렀다. 드디어 이은정이 초췌한 모습을 들어냈다. 건성으로 텔레비전을 보던 장성우가 일부러 일어나 유리컵을 잡았다.

"마셔. 시원한 물이야. 나 씻고 나올게."

차갑지 않게 티슈로 물잔을 감싸 이은정에게 건낸 장성우가 허리춤의 매듭을 손가락 두 개만을 사용하여 푼 뒤 화장실 안으로 모습을 감추었다.

"미친 년."

화장대 앞에 앉은 이은정이 물잔을 화장대에 올려놓고 거울을 보며 혼잣말을 했다. 그녀의 가슴이 크게 오르내렸다.

'탁'

물잔을 내려 놓는 소리가 경쾌하게 들렸다. 오른편에 놓아둔 컵 안의 액체는 이미 사라져버린 뒤였다. 이은정은 두손으로 얼굴을 가리고 머리를 숙였다. 잠시 뒤 뭔가 이상한 것 같아 머리를 들어 올린 이은정은 거울에 비친 자신의 모습이 두 개, 세 개 그리고 점

차 여러 개로 보였다. 시야가 흐릿해지고 있다는 느낌이 든 순간 온몸에 힘이 빠지기 시작했다. 휴대전화기를 놓아둔 테이블 쪽으로 시선을 돌린 이은정이 화장대 의자에서 일어나자마자 바닥이 눈앞에 와 있다는 것을 느꼈다. 손을 뻗어 테이블 위의 휴대전화를 잡으려고 했지만 이미 땅에 붙어 있는 몸과는 너무도 먼 거리였다. 눈꺼풀을 들어올리려고 했지만 마음대로 되지 않았다. 이은정은 먼 꿈나라 속으로 빠져버렸다. 어쩌면 그곳이 이은정이 갈망하는 그런 곳이었는지도 모른다.

"어휴 시원하다! 그년~ 말도 참 잘 듣네."

몸도 가리지 않은 채 화장실에서 나온 장성우가 바닥에 쓰러져 있는 이은정을 발로 '툭툭' 건드리며 담배에 불을 붙였다.

컴퓨터 앞에 다시 자리를 잡은 박도준 형사의 눈빛이 강렬하게 빛나고 있었다.

"자. 조 형사! 내가 말하는 대로 화이트 보드에 써봐~ 알파벳 A부터 Z까지 세로로 나열해서 쓰고 그 옆에 1부터 순서대로 써봐. 그러니까 A는 1, B는 2 이런식으로, 당연히 Z는 26이 되겠지?"

화이트 보드에는 다음과 같은 조합의 문자와 숫자 조합이 적혀졌다.

1. A
2. B
3. C

4. D

5. E

6. F

7. G

8. H

9. I

10. J

11. K

12. L

13. M

14. N

15. O

16. P

17. Q

18. R

19. S

20. T

21. U

22. V

23. W

24. X

25. Y

26. Z

"그래~ 좋아. 다음은 박사님 차례."

"음~ 그래? 그 다음은 나야? 최 형사! 십의 자리를 다 지워. 그
러니까 11은 1, 15는 5, 뭐 이렇게 되겠지?"

"이렇게요?"

최 형사가 십의 자리 숫자 하나하나에 삭제 표시를 하자 다음과
같은 조합이 형성되었다.

1. A

2. B

3. C

4. D

5. E

6. F

7. G

8. H

9. I

̶10. J

̶11. K

̶12. L

̶13. M

̶14. N

̶15. O

̶16. P

17. Q
18. R
19. S
20. T
21. U
22. V
23. W
24. X
25. Y
26. Z

"도준아! 네 차례다."

"오케이~ 최 형사. 옆쪽에 있는 LECHERY 단어의 알파벳만 골라서 빨간색으로 표시하고 바로 옆에 이름을 적은 후, 적은 이름 오른쪽에 시체 등에 표시된 알파벳을 적어봐."

"무슨 말인지 모르겠네. 이렇게 빨간색으로 표시하고 그 다음 숫자 옆에……."

박도준이 컴퓨터 자판의 엔터 키를 강하게 누른 후 떠오른 화면을 한번 훑어보고 벌떡 일어섰다.

"나와 봐~ 내가 할 테니까."

급한 마음에 박도준이 펜을 넘겨받아 아래와 같이 화이트 보드의 빈 부분을 채워 넣었다.

1. A

2. B

3. C 채서연 V

4. D

5. E 은소연 X

6. F

7. G

8. H 허유정 A

9. I

10. J

11. K

12. L

13. M

14. N

15. O

16. P

17. Q

18. R 류세희 K

19. S

20. T

21. U

22. V

23. W

24. X

25. Y 양신애 R

26. Z

　"자~ 범인의 메시지를 참고로 한 최선의 선택과 조합이야. 다음은 박사님 차례입니다."

　"징글, 기특한 놈. 이 천재 박사와 여기까지는 동일한 생각인데. 나한테 클라이막스를 장식하라는 얘기인가? 자 그럼, 펜 좀 줘봐. 오랜만에 강의 한번 해보지 뭐."

　펜을 넘겨받은 변 박사가 날카로운 눈빛을 반짝거렸다.

　"언어에는 표준이 있습니다. 그 언어를 암호화시킬 때도 당연히 표준이 필요하겠죠? 왜냐하면 암호도 일종의 언어니까. 그렇죠? 팀장님?"

　"네? 네~에~"

　갑작스런 질문을 받은 나 팀장이 말꼬리를 흐렸다. 박도준과 변 박사를 제외한 나머지 사람들은 도대체 뭐가 어떻게 돌아가는지 알 수 없었지만, 분명 조금씩 조금씩 매듭이 풀리고 있다는 느낌은 감출 수 없었다.

　"화이트 보드에 있는 내용을 옆으로 적은 겁니다. 암호의 표준이죠. A는 1이고 P는 16이 아니라 6이고, Z도 26이 아니라 6이라는 거죠. 음~ 그러니까 표준을 만들기 위해서 룰을 정한 겁니다. 즉, 숫자의 조합을 알아내는 문제라는 거죠. 이렇게 적으니까 좀 알아보기 쉽죠? 여러분?"

보드에 아래와 같은 암호의 표준이 나타났다.

A	B	C	D	E	F	G	H	I	J	K	L	M
1	2	3	4	5	6	7	8	9	0	1	2	3
N	O	P	Q	R	S	T	U	V	W	X	Y	Z
4	5	6	7	8	9	0	1	2	3	4	5	6

화이트 보드 앞에 앉아있는 형사들이 이제야 이해가 간다는 듯
고개를 끄덕거렸다.

"그 다음은 당연히 암호화되어 있는 암호 언어를 알아야 되겠
죠? 지금까지 우리가 알고 있는 암호 언어는 시체의 등 위에 새겨
져 있던 'VAXKR' 다섯 글자입니다. 물론 2개의 문자가 더 생기
겠지만~. 자 그럼 문제를 내겠습니다. 'LE'를 빼고 'CHERY'암호
언어에 해당하는 숫자의 조합은 무엇일까요?"

1	2	3	4	5	6	7	8	9	0	1	2	3
A	B	C	D	E	F	G	H	I	J	K	L	M
		V		X			A					

4	5	6	7	8	9	0	1	2	3	4	5	6
N	O	P	Q	R	S	T	U	V	W	X	Y	Z
				K							R	

"자~ 그럼! 우리의 호프, 나 팀장님?"

"잠깐만요~ 박사님. 뭐가 그렇게 급해요? 오케이, 나왔네. 하하하~ 자 부릅니다. Y밑에 R이니까 25, R밑에 K이니까 11, E밑에……."

"땡!"

변 박사가 공기밥 그릇을 숟가락으로 경쾌하게 때렸다.

"역시 기대를 저버리지 않는 팀장님~ 머리 안이 혹시 여드름으로 가득찬 거 아니에요?"

박도준이 한마디를 던지자 나 팀장 얼굴이 홍시처럼 달아올랐다.

"야! 김 형사~ 총 좀 줘봐. 오늘 저 새끼 머리를 안 쏘면 내가 사람이 아니다!"

흥분한 나 팀장이 김 형사의 옆구리에 손을 깊숙히 넣었다.

"워~ 워~ 총살은 수업 이후에 하는 걸로. 다른 사람 누구 없나요? 이렇게 답을 다 알려 줬는데 정말 없는 건가요?"

변 박사가 4명의 형사들을 번갈아가며 쳐다보았다.

"제가 쓸게요."

박도준이 의자에서 일어나 화이트 보드 앞에 섰다.

"암호표에 나온대로 알파벳을 순서대로 나열하면 'CEHRY'가 되고, 그 밑의 연관 알파벳은 'VXAKR'이 됩니다. 따라서 숫자는 24118이 되는 거죠. 하지만 우리가 찾는 단어는 'CHERY'이므로 연관 알파벳은 'VAXKR'이 되고 그 밑의 숫자는 21418! 이게 제 답입니다."

1	2	3	4	5	6	7	8	9	0	1	2	3
A	B	C	D	E	F	G	H	I	J	K	L	M
		V		X			A					
		2		4			1					

4	5	6	7	8	9	0	1	2	3	4	5	6
N	O	P	Q	R	S	T	U	V	W	X	Y	Z
				K							R	
				1							8	

흐뭇함에 흠뻑 젖은 변 박사는 팔짱을 끼고 미소를 머금고 있었다.

"그 물똥 폭탄만 빗나갔어도 도준인 경찰총장 감인데. 여하튼 완벽한 정답이고, 자 내가 열등반 학생들을 위해 다시 알기 쉽게 설명을 해주지. C 밑에는 뭐가 있어? 알파벳 V가 있지, 표준에서 보면 V는 2를 나타내는 것이고, 또 E를 보자. E밑에는 X가 있지? X가 의미하는 숫자는 4이고, H밑의 A는 1이고, K역시 1이다. 당연히 R은 8을 가리키는 거겠지? 자 이제 이해가 좀 되시나?"

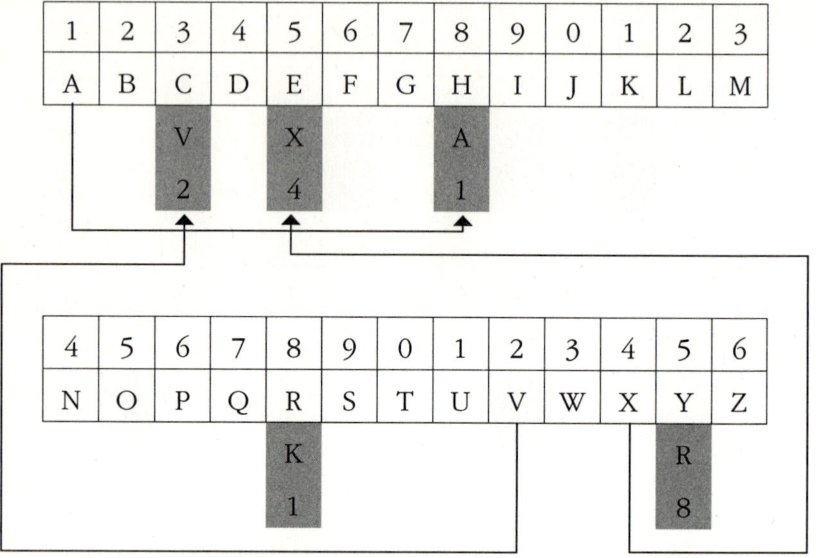

경의롭기까지 하다는 표정의 네 사람은 연신 고개를 끄덕이며 충분히 이해했다는 표시를 했다.

"말하자면 '채서연'이는 숫자 '2' 때문에 죽었고, '허유정'이는 '1' 때문에 죽었고 뭐 그런 거네요?"

김 형사가 어이없다는 듯 혀를 차며 말했다.

"카이사르 암호 방식입니다!"

박도준이 비장한 목소리로 수첩에 '카이사르'라고 적은 후 동그라미를 서너 번 돌리고 나서 수첩을 덮으며 말했다.

"그러니까. '2 1 4 1 8'이 된다는 말이죠? 앞에 두 개를 알아 낸다면 주민등록번호 뒷자리일 가능성도 있겠네요."

"최 형사의 고견을 들어보니 그럴 수도 있겠네, 우리나라는 원래 12자리 주민등록번호 체계였다가 1975년부터 13자리로 바뀌었지, 68년도에 등록한 박정희 전 대통령 번호가 110101-1000001이었다지 아마? 뒷자리 첫 번째 번호는 성별 구분, 두 번째 세 번째는 지역, 네 번째 다섯 번째는 동사무소 고유번호, 여섯 번째는 그날 그 동사무소에 등록한 순번, 일곱 번째는 오류를 검증하는 암호식 숫자.”

“7자리면 전화번호일 수도 있어.”

컴퓨터 앞에 앉은 김 형사가 뒤로 돌아 창문을 ‘똑똑’ 두드리며 오늘 당직으로 근무를 하고 있는 김 순경을 손짓으로 불렀다.

“7개 숫자의 조합이면 일반 전화번호일 수도 있고, 휴대전화번호일 수도 있잖아. 잠깐만.”

박도준이 강한 자신감을 드러냈다. 문을 빼꼼히 열고 들어온 김 순경이 회의실의 심상치 않은 분위기를 보고 아무 말 없이 지시가 떨어지기만을 기다렸다.

“자! 이렇게 하자고. 첫 번째, 용의자들의 옛날 휴대전화번호와 주민등록번호를 모두 조회하고, 두 번째, 만약 일치하는 번호가 없다면 일단 서울시에 등록되어 있는 모든 사람들 조회하고, 피해자들과 관련되어 있는 사람들을 추려내 봐, 세 번째, 그래도 없다면 전 국민들을 다 조회하는 수밖에 없다. 김 순경! 서울시민들 조회하는 데 얼마나 걸릴까?”

“서울, 경기도 두지역 사람들의 세 가지 번호를 알아내는 데는 그리 많은 시간이 걸리지 않을 겁니다. 그러나 다운로드한 다음에 검색하는 작업에서 시간을 좀 많이 잡아 먹습니다. 세 가지 다 해야 하니까."

김 순경이 머리를 긁적이며 자신 없는 말투를 내뱉었다.

"김 순경 다운로드 해서 나한테 가지고 와봐, 내가 엑셀로 돌려 줄 테니까."

"예! 박 형사님."

김 순경이 문을 닫고 다시 밖으로 나가자 특수팀 형사들이 기다렸다는 듯이 걸어가고 있는 김 순경 옆에 정보를 캐내기 위해 붙었다. 그것을 지켜본 김 형사가 회의실 밖으로 나가자 두 명의 형사들은 김 순경 옆에서 떨어져 화장실 쪽으로 발길을 돌렸다.

"선배. 전데요, 기가 막힌 사실을 알아 냈어요. 혹시 이은정이라고 아세요? 그리고……, 에이 아니다. 여하튼 좋은 소식 하나하고, 나쁜 소식 하나예요."

박도준은 이한성이 죽던 그날 밤 마지막으로 통화한 전화내용을 수십 번이나 곱씹으며 '좋은 소식과 나쁜 소식'이라는 말에 대해 과연 그것이 무엇이었을까, 혹시 그것에 해답이 있지 않을까라는 생각을 반복하고 있었다.

"박 형사님! 무슨 생각을 그렇게 골똘히 하세요? 제가 다섯 번은 더 불렀는데……."

이미 박도준 옆에 USB를 들고와 서 있는 김 순경이 박도준의 어깨를 조심스럽게 흔들었다.

"어~ 미안. 그 다음은 내가 할 테니 일봐~. 그리고 김 형사! 이동준을 포함한 용의자들 모두 그 숫자로 조회해 보고, 또 이동준

318

회사에 그 팀원들 있지. 명단 넘겨놓았으니까, 그 사람들도 한번 알아봐. 알았지?"

박도준의 앞쪽에 앉아 있는 김 형사가 컴퓨터 자판을 두드리며 손가락으로 알겠다는 표시를 했다.

회의실을 나와 자리로 돌아온 박도준이 이미 파워가 커져 있는 컴퓨터 앞에 앉아 마우스를 양옆으로 흔들었다. 그리고 김 순경이 건네준 USB를 꽂고 엑셀 파일을 실행시켰다. '21418'에 해당하는 전화번호 116개, 휴대전화번호 42개, 주민등록번호 수십 개가 필터 기능을 통해 검색되었다. 박도준은 6개의 세로 컬럼을 정렬시키고, 먼저 '21418' 이라는 숫자가 주민등록번호와 전화번호 혹은 휴대전화 번호와 중복되어 있는 사람을 피벗을 돌려 검색했지만 중복되는 숫자를 가지고 있는 서울시민은 없었다. 그 다음은 용의자의 이름을 나열한 표를 가지고 '21418' 의 숫자를 가지고 있는 사람을 찾아보았지만 값이 없다는 결과가 나왔다.

"휴~ 호수에 빠진 반지 찾기군."

의자를 뒤로 젖힌 박도준은 팔을 의자 밑으로 늘어뜨린 채 천장을 바라보았다. 스쳐 지나갔던 모니터 안의 이름들이 흰색 천장에 투명하게 그려졌다. 이상했다. 분명 어디선가 본듯한 이름이 있었다. 잠시 감았던 눈을 뜨자 자다 일어난 것 같이 몽롱했다. 정신이 버쩍 든 박도준은 허리로 의자를 튕기며 일어나 다시 모니터 앞에 앉았다.

"성우? 이 새끼 이름 어디서 봤더라?. 잠깐 여기서 한번 찾아 볼까?"

박도준은 폐차장에서 차를 부술 때 쓰는 남산만한 해머에 머리를 얻어맞은 것처럼 충격을 받았다.

"이 새끼가 왜? 도대체 왜? '장성우' 이 새끼가 뭣 때문에?"

'011-542-1418'

장성우의 휴대전화 번호였다. 조회시스템의 엔터 키를 누른 박도준이 총과 수갑을 서랍에서 꺼냈다.

"성남이라…… 이제야 그림이 그려지는 군."

화면에 나와 있는 내용 중 주소만을 머리에 기억한 박도준이 화면을 캡처한 뒤, 김 순경 쪽으로 한걸음에 달려갔다.

"김 순경! 이 사람 꼬리표 좀 따줘. 주소, 본적, 학력 등등 여하튼 알 수 있는 건 모두 다! 알았지? 그리고 다른 사람들한테는 절대 말하지 말고."

"네~ 박 형사님."

흥분해서 말하면 입이 헤픈 김 순경이 분명 팀원들한테 정보를 전달할 것이라고 생각한 박도준이 급한 마음을 누르며 최대한 차분하게 조회 요청을 했다. 그리고는 천천히 문쪽을 향했다.

"박도준! 너 또 어디가?"

어느새 회의실 문밖까지 나와 있던 나 팀장의 목소리가 들렸다.

"잠깐요. 답답해서 요 앞에 좀……."

말꼬리를 흐린 박도준이 이내 어둠 속으로 사라졌다.

"나 팀장! 도준이가 뭔가 찾은 것같지 않아?"

나 팀장의 뒤에 서 있던 변 박사가 덜 닫혀 있는 박도준의 책상 서랍을 보고 고개를 갸웃거리며 말했다.

"찾기는 뭘 찾아요. 잘 먹지도 못하는 소주나 몇 병 사들고 들어 오겠죠. 특수팀 애들이 보면 어쩌려고. 하여튼."

'치지지직 쌔쌔쌔앵.'

헛도는 타이어가 아스팔트를 차고 나가는 거친 굉음이 어둠 속에서 울려 퍼졌다.

"어딜 가긴 가는 모양이군. 쩝."

대충 짐작을 한 변 박사가 나 팀장을 보며 말했다. 아무 말 없는 나 팀장이 변 박사를 무표정하게 쳐다보고 있었다.

악연

11월 31일 새벽 12시 10분 서울 분당간 고속화도로. 계기판의 속도계에 160킬로미터가 표시되어 있는 박도준의 차는 서울 분당간 고속도로를 달리고 있었다. 네비게이션에서 '잠시 후 좌회전입니다'라는 멘트가 나온 뒤 곧바로 '잠시 뒤 목적지가 있습니다'라는 멘트까지 듣고 난 박도준은 네비게이션의 전원을 끄고 헤드라이트도 껐다. 아무도 없는 조용한 골목을 50미터 정도 서행한 뒤 차를 벽쪽에 조용히 붙이고 햇빛 가리개를 내려 보관하고 있던 열쇠를 주머니에 넣은 후, 차에서 내려 신발이 지면에 닿는 소리가 나지 않을 만큼의 조용한 걸음으로 덩그러니 홀로 서 있는 단독주택 쪽으로 이동했다.

11월 31일 새벽 12시 20분 대치동 사거리

사거리에 차를 세운 장성우는 이은정이 누워 있는 조수석 의자를 더 뒤로 젖혔다. 변속기의 레버를 'D'로 하자 몸집이 큰 차는 '웅'소리를 내며 도로를 질주하기 시작했다. 조금 뒤 앞쪽에 보이는 이정표에는 '성남'이라고 써 있었다.

11월 31일 새벽 12시 20분 분당 단독주택

건물이 완공된 지 얼마 안 되어 보이는 단독주택 단지의 끝쪽, 덩그러니 떨어져 있는 장성우의 집 앞 벽쪽 부분에는 진한 바퀴자국 8개가 보였다. 하지만 차량은 두 대 모두 보이지 않았다. 보안 장치가 없는지 먼저 확인한 박도준은 날렵하게 담장을 넘었다. 다행히 침을 질질 흘리는 흉칙한 개는 없었다. 밖에서 봤을 때 보다는 꽤 마당이 넓다고 생각한 박도준은 일반 회사원이 살기에는 어울리지 않는 집이라고 잠시 생각했다. 자세를 낮추고 이리저리 두리번거리며 불빛 하나 없는 집 계단을 올라 현관문을 잡고 열쇠를 꽂았다. 반쯤 들어간 열쇠는 더 이상 들어가지 않고 삐그덕거렸다. 열쇠를 다시 뽑아 주머니에 넣은 후 통유리로 되어 있는 창문에 귀를 갖다 댔다. 집 안에 사람이 없는 것이 분명하다는 걸 다시 한 번 확인했다. 다시 계단을 내려와 8각형의 보도블럭을 밟고 왼쪽으로 방향을 틀었다. 위쪽을 쳐다보니 발코니가 족히 3미터는 돌출되어 있었고 그 밑에는 사람이 두 명 정도 지나갈 수 있는 통로가 있었다. 박도준은 이 집 설계가 쓸데없이 복잡해 왠지 이상하다고 생각했다. 통로를 빠져 나오니 블럭도 발에 밟히지 않았다. 모퉁이를 돌아 세 걸음을 옮긴 박도준은 바로 옆에 문이 있다는 걸 느꼈다. 뿌연 유리가 반 정도를 차지하는 문이었다. 열쇠를 주머니에서 꺼내 손전등을 입에 물고 다시 꽂았다. 그것도 아니었다. 열쇠는 끝까지 들어갔지만 꿈쩍도 하지 않았다. 손전등을 손에 든 박도준이 뒤로 돌아나가려고 하는 순간 앞쪽에 있는 화분이 눈에 들어왔다. 손전등으로 불빛이 뼈만 앙상하게 남은 화분을 비춘 뒤 대수롭지 않게 지나가려고 하는 순간에 눈에 들어온 것은 앙상한 가지 끝에 걸려 있는 손톱만한 파란색 곰돌이 액세서리였다. 무릎을 굽혀 곰돌이를 손에 얹은 박도준은 먼지가 쌓여 있는 정도가 거의 일주일 쯤 되리라 생각했다. 그리고 화분의 대각선 쪽으로 올려다보았다. 벽 색깔과 거의 유사한 색깔의 철문이 시야에 잡혔다. 보통 출입구보다 1.5배는 됨직한 거대한 문이었다.

"김 순경! 그걸 왜 이제야 말해!"

나 팀장이 김 순경의 등 뒤에서 조회하고 있는 화면을 보며 소리쳤다.

"박 형사님이 부탁하셨어요. 일단 다른 분들께는 말하지 말라고 하셨어요. 죄송해요."

"됐고, 그 새끼 데이터 나왔어?"

"네. 여기요."

고개 숙인 김 순경이 빵점 맞은 시험지를 부모님께 보여주는 것

처럼 자신 없이 장성우에 대한 기본적인 정보가 담겨져 있는 자료
를 나 팀장에게 건넸다.

"전화는 아직도 안 되나? 조 형사?"

"예~ 아직요. 계속해볼게요."

"됐고, 일단 성남으로 출발한다. 김 형사 빨리 시동 걸어!"

"나도 가나?"

변 박사의 말이었다.

"박사님은 여기에 남으세요. 아니면 집으로 가시던가. 도준이
그 새끼! 만약 장성우라는 그 인간이 우리가 찾고 있는 범인이라
면 뭔가 상상할 수 없는 큰 사고를 칠지도 몰라요. 분명히!"

'찰칵. 쩍!'

열쇠를 돌리자 의외로 부드럽게 철문의 잠금장치가 풀렸다. 휴
대전화의 화면에는 '바보 나 팀장'이 '조 형사'로 바뀌어 반짝이
고 있었다. 총을 손에 들고 조심스럽게 내려간 마지막 계단 옆에
는 스위치가 있었고 그 옆에 안이 들여다보이는 문이 하나 더 있
었다.

'쨍!'

팔꿈치로 유리를 때리자 요란한 소리를 내며 바닥으로 떨어졌
다. 손을 안으로 집어넣어 손잡이를 돌리자 잠겨 있던 자물쇠가
풀리며 문이 열렸다.

방 내부는 사진 작업을 하는 암실 같았다. 입대하기 전 창녀촌
을 지나갔을 때 왜 창녀들이 정육점에 있지? 저건 어릴 때 정육

점에서 보던 건데? 라고 했던 친구의 말이 잠시 떠올랐다. 빨간색 불빛의 방안 내부에는 아무도 없는 듯 했다. 총을 허리춤에 단단히 고정시킨 박도준은 대롱대롱 매달려 있는 사진들 앞에서 발걸음을 멈추었다. 눈에 익은 사람들이 보였다. 입김이 소화기를 연상시킬 정도로 굵게 나왔지만 오싹한 등줄기에는 식은땀이 흘러내렸다. 걸려 있는 사진을 하나하나 지날 때마다 머리 끝에서 시작된 소름이 온몸으로 퍼졌다. 중간쯤 다다랐을 때는 심장이 멎는 듯 했다. 눈 앞에 보이는 사진의 인물은 바로 박도준 자신이었고, 이한성의 장례식에서 관을 들고 있는 모습을 대각선에서 찍은 것이었다. 천장 가운데 달려 있는 형광등에서 내려온 스위치가 머리에 닿고 있다는 것을 휴대전화 진동음의 시작으로 알게 되었다.

'이게 도대체 무슨 일이지?'

혼잣말을 한 박도준은 형광등 스위치를 켰다. 긴 시간 어둠에 적응되어 있던 눈동자가 갑작스러운 밝은 빛 때문에 쪼그라드는 느낌을 실제로 느끼는 듯 했다. 정상적인 시야를 확보하는 시간은 그리 오래 걸리지 않았다. 박도준은 입을 다물 수가 없었다. 눈앞 벽면에 걸려 있는 모든 자료들의 내용이 자기 자신에 대한 것이었기 때문이었다. 학교, 성적, 가족관계, 스크랩, 신문기사, 애인관계, 취미, 활동동선, 지인 등을 포함한 내용의 종이 조각들은 무언가를 위해 철저하게 분석한 듯 했다. 오른쪽 벽면에는 박도준의 집 구조와 도우미 아줌마의 사진도 걸려 있었다.

"젠장할, 이 새끼가!"

벽쪽으로 조금 더 가까이 움직이려고 사진이 걸려 있는 긴 철사의 끝부분에서 머리를 숙이려는 찰나, 끝에 걸려 있는 마지막 두 개의 사진이 박도준의 두 눈썹을 하늘로 치솟게 했다. 바로 '이은정'과 '엄지원'의 사진이었다. 뇌리에는 알파벳 'L'과 'E'가 번쩍하고 지나갔다.

"은정아! 지원아!"

박도준은 힘없이 털썩 주저앉았다. 명석하다고 자부하던 자신이 죽도록 미웠다. 불길한 예감이 그냥 스치고 지나가기를 바라고 바라고 또다시 간절히 바라며 휴대전화의 단축번호 '1번'을 눌렀다. 아무런 대답이 없었다. 또다시 통화버튼을 눌렀다. 계속되는 컬러링음만 들릴 뿐이었다. 바로 10초 전 조금은 예상했던 일이었다.

"놓쳤어…… 또 놓쳤어…… 그때 바로 감을 잡았어야 하는데. 바보! 병신! 머저리 새끼!!"

박도준은 양손으로 머리카락을 잡고 뒤흔들었다. 휴대전화가 짧게 한 번 진동소리를 내며 떨었다.

'전화 받아! 장성우는 장필우의 동생이었어!'

나 팀장의 문자 내용이었다.

"장필우? 7년 전 그 장필우?"

정신이 번쩍 든 박도준이 '011-542-1418'을 눌렀다. 예상한 대로 전원이 꺼져 있었다. 자신한테 일어난 어제의 일을, 모든 걸 꿰뚫고 있는 장성우가 현재 돌아가고 있는 상황을 모를 리 없을 것이라고 생각했다. 그리고 지금 있는 이 방이 혹 부비트랩은 아닐까 하는 생각에 반사적으로 출구쪽을 향할 때 질퍽한 액체 때문에 하마터면 넘어질 뻔 했다. 부서진 싱크대 밑에 있던 통에서 흘러 나온 액체였다. 적갈색 액체였다. 믿기지 않는 눈을 액체 가까이 에 갖다 댔다. 그 액체는 고약한 냄새를 풍기고 있는 피였다. 피의 냄새를 수없이 맡아본 그의 후각은 최소한 사람피가 아니라는 신 호를 뇌에 전달하고 있었다.

"음……."

얇게 뜬 박도준의 두 눈은 무언가를 알았다는 듯 밝게 빛나고 있었다.

머릿속에는 엄지원과 이은정의 생각으로 가득찼다. 담벽을 넘 어 차로 뛰어가는 도중 태성이한테서 미리 따놓은 정 마담의 전화 번호를 눌렀다. 통화중이었다. 그때 바로 나 팀장한테 전화가 걸 려 왔다.

"팀장님! 지원이가 위험해요! 빨리요!"

전화를 받자마자 다급하게 소리쳤다. 나 팀장은 도대체 왜 전화 는 안 받고, 지금 어디냐고 계속 질문만 던지고 있다가 박도준의 말을 이해했는지 바로 엄 기자 집으로 가보겠다고 하며 전화를 끊 었다.

"개자식! 도대체 무슨 짓을!"

박도준의 양 눈썹 가운데의 주름골이 더욱 깊게 파였다.

11월 31일 12시 40분 분당 고속화도로

휴대전화의 전원을 킨 장성우가 부재중 전화에 '그놈'이라는 표시가 나오자 희열에 찬 웃음을 소리 없이 지었다.

"걸려들었군. 꽤 똑똑한데? 흐~흐."

통화내역을 밑으로 내린 장성우는 정 마담이 보이자 엄지손가락으로 꾹 눌렀다. 신호가 가자마자 정 마담의 목소리가 들렸다.

"어~ 난데. 좀 있다가 내 친구가 초선이를 찾을 거야, 그러면 손님하고 방에 올라갔다고 해. 알았지?

"사장님. 불법인데 어떻게 그렇게 말해요? 저 콩밥 먹기는 아직 젊어요. 호호호~"

"알아. 불법인거~ 선수끼리 왜 그래. 내 친구도 선수라서 다 알아, 그래야 은정이도 시간을 좀 벌거 아냐. 그렇지? 데이트 좀 하고 보낼 테니까!

"제가 장사장님이까 봐 드리는 거예요. 원래 안 되는거 아시죠? 간만에 좋은 시간 되세용."

전화 속에서 정 마담의 애교 섞인 목소리가 사라지기도 전에 장성우는 옆쪽으로 휴대전화를 내려놓았다.

"호~호~호~ 이 년이 왠 일이야? 손님은 줄을 서고, 스폰서도 생기고 겹경사네."

편하게 즐기다 그대로 퇴근하라는 말을 하고 싶었던 정 마담이 이은정의 전화번호를 찾아 발신버튼을 눌렀다.

"하여튼 계집년들은 다 똑같아. 얼마나 좋으면 전화도 안 받아? 쳇~ 나도 누구한테 납치라도 됐으면 좋겠다."

11월 31일 12시 43분 장성우 집앞

박도준이 골목을 빠져나오며 휴대전화 스피커폰으로 정 마담에게 전화를 하고 있었다. 골목 왼쪽 횡단보도에는 녹색등이 점등되어 있고 차도위에는 적색신호등이 켜져 있었다. 편도 2차선 도로위 1차선에는 흰색승용차, 2차선에는 SUV가 각각 멈춰서 기화되지 않은 연기를 머플러를 통해서 내보내고 있었다. 골목을 빠져나온 박도준의 차가 빠르게 우회전을 하자 적색신호등은 오랜지색을 잠시 비추더니 녹색으로 바뀌었다. 1차선에서 승용차가 직진을 하자 2차선에 있던 SUV차량이 깜빡이를 켜고 1차선을 가로질러 천천히 좌회전을 하여 골목으로 들어갔다. 의미심장한 미소를 지은 장성우가 어둠 속으로 사라지고 올빼미 눈과 같은 브레이크등이 한 번 반짝인 후 이내 모습을 감췄다.

11월 31일 12시 44분 엄지원의 집

덩치가 남산만한 거구의 남자는 긴 머리카락을 움켜쥐고 거세게 잡아당겼다. 소파에는 야식 배달원으로 변장한 깡마른 남자가 껌을 질겅질겅 씹으며 여유있게 게임을 즐기고 있었다.

'꽝'

화장대에 머리를 부딪힌 엄지원의 귀 뒷부분에서 피가 흘러내렸다.

"순순히 가면 안 아프잖아. 이년아."

"당신들 뭐야! 뭐냐고! 경찰에 신고할거야!"

"하하하~ 웃겨. 이년. 해! 해봐!"

옆에 서 있던 남자가 앙칼맞게 대드는 엄지원의 뺨에 주먹을 날렸다.

'퍽'

엄지원의 고개가 주먹이 날아온 반대 방향으로 사정없이 돌아갔다. 덩치 큰 남자는 다시 엄지원의 머리를 잡고 거실로 질질 끌고 나갔다.

"예쁘게 생긴 것이 깡다구도 있네. 야! 그 잘난 형사 새끼가 널 구해줄 것 같아?"

"당신들 누구인지는 몰라도 분명히 도준 선배가 찾아낼 거니까 각오하는 게 좋을 거야!"

온몸에 힘이 다 빠진 엄지원이 정신을 차리려고 안간힘을 쓰며 뒷주머니에서 진동으로 울리고 있는 휴대전화가 빠지지 않도록 최대한 주머니 끝 쪽으로 밀어 넣었다.

"오. 이년 봐라~ 각오? 이제부터 각오는 어떻게 하는지 한번 보여 주지, 야~ 덩치! 처리해."

덩치가 저항하고 있는 엄지원의 허리를 잡고 가볍게 들어 올렸다. 그리고는 유리로 된 탁자에 내팽개치듯 집어던졌다.

'쨍!'

"어휴~ 시끄러. 야~ 그래도 그렇지 여자를……."

테이블 안으로 쏙 들어간 엄지원은 몸을 벌벌 떨더니 잠시 후 꿈쩍도 하지 않았다.

"그년. 이제야 좀 조용해졌네. 자. 가자!"

11월 31일 새벽1시 '기인'

한 걸음에 열 몇 개의 계단을 뛰어내려온 박도준은 계산대 앞에 서자마자 정 마담을 내놓으라고 고래고래 소리를 질렀다. '기인' 룸살롱은 거의 파장 분위기로 술취한 사람들이 삼삼오오 무리를 이루어 계산대 쪽으로 걸어나오고 있었다.

"마담 어딨어? 정 마담 어딨냐고?"

방을 지나가며 방문을 하나씩 열어 보던 박도준이 복도 끝에서 생글생글 웃으며 걸어오고 있는 정 마담을 발견했다. 그 뒤에는 양복을 입고 보디가드처럼 보이는 험상궂은 남자가 걸어오고 있었다. 웬일인지 까치는 보이지 않았다.

"오셨어요? 초선이 여기 없다니까 그러시네. 제가 전화로 말씀 드렸잖아요. 왜 그러세요? 초선이가 무슨 잘못이라도 했나요?"

"몇 호실이야? 같이 가! 빨리!"

"뭐야 당신! 없다니까 왜 이래? 이거 영업 방해야. 이 새끼가 참다 참다하니까 무슨 참기름으로 아나! 보자 보자 하니까 누굴 보자기로 아나! 나이도 어린 새끼가 어디다 대고 반말이야? 형사면 다야?"

차가운 인상으로 변한 정 마담이 한껏 호기를 부렸다.

"뭐? 이 인간 같지도 않은 년이! 분명히 말하는데 지금 말해. 그렇지 않으면 너희들 다 죽는 수가 있어!"

이성을 잃어버리기 일보 직전, 그래도 참아야 은정이를 찾을 수 있다는 생각에 다시 한 번 숨을 고르고 마음을 진정시켰다. 그리고는 앞쪽에 보이는 엘리베이터로 빠르게 걸어갔다.

"당신! 뭐야?"

옆에 서있던 험상궂은 보디가드가 박도준의 어깨를 잡았다.

"이 새끼가!"

박도준은 자기보다 덩치가 두 배는 큰 험상궂은 사내의 팔목을 잡아 앞으로 당기면서 뒷머리로 얼굴을 가격한 후, 몸이 앞으로 젖혀지는 틈을 타 다리를 머리 높이까지 들어 올려 등을 향해 내려찍었다. 사내는 다시 얼굴을 가린 채 상하로 몸을 쭉 폈다. 다시 박도준이 2미터 정도 날아 옆차기로 사내의 가슴을 정확하게 찼다. 사내는 날아온 다리의 힘에 밀려 계산대가 있는 곳에서 뒤로 벌렁 나가떨어졌다.

"어라~ 센데!"

양옆으로 고개를 이리저리 흔든 사내가 정신을 차린 후 다시 벌떡 일어나 옆에 있는 맥주 병 두개를 잡고 박도준 쪽으로 다가왔다.

"어떤 개 같은 새끼가 남의 영업장에서 까불어?"

사내 뒤쪽 계단에서 내려온 어눌한 서울말을 쓰는 건달같기도, 양아치같기도 한 사내가 어느 영화에서 본듯한 장면을 따라하듯 담배에 불을 붙이며 박도준 쪽으로 서서히 다가왔다. 그때 박도준 바로 옆에 있던 방의 문이 열리고 4병의 맥주병이 올려져 있는 쟁반을 든 웨이터가 걸어나왔다. 박도준은 병을 하나 집어들자마자 사내의 머리를 향해 간결한 동작으로 108개의 실밥이 있는 야구볼을 던지듯 직선으로 뿌려던졌다.

'슈욱!'

앞에서 걸어오고 있던 사내가 날아오는 병을 살짝 피하자 허공을 가른 맥주병은 빙글빙글 돌아 계단 쪽에서 내려오고 있던 남자의 얼굴에 직각으로 꽂혔다. '턱!' 둔탁한 소리와 짧은 비명이 동시에 들렸다.

박도준은 웨이터를 밀치고 이미 문이 열려 있는 방으로 몸을 피했다. 방 안에서 즐기고 있던 세 명의 여자와 남자들은 갑자기 들이닥친 박도준을 보고도 고개를 돌려 쳐다만 봤을 뿐 조금도 아랑곳하지 않았다. 하지만 덩치가 큰 스포츠 머리의 사내가 안으로 들어왔을 때는 모두들 입을 떡하니 벌리며 뒷걸음질쳤다. 사내는 테이블 위에 올려져 있던 맥주병 두 개를 깨서 박도준에게 달려들었다. 박도준이 테이블 뒤로 몸을 날리자 사내는 테이블 위로 올라가 박도준의 복부를 향해 오른팔을 뻗었다. 그러자 박도준은 살짝 피하면서 하체를 들어 올려 날렵한 발차기로 사내의 오른손에 있던 맥주병을 허공으로 날려버렸다. 그리고 테이블 위에 있는 은색의 포크를 집어들었다.

"으악!"

사내의 팔 안쪽에 꽂힌 포크는 마치 소의 코에 꽂혀 있는 두레 같았다. 박도준이 힘들이지 않고 포크의 손잡이를 이리저리 돌리자 사내는 어느새 말 잘 듣는 새끼 코끼리가 되어있었다.

"무릎 꿇어."

박도준이 테이블 위로 올라가자 사내는 왼손을 높이 쳐들며 테이블 위에 발을 얹었다. 그리고 살며시 무릎을 꿇었다.

"이은정 어디 있어?"

"몰라요…… 저는 누군지도."

박도준이 왼쪽 팔 안쪽에 꽂혀 있는 포크를 잡아당겼다. 시뻘건 피와 함께 포크가 빠져나왔다.

"까악!"

비명이 사내의 귀에 닿기도 전에 포크는 바로 눈 앞까지 와 있었다.

"다시 한 번 묻는다. 초선이 어딨어?"

"초선이요? 몰라요. 정말……."

두려움을 삼키지 못한 남자는 간헐적으로 떨고 있었다.

"개자식!"

"우악!"

눈앞에 머물렀던 포크는 어느새 사내의 허벅지에 꽂혀있었다. 시뻘겋게 변한 박도준의 얼굴이 무슨 일을 낼 것만 같았다. 주먹을 움켜 쥔 박도준이 비명을 지르고 있는 사내의 머리통을 강타했다. 테이블 아래로 날아간 남자는 결국 대리석 바닥 위에 쓰러져 버렸다.

"어디 있어? 어디 있냐고? 이은정 어디 있냐고?"

일그러진 사내의 얼굴에서 쉴 새 없이 피가 흘러내렸다. 눈동자가 풀린 사내는 이미 아무런 반응이 없었다.

"잠깐! 그만해요. 이제! 그만하라고요!"

갑자기 주위가 쥐 죽은듯이 조용해졌다

"나갔어요."

"어디로? 누구랑?"

"그 장 사장이라는 사람하고요. 한 시간 전에. 아뇨. 좀 더 됐을 거예요."

"그 새끼! 장성우 맞지?"

"아마 그럴 거예요. 그 사람이 그렇게 말하라고 시켰어요. 도대체 무슨 일이에요? 은정이한테 무슨 일 있는 거예요?"

정 마담의 근심스런 얼굴이 실제로 이은정을 걱정하는 듯 했다.

"야! 그걸 왜 이제 말해? 은정이한테 무슨 일 생기면 너희들 다 죽을 줄 알아!"

너부러진 사내의 몸 위에서 내려온 박도준이 문을 박차고 밖으로 뛰어나갔다. 계단 위로 뛰어 올라가자 세 명의 경찰이 박도준을 막아섰다.

"당신 뭐야?"

맨 앞에 서 있던 경찰이 박도준의 어깨를 잡았다. 대꾸도 하지 않은 박도준이 지갑에서 경찰신분증을 꺼내 얼굴에 들이댄 후 정문 바로 앞에 버리듯 주차해놓은 차에 올라탔다.

"저거 경찰공무원증 맞지?"

맨 앞에 서 있던 경찰이 고개를 갸우뚱거리며 동료에게 물었다.

11월 31일 새벽1시40분 분당 고속화도로

박도준은 조금의 망설임도 없이 성남으로 방향을 다시 잡았다. 장성우가 호텔에서 이은정을 데리고 나간 이상 손 안에 있는 표적이 곧 알파벳 모형으로 만들어질 것이기 때문이었다. 제작소! 알파벳 제작소의 가장 적당한 장소는 이미 전에 방문한 장성우의 집일 것이라고 박도준은 확신했다. 손에 들고 있는 휴대전화에서 메시지 알림음이 들렸다.

'제법인걸? 머리는 액세서리로 달고 다니는 줄 알았는데. 내 번호까지 알아내고 말이야.'

문자를 확인한 박도준이 통화버튼을 눌렀다. 다행히 신호가 가는 소리를 들을 수 있었다. 세 번 정도 신호음 소리가 연결되어 나온 뒤 아무 소리가 들리지 않았다. 누군가 전화를 받은 것이었다.

"야! 개새끼야!! 이 개자식아! 너 어디야? 지금 어디냐고?"

"허허허…… 초면에 너무 과격하시군."

적당히 비웃은 장성우가 입을 열었다.

"너 이 개새끼 어디야? 넌 잡히면 죽는다. 오늘이 제삿날이라고 생각해! 어디야? 개자식아!"

"어딘지 알면. 잡으러 오게? 이은정 건은 이미 '기인'을 뒤집어놔서 잘 알 것이고, 마침 내가 E를 찾고 있었는데, 네가 고맙게도 그녀와 사랑에 빠졌지 뭐야. 이런 운명의 장난이…… 허허허."

'툭'

할 말을 마친 장성우가 일방적으로 전화를 끊어버렸다. 통화를 하는 장성우 주위에는 분명 귀에 익은 클래식 음악이 들리고 있었다. 일부러 틀어놓은 것일 수도 있다고 박도준은 생각했다.

"개자식! 죽여버리겠어!"

박도준은 있는 힘껏 가속페달을 밟았다.

11월 31일 새벽1시55분 장성우집 앞

박도준의 차는 이미 골목으로 들어가고 있었다. 멀리 보이는 장성우의 집에는 아니나 다를까 희미한 조명이 켜 있었다. 엔진 소리가 들리지 않도록 단독주택에서 60미터 정도 떨어진 곳에 차를 세우고 조용히 발걸음을 옮겼다. 총을 꺼내든 박도준은 SUV의 보닛에 손을 살짝 올려놓았다. 따뜻했다. 그가 도착한 지 얼마 되지 않았으리라. 비가 떨어지지 시작했다. 고요한 새벽녘에 빗소리와 어우러진 클래식 음악이 지독하게도 얽힌 두 사람에게 들이닥칠 또 다른 운명을 예고하고 있었다.

"11월에 비라. 제사 지내기 딱 좋은 날씨군."

빗물에 젖은 차 앞유리 밑에 장성우의 명함이 꽂혀있었다. 메일 주소가 카이사르(Kaiser)로 되어 있는 걸 보고 고개를 끄덕였다. 등에 매고 있는 가방을 내려놓고 차 밑 앞 뒤에 추적기를 설치한 후 담을 넘었다. 계단을 올라 현관문 앞에 섰다. 집 안에서는 여전히 클래식 음악이 흘러나오고 있었다. 문고리를 잡아 돌리자 일부러 열어 놓았는지 부드럽게 돌아갔다. 안쪽으로 열린 문틈으로 독특한 냄새가 풍겨 나오며 음악이 더 크게 들려왔다. 방음장치에 돈을 많이 쓴 건물이라 생각하자, 클래식 음악의 제목이 갑자기 생각났다. '투란도트'였다.

한쌍의 신발이 가지런하게 놓여 있는 것을 확인한 박도준은 불빛은 안방에서 나오는 것이라는 것을 확인했다. 복도 벽에 납작하게 붙어 거북이가 기어가는 속도로 조심스럽게 움직였다. 그런데 오른발을 옮긴 박도준이 이상한 느낌을 받았다.

‘틱, 슈욱~, 픽’

“으악!”

보이지 않는 낚시줄로 설치해 놓은 부비트랩이었다. 끊어진 낚시줄이 소파와 벽면 사이에 설치해 놓은 두 개의 석궁을 가동시킨 것이었다. 두 개의 석궁 중 한 개는 빗나가 찬장에 꽂히고 다른 한 개는 종아리에 꽂혔다. 왼쪽으로 몸을 돌려 총을 겨누었지만 화살이 날아온 방향에는 아무도 없었다. 머리에서는 벌써 ‘아뿔사’라는 말이 지나가고 있었다. 빛이 없는데도 그림자가 보였다. 몸을 돌리려 했으나 이미 장성우의 야구 방망이가 박도준의 뒤통수를 강타한 뒤였다. 박도준은 눈꺼풀이 감기기 전 텔레비전 브라운관 옆 진열대에 ‘B’라고 쓰여진 야구모자를 본 것 같다고 생각했다. 그리고 꿈인지 아닌지는 모르겠지만 최 형사가 ‘B’라고 쓰여 있는 야구모자를 들고 있는 장면이 보였다. 피곤했다. 죽고 싶을 만큼 피곤했다.

11월 31일 4시35분 지하실

“진동으로 설정해 놓아야지, 왜 소리로 설정을 해 놔서 범인을 놓치게 만들어!”라는 나 팀장의 질책이 너무도 생생했다.

‘욱!’

시뻘건 피를 토해내며 눈을 떴다. 친숙한 전화벨 소리가 요란하게 울리고 있었다. 꿈이었다. 분명 진동으로 설정해 놓았는데, 소리로 전환되어 있었다. 누군가가 휴대전화에 손을 댄 것이다. 피

비린내의 역겨움이 뒤통수의 고통과 함께 찾아왔다. 앞이 보이지 않는 것은 주위가 어두워서만은 아닐 것이다. 숨쉬기가 어려웠다. 머리에 무언가가 씌워져 있었다. 숨 쉴 만큼 몸을 움직이기도 힘들었다. 박도준은 앉아 있는 채로 몸을 흔들기 시작했다. 등에는 딱딱한 무엇이 있어 꼭 초등학교 때 사각형 책가방을 맨듯한 기분이었다. 손목도 발목도 움직이질 않았다. 더 거세게 흔들었다. 움직일 수가 없었다. 머리를 흔들자, 얼굴에 덮혀 있는 것이 가면일 것이라는 것을 추측할 수 있었다. 가면이 조금씩 움직이기 시작했다.

'쿵'

의자와 함께 바닥으로 넘어졌다. 다행히 가면은 반 정도 벗겨졌다. 왼쪽 눈의 시야만이 확보된 걸 봐서 가면이 옆쪽으로 돌아갔다는 것을 알 수 있었다. 주위를 둘러보니 눈에 익은 사진들이 매달려 있었다. 싱크대 안의 피가 담겨져 있는 통도 보였다. 잠시 조용했던 휴대전화가 빛을 내며 다시 울렸다. 박도준은 갓 잡힌 물고기가 도마 위에서 펄떡이듯 미친듯이 몸을 흔들어 휴대전화가 있는 곳까지 이동했다. 휴대전화가 다시 꺼졌다. 뺨 옆에 놓인 휴대전화 버튼을 혀로 가까스로 눌러 화면에 불빛이 들어오게 했다. 부재중 전화 21통, 문자 2통이라고 찍혀 있었다. 휴대전화가 다시 울렸다. 혀를 몸 밖으로 있는 힘껏 빼니 목부분이 묵직해졌다. 공기에 의해 혀의 표면이 어느 정도 마르고 나서야 통화버튼을 밀 수 있었다.

'보기보다 체력이 많이 약하네. 사람이 전화를 했으면 바로 바

로 받아야지. 그게 예의 아닌가? 문자 들어갈 거니까 자세히 읽어. 이제 시작이다.'

"야. 이~ 개자식아!"

'뚝'

박도준이 말을 꺼내기도 전에 전화가 끊어졌다. 미리 준비해 놓았는지 곧바로 '삐리릭' 하며 문자가 들어왔다.

'지금부터 7분 뒤부터 가동된다. 잘 외우는 게 좋을 거야. 발에는 만보기가 채워져 있고, 배낭 안에는 건물 하나 정도는 날릴 수 있는 플라스틱 폭탄이 있다. 만보기가 7초 동안 멈춰 있어도 폭발, 배낭의 지퍼를 열어도 폭발, 배낭이 너한테 분리되어도 폭발, 만보기가 7,777이 되어도 붐……, 그리고 오래 못 만난 네 동생은 아주 좋은 곳에 있다. 맞교환 개념이니까 큰 기대는 하지 않는 게 좋을 거야. 지금부터는 나하고 둘이서 노는 거다. 이제부터 본 게임이야. 각오해라!'

'뚜뚜~~'

끊긴 통화음이 허무하게 들려왔다.

옆으로 누운 상태에서 머리를 위로 치켜들자 왼쪽 벽면에 자신의 모습이 비치고 있었다는 걸 깨달았다. 왼쪽 벽은 큰 거울이 벽면 전체를 차지하고 그걸 가리기 위해 커튼을 쳐 놓았다는 것을 그때서야 깨달았다. '몇 시간 전만 해도 없었는데, 커튼에 가려져 있었던 거군. 그렇다면 저 커튼도 누군가에 의해서 만져졌다는 것인데, 왜일까?' 박도준이 속으로 생각했다. 반쯤 열려 있는 커튼 뒤의 거울에는 코(ز)같이 생긴 그림이 보였다.

이은정은 의자가 넘어져 시멘트와 마찰을 일으키며 나는 둔탁한 소리 때문에 아직 살아 있다는 것을 알게 되었다. 가까스로 들어 올린 눈꺼풀 안에 처음으로 들어온 물체는 유리였다. 그리고 놀랍게도 그 유리 건너편에 꿈틀거리는 물체가 보였다. 시큼한 냄새가 코를 자극했다. 5미터 앞에 보이는 투명 유리에서 암흑에 저항하는 빨간색 빛이 들어왔다. 검은색으로 보이는 커튼이 좌우 측에 비대칭으로 내려져있고 왼쪽편 커튼 앞에는 코같이 생긴 그림이 유리에 그려져 있었다. 커튼이 빛을 가려 잘 볼 수는 없었지만 옆쪽으로 6개 정도의 같은 그림이 있다고 생각했다. 스피커에서 새어 나오는 소리가 귀를 자극했다. 유리에 희미하게 비친 모습은 분명 처절한 이은정 자신의 모습이었다. 겹쳐 있는 정면의 물체가 과격한 몸짓을 하다 멈춰서 얼굴에 반쯤 가려져 있는 우스꽝스러운 가면을 쓰고 자기를 쳐다보고 있었다. 정신이 완전히 돌아오지는 않았지만 최소한 적은 아닐 것이라고 본능적으로 느꼈다. 이은정은 아무 소리나 내고 싶었지만 말할 수가 없었다. 눈꺼풀이 다시 내려왔다. 몸은 점점 뜨거워지고 있었다. 그 느낌은 CT촬영 전 조영제를 맞았을 때처럼 팔뚝이 차가워지다가 조금 뒤 온몸이 뜨거워지는 느낌과 비슷했으나 그 뜨겁고 메스꺼운 정도가 몇십 배는 더 강했다. 스피커에서 들리는 소리는 분명 도준 오빠일 것이라고 생각한 이은정은 안간힘을 쓰며 눈을 떴다. 앞에 있던 물체가 왼쪽으로 움직였지만 여전히 누워있는 상태였다. 겹쳐져 있었던 자신의 모습을 또렷하게 볼 수 있었다. 산부인과용 의자, 형형색깔을 가진 액체가 담겨져 있는 4개의 실린더, 그 4개의 실린더에서 나오는 4개의 노즐, 노즐 끝에 성의 없이 꽂혀 있는 주사바늘은 사지가 고정되어 있는 팔과 다리를 짓누르고 있었다. 도저히 상상할 수도 없는 극한의 상황이 바로 눈앞에 있었다. 두려움이 절망을 넘어서고 있었다. 앞에 있던 남자가 수차례 몸을 흔들어 드디어 가면을 벗고 있었다. 그때 '기인'에서 보았던 그 얼굴이었다. 도준 오빠였다.

"오빠……."

이은정이 있는 유리방 건너편, 박도준의 팔에 채워져 있는 디지털 계기판과 이은정의 산부인과용 의자 밑에 설치되어 있는 디지털 계기판의 숫자가 동시에 '0000:00'으로 맞추어진 뒤, '삐' 소리와 함께 초 단위부터 빠르게 시간이 흐르기 시작했고. 순식간에 30초를 넘고 있었다. 이제 6분 30초 남았다. 7분이 지나면 박도준의 몸은 수십 개의 조각으로 변해 버릴 것이다. 장성우가 허풍을 떤다고 잠시 생각했던 박도준은 '삐' 소리와 함께 무의식적으로 몸을 다시 꿈틀거리기 시작했다. 지렁이가 기어가듯 몸을 앞뒤로 움직여 벽쪽으로 이동한 박도준은 지금 몸에 매달려 있는 의자가 초등학교 때 앉아 봤던 나무의자인 것을 깨달았다. 즉시 다리를 이용해 의자를 벽에다 때리기 시작했다. 시간은 2분을 지나고 있었다. 의자의 뒷다리가 부서졌다. 몇 시간 전 석궁에 맞은 종아리 부분의 통증이 심하게 밀려왔다. 3분이 지났다. 이제 일어서야 한다. 발이 묶여 있는 의자의 앞다리는 연결된 각목이 아직 달려있어 좀처럼 부서지지 않았다. 4분이 흘렀다. 7분 7초 안에 반드시 일어나 발을 굴러야 만보기가 연결된 폭탄의 뇌관을 잠재울 수 있다. 5분이 지나갔다. 이제 더 이상 시간이 없다.

‘퍽!’

한쪽 다리가 부서져 떨어져 나갔다. 묶여져 있던 로프가 살짝 헐렁해졌다. 이제 희망이 보였다. 6분 30초가 지났다. 이제 더 이상 지체할 수 없다. 박도준은 안간힘을 써서 일어났다. 반드시 일어나야 했다. 왼발과 오른발의 발목에 힘을 모으고 무릎 주위의 근육을 최대한 긴장시켰다. 6분 50초가 지났다. 박도준은 쪼그려 앉은 자세까지 만든 상태였다. 이제 일어서면 된다.

“으으으윽!”

비명을 토해내자 머리에 핏발이 섰다.

“쿵!”

중심을 잃은 박도준이 다시 쓰러졌다. 7분이 지나자, 시스템은 다시 ‘0000:00’으로 맞추어 졌다. 1초, 2초…… 박도준이 다시 쪼그려 앉는 자세를 만들었다.

“으아아아악!”

두려움과 처절함이 어우러져 있는 몸부림과 함께 상체와 하체를 연결해놓은 로프에 있는 힘을 다 주었다.

‘3초, 4초, 5초.’

‘팅~’

로프의 일부분이 허무한 소리를 내며 끊어지자 몸이 일자로 펴졌다. 박도준이 토끼처럼 ‘폴짝’ 뛰어 싱크대 쪽으로 이동했다. 다행히 만보기에 ‘1’이라는 표시가 들어왔다. 폭발은 없었다.

11월 31일 새벽 5시46분 지하실

"장성우! 장성우라고요! 제가 꼬리표 따 달라고 말해 놨으니 데이터들은 이미 다 나와 있을 거예요. 이 새끼! 미친놈이에요. 보통 놈이 아니라고요. 그리고 제가 위치탐지기 달아 놓았으니 빨리 확인 좀 해주세요. 그리고 지원이는~ 지원이는 어떻게 됐어요?"

"그게 말이야, 도준아."

"왜요? 무슨 일이라도 있는 거에요?"

"없어졌어."

운전대를 잡은 박도준이 만보기를 의식하고 왼발을 동동 굴렀다.

"개자식! 진짜 죽여버릴 거야."

11월 31일 새벽 5시55분

편의점에서 나온 장성우는 차 문을 열기 직전 잠시 멈칫 하더니 몸을 구부려 차량의 밑부분을 확인했다. 예상대로 추적기 센서가 달려 있는 걸 확인한 장성우는 추적기를 떼어내어 뒤에 서 있던 편의점 배달차 밑에 달아 놓았다. 하지만 장성우는 박도준이 두개의 센서를 달아 놓은 것은 알지 못했다. 조금 뒤 집배원이 트럭에 빈 박스를 실고 둔탁한 디젤 엔진 소리를 내며 장성우가 출발한 반대 방향으로 출발했다.

11월 31일 새벽 6시 정각

박도준의 차 안에 설치된 위치 탐지기의 신호가 한곳을 가리키다 갑자기 두 개로 갈라져 따로 놀기 시작했다.

"조 형사 난데, 이 새끼가 센서 하나는 다른 차에 단 거 같아. 그래! 하나는 발견을 못한 거지. 그쪽에서 C1을 따라가 내가 C2를 따라갈 테니까 탐지되면 바로 연락 주고!"

박도준은 왼쪽 발을 구르며 우회전을 하여 바로 C2를 추적하기 시작했다.

"조 형사! 그리고 폭탄물 처리반 빨리 사무실로 들어오라고 해! 나, 지금 건물 하나는 족히 부숴버릴 수 있는 폭탄을 매고 있다고."

"예? 무슨 말인지는 잘 모르겠지만 일단 그렇게 할게요."

전화를 끊은 조 형사가 황당한 듯 나 팀장을 쳐다보며 말했다.

"폭탄을 매고 있다는데요? 그리고 사무실로 들어온다고."

"뭐? 폭탄?"

11월 31일 새벽 6시 30분 강남역 사거리

새벽이지만 강남역 사거리에는 각 차선마다 대여섯 대 가량의 차량이 신호를 기다리고 있었다. 편의점 집배원은 라디오를 들으며 박자에 맞춰 껌을 질겅질겅 씹고 있었다. 신호가 바뀌자 직진하는 차량이 뒤에서 천천히 우회전을 하였다. 오른쪽 편으로 건물 앞 화단에 앉아 있는 남자는 술에 취해 고개를 푹 숙인 상태였고, 그 남자의 다리를 베개 삼아 스커트를 입은 여자가 무릎을 올리고 다리를 쭉 벌린 채 하늘을 보고 누워 있었다.

"미친놈들! 부모가 불쌍하다. 불쌍해! 저런 걸 낳아 놓고 좋다고~ 미역국 먹었을 거 아냐!"

옆 차선에 있던 택시가 좀 더 빨리 직진을 하기 위해 오른쪽 차선으로 진입했다.

'끼끼이익!'

갑작스런 택시의 진입에 박도준 차의 트렁크 부분이 위로 들렸다. 급한 나머지 상향등을 켜며 클랙슨을 울렸다. 반쯤 벌리고 있던 여자의 다리가 완전히 벌어졌다. 뒤에서 빵빵거리는 박도준의 차를 백미러로 넌지시 보던 택시기사는 미소를 지으며 일부러 아주 조금씩 옆쪽으로 차를 빼주었다.

"비켜! 이 새끼야!"

박도준이 택시기사를 보고 욕을 퍼부운 뒤 속으로 숫자를 세었다. '하나! 둘! 셋! 넷! 다섯!'

우회전을 하자마자 추적 신호를 앞에 놓은 박도준은 눈앞에 잡은 편의점 차량 뒤에 차를 세웠다. 박스를 들고 편의점 안으로 들어 가는 모자 쓴 집배원의 뒷모습이 보였다. 총을 꺼내든 박도준은 편의점 차량 뒤에 바짝 붙어 움직이기 시작했다. 먼저 운전석과 조수석을 확인한 뒤 편의점 안으로 들어갔다.

11월 31일 새벽 6시 40분 강남역 사거리

편의점 문을 조심스럽게 열었으나, 문에서 나는 종소리가 귓전을 때렸다. 계산대에는 여자가 우유와 빵을 올려놓고 계산을 하고 있었다. 옆으로 고개를 돌리자 박도준과 눈이 마주친 여자는 총을 보고 화들짝 놀라며 손으로 입을 가렸다. 여자는 박도준의 조용히 하라는 사인에 입을 막고 고개를 끄덕였다. 박도준이 진열대를 돌아서서 조용히 집배원 뒤로 이동했다.

"손 들어!"

박도준의 말을 잘 알아듣지 못한 듯, 집배원은 노래를 흥얼거리며 계속 우유를 진열하고 있었다.

"손 들라고! 이 새끼야!"

박도준이 발로 집배원을 밀어 차자, 그때서야 사태 파악을 한 듯 넘어진 채로 손을 머리 위로 들었다.

"왜 그러세요. 누구세요?"

얼굴이 하얗게 질린 집배원은 박도준을 바라보며 금방 울음이라도 터뜨릴 것 같은 분위기였다. 박도준은 장성우가 아닌 것을 확인하고 아무 소리도 없이 뒤돌아 다시 뛰어나갔다.

11월 31일 6시 50분 마트 옥상 주차장

건물 옥상 주차장에서 나 팀장 일행은 동시에 차 문을 열고 뛰어 나왔다. SUV는 넓직한 공간에 혼자 버려져 있었다. 팀장을 제외한 두 사람은 총을 꺼내들었다. 조 형사가 수신호로 30미터 앞의 SUV를 가리키며 자기는 앞으로 갈 테니 김 형사는 돌아서 오라는 신호를 보냈다. 진동으로 되어있는 팀장의 휴대전화가 울렸다.

"그래. 도준아!"

개미 귀에 대고 말하는 것 같은 아주 조용한 톤의 목소리였다.

"놓쳤어요! C1. 그쪽입니다."

"알았어! 지금 눈 앞에 있어. 일단 끊어!"

차에 아무도 없는 걸 확인한 조 형사가 총을 옆구리에 꽂아 넣었다. 그때 트렁크 쪽에서 음악이 들려왔다. 전화벨 소리인 듯 했다.

'내 아픔~ 아시는 당신께~'

김 형사가 조 형사한테 수신호로 트렁크를 열어달라고 한 뒤, 브레이크 등이 들어오는 부분에 몸을 낮춰 자리를 잡고 총을 겨누었다.

'툭.쿡.'

수줍게 열린 트렁크 안에 다행히 사람은 없었다.

'내 아픔 아시는 당신께~'

벨소리는 여전히 울리고 있었다. 하지만 이상하게도 '발신번호 제한'으로 표시되어 있는 휴대전화는 와이어로 트렁크와 연결된 스키 넣는 구멍에 연결되어 있었다.

"……."

"전화를 받았으면 말씀을 하셔야지. 일단 당신들은 아주 난처한 상황에 처해 있다는 걸 인지하도록 하고. 그걸 푸는 방법은 휴대전화 안의 메모를 보면 돼. 하지만 일단 휴대전화를 열어야 알 수 있을 거야. 통화 끊기면 휴대전화 해제하는 것 있지. 이렇게 손으로 찌익~ 슬라이딩 하는 거, 그것 다섯 번 실패하면 타이머 작동하고 7초 후에 터진다. 그런데 차 안에는 당신들 모두 천국으로 보낼 만큼의 폭탄이 들어있거든. 지금 차 문이 열려 있지? 그 문이 닫혀도 터진다."

나 팀장이 휴대전화를 귀에 댄 채로 주위를 두리번거렸다. 분명 놈이 어디선가 지금 이 상황을 보고 있는 듯 했다.

"그리고 연결되어 있는 와이어를 놓쳐도 날아간다. 성공하면 바탕화면에 메모장 잘 읽어봐. 재미있을 거야. 팀장 나리!"

'뚜~뚜~'

"뭐야. 이 새끼는! 조 형사 이거 풀어봐! 빨리~ 다섯 번 안에 풀지 못하면 여기 다 날아간대!"

"팀장님! 튀시죠!"

조 형사가 도망갈 준비를 한 뒤 한 걸음 뒤로 물러나 있었다.

"뻥일 수도 있잖아. 잠깐 있어봐!"

조 형사가 떨리는 손으로 집게손가락을 들어 'ㄱ'자를 표시해봤다. '다시 시도하세요'라는 글자가 표시 되었다. 'ㄴ'을 표시해봤지만 여전히 '다시 시도하세요'라는 글자가 표시되었다. 갑자기 김 형사가 끼어들어 손가락으로 알파벳 'L'를 표시했다. 다행히 바탕화면이 눈에 나타났다. 나 팀장이 메모 웹을 '콕' 찔렀다.

메모장 내용 ;

문을 닫으면 30초 내에 터진다. 휴대전화가 울리기 시작해도 30초 내에 터진다. 단, 휴대전화 벨소리가 나지 않으면 너희들은 살 수 있다. 행운을 빈다!

네 사람이 서로의 눈을 쳐다봤다.

“가만가만. 침착하자고! 최 형사 저 밑에 뭐야? 지나가는 사람
들 있어?”

“잠시만요.”

최 형사가 한 걸음에 난간 쪽으로 달려갔다. 전화벨이 울리자
나머지 세 사람은 긴장하기 시작했다.

‘내 아픔 아시는 다앙~신께…….’

“야! 울렸어. 조 형사 시간 재봐.”

나 팀장이 ‘거부’를 눌렀지만 음악은 계속 흘러나왔다.

“소리를 줄이세요. 아니면 진동으로 바꾸던가!”

“음량버튼도 안 먹고, 진동으로 바꾸는 것도 없어. 조 형사 몇
초 지났어?”

“15초, 16초, 17초.”

“어떻게 좀 해봐! 김 형사!”

“배터리를 빼세요! 배터리!”

나 팀장이 손을 벌벌 떨며 배터리를 뺐다.

“옳지 이거야!”

벨소리가 멈췄다. 난간 쪽에서 달려오고 있는 최 형사의 거친
숨소리가 들렸다.

“팀장님! 지나다니는 사람은 별로 없어요. 그리고 바로 도로에
요. 편도 4차선이요.”

‘퉁’

듣고 싶지 않은 소리가 들렸다. 차에 가까이 다가온 최 형사가
무의식적으로 열려 있는 차의 앞문을 닫았다. 모든 동작을 멈춘

나머지 세 사람의 눈이 휘둥그레졌다. 나 팀장이 들고 있던 배터리를 덮는 커버가 와이어를 통해 스키를 넣는 구멍으로 빨려들어갔다. 사이드 브레이크가 풀리는 소리가 들리고 차가 움직이기 시작했다. 차 문이 잠기는 소리도 들렸다. 차가 움직이기 시작한 것이었다.

"피해!"

김 형사가 차에 붙어 차를 세워 보려고 했지만 이미 움직이기 시작한 4륜 구동의 SUV는 앞을 향해 빠른 속도로 질주하고 있었다.

"김 형사 피하라고!"

'텅!'

'꽝', '꽈과꽝!'

밑으로 떨어진 뒤 2초 정도 지났을까? 폭탄이 터지는 굉음이 모든 산소를 빨아들이는 듯 했다.

차가 도로 위에 떨어지는 소리, 연이어 터지는 폭발 소리, 지나가는 차들의 급제동 소리, 시민들의 비명소리, 차와 차가 부딪히는 소리, 그리고 계속 이어서 들려오는 기분 나쁜 소리들이 허공에 쌓이고 또 쌓였다.

나 팀장과 그 일행은 뚫어져 찢겨나간 난간으로 이동했다. 건물 아래는 전쟁이 휩쓸고 간 것처럼 끔찍한 장면들이 연출되어 있었다.

"아, 정말 자고 싶다!"

조 형사가 남긴 말이었다.

"죄송합니다."

난처한 얼굴의 최 형사가 나 팀장을 쳐다보고 있었다. 찢겨진 난간 뒤에서 마른 한숨이 끝없이 새어 나왔다.

11월 31일 8시02분 경찰서

경찰서장은 식은땀을 흘리고 있었다. 뻘겋게 달아오른 얼굴은 마치 소주를 두 병은 마신 듯 했다. 강력계 4팀 팀원들은 고개를 숙이고 경찰서장이 내뱉는 욕설을 온몸으로 고스란히 받고 있었다.

"피해액 25억, 2명 사망, 23명 중상, 육교가 날아가고 출근길에 무슨 말도 안 되는 전쟁이야! 당신들 정신이 있는 사람들이야? 뭐! 휴대전화 보안은 잘 풀었다고?"

'삐리리 삐삐~'

경찰서장의 휴대전화에서 소심한 벨소리가 들렸다.

경찰서장은 휴대전화를 쥔 손을 얼굴에 대고 발신번호를 확인하자마자 허리를 90도로 꺾었다.

"예! 청장님! 그렇게 하겠습니다."

"당신들! 여기 가만히 있어! 꼼짝도 하지 말고!"

전화를 끊은 서장은 급하게 정문 쪽을 향했다. 그때 마침 초췌한 모습의 박도준이 이상한 장비들을 메고 땀을 뻘뻘 흘리며 들어오고 있었다. 박도준이 등장하자 상황을 아는 형사들은 기겁하며 자세를 낮추었다.

"야! 박도준! 경찰서가 무슨 놀이터인 줄 알아? 너 차림새는 왜 또 그래?"

"서장님! 폭탄입니다. 오늘 터진 그거요! 제 배낭에 한가득이에요. 터지면 여기 다 날아갑니다."

나 팀장이 조심스럽게 서장 옆으로 가서 상황 설명을 해주었다. 서장은 생전에 건장했던 마이클 잭슨 같이 뒷걸음을 치며 자세를 낮추었다.

"야! 빨리 저 새끼, 내 보내!"

서장이 한쪽 옆으로 비켜 선 후, 박도준이 꾸벅거리며 경찰서 안으로 들어가자 서장은 체면도 버린 채 빠른 걸음으로 밖으로 나가 버렸다.

"김 형사! 폭탄물 처리반은? 그리고 물 좀 줘. 밥도!"

11월 31일 8시 50분 경찰서

폭탄물 처리반 팀원 한 명은 박도준이 메고 있는 가방을 수색하고 다른 한 명은 앉아서 만보기를 유심히 만지고 있었다. 폭발물 처리반 팀장은 박도준과 대화를 나누고 있고, 나 팀장 및 형사들은 박도준을 둘러싸고 있었다. 박도준은 여전히 숫자를 세면서 발을 구르고 있었다.

"그러니까 박 형사! 잘 들어. 만보기에 정해진 숫자가 7,777이라고 했지? 그리고 한 템포의 간격이 최대 7초라고 했으니…… 자 보자! 1분이면 60초, 10분이면 600초, 1시간이면 3,600초이지?"

그가 옆쪽으로 고개를 돌렸다.

"야! 계산기 좀 줘봐. 박 형사! 몇 시에 시작됐다고 했지?"

"5시 30분에서 32분 사이일 거야."

계산기를 건네 받은 폭발물 처리반 팀장은 열심히 손가락을 놀리기 시작했다.

"최대한으로 보면 당신이 살 수 있는 시간이 7,777 × 7이고 나누기 3,600이니까 15시간이고. 당신이 가장 빨리 갈 수 있는 시간은 7,777 나누기 3,600이니까 2시간 20분 이내…… 5시 30분부터 시작되었다고 치면. 음……."

폭발물 처리반 팀장이 갑자기 박도준한테서 멀리 떨어졌다. 다른 사람도 덩달아 비켜섰다.

"이미 터졌어야 하는데…… 야! 돌탱아! 만보기 숫자 확인해 봐."

별명이 '돌탱이'인 팀원이 박도준에게 조심스럽게 다가서서 만보기를 확인했다.

"5,024인데요!"

"아직 좀 더 살 수는 있겠군."

주위 사람들이 낮춘 몸을 일으켜 박도준에게로 다시 다가갔다.

"박도준 씨!"

이른 아침임에도 불구하고 정문에서 오토바이 복장을 한 퀵서비스 집배원이 들어왔다.

"박도준 씨 계세요?"

"여기요! 이쪽입니다."

김 형사가 박도준을 대신해 손을 흔들었다.

"자! 여기 사인이요."

퀵서비스 집배원이 물건을 내밀었다. 대신 사인을 한 김 형사가 박도준을 쳐다봤다. 박도준은 턱으로 팀장을 가리켰다.

"열어 보세요.".

"야! 이걸 왜 내가 열어봐. 나 아직 벽에 똥칠할 때 안 됐어!"

기겁을 하며 뒤로 물러선 나 팀장이 조 형사를 쳐다봤다.

"이그~ 꼭 결정적일 때 의리가 없다니까. 주세요. 제가 열어 볼 테니까."

조 형사가 상자를 흔들어 보았다. 헐렁하게 포장이 되었는지 물체가 상자 안에서 움직이는 소리가 났다. 테이프를 떼어내고 조심스럽게 상자를 열었다. 상자 안은 두 파트로 나누어져 있었고, 두 가지의 물건이 들어 있었다. 하나는 네모큐브였고, 다른 하나는 가운데에 구멍이 나 있는 처음 보는 물건이었다. 조 형사는 큐브와 이상하게 생긴 물건을 박도준에게 건냈다.

"이건 시가 커터고, 그런데 이니셜이 있네? 큐브?"

"개새끼!"

박도준은 큐브를 맞추기 시작했다.

"나 팀장님. 장성우에 관해 조사된 내용입니다."

오른쪽 가장자리에 앉아 있던 여형사가 나 팀장을 보고 말했다. 팀원들이 여형사 컴퓨터로 모여들었다. 박도준은 컴퓨터를 보면서 계속 큐브를 맞추고 있었다. 색깔들이 자기 자리를 조금씩 찾아가고 있었다.

"장성우! 본적 서울특별시 동대문구, 원적 화성시 봉담읍,"

"뭐? 봉담읍이요?"

박도준이 갑자기 맞추던 큐브를 멈추었다.

"잠깐 있어봐~ S대 졸업, 미국에서 3년 생활했고, 잠깐 특수부대 소속이었네! 그런데 만기 제대는 못 했잖아? 누구 기무대에 아는 사람 없어?"

나 팀장이 박도준이 들을 수 있도록 소리를 내어 읽어 주었다.

"아니에요! 정보사 쪽에 직접 알아봐야 해요. 조 형사! 당신 그쪽에 아는 사람 있지?"

박도준이 뒤쪽에 서 있는 조 형사를 향해 말했다. 박도준이 다시 큐브를 맞추기 시작했다. 속도 또한 점점 빨라졌다. '돌탱이'라는 폭발물 처리반 팀원은 번호를 세며 박도준의 다리를 들었다가 놓았다가를 반복하고 있었다. 모두들 모두 박도준만 주시하고 있었다. 드디어 색깔대로 퍼즐이 다 맞추어졌다. 색깔별로 나눠져 있는 큐브위에는 프린트 되어 있는 6명의 여자 사진이 있었다. 죽은 피해자들의 겁에 질린 얼굴들이었다. 그리고, 마지막 여섯 번째 면에는 바로 전날 찍힌 듯한 겁에 질린 엄지원의 사진이 있었다.

"이 미친 새끼! 죽여버리겠어!"

'퍽!'

열이 머리 끝까지 오른 박도준이 큐브를 땅바닥에 집어던지자, 부서진 큐브 안에서 꼬깃하게 접힌 종이 하나가 튀어나왔다. 김 형사가 튀어나온 종이를 박도준에게 건넸다. 그것은 사진이었다.

바로 이은정이 눈물을 흘리는 사진으로 사진 뒤편에는 글씨가 쓰여 있었다.

'난 너를 잘 알지. 너보다 더! ^^, 분명 바닥에 던졌겠지? 또라이 새끼. 이런말 안 하려고 했는데. 고민되겠지만 단 한 명만 선택할 수 있다! 내가 단 한 명을 선택한 것처럼!'

11월 31일 9시50분 안양 인덕원 사거리

달리는 트럭 앞에 이정표에는 '백암저수지'라고 쓰여 있었다. 폭발물 처리반 팀장이 정한 작전 장소는 바로 백암저수지였다. 박도준은 편하게 발을 구를 수 있도록 1.5톤 트럭 뒤에 타고 있었고, 그 옆에 '돌탱이'도 같이 바람을 맞고 있었다. 먼산을 바라보고 있는 박도준은 조금 전 김 형사가 말했던 내용을 다시금 되뇌이고 있었다.

"제대 6개월을 앞두고 의가사 제대를 했는데 이유는 고참들의 성추행이었데요. 고참 두 명이 목욕탕으로 장성우를 끌고가서 군대에서 쓰는 아드로핀을 주사해 반항할 수 없게 한 다음 장성우의 엉덩이에 문신을 새겨 넣었는데 그 문신이 바로 '웃고 있는 해골, Smile Skull'이라고 합니다. 그런 다음 항문에다가 총을 집어넣고 협박을 했데요. 끝까지 저항을 해서 총이 반쯤은 다 들어갔답니다. 결국 죽도록 두들겨 맞고 쓰러져 있는 장성우한테 그 두 명이 오줌을 갈기고 그 위에 올라가 똥을 눴대요, 그 장면을 이등병을 시켜서 고스란히 비디오 테이프에 담았답니다. 그 놈은 그 사건 때문에 의가사 제대를 하게 되었고 항문, 직장, 대장이 다 망가졌대요. 그 고참 두 명은 그 사건으로 영창에 갔다가 불명예 제대를 했는데 전역 후 6개월 정도 있다가 의문의 살해를 당했답니다. 같은 날 다른 장소에서 두 사람 다 눈이 다 뽑히고 가운뎃손가락, 중지 말이에요. 그게 다 짤린 채로요. 입이 양쪽 다 턱까지 찢어져 있었고, 눈과 손가락은 찾지도 못했다고 합니다. 그리고 장성우. 그 새끼 사고 당하기 전까지는 특수부대에서도 격투, 사격, 폭파 등 모든 면에서 뛰어났고요. 또 머리가 좋아서 상위 1퍼센트에 들어가는 정예 중에 정예병이었대요."

흙먼지를 일으키며 경광등을 킨 경찰차 3대가 각기 다른 방향으로 정지한 뒤, 뒤따라오던 박도준이 '돌탱이'의 손을 잡으며 트럭에서 조심스럽게 뛰어내렸다. 폭발물 처리반 팀장과 나 팀장은 각기 바쁘게 지시를 내렸고, 경찰과 폭발물 처리반 팀원들은 분주하게 움직였다.

"자 이렇게 하자고. 시간이 없어."

박도준 앞에 서 있는 폭발물 처리반 팀장이 돌탱이에게 손짓으로 만보기의 숫자를 알려달라고 했다.

"7,699에요 지금."

"그 천재 같은 또라이 새끼 말이 맞다면 박 형사는 몇 분 내로 산산조각이 날거야."

"그러니까!! 어떻게 하라고. 좀 빨리. 당신 살덩이 아니라고 너무 느긋한 거 아니야?”

　“저기 보이지 제트스키? 내가 신호를 하면 저쪽으로 100미터 달리기를 하듯 전력으로 달려가. 제트스키에는 로프가 달려 있고, 그것은 수갑으로 연결되어 있어, 일단 운전하는 사람의 어깨를 집고 서서 타는 거야. 중심 잘 잡고 알지? 떨어지면 작살나는 거야. 제트스키가 목표 지점까지 가는 데에 약 10초 정도 걸리니까 발은 두 번 정도만 구르면 돼. 그리고 자기가 ‘던져!’라고 말 하면 제트스키가 옆으로 돌면서 자기를 떨어뜨릴 거야. ‘던져’라는 말과 함께 발을 같이 굴러. 물속에 떨어지고 나면 재빨리 배낭을 위에서부터 밑으로 풀어. 모두 세 개잖아. 그렇지? 이 기폭 장치는 방수처리가 안 됐어, 그러니까 7초에서 10초 정도는 시간을 벌 수 있을 거야. 그리고 이걸로 만보기 뒤를 잘라! 풀지 못하게 와이어로 연결이 되어있으니 이걸 사용해야해. 제일 중요한 거야. 알았지? 잘 기억하고. 제트스키는 자기가 떨어지고 난 뒤 3초 뒤에 우리가 서 있는 곳으로 다시 돌아올 거야. 자기를 매달고. 알았지? 다 기억한 거지? 이렇게 말야. 한번 연습해봐.”

　니퍼를 건네준 폭발물 처리반 팀장이 차례로 동작을 하나하나 보여주었다.

　“하나, 중간! 둘, 밑! 셋, 만보기! 넷, 이동! 다섯, 탈출! 시간없어. 다시 말하지만 이 방법밖에 없어. 자기 국립묘지라도 가야 하잖아. 뇌관이 물에 젖으면 발화점이 늦어지던가, 재수 좋으면 안 터질 수도 있어. 그러나 바로 터질 수도 있으니, 박 형사는 7초 안에 모든걸 끝내야 해. 알았지? 손으로 잡으면 놓칠 수도 있으니까 수갑으로 연결한 거야. 수갑 열쇠 절대 떨어뜨리면 안 돼! 알았지?"

폭발물 처리반 팀장이 수갑 열쇠를 박도준에게 건네주었다. 박도준은 애인한테 받은 반지라도 되는 것처럼 소중하게 바지 안에 챙겨 넣었다.

"알았어! 새끼야!! 날 죽여라. 그냥."

"살면 대포 한잔 하자. 동기야! 정신 바짝차려! 각자 자기 위치로 가고! 야 제트! 준비됐지? 자. 간다!"

폭발물 처리반 팀장의 지휘 아래 모두가 한마음이 되어 박 형사를 지켜보았다. 박 형사는 들고 있던 니퍼를 주머니에 넣고 달리기 준비 자세를 취했다.

"레디~ 고!"

박도준이 폭발물 처리반 팀원들은 훈련된 것 같이 팀장의 말이 떨어지자 모두 땅에 엎드렸다. 형사들과 취재진들도 덩달아 몸을 낮추었다.

그러나 너무 빨리 달린 나머지 박도준의 오른쪽 신발이 벗겨졌다. 방탄복을 입은 제트스키 운전자는 박도준이 앞으로 다가오자 수갑으로 연결된 로프를 던졌다. 박도준이 제트스키 위에 오르자마자 날렵하게 생긴 장난감 같은 물건은 엄청난 속도를 내며 물살을 갈랐다. 목표지점이 눈 앞에 보였다. 박도준은 발을 한 번 굴렀다.

"하나, 둘, 셋, 던져!"

제트스키가 큰 물살을 가르며 왼쪽으로 방향을 틀어 박도준을 던졌다.

"퍼덩!"

'1초'

저수지 수면 밑은 위에서 보는 것보다 탁해서 시야를 확보하는데에 시간이 걸렸다. 아니, 거의 물체를 알아볼 수가 없었다. 입에 공기를 가득 채운 박도준은 느낌으로 배낭의 클립을 분리했다.

'하나'

'2초'

'둘'

두 번째 클립을 풀렀다.

'3초'

'셋'

맨 밑의 클립을 분리하자마자 배낭이 떨어져 나갔다. 바지에서 니퍼를 꺼내들었다. 몸을 밑으로 숙여 만보기를 제거하려고 할때, 제트스키가 출발해 버렸다. 갑자기 끌려가는 힘에 당황한 박도준은 그만 니퍼를 놓쳐버렸다. 만보기를 제거하지 않으면 배낭이 그대로 따라올 것이다. 비상사태였다. 제트스키가 박도준의 몸을 심하게 당겼다. 숨조차 쉴 수 없었다.

'4초'

만보기의 숫자는 이미 7,773을 가리키고 있었다. 만보기를 고정시키고 있는 와이어를 잡고 흔들어 댔지만 꿈쩍도 하지 않았다.

'5초'

바지춤의 벨트를 풀었다. 지금 체면 따위는 중요하지 않았다.

살아야 한다. 꼭 살아서 모두를 위해 복수를 해야 한다고 생각했다. 다행히 풀려나간 배낭 때문에 바지가 밑으로 내려갔다. 하지만 만보기가 채워져 있는 종아리에 이르자 또 꿈쩍도 하지 않았다. 엄지원의 얼굴과 이은정의 얼굴이 교차하며 지나갔다. 만보기를 고정시킨 플라스틱줄을 힘차게 밑으로 밀었다. 그제서야 조금씩 밑으로 움직였다. 숨이 목까지 차올랐다.

'6초'

이젠 됐다. 밑으로 내려갔다. 발목 부분까지 내려간 만보기는 한쪽 양말과 바지를 엎고 드디어 물속으로 사라졌다.

'7초'

엉덩이가 모래에 닿았다는 것을 알 수 있었다. 어느새 물가까지 나온 것이다. 수면 위로 나온 박도준은 물 위를 뛰어올라 폭발물 처리반 쪽으로 향했다.

'팅'

박도준이 팽팽해진 로프에 딸려 뒤로 자빠졌다. 눈이 휘둥그레졌다. 물속으로 사라진 바지가 떠올랐다.

"수갑 열쇠!"

박도준은 30미터 전방에 있는 폭발물 처리반 팀장과 나 팀장을 무표정으로 쳐다봤다. 제트스키 운전자도 이미 몸을 피한 상태였다.

"열쇠! 수갑 열쇠! 던져!"

목이 터져라 열쇠를 찾았다.

"박 형사! 엎드려!"

"야! 수갑 열쇠가 없어. 빨리 이쪽으로 하나 보내줘!"

"갈 수가 없어. 알아서 해결해!"

폭발물 처리반 팀장이 냉정함을 보였다. 나 팀장이 수갑 열쇠를 꺼내 박도준에게 던질 준비를 했다.

"하나, 둘, 셋!"

나 팀장이 던진 수갑 열쇠는 방향을 잃고 박도준과는 10미터 정도 떨어진 위치에 떨어졌다.

"저. 병……."

박도준은 할 말을 잃었다. 시간이 자꾸 흐르고 있었다. 박도준은 본부 쪽으로 포복을 하며 제트스키를 질질 끌었다. 이젠 로프를 끊어버리는 방법밖에 없다.

'푹!'

물속에서 작은 거품이 일어났다. 일어섰던 몇 명의 인원도 반사적으로 몸을 낮추어 폭발에 대비했다. 곧 무언가 있을 것이다. 박도준이 스파이더맨이 빌딩을 오르듯 모래를 움켜잡고 앞으로, 앞으로 전진했다. 하지만 여의치가 않은지 다시 일어나 두 다리의 근육을 불끈 세웠다. 조금만 더, 조금만 더.

'탱!'

로프 끊어지는 소리가 정적을 갈랐다. 박도준은 앞으로 튀어나가 순식간에 본부 근처까지 굴러갔다.

1초, 2초.

엎드려 있던 박도준이 입에 모래를 물고 정신을 차렸다. 한쪽의 검은 양말, 팬티, 온몸에 흙투성이, 마치 진흙바닥에서 미식축구를 했던 선수를 떠올릴 만한 참혹한 모습이었다.

"우리가 또 당했네. 이 또라이 새끼. 뻥이잖아. 개새끼."

박도준이 뒤를 힐긋힐긋 보더니 일어나서 사람들 쪽으로 당당하게 걸어갔다. 사람들 또한 박도준의 말을 듣고 한두 명씩 일어나기 시작했다. 나 팀장과 팀원들도 허무해하며 몸을 일으켰다. 본부 뒤에 있던 취재진도 돌발상황이 없다는 판단으로 미간을 찌푸렸다.

'꽝', '푸우악!'

그때였다. 거친 굉음과 약 20미터 정도의 물기둥이 하늘로 치솟았다. 모래밭에 있던 모든 사람들이 자지러지듯 모래바닥에 몸을 파묻었다. 박도준도 머리에 손을 얹고 엄폐자세를 취했다. 물기둥이 내려가자마자 머리만한 돌덩이 하나가 경찰차 위에 떨어졌다. 뒤이어 흙과 모래 더미가 본부를 뒤덮었다. 박도준은 돌아누워 하늘을 보며 사태를 주시했다. 그때 머리만한 돌 하나가 위에서 떨어지는 것이 보였다. 이미 피하기는 늦은 상황이었다. 박도준은 엉덩이를 위쪽으로 뺀 뒤 다리를 있는 힘껏 벌렸다. 다행히 돌덩이는 사타구니 가운데에 떨어져 깊게 박혀버렸다.

"휴우~ 십년 감수했네."

폭발 사건이 종료되자, 열띤 취재 경쟁이 펼쳐졌다. 한편, 원목 장식의 차분한 분위기의 호텔에 들어 앉은 한 남자는 다리를 꼰 채 실시간으로 중계하고 있는 '백암저수지 폭발 사건'의 뉴스를 보고 있었다. 취재하는 아나운서의 멘트 뒤에 폭발물 처리반 팀장이 상황을 설명하고 있었다.

"예. 폭탄은 C-4로 위력계수는 1.34 정도 되고요. 초당 폭발속도는 9000미터 퍼 세크 정도 됩니다. 그러니까. 건물에서 터졌으면……."

폭발물 처리반 팀장은 인터뷰를 처음하는지 심하게 떨고 있었다. 갑자기 옆에서 시끄러운 소리가 들렸다. 박도준이 갑자기 카메라에 진흙이 덕지덕지 묻은 얼굴을 들이댔다.

"너 이새끼!"

나 팀장이 박도준을 끌어냈지만 카메라 앵글 안에는 다시 박도준의 얼굴이 나타났다.

"너! 내 손에 죽어."

나 팀장이 박도준의 입을 막았다. 하지만 다시 나타났다.

"죽인다. 꼭!"

누군가 뒤에서 카메라맨을 밀쳤는지 박도준의 헐렁헐렁한 속옷과 검은색 양말이 화면에 잡혔다.

그 장면을 보고 있던 호텔 안의 남자는 웃기 시작했다.

'하. 하. 하하하하!!", 하하하하하!'

"미친 또라이 새끼!"

'탁!'

물잔을 내려 놓은 남자는 자리에서 일어나 호텔문을 나섰다.

화성시 공장지대 가건물

컨테이너 2대가 나란히 놓여져 있는 화성의 어느 한적한 공장
에는 민간인은 아닌 것 같은 건장한 남자 3명이 컨테이너에서 박
스를 내리고 있었다. 그 앞쪽에는 흐뭇한 표정의 까치가 전화를
받고 있었다.

"예~ 힘이 없는지 이젠 반항도 안 하네요. 네. 그렇게 할게요."

전화를 끊은 까치는 왼쪽으로 고개를 '휙' 돌려 재수 없다라는
표현을 침을 뱉는 것으로 대신했다. 그리고는 마치 통화상대가 바
로 앞에 있는 것처럼 휴대전화의 송화기 부분에 대고 욕을 퍼 부
었다.

"이 새끼! 내가 지 부하인 줄 알아. 항상!"

공장 가건물 깊숙한 부분에는 고개를 숙인 엄지원이 발과 손이
끈으로 제압당한 채 옆으로 누워 있었다. 입술이 떨리듯 조금씩
움직여 계속 무언가를 말하려고 했다. 묶여있는 손은 꽉 낀 청바
지의 뒷주머니에 올려져 있었다. 주머니 위로 보이는 손바닥 반만
한 직사각형 모양은 안에 무엇이 있는지 짐작할 수 있게 했다. 하
지만 배터리가 아직까지 남아 있을지는 알 수 없었다.

공장문 앞에는 형식적으로 걸려있는 것으로 보이는 '대한 Int'
라는 상호가 걸려있었다. 내부와 연결되는 굳게 닫힌 문이 잠시
후 슬그머니 열리더니 덩치 큰 사내 하나가 목을 빼꼼히 내밀어
밖에 아무 일도 없는 것을 확인하고 다시 머리를 안으로 집어넣었
다.

"계집들. 하여튼 돈이라면⋯⋯."

총 8명의 여자가 4명씩 마주 앉아서 사내들이 올려다 주는 한 묶음씩 된 브래지어를 서로 나눠 작업을 하고 있었다. 사내 한 명은 책상 중앙에 앉아 일하는 여자들을 유심히 지켜보고 있었다.

"어머. 얘들아 우리 떼돈 벌겠다. 이 물량 봐라. 저번보다 두 배는 되겠다. 우리 명품 가방 하나씩 들겠어."

껌을 씹고 있던 여자가 싱글벙글대며 익숙한 손놀림을 보였다.

"야! 미친년아! 돈 모을 생각이나 해. 너 언제까지 지하실에서 일 할래? 공사도 제대로 못하는 년이."

"그러게 말야! 백마 탄 왕자는 도대체 언제 오는 거야? 나타나기만 해봐라. 바로 공사 들어가서 애 하나 안고, 깃발 꽂으러 들어가야지."

"야! 잡것들아 일이나 열심히 해! 그리고 까치 오빠한테 충성하고. 시간당 한 장짜리 알바가 세상에 어딨니?"

가장 나이가 많아 보이는 여자가 사내를 의식하며 아부 발언을 하였다.

"오늘은 두 시간 정도 하면 되겠네. 히히, 2백! 오늘은 출근 안 해도 되겠다. 언니! 빨리하고 소주나 한잔 하러 가자. 몸도 결리고 하니 사우나도 좀 가야겠어."

8명의 여자들은 덩치 큰 사내들이 박스 안에서 꺼내어 올려놓은 비닐포장지 안의 물건을 하나씩 꺼내 작업을 했다. 그 제품은 브래지어였고, 그녀들이 하고 있는 작업은 브레지어 밑부분에서 튜브를 꺼내 차곡차곡 쌓아놓는 것이었다. 가운데에 어느 정도 튜브가 모이면 한 사내가 쌓아놓은 튜브를 수거해 옆에 있는 방으로 옮겼다. 옆방에는 까치가 컴퓨터 앞에 앉아 게임을 하고 있었고 머리를 묶은 한 남자가 옆에서 건네주는 튜브를 하나씩 집어서 맨 끝부분을 가위로 자르고 준비되어 있는 50cc 유리병에 담았다. 한 쪽 옆에는 이미 3개의 병이 흰색 분말로 가득 채워져 있었다.

"야! 이리 하나만 줘봐."

컴퓨터 게임에 집중하고 있던 까치가 제품을 달라고 했다. 머리를 묶은 남자는 아무 말 없이 까치에게 담고 있던 병을 가져다 주었다. 잠시 게임에서 눈을 뗀 까치는 손가락으로 하얀 분말을 찍어서 냄새를 맡고, 코구멍에 분말을 집어넣은 후 힘껏 빨아 들였다.

"음! 좋은데! 중국애들 이런 거 하나는 기가 막히단 말야!"

'쾅!'

부자연스럽고 급하게 열려버린 문 앞에 모자를 눌러 쓴 남자가 서 있었다.

'콜록, 콜록.'

활짝 열려버린 문소리 때문에 코로 넘겼던 분말이 기도로 넘어갔다. 까치는 목을 잡고 괴로워했다.

"형! 오늘은 배달 어디야? 이태원이야?"

"야! 이새끼야! 간 떨어질 뻔 했잖아. 좀 조용히 좀 다녀!"

모자를 눌러 쓴 남자가 까치의 옆에 와서 앉았다. 그 남자는 바로 박도준이 강남역 편의점까지 쫓아가서 총을 겨눈 집배원, 바로 그 자였다.

강남 경찰서

　프로젝터의 열을 식히는 팬이 돌아가는 소리가 오늘따라 왠지 크게 들렸다. 박도준은 실내의 소음이 유난히 낮아서라고 생각했다. 팀장은 포인터를 잡고 프로젝터에서 뿌리고 있는 파란 불빛 옆쪽에서 서울경찰청장과 강남경찰서장의 빨갛다 못해 까맣게 잿더미가 된 것처럼 구겨진 얼굴들 앞에서 사건에 대한 브리핑을 하고 있었다. 포인터의 페이지 넘기는 기능버튼을 클릭하자 장성우의 사진이 나타났다.

　"이름은 장성우이고, 현재는 글로벌 로지스틱스에 근무하고 있습니다. 직급은 차장입니다. 본적은 동대문구 용두동이고 원적은 경기도 화성시 봉담읍입니다. 가족관계는 아버지 장영남, 어머니 이순자, 형 장필우가 있는데 장필우는 이미 사망했습니다. 학력은 S대를 졸업하고, MIT에 2년간 교환학생으로 있었습니다.
　아버지 장영남은 어릴 때 김덕순씨와 헤어졌고, 서울로 상경하여 이순자씨와 오랫동안 사실혼 관계로 지내고 있습니다.
　그러니까 장성우는 김덕순씨 혼자서 키운 거나 다름없습니다.
　군복무는 특수부대에서 했고 S대를 졸업한 후 입대했으며 의가사 제대 후 6개월 정도 국내에 있다가 미국으로 떠났습니다. 의가사 제대 이유는 앞에 있는 자료를 참고 하여 주시기 바랍니다.

특이한 점은 장성우는 2005년 장필우 사건의 동생임이……."

2005년, 장필우 사건

밤새 잠복근무를 한 2005년 11월13일 새벽 6시, 쪼그라든 내장의 반란과 참혹해진 사지의 농성을 한 그릇의 해장국으로 달래고 있던 나 팀장 일행은 근처 아파트에서 인질극이 벌어지고 있다는 전화를 받고 씩씩대며 숟가락질의 속도를 높이고 있었다. 박도준은 숟가락을 식탁에 올려놓고 천장을 바라보며 자기 처지를 한탄하고 있었다.

"가자. 일 해야지."

나 팀장의 한 마디에 말없이 일어선 박도준과 이한성, 최 형사는 떨어지지 않는 발걸음을 달래며 해장국집을 나섰다.

현장에 도착한 시각은 6시 30분경, 밤새 시달렸던 피해자의 비명이 4시경 마른 밤하늘에 울려 퍼졌고, 이를 이상하게 생각한 윗집 주민이 경찰에 신고를 하여 4시 15분경에 출동한 경찰과 초기 대치를 한 후, 가해자가 인질극을 벌이자 일이 커진 것이라고 먼저 출동해 있던 김 형사가 대략적인 상황을 설명해주었다. 그때 그 인질극을 벌인 장본인이 바로 장성우의 형인 장필우였다. 바로 몇 분 전까지도 그랬지만, 나 팀장 일행은 그때 장성우가 장필우의 동생인지는 몰랐었다.

현장은 참혹했다. 새벽까지도 술에 취해 있던 장필우는 이미 피가 묻어있는, 마치 정육점에서나 쓸 것 같은 커다란 식칼로 부인

370

의 목을 위협하고 있었고, 그 부인의 여동생으로 보이는 여자는 이미 칼에 찔려 한쪽 옆에서 복부를 움켜잡고 벌벌 떨고 있었다. 텔레비전 위에는 남자 둘이 어깨동무를 하고 환한 웃음을 짓고 있는 사진이 놓여져 있었고 그 옆에는 'B'라고 새겨진 야구모자가 놓여져 있었다. 항상 설득의 달인이라고 생각하고 있던 나 팀장이 먼저 입을 열었다.

"장필우씨 이건 좋은 방법이 아니야. 여기서 멈추면 정상참작은 되지만. 일이 커지면 우리가 도와줄 수 없습니다. 자~ 자~ "

나 팀장이 설득하며, 한 발짝 한 발짝 장필우 쪽으로 다가갔다.

"더 이상 가까이오면, 이 여자 목을 따버릴 거야!"

장필우는 완강했다. 이미 자기 처제의 복부를 찔러버린 상황을 봐서 지금 앞뒤 상황을 가릴 정신은 아닌 것 같았다.

"오지마. 새끼야!"

'헉'

인질을 데리고 앞쪽으로 걸음을 뗀 장필우가 나 팀장을 위협하기 위해 휘두른 커다란 부엌 식칼이 총을 들고 있던 나탐장의 손에 깊은 상처를 입혔다. 총은 바닥으로 떨어졌고 당황한 나 팀장은 한걸음 뒤로 물러나 손을 움켜잡았다. 장필우와 나 팀장의 눈이 동그래졌다. 정확히 가운데에 놓여있는 총이 장필우에게 간다면 일은 걷잡을 수 없게 된다. 그때 기회를 놓치지 않은 이한성이 한쪽 옆에서 장필우의 허리를 향해 몸을 날렸다. 하지만 처제가 흘린 피 때문에 미끄러져 허리는커녕 바닥에 대자로 뻗는 웃지 못할 상황이 벌어졌다. 불난 집에 휘발유를 뿌린 셈이 되었다. 당황한 장필우는 잽싸게 총을 집어들었다. 이한성도 자세를 낮춘 장필우를 가만두지 않았다. 비록 장필우가 총을 집어들긴 했지만 장필우의 손은 이한성에게 제압당했다. 끝내는 이한성과 장필우가 붙어 뒹굴기 시작했다.

"야! 이 개새끼들아! 너희가 뭘 알아! 뭘 아냐고!"

흥분한 장필우의 목소리는 원망을 가득 담고 있었다.

'탕!'

장필우가 방아쇠를 당겼다. 총구에서 빠져 나간 쇳덩이는 이한성이 아니라 나 팀장의 옆구리에 꽂혔다. 이한성이 무릎을 가슴에 붙여 장필우를 힘차게 밀어냈다.

'탕', '탕!'

때를 놓치지 않은 박도준이 두 발의 총알을 발사했다. 장필우는 그 자리에서 즉사했다.

강남경찰서

"5명의 살인 사건 중 3명에게 남긴 이물질이 장성우 DNA와 일치합니다."

범행에 사용된 차량은 모두 성남 모란시장 근처에 위치한 렌터카 업체 차량으로 드러났고, 수십 대의 대포폰과 5개의 삐삐를 사용했으며, 장성우 자신의 휴대전화는 부인인 음악가 '신희'씨와 회사에만 사용되었는데 이상한 점은 '이상철', 즉 강남 도가니파 행동대장 일명 '까치'한테 걸려온 전화 두 통과 문자 한 통이 있었다는 점으로 미루어 평소에 대포폰으로 까치와 연결되었던 것으로 예상되며, 단순 연쇄살인 사건은 아닌 것으로 판단됩니다."

나 팀장이 화면에 등장한 까치의 사진에 포인터를 맞추고 정면을 주시할 때 박도준이 입을 열었다.

"치즈를 먹는 건 분명히 두 번째 생쥐입니다. 조폭인 까치도 장성우의 두뇌 앞에서는 당할 수가 없는 거 겠지요."

평소 때보다도 굵고 진지한 목소리였다. 경찰청장과 서장쪽으로 몸을 튼 박도준이 다시 말을 이었다.

"눈을 가리는 방법은 세 가지가 있습니다. 하나는 끈으로 가리는 방법, 또 하나는 손으로 가리는 방법, 마지막 하나는 그냥 눈을 감는 것입니다. 만약 맨 마지막 문장을 먼저 들었다면 대부분의 사람은 눈은 그냥 감을 수 있는 자연의 현상이라고 생각했을 것입니다. 그러나, 일단 세 가지 방법이 있다고 단정을 하면, 사람의 마음은 세 가지라는 범위를 벗어나지 않게 되고 또한 끈으로 눈을 가린다는 말에 일단 눈은 그냥 감을 수 있다는 것을 망각하게 되는 것입니다. 이것은 일종의 속임수인데 마술사가 절세미인을 조수로 써서 사람들의 시선을 조수 쪽으로 먼저 가게 하는 방법과 동일합니다. 강남바닥에서 일어나고 있는 가장 큰 이슈가 연쇄살인 사건이지만 그것을 실행하기 위해 먹이로 던진 것이 바로 손가락 폭탄 사건입니다. 결론은 두 사건이 동일인물에 의해 철저한 계획에 따라 진행되었다는 것에 다시 수사의 초점을 맞춰야 합니다. 그리고 아직 현재 진행형입니다."

박도준이 다시 몸을 틀어 정면을 쳐다봤다.

"동일인물? 난 그런 보고 받은적 없는데?"

경찰청장이 서장을 쳐다보며 눈을 부릅떴다.

"청장님. 방금 보고 드린 겁니다."

서장이 난처해 하며 위기를 모면하기 위해 안간힘을 썼다. 날카롭게 뜬 두 눈은 나 팀장과 박도준을 향해 있었다.

때를 놓치지 않고 나 팀장이 다시 말을 이었다.

"아시다시피 '까치'는 마약, 살인미수, 총기매매, 밀수, 강간, 절도, 도박 등 전과 7범으로 구분 없이 범죄를 일으키는 잡범으로, 요즘은 세력이 커져 블랙리스트에 올라있는 인물이기도 합니다. 정보통에 따르면 까치는 요즘 중국에서 한 파트너를 만나 국내에서 세탁, 이태원 및 잘 나가는 클럽 등에 뿌리기도 하고, 또 점조직 딜러들과 거래해서 연예인들한테 직접 흘리기도 한답니다. 즉, 규모가 큰 마약거래의 국내 반입은 프로들이 아니면 안되는 것인데, 그의 학력 수준이나 지금까지의 시장바닥 같은 거래 수준으로 보아 분명히 뒤에 배후가 있다고 생각합니다. 이런 상황으로 미루어 볼 때 그 배후 인물이 바로 장성우일 가능성이 큽니다. 실제로 장성우는 중국 광저우에 잦은 출장이 있었는데 갈 때마다 광저우와 심천 사이에 있는 브래지어를 생산하는 공장을 꼭 방문했다고 합니다. 조직적으로 보면 밥을 주는 장성우가 실제로는 까치의 우두머리라고 할 수 있는 거죠.

모두들 잘 알고 계시는 까치의 보스 '배상두'는 비록 조직에서는 은퇴했지만 업소를 맡고 있고, '까치'의 정신적 지주이기도 했는데, 최근에 심장마비로 사망했습니다. 부검 결과 실핏줄들이 심하게 수축하여 탄 흔적이 있는 것으로 보아, 이 사건 또한 타살의 의심이 가지만 현재 증거는 없는 상황입니다. 이 일로 '까치'는 강남 유명 안마 시술소 몇 개를 포함해 굵직한 업소를 다 접수했고, 최근 그의 동생인 '이상근'이 몇 달전 출소해 오른팔이자 파트너로 활약을 하고 있습니다.

그리고 최근에 장성우 계좌에 싱가폴에서 세탁된 5백만 달러가 입금 되었는데, 출처는 중국 광둥성이고 이틀 전 전액 현금으로 인출됐다고 합니다."

깔끔하게 발표를 마친 나 팀장이 바로 앞에 앉아 있는 박도준을 보고 윙크를 했다.

"당신 브리핑 잘하네. 공부하나? 그건 그렇고. 당신들 말야! 우리 구역이 이렇게 쓰레기가 될 때까지 뭐했어? 자 이렇게 하자. 지금부터 우리 서에서 다루고 있는 모든 사건은 잠시 보류한다.

1팀은 강남바닥의 지하실 애들하고 엮인 조폭들 모조리 잡아와 그리고, 이태원, 동두천, 미아리, 술집 애들, 클럽의 선수들 싹 뒤져서 도가니 애들하고 점 조직 애들 다 잡아와!

2팀은 장성우 주변 조사하고, 의심나는 놈들 다 잡아와. 그리고 사라진 두 여자들 찾아내!

3팀은 부산, 평택, 인천 등 세관에 협조 요청해서 최근 2년 동안 밀수 적발 내역, 특히 마약 관련된 자료 모두 가져오고.

4팀 당신들은 '결자해지'해. 장성우! 그 인간 죽여서 데리고 오든지, 살려서 데리고 오든지 무조건 내 앞에 데리고 와!

그리고 특수팀 너희들! 너희들은 개새끼들이야. 내가 하루만 더

참는다.

　자! 출동! 서에 남아있는 새끼 한 명이라도 있으면 알아서 해!
하루가 됐건 한 달이 됐건, 오늘부터 24시간 잠복이다. 알았나? 자
가자고!"

　"네!"

　팀원들의 대답이 사무실 전체에 울리고, 모여있던 사람들은 파
도가 치듯 물결을 만들어 움직였다. 파도가 지나간 자리에 박도준
은 모래 위의 조약돌같이 덩그러니 남아있었다. 박도준은 두손을
맞대고 깍지를 꼈다. 아주 잠깐 미간에 서린 고뇌는 그의 생각이
이미 잘 정리되었다는 것을 알 수 있게 했다. 박도준은 테이블 위
에 얹혀있는 깍지를 바라보며 혼자 중얼거렸다.

　'깍지처럼…… 오른손이 왼손을 놓아야 서로 자유로울 수가 있
는 거네, 세상에 인생이 어쩌면 이렇게 더럽게 엮일 수가 있을까.
정말 어쩔 수 없는 운명의 장난이구먼.'

　장필우 사건 때 장영남이란 이름이 머리를 스치고 지나갔지만,
설마 하고 간과했었다. 장성우란 이름을 기억하지 못한 것도 장
영남이란 이름을 계속 떠올렸었기 때문이었다. 하지만 친모의 집
을 방문했을 때 '장영남'이란 문패를 보고 지워지지 않을 그 이름
을 다시 깊숙히 새겨넣었다. 오늘 그 이름이 또 나왔다. 왜 그놈의
이름이 평생 날 쫓아다닐까? 박도준은 생각했다. 진절머리나는 그
다락방의 기억을 다시 떠올릴 수 밖에 없었다.

　1986년 박도준이 9살 때 여동생인 은수가 원인 모를 죽음을 당하고 몇 개월 뒤, 장영남은 박도준의 친모와 야반도주를 했다. 장영남은 친자인 장필우와 장성우를 버렸다. 나중에 안 사실이지만 그 콩가루 같은 집안의 사람들은 아버지가 자기들을 버린 뒤에도 아무런 반응도, 언급도 없었다고 한다. 마치 아무도 모르는 무언가를 숨기듯 말이다. 박도준의 모친은 어린 은지만 품에 안았고, 박도준은 모친으로부터 버려졌다. 모친의 말에 의하면 장영남은 배다른 자식인 은지를 학대했고, 고3 때는 성폭행까지 했다고 했다. 자살을 시도했던 은지는 대학교 1학년 여름방학에 집을 나갔다. 그리고 지금의 이름인 '이은정'으로 개명을 했다. 장필우 형제는 모친인 김덕순씨와 함께 봉담읍을 떠났다. 그리고 봉담읍 사람들 사이에서 잊혀졌다. 장필우는 S대를 졸업하고 젊은 나이에 검사가 되었다. 하지만 아내의 불륜으로 정상적인 결혼생활을 하지 못했다. 현장을 잡은 그 날밤 처제를 상해하고 자기 아내를 인질로 경찰과 대치했었다. 그때 출동한 형사들이 나 팀장과 박도준, 이한성이었다. '장필우'의 사살 명령을 내린 사람은 그 당시에 장필우의 선배이기도 한 검찰총장이었다. 나중에 정보를 통해 알게 된 사실이지만 장필우 부인의 불륜 대상이 바로 검찰총장이었다. 현장을 잡은 사람이 장필우였기 때문에 대선배와 자기 아내와의 불륜은 더 큰 충격으로 다가왔을 것이다. 하지만 장필우는 숨을 거두기 전까지도 검찰총장의 이름을 입밖에 내지 않았다. 물론 사건을 은폐하기 위해 사진 등 증거자료는 다 소각되었다. 그리고 그 사건의 전말을 아는 사람도 몇몇 되지 않았다. 장필우는 현장에서 즉사했고, 발포를 한 사람이 바로 박도준이었다. 꼬인 실타래를 풀기에는 이미 그들은 너무 많이 달려와 버렸던 것이다.

'그래~ 그자식이 보내온 소포에 그 시가 커터 이니셜이 바로 총장 이니셜이었어, 알리고 싶었겠지. 형 죽음의 진실이 무엇인지를……'

하지만 아직도 이해되지 않는 부분이 있었다. 그건 바로 화성 연쇄살인 사건의 첫 사건 이었던 '은수 사건'의 진범이 과연 누구냐는 것이었다. 어쩌면 박도준의 가족은 그 사건 때문에 산산히 조각난 것일지도 모른다.

"선배~ 선배!"

"으. 응?"

"도대체 뭘 그렇게 골똘히 생각하세요? 몇 번이나 불렀는데. 서장 때문에 열 받았죠? 박선배~ 나중에 술먹이고 까 버려. 그러면 내가 전기고문 할테니까. 갑시다. 빨리!"

자리를 뜨려고 할 때, 브리핑 전 변 박사가 경찰서장에게 했던 말이 생각났다.

'사디스트와 마조히스트는 두 가지 유형이 있는데, 요즈음은 S와 M으로 불리죠. 일본에서 신세대들은 만나자마자 서로 물어 본답니다. S인지 M인지. 현대인들은 누구나 몇 가지씩의 정신병을 가지고 살고 있다고 합니다. 자기도 모르게 말입니다. 이것도 일종의 정신병이지요. 어렸을때 강간을 당했거나 아니면 정신적으로 심한 충격을 받았을 때 그것을 씻으려고 반대적인 성향을 보이

는, 즉 더 심하게 자기 자신을 학대하는 것과 그와는 반대로 남을
학대하는 것, 즉 변태적인 성향을 보이는 것이지요. 또 그 섹스라
는 행위를 완전히 끊고 그걸 대신 할 수 있는 다른 행위, 즉 살인
이나 자해를 하는 극행위자 유형으로 대부분 나눠 집니다. 현재까
지 조사된 내용을 보면 장성우가 군대에서 당했던 수치스러운 일
들이 아마 그를 'N비'로 만들었을 거예요. 물론 어떤 다른 사건이
추가로 있었냐는 가능성도 충분히 열어놓아야 합니다. 불행한 건,
결국 마조히스트의 끝은 죽음이고, 사디스트의 끝은 살인입니다.
일종의 중독일 수도 있는……'

"그놈 인생도 참……."

한편으로는 측은하다고 생각한 박도준이 어금니를 질끈 깨물
고, 옆구리에 끼고 있던 총을 꺼내 실탄을 확인한 후 다시 옆구리
에 찔러 넣었다.

화성시 공장지대 가건물

"아. 이렇게. 이렇게 날린단 말이네."

까치는 생쥐의 목 부분을 한방에 날려버린 철사를 보며 고개를
끄덕였다.

"다시 한 번 가자!"

짧게 잘린 각목에 매달려 있는 쥐를 장갑을 낀 왼손으로 조심스
레 잡고 쥐의 목 부분에 다시 철사 올가미를 끼워 넣었다. 까치가
낚시줄을 팽팽하게 잡아당기라고 복도에 있는 덩치 큰 사내에게

손짓을 했다.

"자. 다시, 뛰어서 낚시줄을 지나가봐. 세면 셀수록 좋아."

5미터 앞에 있던 사내가 육중한 몸으로 까치 쪽으로 뛰어왔다.

'찍!'

사내의 튼튼한 다리가 팽팽한 낚시줄을 지나가자 가엾은 생쥐의 비명이 들려왔다. 생쥐의 머리 부분은 여지없이 잘려나갔다.

"야~ 됐다. 됐어. 완벽하네. 그건 그렇고, 상근아! 그 추적 센서 떼어버렸어?"

이어폰을 끼고 살짝살짝 몸을 흔들고 있던 이상근은 형이 부르는 소리를 전혀 듣지 못했다.

"이상근! 야! 이 새끼야!"

까치는 옆에 있는 휴지 뭉치를 집어 이상근에게 던졌다. 흰뭉치를 머리에 맞은 이상근은 한쪽 이어폰이 빠진 채로 놀란 표정을 하며 씩씩대고 있던 까치를 쳐다보았다.

"형! 뭐라고? 왜?"

"이 정신 없는 새끼야! 차에 달려 있던 추적 센서 뗐냐고?"

"엉! 아~ 아까 버렸어."

모니터 앞의 게임이 더 중요한 이상근은 까치의 말을 얼렁뚱땅 넘기며 대충 대답을 한 후 다시 게임에 열중했다. 그러나 밖에 주차되어 있는 편의점 배달 차량 밑의 추적 센서는 소리 없이 깜빡이고 있었다.

담배 연기가 얼굴을 지나 머리 쪽으로 올라오고 있었다. 박도준은 일단 차에 올라탔다. 추적기 모니터에 녹색등이 깜빡이고는 있었지만, 박도준의 머릿속에는 엄지원과 이은정이 번갈아가며 모습을 들어내고 있었기에 깜빡이는 녹색등은 무의미할 뿐이었다. 조 형사의 한숨 소리가 차가운 차체를 흔드는 것 같았다. 어디로든, 어디를 향해서든 일단 출발해야 했다. 박도준이 가속페달에 발을 올려놓고 엄지발가락에 힘을 주었다.

"맞다! 그거. 그걸로 찾을 수 있어!"

"아이~ 깜짝이야. 그게 뭔데요?."

"어플! 위치찾기 어플 말이야."

"참나~ 휴대전화 배터리 없으면 말짱 헛일이잖아요."

"통화 연결음이 들리는 걸 보면 아직은 배터리가 있는 거야, 단지! 받지 못하는 상황이겠지."

박도준은 2주 전 이한성과 장성희, 그리고 엄지원 이렇게 네 사람이 등록한 위치추적 어플을 떠올렸다. 도로 옆에 차를 세운 박도준이 휴대전화에 '위웨어'라는 어플을 클릭했다.

'위웨어'가 실행되면서 등록되어 있는 엄지원의 아이디가 떴다. 그리고 잠시 뒤 위치를 나타내는 녹색 빛이 깜빡이기 시작했다.

"됐어! 잡았어!"

박도준이 소리쳤다. 순간 앞에 있는 추적기 모니터에 나타난 방향과 목표 지점이 거의 일치하는 것을 알아차린 박도준은 뒤통수를 얻어맞은 느낌이었다.

"이거 내가 속았잖아. 그 새끼도 한패였어!"

타이어 타는 냄새가 심하게 났다. 박도준의 마음은 이미 화성시에 도착해 있었다.

"조 형사! 빨리 지원 요청해. 그리고 팀장님께도 빨리 화성으로 날아 오시라고 해!"

하루가 지났다. 엄지원이 평소에 '왜 내 휴대전화 배터리는 하루를 못 버틸까?'라고 투덜대던 기억이 떠올랐다. 박도준은 썩은 동아줄이라도 잡아야 했지만 그 동아줄이 얼마나 버텨줄지는 아무도 몰랐다.

화성시 공장지대 가건물

이상근을 밀어낸 까치가 턱을 괸 채로 모니터를 보며 미소를 짓고 있었다. 잠시 후 메시지가 들어오자 왼손으로 확인버튼을 누르고 눈동자를 굴려 대충 확인을 했다.

"이 새끼가 계속 이래라 저래라야. 돈만 들어오면 묻어버리던가 해야지 대가리에 피도 안 마른 새끼가!"

"야! 뽀빠이! 그년 트렁크에 싣고, 상근이 넌 여기 잘 지켜! 무슨 일 있으면 바로 연락하고."

까치의 지시가 떨어지기 무섭게 뽀빠이가 엄지원을 어깨에 들쳐 메고 차로 이동하는 모습이 보였다.

"어디로 갈까요? 형님?"

트렁크 안에 엄지원을 넣어둔 뽀빠이가 차 앞문을 열면서 까치에게 물었다.

"과천 넘어서 강북으로 올라가자. 오늘은 터널을 좀 걸어야 할 거야."

"예. 형님."

박도준은 어느새 화성시에 진입해 있었다. 모니터가 말해주는 지점도 얼마남지 않았다.

"조 형사! 지원 요청 어떻게 됐어? 팀장님 지금 어디쯤이래?"

한편, 어두운 트렁크 안의 엄지원의 뒷주머니에 있는 휴대전화에서는 진동음이 계속 울리고 있었다. 엄마였다. 하지만 휴대전화는 더 이상 울리지 못하고 꺼져버렸다.

조 형사는 박도준의 휴대전화를 왼손으로 잡고 자신의 휴대전화로 계속 이곳저곳에 통화를 하고 있었다. 박도준은 오른쪽으로 곁눈질을 하며 휴대전화에 나와 있는 엄지원의 위치를 계속 주시하고 있었다. 일정 지점에 멈추어 깜박이던 위치의 표시가 잠시 사라지더니 바로 옆쪽에서 다시 한 번 깜빡이고 이내 모습을 감추었다. 조 형사는 전화를 하다 말고 없어진 위치를 보며 당황해했다.

"박선배! 없어졌는데?"

"뭐가? 이리줘 봐."

박도준은 크게 뜬 눈을 휴대전화 화면에 맞추었다.

"위치요. 거기."

조 형사가 손가락으로 휴대전화를 가리켰다.

"어! 이게 어떻게 된거야?"

"전원 꺼진 거 아니에요? 아니면 다른 데로 이동했거나?"

박도준이 운전하는 차가 좌우로 휘청하자, 정면에서 달려오는 차의 상향등이 박도준 일행의 차를 공격하듯 비추었다. 그 차가 박도준의 차를 스치듯 지나갈 때, 수심에 찬 박도준의 표정과 입꼬리가 살짝 올라간 까치의 표정이 나란이 옆으로 포개졌다. 또 한번의 엇갈림, 바로 그 순간이었다.

공장 문 앞에서 담배를 피우고 있던 사내가 꽁초를 날린 후 가 건물 안으로 들어갔다. 400미터 전부터 헤드라이트를 끄고 조용히 접근한 박도준 일행은 200미터 후방에 차를 세우고 가건물의 옆쪽으로 접근하던 중이었다. 가건물 문 옆쪽으로는 편의점 배달 차가 서 있었고, 그 반대편에는 승용차가 한 대가 세워져 있었다. 박도준은 조 형사한테 뒤로 돌아가라는 수신호를 한 후 앞문의 문고리를 살며시 잡았다.

다행히 문은 잠겨 있지 않았다. 까치의 수하들이 수시로 담배를 피우러 나왔기 때문이다. 희미한 불빛은 건물 안의 구조를 파악하기에는 도움이 되지 않았지만, 다행히 두 개의 방 중 하나는 불이 켜져 있었고, 다른 방은 불이 꺼져 있었다. 그러나 방은 문조차 달려있지 않았다. 두 방 사이에 큰 유리창이 있었다. 박도준이 복도를 통해 문이 없는 방으로 이동한 후 유리창을 통해 옆방을 들여다보았다. 복도에서 들리던 웃음소리가 조금 더 크게 들렸다. 오전에 만났을 때 입었던 파란색 옷을 아직도 입고 있는 걸 봐서 뭔가 중요한 일을 꾸미고 있다고 생각했다. 하지만 드마라인지, 코미디 프로인지는 모르겠지만 컴퓨터 모니터를 보고 있는 표정으로 봐서는 그 중요한 프로젝트의 책임자는 아닌 듯 했다. 그리고 그 낄낄대는 놈이 브리핑 때 사진으로 올라왔던 '이상근'이라는 놈이라고 생각했다. 박도준은 다시 복도로 나갔다. 복도 끝에 조 형사의 머리가 살짝 보였다. 엄지손가락을 접은 손을 조 형사에게 들어 보였다. '4명' 사람 숫자를 나타낸 것이다. 박도준은 다시 문이 없는 방으로 기어 들어가 이상근이 앉아 있는 뒷편 유리 밑에 기대어 앉았다.

"야! 저 새끼들 정말 웃겨. 깔깔깔."

턱을 괴고 모니터를 보고 있는 이상근이 의자 뒤로 기대며 배꼽을 잡고 정신없이 웃었다.

'와장창창!'

이상근의 뒤에 있는 유리창이 의자에 의해서 시원하게 박살이 난 뒤 이리저리 파편을 뿌려댔다. 의자는 이상근의 머리를 지나 가운데에 있는 탁자 중앙에 떨어졌다.

'뭐야! 이거! 야! 동철아! 동철아!'

혼이 빠져버린 듯한 이상근은 겁에 질린 듯 수하인 동철이를 연거푸 불렀다.

창문을 훌쩍 뛰어넘은 박도준은 갑작스런 공격에 정신이 나가있는 이상근과 그의 수하 3명 앞에 떨어진 유리를 발로 치우며 섰다.

"나. 성질이 조금 급해, 엄지원 기자 어딨어?"

이상근의 머리에서 빨간색 피가 땀을 흘리듯 얼굴을 타고 내려왔다.

"너 뭐야? 경찰이야? 동철아! 쳐!"

　무슨 일이 있을 때마다 그 동철이라는 놈이 이상근을 구해주는 수퍼맨 역할을 했었나보다라고 박도준은 생각했다. 수하들 3명이 한꺼번에 박도준 쪽으로 몸을 날렸다. 제일 먼저 눈을 스친건 빡빡이라는 자의 주먹이었다. 힘들이지 않고 날아온 주먹을 살짝 피한 박도준이 긴 다리를 펴서 옆차기로 빡빡이의 목을 가격했다. 박도준이 화났을 때 주로 쓰는 살인무기였다. 흐물흐물하게 변해버린 빡빡이의 몸은 중심을 잡지 못하고 벽 쪽으로 나가떨어졌다.

　"저. 저. 개새끼 잡아. 빨리!"

　손을 바르르 떨며 불안해 하던 이상근이 어쩔 줄 몰라 하며 계속 입을 나불거렸다.

　반대편의 비교적 체격이 왜소하고 날렵해 보이는 사내가 날쌘 주먹을 휘둘렀다. 또다시 주먹이 눈에 들어온 박도준은 날아오는 주먹을 손으로 잡았다. 당황한 남자는 반달형 눈썹을 위로 치켜올려세웠다.

　'퍽!퍽!퍽'

　연속으로 세 방의 주먹을 날린 박도준이 잡고 있던 주먹을 내팽겨쳤다. 다른 쪽에서 각목이 수직으로 날아오자 헤롱해진 그의 멱살을 잡고 빠르게 잡아당겼다. 각목이 쪼개지는 소리와 머리 터지는 소리가 어울려 애매한 소리를 자아냈다. 분수를 연상케 하는 많은 양의 피를 흘리고 있는 남자가 한 걸음 두 걸음 걸어가더니 이상근의 앞에서 맥없이 쓰러졌다.

　"야! 씨발! 잡아! 빨리 잡으란 말야!"

　이상근의 앞에서 구경만 하던 머리를 묶은 남자가 비범한 자세로 박도준에게 다가왔다.

"네가 동철이냐?"

박도준이 비웃으며 물었다.

"그렇다. 이 새끼야."

그때 조 형사가 문 뒤에서 총을 겨누며 등장했다.

"손들어!"

박도준이 발 밑에 있는 각목을 들었다. 그리고 있는 힘껏 동철이의 어깨를 내리쳤다. 오른쪽으로 기울어진 몸의 균형을 맞추기 위해 다시 왼쪽 어깨를 내리쳤다. 동철은 괴로워하며 주저앉았다.

박도준의 눈에 벌벌 떨고 있는 이상근이 들어왔다.

"야. 새끼야!"

'퍽!'

"말해"

'퍽!'

"어딨어?"

'퍽!'

각목이 부러져나가자 박도준은 이상근의 머리를 왼손으로 잡았다. 그리고 오른 주먹으로 얼굴을 가격하기 시작했다.

"말해. 새끼야!"

이상근의 입에서 진득한 핏덩이가 터져 나왔다. 뺨 부분은 송곳니가 뚫고 나왔는지 폭 패여서 피가 줄줄 새어 나왔다. 눈 전체가 새빨갛게 변하고 있었다.

"몰라요. 정말! 몰라요. 그냥 강북으로 간다고……."

"선배! 그만 하세요. 애 죽겠어요!"

"세상에는 세 가지 방식이 있어."

'퍽!'

"옳은 방식."

'퍽!'

"올바르지 않은 방식."

'퍽!'

"그리고 나만의 방식!"

바닥에 나동그라진 이상근의 힘없는 고개가 90도로 돌아갔다. 이상근의 입에서 노란 액체가 흘러나왔다.

"선배! 그만! 그만!!"

같은 시간 인천공항, 일본에서 입국한 장성우의 아내는 출입국 관리소를 통과하자마자 남편한테 전화를 걸었다. 평소 냉랭한 사이였지만 그래도 부부에 대한 예의이기 때문이었다. 한 번도 그런 적이 없었는데 장성우의 휴대전화는 꺼져 있었다. 이상하게 여긴 장성우의 아내는 이동하면서 몇 번이고 전화를 걸었다. 하지만 결과는 마찬가지였다. 장성우 또한 처해 있는 상황하고는 별도로 아내를 생각했다. 시계를 본 장성우는 입국 시간에서 20분이 지난 걸 확인하고 휴대전화의 파워를 켰다. 위험을 감수해야 했다. 하지만 아내한테만은 언제나 좋은 남편으로 남고 싶었던 것이다. 그래도 단축번호 1번은 어머니의 전화번호였고, 2번을 누른 장성우가 전화기를 귀에 갖다 댔다.

“음. 그래. 언제 들어 왔어? 연착 안됐어?”

“당신 뭐 하는데 전화가 계속 꺼져 있어? 무슨 일 있어?”

“어! 지금 일 좀 보고 있어. 먼저 자.”

“지금 시간이 몇 신데. 무슨 일을 봐?”

“나중에 통화해. 먼저 자. 알았지?”

장성우를 추적하기 위해 전자 장비를 장착한 경찰 승합차에서 장성우의 위치를 잡아냈다.

“잡혔어요! 남부터미널 근처에요.”

헤드폰을 끼고 있던 시스템 담당 직원이 헤드폰을 벗어젖히며 나 팀장을 쳐다보았다.

“야! 빨리 도준이 위치 파악하고 그쪽으로 붙으라고 그래. 빨리!”

“팀장님. 도준이에요.”

이미 박도준에게 전화을 걸고 있었던 최 형사가 팀장을 보며 휴대전화를 건냈다.

“그래 나야! 어디야? 지금?”

“화성에 있는 공장인데. 여기 까치 애들 처리했어요. 지원이는 이미 까치가 데리고 갔습니다. 강북 어디 지하철 역이라고 하는데. 이 새끼들 죽기 직전인데 정말 모르는 것 같아요.”

“야! 도준아! 장성우, 새끼 위치 파악됐다. 빨리 튀어와!”

박도준이 무릎을 꿇고 운동화 끈을 질끈 고쳐맸다.

“가자. 조 형사! 이제 제사 지낼 시간이야.”

계기판의 속도계 바늘이 130킬로미터에서 140킬로미터를 왔다 갔다하고 있었다. 양재역 이정표가 머리 위로 지나가자마자 뱅뱅 사거리 이정표가 보였다. 2백 미터 앞에 양재역 사거리가 있었지만 눈을 깜박이자 신호가 노란색으로 바뀌었다. 박도준은 노란색, 파란색을 가릴 상황이 아니었다. 좌우 차선은 굴다리로 되어있어 일단 직진으로 오는 차만 경계하면 사고는 피할 수 있다고 생각했다. 신호가 빨간불로 바뀌었지만 오른쪽 발은 아직 가속페달을 누르고 있었다. 그러나 예상은 빗나갔다. 박도준은 왼쪽에서 좌회전하는 차량이 있다고는 생각하지 못했던 것이다. 순간적인 판단 착오였다. 늦었다고 생각했을 무렵 박도준과 조 형사의 몸을 실은 그차의 속도도 정상적이지는 않았다.

'끼이이익, 꽝'

결국 두 차량은 사거리 중앙에서 충돌했다. 박도준 일행이 탄 차는 180도를 돌아 지하철 입구에 왼쪽 문을 쳐박은 뒤 멈춰 섰고, 보닛 뚜껑이 'ㄱ'자로 꺾인 상태로 회색 연기를 뿜어냈다. 오른쪽 문을 열고 조 형사가 먼저 차에서 내렸다. 이마에서 흘러내린 피가 얼굴에 범벅이 되어 중상인 것처럼 보였다. 왼쪽 문이 열리지 않아 박도준도 오른쪽 문을 통해서 몸을 빼냈다. 겉으로는 멀쩡해 보였다.

"조 형사! 괜찮아? 사고 처리하고 바로 연락해! 난 그 새끼 잡으러 갈테니까!"

조 형사가 정신없는 눈빛으로 박도준을 보고 고개만 끄덕였다.

초저녁 양재역 환승 주차장에 주차해둔 차를 가지고 가기 위해 이동준이 너덜해진 몸을 이끌고 조수석의 문을 열었다. 오늘도 대학 동기들과 부어라, 마셔라, 죽여라, 살려라하며 달린 결과를 복기하며 대리기사를 부르는 중이었다.

"양재역이요. 예! 거기 정보 뜨잖아요. 매일 부르는데 뭐."

대리운전 본부와 같은 내용의 전화를 일주일에 4번 이상 하는 이동준은 VIP 대우를 받고 있기 때문에 대리운전 본부에서도 척하면 척으로 기사를 안배했다.

본부에서 전화를 받은 대리기사는 양재역을 지나 빠른 걸음으로 뱅뱅사거리 쪽으로 내려가고 있었다.

"대리기사입니다. 예. 알고 있습니다. 2분이면 도착합니다. 양재……."

'툭'

상대방은 자기가 할 말만 하고 전화를 끊어버렸다. 대리기사는 끊긴 전화기를 쳐다봤다.

"미친놈. 얘기도 안 끝났는데."

전화기를 주머니에 넣으려 할 때, '장모님'이라고 표시된 화면이 눈에 들어왔다. 대리기사는 전화벨이 울리자마자 숨도 안 쉬고 네모난 플라스틱 상자를 귀에 갖다 댔다.

"네! 장모님! 네? 지금요? 나온다고요? 알겠습니다."

전화기를 들고 있는 팔을 아래로 떨어뜨린 대리기사는 하늘을 한 번 쳐다보고 멀찌감치 비상 깜빡이를 켜고 있는 고객의 차를 한 번 더 쳐다보더니 큰 한숨을 내쉬었다. 그리고 무언가 결심한 듯 다시 어디론가 전화를 걸었다.

회사에 입사하면서 군대에서 끊은 담배를 다시 피우게 된 오한 수가 하늘을 보고 담배 연기를 뿜으며 한껏 폼을 잡고 있었다. 손님을 모신 후 뱅뱅사거리에서 양재역 방면으로 올라가고 있던 오한수는 반대편 차도에 경찰차가 경광등을 켜고 빠르게 지나가고, 그 뒤를 앰뷸런스가 연이어 시끄럽게 지나가자, 보이지 않는 위쪽에 무슨 일이 났나 보다 생각하고 있었다. 업무용으로 쓰는 휴대전화는 가방 안에, 대리기사 일을 할 때 쓰는 휴대전화는 가방 앞 주머니에 들어 있었다. 앞 주머니에서 전화벨이 울리자 기다렸다는 듯이 휴대전화를 꺼내들었다.

"어. 뱅뱅 사거리. 그런데 왜?"

"그래? 잘 됐다. 나 한 번만 도와줘라. 집사람 말이야! 지금 애가 나온데. 나 한 번만 도와줘. 부탁이다."

"에이! 또 땜방이야? 알았어. 올라갈게."

한푼이라도 더 벌어야 한다는 생각이 머리에 가득차 있었기 때문이기도 했지만, 마음 약한 오한수는 동료의 부탁을 거절할 수 없었다. 몇 걸음 걷지도 않았는데, 위쪽에서 동료 대리기사가 길잃은 산 속에서 구조대를 만난 것처럼 두손을 번쩍 들어 반기고 있었다.

"야! 한수야! 고맙다. 저 차다. 나 간다!"

대리기사는 흰색 BMW 차를 손가락으로 가리키고 이내 고개를 돌렸다.

"그래~ 꼭 갚아."

건성으로 대답을 한 오한수는 밑으로 뛰어내려가는 동료를 바라보며 자식이 생기는 게 그렇게 좋은 것인가 생각했다. 갑자기 이은정의 얼굴이 떠올랐다. 그리고 1초도 지나지 않아 원숭이가 몇백 미터짜리 나무를 위로 쳐다보며 올라갈까, 말까 망설이는 만화 같은 그림도 머리에 떠올랐다. 머리를 좌우로 수차례 흔든 오한수가 깜빡이가 켜져 있는 차 쪽으로 담담하게 걸음을 옮겼다.

'똑똑'

오한수는 조심스럽게 운전석의 창문을 두드렸다. 조수석에 늘어져있는 차 주인은 고개를 오른쪽으로 돌리고 술에 흠뻑 취했는지 아무런 반응이 없었다.

2시 30분

양재역 앞까지 내려온 박도준은 지나가는 택시를 세워 보았지만 소용이 없었다. 사고 당시에는 몰랐지만 머리가 찢어져 피가 흘러내리고 있었다. 다시 인도로 올라가 앞으로 뛰기 시작한 박도준은 넓은 주차장에 비상 깜빡이를 켜고 덩그러니 세워져 있는 승용차를 발견했다. 승용차 앞에는 어떤 사람이 차 안을 들여다보고 있었다. 도난 또는 갈취의 범행 정도는 나 팀장이 막아주겠지 하는 기대감으로 깜빡이는 승용차 쪽을 향해 한 걸음에 달려갔다.

"저기요! 차 좀 잠깐 빌립시다."

박도준이 오한수를 밀치고 막무가내로 차 문을 열었다.

"잠깐만요. 누구시죠? 전 대리기사인데요?"

오한수가 박도준 앞을 막았다. 차를 빌리자는 말을 하는 것을 보면 분명 차 주인은 아닐 거라는 생각에서였다. 차 문이 열려 찬 바람이 들어가도 이동준은 꿈나라 저 멀리에 있었다.

"경찰입니다. 차 좀 빌리자고요!"

"아저씨! 경찰은 무슨, 혹시 차를 훔치려는……."

"나와 새끼야! 바빠 죽겠는데!"

마음 급한 박도준이 오한수를 밀치고 차 문을 닫으려고 했다. 그때 오한수가 손에 잡고 있던 대리운전 전용 휴대전화가 차 안으로 떨어졌다.

"이 새끼는 또 뭐야!"

조수석에 자고 있는 사람을 발견한 박도준은 어떤 상황인지 대충 짐작이 갔다.

"잠깐! 잠깐만요. 내 휴대전화가 빠졌어요."

오한수가 몸을 숙여 휴대전화를 집으려고 했다.

"좀 나와요! 나 지금 바쁘다고!"

박도준이 오한수를 밀치고 차 문을 닫았다. 뒤쪽으로 살짝 중심이 무너진 오한수가 운전석 아래에 떨어져 있는 휴대전화를 되찾기 위해 다시 차 문고리를 잡았다.

"제 휴대전화예요. 거기 떨어졌다니까!."

아무런 반응이 없던 박도준이 시동을 걸었다.

"잠깐만요! 스톱! 스톱! 아저씨!"

차의 윗부분을 몇 번이고 때린 오한수가 안에서 아무런 반응이 없자 뒷문을 열었다. 차가 출발하는 동시에 오한수는 뒷문을 잡고 뛰었다. 그리고 마침내 차 뒷좌석에 몸을 실었다.

2시 40분

"어디 강남역에서 우회전? 아니 그 다음? 야. 이 새끼야! 똑바로 말해. 뭐? 테헤란로?"

전자 장비가 장착된 경찰 승합차에서 박도준의 휴대전화를 통해 계속해서 장성우의 위치를 알려주고 있었다. 놀랄 정도로 속도를 내며 차선을 이리저리 옮겨 다니는 차에 몸을 실은 오한수는 뒤에서 앞좌석 시트를 잡고 계속해서 박도준을 괴롭히고 있었다.

"아저씨 발 밑에 제 휴대전화 좀 주세요. 그거 없으면 저 일 못해요."

"어디까지 갔어? 역삼? 포스코? 차 번호 뭐야? 위성으로 안 잡혀?

"아저씨. 아저씨! 그 밑에 있는 것 좀 주세요. 네?"

"몇 미터 남았어?"

"가까워. 100미터 안쪽."

휴대전화에서 다시 따끈따끈한 정보가 들려 왔다. BMW 차의 속도계가 120킬로미터에서 160킬로미터로 한 번에 바뀌었다. 앞에 달리고 있는 택시를 추월하자 흰색 렉서스 차가 전방에 모습을 드러냈다.

"잡았어!!"

불과 30미터 전방이었다.

"아저씨! 제 말 안 들려요?"

박도준이 갑자기 총을 꺼내 뒤에 앉아 있는 오한수한테 겨누었다.

"말로 할 때 조용히 해!!"

오한수 눈이 부엉이 눈같이 휘둥그레지며 뒷좌석 시트에 등을 찰싹 붙였다.

앞에 달리고 있는 렉서스 차 안의 장성우도 뒤차의 움직임을 잡아냈다.

"또라이 새끼! 한번 놀아보자는 건가?"

테헤란로 포스코 사거리에 못 미친 부분에서 1차선으로 달리고 있던 장성우의 차는 앞에 차가 오지 않는 것을 확인한 후 신호를 무시하고 운전대를 왼쪽으로 급하게 틀었다. 차의 뒷부분이 속도를 따라가지 못하고 오른쪽으로 쏠리며 아스팔트와의 마찰소리가 요란하게 들렸다. 뒤에 바짝 붙어있던 박도준의 차도 신호를 무시하며 더 큰 원을 그리며 좌회전을 했다. 세상 모르고 자고 있던 이동준의 몸이 우측으로 쏠려 문에 부딪혔다.

"야! 너 운전 똑바로 안 할래?"

운전석의 박도준을 대리기사인 것으로 착각한 이동준이 불쾌한 표정으로 소리를 질렀다. 장성우의 차가 다시 급하게 우회전을 하자 박도준도 그 뒤를 바로 쫓았다. 속력과 원심력 때문에 이번에 이동준은 왼쪽으로 반바퀴 뒹굴어 바로 박도준의 오른팔까지 왔다.

"야! 새끼야!! 이게 네 차인 줄 알아?"

무거운 눈꺼풀을 위로 올린 이동준이 운전하고 있는 박도준을 쳐다보며 뭔가 이상하다는 표정을 지었다. 뒤에 앉아 있던 오한수 또한 뭔가 이상하다는 표정으로 앞좌석에서 턱을 위로 쳐들고 있는 이동준을 바라보았다.

"어! 이거 뭐야. 요즘 대리는 두 명씩 오나? 여기는 또 어디야? 우리집 방향이 아닌데?"

박도준은 옆에서 뭐라고 하든 현재 최고의 관심사는 장성우였다. 흰색 렉서스 차의 꼬리가 코엑스 입구로 숨는 것이 눈에 들어왔다.

"이~ 이동준! 당신 뭐야!"

박동준은 다시 앞을 보며 코엑스 건물로 들어가는 입구로 들어갔다.

"박 형사? 아니~ 박 형사님?"

2시 50분 코엑스 몰

나선형으로 된 진입로를 4차선 직선 도로를 달리는 속도로 내려간 박도준은 앞쪽 주차증을 받는 곳의 가이드 바가 부러져 멀찌감치 떨어져 나간 걸 보았다. 장성우의 차는 이미 자취를 감추었다.

"내 차를 왜 박 형사님이 운전을 하고 있는 거예요?"

혀가 꼬부러져 말도 제대로 하지 못하는 이동준이 상황을 파악하기 위해 입을 열었다.

"조용히 안 하려면 너도 내려!"

이번에는 총구를 이동준에게 들이댔다.

"왜! 이러세요. 형사님! 이거. 내 차인데."

목으로 기어들어가듯 조심스럽게 말한 이동준은 도대체 상황이 어떻게 흘러가는 것인지 몰라 무척 혼란스러웠다.

뒤쪽에서 몇 명의 경비원이 뛰어서 따라오기 시작했다. 이동준의 차가 좌회전을 하여 삼성동이라고 써 있는 쪽으로 방향을 전환하자, 코너를 도는 부분에 장성우의 차가 보였다. 박도준이 다시 우회전을 하자 장성우의 차가 맞은편에서 반대방향으로 움직이고 있었다.

박도준이 다시 총을 꺼내들고 차창을 내렸다. 맞은편 장성우 차가 박도준과 교차하는 지점에 이르자 박도준은 두 발의 총알을 장성우 차 바퀴 쪽을 향해 발사했다.

'탕! 탕!'

"까악!"

오한수와 이동준의 비명소리가 일제히 들렸다.

"저거~ 저거~ 진짜 총이었어. 진짜!"

주차의 편의를 위해 각 주차 라인 뒤쪽에 만들어 놓은 블럭을 연이어 넘은 박도준의 차가 상하 좌우로 요동쳤지만 반대편 라인으로 올라서는데는 큰 도움이 되었다. 다시 장성우 차의 꽁무니가 눈 앞에 들어왔다. 이동준이 안전벨트를 하려다 중심을 잃고 몸이 뒤쪽으로 쏠리고, 오한수의 몸은 앞쪽으로 쏠렸다. 둘의 얼굴이 마주쳤다.

"야! 오한수. 넌 또 뭐야! 넌 왜 또 여기에 있는거야? 너도 경찰이야?"

상상도 할 수 없다는 표정의 이동준이 오한수를 경계하듯 이상한 눈으로 쳐다보았다.

"이 과장님! 저도 잘…… 여하튼 야심한 밤에 고생이 많으십니다."

투잡을 하고 있다는 것이 회사에 알려지기라도 한다면 이 무슨 낭패인가. 이동준의 입을 막든지, 아니면 끝까지 모르게 하든지, 둘 중에 하나는 선택했어야 하는 오한수가 말을 얼버무리며 머리를 긁었다.

한편, 같은 시각, 강북의 한 지하철역 깊숙한 터널에서는 까치의 수하인 뽀빠이가 가는 철사와 낚시줄 한 꾸러미를 왼쪽 어깨에, 다른 한쪽 어깨에는 엄지원을 둘러메고 까치가 비추는 손전등의 빛을 따라 걸어가고 있었다. 자루에 담겨있는 엄지원이 신음소리를 내며 발버둥치자 앞에 걸어가던 까치가 걸음을 멈추고 머리로 보이는 부분을 걷어차 버렸다. 엄지원은 기절을 했는지 다시 조용해졌다.

"이년이. 어디서 발광이야. 힘들어 죽겠는데. 그 새끼는 뭔 일을 이렇게 복잡하게 하는 거야? 그냥 묻어 버리면 되지. 꼭 이렇게 어렵게 죽여야 돼?”

까치는 담배에 불을 붙인 뒤 손전등으로 기둥 뒤에 있는 의자를 비추었다.

“야! 저기다. 저기 앉히고 작업해! 언제 또 저런 것을 갖다 놓았을까?”

뽀빠이가 비스듬히 기대어있는 의자에 엄지원을 던지듯 올려놓자 단추가 3개 떨어져 나간 남방이 양쪽 어깨 밑으로 축 쳐졌다. 아직까지 잘 버티고 있는 브래지어 위쪽에는 선을 그으면 정확히 정삼각형이 될 것 같은 뚜렷한 점 세 개가 있었다.

새벽 3시 코엑스 몰

뒤를 쫓는 박도준을 피하기 위해 지하 3층으로 방향을 튼 장성우가 한 바퀴를 돌아 출구 쪽으로 전력을 다해 질주 중이었다. 박도준은 잡힐 듯 잡히지 않는 장성우를 끈질기게 쫓고 있었다. 길이 조금이라도 넓었으면 속도를 내서 앞을 가로막을 수도 있을 것 같다라는 생각을 하고 있었지만 건물 안의 도로는 오솔길처럼 좁았다. 왼손으로 총을 잡고 차창 밖으로 앞차를 겨눠보지만 계속 여의치가 않았다. 코너를 돌아 다시 지하 2층으로 올라가는 장성우, 2층에 올라가자마자 앞쪽에 경비원들이 달려오는 차를 세우기 위해 몸을 날려 달려들었다. 하지만 장성우가 속도를 줄이지 않자 경비원들은 앞다투어 옆쪽으로 몸을 피했다. 드디어 지원군들이 도착했다. 반대편 지하 1층에서 경찰차 한 대가 내려와 박도준의 차를 뒤쫓았다. 사이렌 소리가 지하에 울려 퍼졌다. 또 다른 경찰차 한 대가 정면에서 갑자기 튀어나와 장성우 차의 앞쪽을 가로로 막았다. 장성우 차가 주차라인 왼쪽으로 방향을 90도로 틀자 트렁크 부분이 기둥에 부딪혔다.

"팀장님! 빨리 지원해 주세요. 여기 코엑스에요. 그 새끼! 바로 눈앞에 있어요. 빨리요!"

박도준이 동시에 왼쪽으로 방향을 틀었다. 장성우 차가 바로 앞에 있었다. 장성우가 급브레이크를 밟은 후 다시 오른쪽으로 방향을 틀 때 박도준이 장성우 차의 뒷 부분을 앞 범퍼로 들이받았다. 그리고 다시 총을 꺼내 장성우를 향해 발사했다.

'팡!'

장성우 차의 뒷유리창이 사라졌다. 앞쪽에 장성우가 머리를 숙이고 있는 모습이 보였다. 갑자기 장성우가 후진으로 박도준 차를 뒤로 밀기 시작했다. 박도준 차의 앞부분은 뒤로 밀려 방향이 반대로 세워졌다. 박도준의 뒤를 따르고 있던 경찰차 2대가 눈앞에 덩그러니 서 있었다. 갇혀버린 것이다.

"어휴! 내 차! 어떻게 해. 산 지 일 년도 안 됐는데. 박 형사님! 저한테 왜 이러세요? 정말?"

그 틈을 놓치지 않은 장성우가 1층으로 올라가는 출구 쪽으로 방향을 틀었다. 장성우가 지나간 자리에 또 한 대의 경찰차가 등장하여 박도준의 뒤에 멈춰 섰다. 그 차는 박도준을 난동범으로 착각한 것이리라.

"비켜. 새끼야. 뒤로 빼란 말이야! 병신 같은 새끼들. 지원하랬더니 지랄을 하고 있어!"

창문을 통해 경찰 배지를 보여준 박도준이 고래고래 소리를 질렀다. 경찰차가 급히 뒤쪽으로 차를 빼주었다. 박도준이 후진을 하여 다시 좌회전으로 출구 쪽을 향했다. 출구를 막고 있던 가이드 바도 이미 부서져 아스팔트 위에 뒹굴고 있었다.

새벽 3시 20분 강남대로

"이쪽 지하철 쪽은 완벽하게 준비했습니다. 열차가 출발하면……."

"됐고! 차 안에 무기 있지. 빨리 그쪽 정리하고, 애들 데리고 강남으로 내려와. 여기 정리되면 영종도로 뜬다."

"그 새끼. 계속 이래라 저래라야. 야! 뽀빠이. 애들 영동시장으로 모이라고 해. 총 좀 넉넉히 챙겨가지고."

창문 밖으로 침을 뱉은 까치가 뽀빠이에게 지시를 하고 동생 이상근에게 전화를 걸었다.

"팀장님 빨리 헬기 띄우고, 이쪽 지원 좀 해 주세요."

"야! 이미 떴어! 너 정말 못 잡으면 우리 다 끝이다. 알았지?"

"지원하는 애들이나 제대로 된 애들 좀 보내요. 아니면 팀장님이 직접 오시던가!"

"나도 지금 뒤 따라 가고 있으니 조금만 기다려봐!"

'투투투투'

아니나 다를까 상공에서 이미 헬기 프로펠러 소리가 들려 왔다.

"범인 한남대교 방면으로 이동 중, S3, S4 좌회전 이동 바란다. 오버. 범인 영동시장 쪽으로 우회전, 지상 지원팀 영동시장 쪽으로 이동 바란다. 오버."

나 팀장이 탄 차의 무선 교신이 나 팀장의 휴대전화를 통해 박도준에게도 전달되었다. 나 팀장도 이미 강남대로로 진입하였다.

"영동시장?"

박도준이 힘차게 가속페달을 밟았다.

새벽 3시 30분 한신 포차 앞

장성우의 차가 우회전을 하여 한신 포차 앞에 멈추어 섰다. 앞쪽에는 이미 경찰차의 경광등이 반짝거렸다. 장성우가 기어를 후진으로 바꾸어놓고 까치에게 다시 전화를 했다.

"어디야? 새끼야! 영동시장으로 들어와 빨리. 돈 다 날아가게 생겼어."

"지금 이미 도착했을 텐데요?"

까치 수하들의 숙소는 역삼역 뒷골목이었기 때문에 10분이면 도착할 것이라고 예상했다. 장성우는 후진을 하여 한신 포차 앞에서 좌회전 하려고 했지만, 뒤에도 경찰차 두 대가 이미 진입을 하고 있는 상태였다.

"개새끼들. 언제 온다는 거야?"

룸미러에 앞쪽이 너덜너덜해진 박도준의 차도 골목으로 진입하는 것이 보였다. 장성우는 이제 지원을 못 받으면 꼼짝없이 체포되는 상황이었다. 그때 오른쪽 골목에서 스타크래프트 차 한 대가 나타나 장성우의 차 앞에 멈춰 섰다. 까치의 수하가 차창을 열고 씨익 웃어 보였다. 그리고 장성우에게 차창을 열라는 표시를 한 후 미끈하게 빠진 총을 던져주었다.

"휴~ 끝났다!"

일행을 실은 나 팀장의 차도 맨 끝으로 영동시장에 진입했다. 장성우가 박도준에게 전화를 걸었다.

"박도준! 당신 팀장 차에 내가 좋은 선물 하나 넣어 놓았는데. 무엇인지 확인해봐도 좋아. 당신이 달고 다니던 것 보다는 좀 약할 테지만, 몇 명의 사지를 날려버리기에는 충분해, 그리고 압력과 상관관계가 있어~. 친절하게 힌트도 준다."

"뭔 개소리야! 새끼야."

폭탄일 거라고 감을 잡은 박도준이 전화를 끊자마자 나 팀장에게 전화를 했다.

"팀장님! 내리지 마! 폭탄이야. 압력 폭탄!"

박도준이 이동준을 쳐다본 후, 고개를 뒤로 돌려서 뒷 좌석에 있는 오한수도 쳐다봤다. 그리고는 이동준에게 총을 던졌다.

"야! 너! 그 총 가지고 저기 뒤에 한신 포차에 들어가서 닭발 있지. 국물 있는 채로 비닐 세 겹으로 해서 가지고 나와. 최소한 20kg는 넘는 것으로 두 개 만들어. 그거 들고 저 앞에 있는 검은색 낡은 차 보이지? 위에 빨간 하나짜리 경광등 달려있는 거. 그 쪽으로 달려가. 저 앞에 서 있는 두 개의 차가 범인들 차야, 그 사람들이 보면 절대 안 돼! 알았지?”

“그런데 왜 내가 그걸 해야 되는데요?”

이동준이 고개를 갸우뚱거렸다.

“너 이 임무해내면 대통령 표창이야! 그 정도면 가문의 영광 아니야?”

이동준이 갸우뚱거리던 고개를 정지시켰다. 그리고 여당 대통령 후보의 당선추진위원장인 아버지의 얼굴을 떠올렸다.

“가문의 영광? 총은 군대에서 K2 쏴본 게 전부인데. 권총을 어떻게 쏴요?”

이동준의 표정이 진지하게 바뀌었다.

“총은 들고만 있으면 돼. 쏠 일은 절대 없을 거라고. 넌 영화도 안 봤냐? 너희 집 명예가 달린거야. 대통령 표창이라고!”

아버지가 호통치는 모습이 다시 머리를 스치고 지나갔다.

“오케이! 알았어. 분명히 대통령 표창이라고 했지. 내가 수색대 나왔거든!”

이동준의 표정이 비장하게 바뀌었다. 그동안 아버지에게 못난 아들로 살아온 이동준에게 이번이 절호의 찬스라고 생각했던 것이었다.

“이 과장님, 수색대에서 피엑스에 있었다면서요.”

그때까지도 뒷 좌석에 앉아 있던 오한수가 비장함에 불타오르는 이동준의 얼굴에 찬물을 끼얹었다.

“조용히 안 해? 넌 면제잖아. 자식아!”

이동준이 오한수를 보고 손을 올리며 때리는 시늉을 했다.

"야! 노닥거릴 시간 없어, 빨리 튀어가. 저 사람들 곧 날아간단 말야!"

한신 포차 안

박도준이 시키는 대로 이동준은 한신 포차 안으로 들어갔다. 새벽 3시인데도 불구하고 안에 있는 사람들은 초저녁처럼 쌩쌩했다. 큰 홀을 지나 정면에 위치해 있는 주방으로, 마치 실제로 형사가 된 것 같이 양옆을 살피며 걸어 들어갔다. 이동준은 주방에 들어가자마자 총을 꺼내들어 영화에나 나오는 모습을 상상하며 그대로 따라했다. 주방 안에 있던 사람들은 돌발상황에 어리둥절해하며 손을 머리에 천천히 얹었다. 칼을 들고 있던 사람은 칼을 든 채로 머리에 손을 얹었다.

"야! 칼 버리고 손 올려!" 그리고 아줌마! 저 닭발 모두 비닐에 담아. 큰 비닐에. 20kg 넘게, 그리고 비닐봉지 세 겹으로 빨리 담아!"

이동준이 가장 가까이에 있는 뚱뚱한 여자를 보고 소리쳤다.

"예? 닭발이요?"

몸을 벌벌 떨던 여자는 이동준의 생뚱맞은 요구에 시키는 대로 닭발이 담겨져 있는 큰 솥단지 쪽으로 이동했다.

"빨리! 시간 없어! 우리 집 명예가 달린 일이란 말이야."

"알았어요. 닭발이야 뭐. 얼마든지."

여자가 큰 비닐을 꺼내서 닭발을 담기 시작했다.

이동준이 주방에서 끌고 나온 인질은 두개로 나눠져 있는 닭발 봉지를 들고 이동준의 지시대로 목표 지점을 향해 움직였다. 한신 포차 앞쪽에는 이미 30명이 넘는 시민들이 여러 대의 경찰차가 모여있는 것을 보고 삼삼오오 무리를 지어 지켜보고 있었다.

"아저씨! 저 사람들 보이지? 저 새끼들은 북한 공작원들이야. 난 지금 국가의 명을 받아 임무를 수행하는 중이지. 왼쪽 골목으로 들어가. 그래 좋아. 허튼 짓 하면 바로! 다리에 구멍 나는 줄 알아!"

"팀장님! 그 쪽으로 짐든 애들 두 명 갈 거예요. 그 놈 성격으로는 그 폭탄을 분명히 원격 조정해 놓았을 거예요. 시동은 절대 끄면 안돼요. 안전벨트 경고음 울리면 폭탄이 터진다고 했으니, 엉덩이를 떼고 2초에서 3초 정도는 시간이 있어요, 애들이 가지고 간 그 물건을 시트 위에 올려놓고 몸을 피하면 돼요. 알았죠?"

"무슨 말인지는 모르겠지만 일단 그렇게 하마! 야! 그런데 그 짐이 뭔데?"

"뭐든 무슨 상관이에요?"

검은색 승용차가 스타크래프트 차 옆에 소리 없이 멈추더니 까치와 뽀빠이가 몸을 숙이고 내려 그 안으로 들어가는 것이 보였다. 역시 장성우와 까치는 동업자였다.

"까치. 조금만 더 기다려. 관중들이 더 모여야 돼. 그래야 빠져 나갈 수 있어."

　장성우는 휴대전화로 계속 까치와 교신을 하고 있었다. 성격이 급한 까치를 조금 더 묶어 두어야 했기 때문이고, 정확한 때를 기다리고 있었기 때문이었다. 박도준의 선제공격은 불가능했다. 왜냐하면 나 팀장을 날려버릴 폭탄으로 충분히 견제를 하고 있었기 때문이었다.

　좌측 50미터 전방에 아무 움직임이 없는 렉서스 차와 스타크래프트 차를 주시하여 새우처럼 등을 구부리고 움직이던 이동준이 건물과 건물 사이를 빠져나가 나 팀장의 차가 보이는 곳까지 이동에 성공했다.

　"저기 두 명이 형사들이 타고 있는 차로 이동하는데요? 뭘 가지고 가고 있는데 저게 뭐지?

　까치가 박도준을 주시하고 있던 장성우에게 다른 쪽에서 일어나고 있는 상황을 귀띔해 주었다.

　"저 새끼들!"

　장성우가 곧바로 반응했다.

　'탕! 탕!'

　장성우가 발사한 총알의 한 발은 이동준의 앞에 위치한 한신 포차 주방장과 이동준 사이를 아슬아슬하게 뚫고 지나갔다. 다른 한 발의 총알은 뒤쪽에 있는 닭발 주머니를 뚫고 들어가 전봇대의 변압기에 꽂혀버렸다. 변압기에서 불꽃이 일어났다.

　불과 1초도 안 되는 시간이었지만 많은 일이 벌어졌다. 터진 불꽃은 전쟁의 시작을 알리는 것 같았다. 경찰과 대치한 장성우와 까치 일당들은 총을 난사하기 시작하였다. 옹기종기 구경하고 있던 시민들은 일제히 비명을 지르며 뿔뿔이 흩어졌다.

이동준의 인질과 이동준은 두 형사와 눈으로 사인을 한 후 각자 하나, 둘, 셋을 세고 닭발 주머니를 나 팀장 차의 앞 두 좌석에 올려놓았다. 그 사이에 나 팀장과 조 형사가 빠져나왔다.

"휴~ 십년 감수했네. 야! 조 형사 저쪽 빨리 엄호해. 그리고 혹시 모르니 차에서 떨어져. 두 사람은 우리 뒤쪽에 붙으세요. 절대 떨어지면 안됩니다."

이동준이 나 팀장의 등 뒤에, 인질이 조 형사 등 뒤에 매미같이 달라붙었다. 총에 맞은 닭발 자루에서 빨간 국물이 흘러나오는 것을 제일 먼저 발견한 사람은 이동준이었다. 이동준이 나 팀장의 등을 긁었다.

"형사님! 저거 새고 있는데 괜찮나요?"

"잠깐. 뭐요?"

이동준이 말없이 문이 열려있는 앞좌석을 가리켰다. 진득한 국물이 비닐의 구멍에서 새어 나오는 것이 보였다. 부피가 줄어 들고 있는 것이었다.

까치의 수하가 스타크래프트 차의 문을 열고 튀어나와 기관총을 꺼내, 3대의 경찰차가 연이어 가로로 서있는 영동시장 입구를 향해 쏘기 시작했다. 그 쪽을 뚫고 나가려는 심산이었다. 무방비 상태의 경찰차는 쏟아지는 총알로 타이어와 창문이 모두 박살이 났다.

'파바박', '파바박'

그때, 건너편에 불꽃이 튀었던 변압기에서 연속적으로 다시 불꽃이 튀었다. 2초나 지났을까 건너편부터 차례대로 불이 나가기 시작했다. 끝내 한신 포차 주위까지 모두 정전이 되었다. 주위는 갑자기 쥐 죽은 듯 조용해졌다. 닭발 국물은 이제 차체 밑으로까지 흘러내렸다.

"형사님! 닭발 국물 새요."

이동준은 닭발 국물이 새고 있는 것이 자꾸 걱정이 되었다. 대통령 표창이 날아갈 수도 있었다.

"뭐라고? 닭발 국물은 자꾸 왜요? 지금 상황판단이 안돼요? 우리 잘못하면 다 죽는다고! 잠깐~ 그럼 무게가 줄어든다는 건가?"

국물이 새고 있는 차의 앞 좌석을 보고 있던 나 팀장의 표정이 순간 굳어버렸다. 주위의 불빛은 하나도 없었다. 안전벨트 경고등이 빨간색으로 켜지는 것이 나 팀장의 눈에도 보였다.

"피해! 차가 폭발한다!"

나 팀장의 목소리가 침묵하고 있던 모두를 깨웠다. 안전벨트 경고음이 두 번 들렸다.

'삐', '삐'

'퍼펑!'

"개새끼!"

반사적으로 차 안에서 고개를 깊숙히 숙인 박도준이 혼자 중얼거렸다. 예고되지 않은 차량 폭발음은 주위의 시선을 빼앗았다. 박도준은 나 팀장의 모습을 찾기 위해 목을 '쭉' 뺐다. 장성우의 세 번째 폭탄 선물도 장난이 아니었다. 보닛이 하늘 위로 솟구쳐 올라 갔고 6면의 유리가 몇 십만 개의 조각으로 산산히 부서져 허공으로 날아올랐다.

"됐어, 가자!"

장성우가 까치에게 움직여야 한다는 지시를 했다. 스타크래프트 차의 바퀴에서 회색 연기가 피어 올랐다. 장성우의 흰색 렉서스 차는 그 뒤를 바로 따랐다. 앞장 선 스타크래프트 차는 막고 있던 경찰차와 이미 폭발해 버린 차를 연속으로 들이받아 길을 열었다. 도로에 나오자 장성우가 속도를 내며 까치를 추월하여 앞장을 섰다.

갑자기 허를 찔린 박도준은 머리를 흔들며 정신을 차렸다. 그리고 앞쪽에 장성우 무리가 뚫고 나간 경찰차 두 대 사이로 번갯불처럼 빠져나왔다.

"팀장님! 정신 차리세요! 장성우가 빠져나갔어요."

폭탄의 위력 때문에 정신을 놓아버린 나 팀장과 조 형사가 머리를 흔들며 박도준이 소리치는 방향을 쳐다본 후, 조 형사가 경찰차에 올라 탔다.

"팀장님! 빨리 이쪽으로!"

조 형사가 나 팀장을 향해 소리쳤다. 동료들의 움직임이 정상으로 돌아오자 박도준은 눈을 크게 뜨고 상공에 있는 헬기와 장성우 무리가 빠져 나간 방향을 쳐다봤다. 가속페달을 밟으려고 하는 순간 앞문이 급하게 열렸다. 이동준이 머리를 밀고 들어왔다.

"나도 같이 갑니다. 국가의 임무를 위해서!"

'어휴. 저 화상.' 이라고 중얼거리던 박도준은 이동준에게 '그냥 집에가서 편히 쉬지'라는 말을 할 수 없었다. 박도준이 운전하고 있는 차의 주인은 누가 뭐래도 이동준이었기 때문이었다.

새벽 3시 43분

상공에서 내려다본 추격의 그림은 개미들이 줄을 지어, 빠르게 이동하는 모습과 흡사했다. 선두를 달리고 있는 장성우 무리와 그 뒤를 쫓고 있는 박도준과 나 팀장의 차, 그 뒤를 따르고 있는 경찰차를 비롯한 8대의 차량은 한남대교 방면으로 이동하고 있었다. 앞쪽으로 올림픽대로 이정표가 보였다.

올림픽대로에 들어서자마자 박도준이 속도를 170킬로미터까지 올려 앞쪽에 걸리적거리는 몇 대의 차량을 추월하여 스타크래프트 차쪽으로 바싹 붙었다.

"팀장님! 이쪽 지원이요! 옆으로 한 대, 뒤로 한 대."

휴대전화로 나 팀장에게 지원 사격을 요청했다.

"A3, A6 전속력으로 도주 차량에 붙고 1차선과 3차선에 위치 바람."

나 팀장이 박도준의 요청을 받아 그대로 무전으로 옮겼다.

박도준이 스타크래프트 차를 앞지르려고 하는 순간 까치가 앞을 막았다. 박도준이 3차선으로 급차선 변경을 하자 스타크래프트 차는 다시 오른쪽으로 막아섰다. 박도준의 뒤를 바짝 따르고 있던 경찰차가 갓길을 이용하여 스타크래프트 차를 추월하려 하자 스타크래프트 차는 갓길조차 막아버렸다. 도저히 뚫고 나갈 수 없다고 생각한 박도준이 경찰차와 나란히 위치하였다.

412

‘나와 같이 달리다가 오른쪽 앞으로 치고 나가, 난 왼쪽을 치고 나갈 테니까’라고 손가락과 입모양을 사용해 수신호로 경찰차와 교감을 가졌다. 스타크래프트 차와 경찰차는 3차선으로, 박도준은 2차선으로 계속해서 달렸다. 박도준이 ‘고!’ 라고 손짓하자, 경찰차가 차선을 변경하여 갓길로 치고 나가기 시작했다. 당황한 스타크래프트 차는 급하게 갓길로 차선을 변경하여 경찰차를 막았다. 박도준이 왼쪽으로 치고 나가지 않은 상태에서 스타크래프트 차는 다시 갓길을 벗어나 3차선으로 차선을 급히 옮겼다.

갓길에는 비상 깜빡이를 켜고 정차하고 있던 차가 있었다. 눈깜짝할 사이에 상황이 바뀌어 버렸다. 갓길의 경찰차는 바로 앞까지 다가온 정차된 차량을 미처 피하지 못했다.

‘헉! 이런 제기…….”

‘펑!’

경찰차는 정차 차량의 오른쪽 모서리 부분을 박고 난간을 뚫고 날아갔다. 지면과 다시 닿은 경찰차는 종이가 구겨지듯 찌그러져 나가 떨어지고, 폭발음과 함께 큰 화염에 휩싸였다.

“우후! 한 놈 보냈고.”

창문 밖으로 고개를 쭉 내민 까치가 뒤쪽을 쳐다보며 만족한 듯 웃음을 지었다.

그틈을 타서 박도준은 스타크래프트 차의 왼쪽 공간을 확보할 수 있었다. 오른쪽 차창을 내린 박도준이 스타크래프트 차의 운전석을 향해 총구를 겨누었다.

‘탕! 탕! 탕!’

세 발의 총알이 차체에 맞아 불꽃을 튀기며 사라졌다. 갑자기 스타크래프트 차의 옆문이 열렸다. 까치의 수하인 뽀빠이가 묵직한 연발총을 들고 쏘기 시작했다.

'따따따따……퍽퍽퍽퍽'

박도준과 이동준, 오한수를 실은 차에 구멍이 나기 시작했다. 깜짝 놀란 세 사람은 동시에 머리를 숙였다. 박도준은 급브레이크를 밟았다.

'끼이익'

뒤따라오던 경찰차가 급브레이크를 밟는 박도준 차의 오른쪽 범퍼를 박고 오른쪽으로 큰 원을 그리며 한 바퀴 돌아버렸다. 그 뒤에 따라오던 경찰차가 앞에 반대로 서 있는 차의 보닛을 타고 올라가 멀리뛰기 선수처럼 아스팔트를 벗어나 하늘을 향해 비상한 후 박도준 차 앞에 뒤집혀 떨어졌다. 오른쪽으로 간신히 피한 박도준이 룸미러로 뒤쪽을 보았다. 뒤집혀진 경찰차가 뒤쪽으로 멀어져 갔다.

"벌써 세 대째!"

박도준은 멀어져 가는 장성우의 차를 다시 바라봤다. 양쪽 턱에 어금니를 꽉 물 때 생기는 근육이 불끈 올라왔다. 박도준이 다시 오른쪽 발에 힘을 주어 가속페달을 힘차게 밟았다.

새벽 3시 53분 가락시장

박도준이 장성우를 다시 따라잡은 곳은 가락시장 근처였다. 장

414

성우는 가락시장을 가로질러 다른 길로 빠져 강북으로 올라갈 심산이었다. 하지만 장성우의 정면에 뜻하지 않은 경찰차가 나타났다. 경찰차는 상향등을 켜고 경광등을 반짝거렸다. 장성우는 속도를 줄이지 않았다. 이대로 가다가는 정면에서 오는 경찰차와 정면충돌을 피할 수 없었다. 도저히 안 되겠는지 장성우가 급브레이크를 밟고 우측으로 빠졌다. 직진해 오던 경찰차 또한 좌회전을 하여 장성우 차의 앞 부분을 가로막았다. 장성우는 다시 오른쪽으로 방향을 바꾸어 가락시장 안으로 들어갔다. 그 뒤를 스타크래프트 차가 따르고, 그 뒤에 바로 박도준의 차가 들어가고, 그 뒤에 아직 온전한 네 대의 경찰차 중 두 대가 뒤를 따라 들어갔다. 나머지 두 대의 경찰차는 입구를 막아섰다. 나 팀장이 제일 늦게 가락시장에 나타났다.

"팀장님 반대편 출구 쪽! 거기 막아야 해요!"

멈춰있던 나 팀장의 차가 민첩하게 다시 움직였다. 가락시장 안으로 들어간 장성우 차와 스타크래프트 차는 어항과 어항, 가판과 가판 사이를 쏜살같이 달리고 있었다. 장화를 신고 고무 앞치마를 두른 아저씨와 아주머니들이 생선 가판대, 도마 위 등을 가리지 않고 올라섰고, 어떤 사람은 물과 고기가 한가득 들어있는 널찍한 대야에 들어가 평생 겪어보지 못한 난리를 피하기 위해 안간힘을 쓰고 있었다.

가장 선두를 달리고 있던 장성우의 눈에 출구가 보였다. 장성우의 이마에서 흘러내린 땀방울이 코끝에 걸렸다. 안경을 위로 치켜 올린 장성우의 시선에 하루종일 걸리적거린, 똑같이 생긴 경찰차 한대가 출구를 봉쇄하기 위해 가로로 차체를 세우는 것이 보였다. 장성우는 이미 난장판으로 만들어 놓은 가락시장의 출구까지 아예 부숴버릴 생각으로 속도를 더욱 높였다. 왼쪽에서 다른 경찰차 한 대가 또다시 출현했다. 차 한 대로 출구를 막기에는 출구가 너무 컸기 때문에 차량 두 대를 붙일 생각이었다. 왼쪽에서 들어온 차와 오른쪽의 차가 서로 맞부딪히기 직전이었다. 이제 공간은 50센티미터도 안 남았다. 장성우는 등을 좌석 시트에 바싹 붙이고 힘껏 가속페달을 밟았다.

"사이드 브레이크 채우고 브레이크 밟고 있어!! 버텨야 돼!"

나 팀장이 무전기로 두 대의 경찰차에게 지시를 했다. 렉서스 차의 속력은 더욱 빠르게 변하고 있었다.

"버텨야 돼!"

"좋아. 갈 때까지 가보자는 거군!"

장성우가 어금니를 꽉 깨물었다.

"버텨야 돼!! 끝까지."

나 팀장의 한 마디가 끝나기 무섭게 장성우는 두 차량을 동시에 박아버렸다. 하지만 끝까지 버텼던 두 차량의 가운데에 공간이 생겼다. 두 차량이 밀려 앞쪽으로 터져 나오는 사이 장성우의 렉서스 차는 앞 범퍼가 날아가 흉한 모습으로 차량 두대 사이를 빠져나왔다.

'탕! 탕!'

어느새 박도준의 차량도 장성우가 열어 놓은 그 공간으로 빠져나와 장성우를 향해 총을 쏘며 뒤를 따랐다.

416

"팀장님! 여기 마무리 좀 해줘요!"

박도준의 한마디가 나 팀장의 휴대전화를 타고 들어왔다.

4시 40분 올림픽대로

나 팀장은 김 형사에게 최대한 까치가 타고 있는 차의 옆으로 붙으라고 계속 재촉하고 있었지만 뒷차를 계속 견제하며 질주하는 뽀빠이의 운전실력 때문에 여의치가 않았다.

"밀어버려!"

기회를 잡아 바짝 옆으로 붙은 김 형사의 눈에 까치의 날카로운 시선이 차창을 통해 날아왔다. 까치의 험악한 표정을 무시한 김 형사가 왼쪽으로 방향을 틀었다.

'퉁'소리를 내며 까치가 탄 차량이 옆으로 밀렸다.

'탕! 탕!'

까치에게 얼마 만큼의 무기가 더 있는지 가늠이 안 될 정도로 계속해서 총알이 날아왔다. 총알이 아슬아슬하게 차창을 빗나갔다. 아마 정통으로 맞았다면 차체를 뚫고 안으로 들어왔거나 차창을 박살내고 김 형사의 머리통도 날려버렸을 것이었다. 나 팀장이 탄 차량은 다시 뒤로 밀렸다. 다시 세 발의 총알이 날아왔다. 일단 뒤쪽으로 후퇴한 나 팀장이 조 형사에게 뒷자리에서 엄호하라고 지시를 했다. 다시 가속페달을 밟았다. 까치의 옆으로 바짝 붙은 김 형사의 콧잔등에 땀방울이 송글송글 맺혔다. 뒷좌석의 조 형사는 차창을 열고 총을 발사했다.

‘탕! 탕!’

앞에 있는 나 팀장 또한 총을 꺼내들고 운전하는 김 형사를 가로질러 창문 밖으로 총알을 날렸다.

‘탕! 탕!’

까치가 탄 차량이 불꽃을 튀기며 휘청거렸다.

“안 되겠어! 김 형사! 한 번으로 끝내야 해! 이제 총알도 몇 개 안 남았어! 옆에 저 가드레일 보이지? 저쪽으로 밀어버려. 유선형이라 계속 밀어 버리면 위로 올릴 수 있을 거야. 조 형사와 나는 남은 걸 다 뿜어내자! 오케이?”

“좋아! 자 가보자!”

뒷좌석에 앉아 있던 조 형사가 탄창을 빼서 확인한 후 힘차게 다시 끼워 넣었다.

나 팀장 일행을 실은 차가 다시 전속력으로 질주했다. 앞에 가드레일이 보이자 김 형사는 까치를 왼쪽으로 밀어버리기 시작했다. 나 팀장과 조 형사가 집중 사격을 했다. 까치와 뽀빠이는 차 안에서 머리를 최대한 숙이며 다시 공격할 기회를 엿보고 있었다. 기대했던 대로 까치의 앞바퀴는 가드레일을 타고 올라가기 시작했다. 김 형사는 운전대를 있는 힘껏 좌측으로 틀고 버티기 시작했다. 까치를 실은 차의 차체에서 드디어 불꽃이 일어나기 시작했다. 정면을 주시하던 나 팀장의 눈에 반가운 손님이 보였다.

“김 형사! 조금만 더! 조금만!”

손아귀의 힘과 팔힘의 균형이 밸런스를 유지하고 있어 보통사람은 어려웠겠지만 고등학교 때까지 유도선수를 했던 김 형사가 아니면 이미 운전대를 놓쳐버리고 말았을 것이었다. 드디어 왼쪽 까치의 차가 비스듬하게 가드레일에 올라가고 있었다. 멀지 않았다. 곧 하늘을 나는 차를 볼 수 있을 것이다.

"됐다! 이 놈들.이야야!"

반대편에서 달려오고 있던 덤프트럭에서는 이미 지나간 유행가가 흘러나오고 있었다. 트럭기사는 소녀시대의 열혈팬인 듯 신이 나서 흘러나오는 노래를 띄엄띄엄 따라 부르고 있었다. 간혹 어리숙하게 흉내내는 춤은 노래와 엇박자였지만 트럭 안은 자기만의 작은 콘서트장이었다. 흥얼거리던 노래를 잠시 멈춘 덤프트럭 운전기사는 앞에 관광버스를 추월하기 위해 왼쪽 깜빡이를 켜고 차선 변경을 했다.

"뭐야 저건!" 트럭기사가 태어나서 처음 겪는 황당한 장면을 바라보며 몇 번이고 눈을 깜빡거렸다.

"됐어. 저거야!!"

실내등이 켜진 트럭기사의 표정이 나 팀장의 눈에 그대로 박혔다. 당황한 트럭기사가가 급하게 상향등의 레버를 아래위로 당겼다. 까치가 탄 차가 가드레일을 타고 올라갔다. 위험을 인지한 트럭기사는 오른쪽으로 차선을 변경하기 위해 백미러를 쳐다보았다. 눈꺼풀이 반쯤 내려온 관광버스기사의 모습이 보였다.

'빵! 빵!'

관광버스기사의 졸음을 날려 버리기 위한 클랙슨 소리였다. 덤프트럭이 왼쪽의 가드레일, 오른쪽의 관광버스를 피하려면 속도를 줄여 뒤로 빠지거나 반대로 관광버스를 추월해야만 했다. 하지만 뒤쪽에는 이미 상향등을 켠 승용차가 속도를 줄이고 있는 덤프트럭에 바짝 붙어 있었다.

"조금만 더. 김 형사 조금만 더!"

"젠장할! 운전대가 먹지를 않아."

뽀빠이의 거친 음성이었다. 이미 제어할 수 없는 운전대를 힘껏 오른쪽으로 돌려 보았지만 움직이질 않았다.

"이야야야!!"

김 형사의 입에서 묽은 아밀라제가 흘러나왔다. 김 형사는 지금 천당과 지옥을 넘나들고 있었다. 드디어 나 팀장의 원하던 그것이 찾아왔다. 까치의 차가 가드레일 위로 완전히 올라갔다.

"뭐야!! 미쳐버리겠네!"

까치의 차가 가드레일 위로 올라오자 덤프트럭 기사는 벌어진 아래턱을 다물 수 없었다.

"어! 어어어!"

공중부양이 시작되었다. 얼굴 색깔이 파랗다 못해 하얗게 변해버린 까치는 한가닥 희망인 안전벨트를 질끈 동여메었다. 1초 아니 0.5초? 트럭기사의 미안하다!는 표정과, 까치의 하필 왜?라고 하는 표정이 기묘하게 겹쳐졌다.

"까악!!"

'꽝! 치치치직~ 슈수수웅~'

찢어지는 듯한 소음이 올림픽대로에 울려 퍼지기 시작했다. 덤프트럭과 충돌한 까치의 차는 부메랑이 돌 듯 가드레일 위에서 180도를 돌아 공중부양을 시작했다. 한 바퀴, 두 바퀴, 세 바퀴를 빙그르르 돌던 까치와 뽀빠이는 엎친 데 덮친 격으로 반대편 차선으로 떨어지고 있었다.

"쿵!"

반대편에 떨어진 까치의 차는 연이어 달려오는 관광버스와 정면충돌을 피할 수 없었다. 이번에는 대각선으로 뒤집히며 옆으로 돌기 시작했다. 한 바퀴, 두 바퀴, 세 바퀴, 네 바퀴, 다섯 바퀴를 굴러 끝내 뒤집힌 채로 멈춰 섰다. 뒤를 이어 주행하던 여러 대의 승용차들이 각기 급브레이크를 잡아 까치의 차 주위에 모여들었다. 도로는 아수라장이 되어버렸다.

그 광경을 지켜본 나 팀장과 조 형사가 반대편 차선으로 뛰어갔다. 언제 연락이 됐는지 한 대의 레커차가 멀리서 모습을 드러냈다.

"즉사야. 둘 다! 조 형사! 서장님께 보고하고, 김 형사는 사고처리반 연락하고. 박도준 위치 파악해."

뒤집혀진 차량 안에 갈기갈기 찢어진 두 명의 시신을 본 나 팀장이 주머니에 손을 넣고 잔뜩 흐려있는 하늘을 바라보았다.

"으아!! 좀 살살 좀 몰아요."

아직까지도 박도준의 옆을 지키고 있는 이동준의 잔소리가 끊이지 않았다. 이동준의 잔소리에 말대꾸라도 하듯 박도준의 휴대전화가 울렸다.

"북아현동 쪽이에요. 어? 잠깐만요!"

곡선도로를 지나 몇 백 미터를 달렸지만 장성우의 차는 보이지 않았다. 그때서야 깨달았다. 그 도로는 유턴 전용도로라는 것을, 식은땀이 흘러내렸다. 우측 300미터 정도 전방에 헤드라이트 빛이 보였다. 장성우였다. 장성우는 우측 길로 빠져나가 큰 원을 그리며 동네로 들어갔던 것이었다.

"이대로 가면 놓친다. 방법을 강구해야 해."

멀리 보이는 장성우 차의 헤드라이트 빛이 꺼졌다 켜졌다를 반복했다. 육안으로 쉽게 알아 볼수는 없었지만 차체도 심하게 흔들리는 것 같았다. 도로 바로 옆은 아파트 공사장 현장이었다. 그 차는 분명 포장된 도로를 달리고 있었다. 장성우의 차가 갑자기 신호등 앞에 멈춰섰다. 초록빛 아래서 사람이 내리는 것이 보였다. 연료가 떨어지지 않고서는 그 위치에서 내릴 이유가 전혀 없었다.

아파트 공사장 탑

"아~~함~~ 졸려 죽겠네."

하품을 크게 한 크레인 기사의 눈에 피곤에 절은 눈물이 채워졌다. 현장 반장의 대책 없는 공사 추진일정에 벌써 나흘째나 새벽 4시에 탑크레인을 가동해야 했던 기사는 불만으로 가득찬 목소리로 날씨 탓만 하고 있었다.

"형님! 올려요 오케이?"

지상에 있는 고향 후배의 생기발랄한 목소리가 무전기를 타고 들어왔다.

"알았어! 오케이!"

'그놈! 참 열심히도 하지? 내가 너 때문에 힘이 난다'라고 생각하던 크레인 기사가 설비의 레버를 잡아 당기자 지상에 붙어있던 4.5미터 가량의 파이프 꾸러미가 천천히 들어 올려졌다.

멀리 장성우가 어둠 속으로 사라지는 걸 지켜보던 박도준은 이대로 고가다리를 건너 쫓아가도 결국 놓칠 가능성이 크다고 판단했다. 그때 탑크레인이 옮기고 있는 파이프 더미가 눈 안으로 번갯불을 그리며 들어왔다. 파이프 더미에 차를 올릴 수만 있다면 2분 이상은 단축할 수 있고 곧장 장성우의 뒤를 따를 수 있겠다고 판단했다. 그리고 말도 안 되는 그 계획을 곧바로 실행에 옮겼다.

"꽉 잡아! 떨어져 봤자, 죽기 밖에 더 하겠어?"

박도준의 말에 이동준이 뒤를 돌아 오한수를 쳐다봤다. 오한수의 표정 또한 자기와 같구나 하고 다시 앞을 쳐다봤다. 이러다가는 죽을지도 모른다는 생각을 하기도 전에 이동준의 몸이 뒤로 심하게 젖혀졌다. 또다시 타이어에서 연기를 배출한 박도준의 차는 이번에는 눈앞에 보이는 난간을 뚫을 작정이었다.

"형사님! 대체!! 무슨 짓을 하려는 거예요? 아이! 죽겠네. 정말!

"꽉! 잡아 새끼야! 하늘을 나는 거야!"

'퉁! 꽝!'

난간을 때려 박은 BMW 차는 굵은 곡선을 그리며 하늘을 날기 시작했다. 멀리 보이던 파이프 꾸러미가 서서히 눈앞으로 다가왔다. 속도와 비행거리를 정확히 계산해야 BMW 차는 파이프와 만날 수 있었다. 하지만 예상과는 다르게 추락하는 속도가 더 빨랐다.

"으~으~ 으악!!"

세 명의 비명이 동시에 터져 나왔다. 서서히 수직으로 이동하던 파이프의 이동속도가 갑자기 빨라지기 시작했다. 박도준은 이대로 가면 안전하게 내려설 수 있겠다고 생각하며 가속페달을 밟고 또 밟았다.

'꽝~ 쩍!'

도킹이 된 것이다. 추락하고 있던 박도준을 탑크레인에 의해 수직 상승하던 파이프 더미가 삼키듯 잡아버린 것이다.

'쿵'

크레인의 수직 상승이 멈추고 좌우 이동으로 변해 버렸다.

"뭐야 이건. 김기사! 거기 무슨 일이야?"

레버의 진동과 아래쪽에서 들려온 소음, 탑크레인의 출렁거림으로 크레인 기사는 분명 방금 밑에서 사고가 터진 건 아닌가 하는 생각을 했다.

"형님! 내려요! 차가 걸렸어요! 무슨 일이래. 이거……."

"무슨 소리야? 무슨 차?"

"하여튼 풀어요!! 빨리!"

황당해 하던 크레인 기사는 엉덩이를 들어 차창 밖으로 밑쪽을 내려봤다. 하지만 무슨 일이 일어 났는지는 전혀 알 수가 없었다. 그냥 김기사의 말을 따라야겠다고 생각한 탑크레인 기사는 레버를 서서히 풀기 시작했다. 파이프와 와이어에 동시에 걸려 있던 BMW 차가 내려오기 시작했다. 1초가 아쉬운 박도준이 차에서 훌쩍 뛰어내려 차보다 먼저 지면에 안착한 뒤 벼락이라도 맞은 것 같은 표정의 크레인기사의 얼굴을 한 번 쳐다보고 어둠 속으로 뛰기 시작했다.

결투

새벽 내내 우중충했던 하늘은 어느새 비를 뿌리고 있었다. 덤프트럭 두 대 정도가 지나갈 수 있는 길이었지만 양옆으로 주차되어 있는 차로 빼꼭한 언덕길은 차 한 대 정도가 간신히 지나갈 수 있을 정도로 비좁았다. 오르막길을 힘겹게 오르던 장성우가 허리를 숙이고 잠시 멈춰 숨을 고르고 있었다. 까치와 연락이 두절된 장성우는 복잡한 골목길을 통해 빠져나와 택시를 타고 이 위기를 탈출할 생각이었다.

"제기랄! 어떻게 된거야?"

다시 한 번 까치한테 전화를 걸었지만 여전히 통화연결음만 들렸다. 아래쪽에서 인기척이 들리자 다시 위쪽을 향해 움직이기 시작했다. 올라오고 있던 박도준은 장성우의 모습이 보이지 않자 주저하지 않고 한 발의 총알을 하늘을 향해 쏘아올렸다.

'탕!'

주위에서 하나 둘씩 불이 켜졌다. 골목에 몸을 숨긴 장성우가 목을 길게 빼고 내려다봤다. 아직까지 어떤 움직임은 없었다. 그러나 왼편에 모자를 쓴 한 남자가 장성우를 쳐다 보고 있었다.

"으이이……."

눈이 마주친 두 사람은 서로가 서로에게 깜짝 놀라 몸을 부르르 떨었다. 장성우가 총을 꺼내기도 전에 우유박스를 실은 캐리어의 바퀴소리가 요란하게 들렸다. 그때 또 하나의 그림자가 장성우의 등을 가격했다.

'퍽!'

장성우는 그대로 쓰러져 버렸다. 다름 아닌 오한수였다. 곧이어 박도준이 오한수 뒤에서 나타났다. 오한수는 어렸을 때 북아현동에서 자라 지리를 자세히 알고 있었다. 그래서 박도준 보다 한발 더 일찍 장성우를 찾아낼 수 있었다.

"뭐야? 이건."

어리둥절한 표정의 박도준과 상기된 얼굴의 오한수가 마주 보았다.

"대통령 표차…… 창…… 이라면서요. 근데 저 사람 우리 차장님 하고 너무 비슷하게 생겼는데?"

머리를 긁적이며 박도준을 바라보고 있던 오한수가 히딩크 전 감독이 물병을 잡고 한 모금 목을 적신뒤 멋쩍게 심판에게 건넨 모습과 유사하게 들고 있던 각목을 박도준에게 넌지시 건넸다.

"손들어!"

일부러 기절한 척 했던 장성우가 두 마리의 토끼를 다 잡았다는 확신에 찬 얼굴로 총부리를 겨냥하였다. 순간, 박도준이 오한수를 옆으로 밀치고 자기 자신도 골목 밖으로 몸을 날렸다.

‘탕!’

한발의 총알은 박도준을 피해 갔다. 하지만 그 총알은 오한수의 종아리를 스치고 지나갔다. 장성우는 몸을 일으켜 다시 도주하기 시작했다. 벽에 기대앉은 오한수의 아랫입술이 시퍼렇게 변해 파르르 떨렸다.

“이 병신 같은 새끼! 그냥 차에나 있지. 괜찮은 거야?”

“다, 다리. 다리가 좀 이상해요.”

“안 죽어! 조금만 참아!”

“저 혹시 죽는 거예요?”

“그래! 죽을 지도 몰라! 지금 병원으로 가지 않으면! 빨리 뛰어서 내려가!”

박도준은 바지를 걷어 올린 오한수의 상처의 경중을 파악하고 장성우가 사라진 골목으로 눈을 돌렸다. 동네의 집들 반 이상은 불이 켜졌다. 박도준의 협박에 순진한 오한수는 다리를 절뚝거리며 올라온 길을 서둘러 내려가기 시작했다.

5시 정각 북아현동 주택가

‘헉. 헉.’

거친 숨소리와 함께 두 남자는 15미터 정도 간격을 두고 뛰고 있었다. 뒤를 돌아보면 박도준의 오른손이 금방이라도 자기 뒷목을 움켜잡을 것만 같이 생각한 장성우는 왼쪽 골목으로 돌자마자 담을 훌쩍 뛰어넘어 2층짜리 연립주택의 계단을 타고 옥상으로 올라갔다. 장성우의 날렵한 몸이 집과 집 사이를 뛰어넘기 시작했다.

'탕!'

고등학교 때나, 대학교 럭비 팀에서나, 군대에서나, 회사체육대회에서나 달리기로 장성우를 따라왔던 자는 단 한 사람도 없었다. 몇 백 미터를 달리고 있지만 자기 자신과 동일한 속도와 체력으로 추격할 수 있는 사람은 대한민국에서 몇 안 된다고 생각하고 있었다. 그리고 지금 바로 뒤에서 끊임없이 따라오고 있는 사람이 그 중에 한 사람이라고 생각했다. 박도준이 움찔하는 사이 장성우는 도저히 뛰어 넘을 수 없을 것 같은 옥상과 옥상 사이를 날다람쥐처럼 비행했다. 하지만 떨어진 체력 탓인지 완전한 착지를 하지 못하고 난간에 대롱대롱 매달리게 되었다. 이제 눈에 보이는 저 옥상으로 정확히 뛸 수만 있다면 장성우의 머리에 총을 겨냥하여 체포할 수 있을 것이라고 생각하고 있었던 박도준도 혼신의 힘을 다해 날았다.

"이야야~~!!"

결과는 마찬가지였다. 비행을 마친 박도준의 왼손은 난간 밑 부분을 오른손은 장성우의 허리를 잡고 있었다.

"개새끼! 이거 안 놔?"

"개새끼! 지원이 하고 은정이 어딨어. 이 또라이 새끼야!"

박도준이 난간을 잡고 있던 왼손으로 장성우의 머리카락을 잡아 당겼다. 장성우는 난간에 박도준은 장성우에 대롱대롱 매달려 있었다.

"아~~ 새끼야 안 놔!"

"못 놓는다~ 개새끼야. 애들 어디 있냐고?"

난간을 잡고 있던 장성우의 손에서 힘이 빠지기 시작했다. 이대로 떨어지면 누가 더 부상을 많이 당할지 모르는 상황이었다. 장성우가 떨어지지 않기 위해 손가락 끝에까지 피를 모았지만, 매달려 있는 박도준의 무게 때문에 더 이상 버틸 수가 없었다. 결국 두 사람은 5미터 아래로 추락했다. 다행인지 불행인지는 몰라도 낙하지점은 쓰레기더미 위였다. 떨어지자마자 벌떡 일어선 두 사람은 동시에 총을 겨누었다.

"총 버려!"

"너부터 버려!"

그때, 대문을 열고 쓰레기 봉투를 양손에 든 여자가 어색하게 등장하여 길 잃은 사람처럼 입을 벌리고 멀뚱멀뚱 두 사람을 쳐다보았다. 장성우의 총구가 재빠르게 여자 쪽으로 향했다. 당황한 여자는 쓰레기 봉투를 던지듯 내려놓고 엉거주춤 두 손을 머리 위로 올리다 얼굴을 가리고 말았다. 순간적으로 박도준이 장성우의 총을 걷어찼다. 박도준이 느끼지 못할 정도로 빠르게 장성우의 오른발이 박도준의 오른손을 정확하게 가격했다. 장군멍군이었다.

5시 17분 7호선 장암역

"에이. 12월에 무슨 비야? 으스스하네."

빠듯하고 정확한 일정을 소화해 내려면 남들보다 30분 이상은

부지런해야 한다는 것을 잘 알고 있는 지하철 전동차 기사가 오늘
도 첫 차의 운행을 위해 제일 먼저 역사에 들어왔다.

"오늘은 일찍부터 붐비겠네요. 그럼 수고하세요!"

경비원의 구수한 목소리가 아무도 없는 지하실에 조용히 울려
퍼졌다.

"아직 십여 분 남았네. 커피나 한잔 해야겠다."

전동차 기사는 호주머니에서 잔돈을 꺼내 커피자판기에 넣었
다. 동전을 담는 통이 비였는지 자판기 안에서 '땡'하는 소리가 연
이어 들렸다.

5시 17분 북아현동 주택가

비탈길의 가장 위에서 거친 시멘트 담벼락을 뒤로한 두 남자는
기진맥진해진 상태로 서로를 마주보며 자세를 낮추고 있었다. 철
조망을 건너 산으로 올라가는 오솔길은 어둠에 휩싸여 있었지만
왠지 약수터가 있을 것 같은 분위기였다. 장성우가 들고 있는 칼
은 빗물에 젖어 칼날이 더 날카롭게 서 있는 듯 했고, 어디선가 구
한 녹슨 양철지붕을 오른손에 둘둘 감은 박도준은 주위를 둘러보
며 양철지붕보다 더 날카로운 무엇을 찾아야 승산이 있겠다고 생
각하고 있었다.

"그만 하자! 이제! 넌 끝났어."

박도준이 양철지붕 끝에 수줍게 나와 있는 손목에 지니고 있던
수갑을 채운 시간은 멀리 경찰차 싸이렌 소리가 들려 온 바로 그

430

시점이었다.

"헉~헉~, 난 끝난 것 같은데. 너도 끝난 것 같다. 최소한 네가 사랑하는 사람까지."

"헉. 헉. 그만 떠들어! 으아아아!"

이성을 잃은 박도준이 장성우의 왼손을 향해 몸을 날렸다.

'픽'

묵직한 무언가가 가죽을 뚫고 들어오자 언젠가 느꼈던 바로 그 느낌이라고 생각했다. 옆구리였다. 시원함이 온몸을 살짝 떨게했다. '찰칵' 칼을 들고 있던 장성우의 왼손이 박도준의 오른쪽 옆구리에 꽂히자 박도준은 왼손으로 장성우의 왼손을 잡고 오른손으로 수갑을 장성우의 왼쪽 손목에 걸었다. 두 남자의 이글거리는 눈에서 다시 불꽃이 튀었다. 장성우가 왼쪽 손목에 어색하게 걸려 있는 수갑을 기분 나쁜 표정으로 내려봤다. 박도준이 수갑 열쇠를 철조망 사이로 던져버렸다.

"으아아악! 개새끼!"

박도준이 무릎을 사용하여 장성우의 왼쪽 손목을 때리자 날카로운 칼이 땅으로 떨어졌다. 장성우가 박도준의 머리춤을 돌려 잡고, 안다리를 걸어 박도준을 뒤로 쓰러뜨렸다. 수갑 때문에 장성우가 앞으로 꼬꾸라졌다. 하지만 장성우는 박도준을 위에서 제압할 수 있었다. 넘어져 있는 박도준의 몸 위에 장성우가 쪼그려 앉았다. 그리고 아직까지는 자유로운 오른 주먹으로 박도준의 젖은 얼굴을 때리고 또 때렸다.

'픽', '픽'.

“죽어! 죽으란 말야!”

장성우는 박도준을 때리는 것이 아니라, ‘선택’을 한 자기 자신을 벼랑 끝으로 몰아세우고 있었다.

“어디. 어디에 있어? 이…… 새끼야!”

왼손으로 장성우의 오른 주먹을 막던 박도준은 서서히 정신을 잃어가고 있었다. 온몸을 제압당한 상태에서 장성우의 공격을 막는 것은 한계가 있었다. 하지만 박도준은 계속 소리쳤다.

“이미 다 알려 줬잖아. 병신 같은 새끼야! 세븐! 물음표! 지하철역! 더 이상 뭘 줘! 어떻게 줘!! 돌대가리 새끼야!!”

장성우의 눈이 박도준의 머리 위에 놓여있던 반쯤 잘려진 벽돌에 꽂혔다. 조금도 주저하지 않은 장성우가 벽돌을 집어들어 이번에는 박도준의 머리에 내리 찍었다.

‘퍽’

얼굴을 가리고 있던 왼손이 밑으로 떨어졌다. 눈동자도 풀리기 시작했다. 머리에서는 피가 빗물과 섞여 바닥에 흐르고 있었다. 몇 십 번을 가격 당한 얼굴은 이미 형체조차 알아보기 힘들 정도로 처절하고 참혹하게 변해 있었다. 장성우가 오른손에 들고 있던 벽돌을 최대한 높이 올렸다. 마지막 한방으로 박도준을 끝낼 생각이었다.

“죽! 죽어! 개새끼야!! 이아야!”

“장성우! 그만! 조금이라도 움직이면 쏜다.”

나 팀장의 목소리가 확성기를 통해 들려왔다. 반쯤 내려온 장성우의 오른손이 갑자기 멈췄다. 얼굴을 쳐든 장성우는 검은 물체들의 움직임을 감지했다. 심장이 위치한 부분에는 벌써 몇 개의 적색 점이 움직이고 있었다. 분명 나 팀장의 목소리가 들렸다고 생각한 박도준은 꿈인지, 저승에서의 울림인지 아니면 정말 자기를 구하러 와준 것인지 혼돈 속에 빠져 있었다. 잠시 공격이 멈추자, 빗물 때문에 박도준의 정신도 조금씩 돌아오고 있었다.

"다시 한 번 반복한다. 장성우! 무기를 버리고 양손을 머리위로 올려라! 넌 이미 포위됐다."

손을 들래야 들 수도 없었다. 나 팀장은 장성우와 박도준이 어떤 상태로 엮여있는지 자세히 알 수는 없었다.

"팀장님. 나태일! 쏘면 안돼요! 위치를 알아야 돼요! 지원이, 은정이요!"

지원군들이 박도준의 외침에 귀를 귀울이던 사이 장성우는 손에 들고 있던 돌을 옆에다 살며시 내려놓고 오른쪽 종아리에 숨겨 놓았던 총을 꺼내들었다. 박도준이 다시 인질이 되는 상황이었다.

"총은 너희들이 버려! 이 새끼들아! 이 놈 죽이고 싶지 않으면!"

장성우가 박도준의 이마에 총구를 댔다.

"쏴! 쏘란 말이야!! 개새끼들아!"

궁지에 몰린 장성우가 허공에 대고 괴성을 질렀다.

"팀장님! 절대 쏘면 안 돼요! 위치! 위치를 몰라요!"

눈을 부릅뜬 박도준이 장성우를 바라보며 악에 받친 괴성을 질렀다. 당황한 나 팀장이 기동타격대 쪽으로 몸을 이동했다.

‘슉! 쉬~~~익 퍽!’

그때 어디서도 들어보지 못한 가늘고 날카로운 소리가 빗속을 뚫고 이내 사라졌다. 전혀 상황을 알 수 없는 한 마디의 작은 비명과 단발의 총소리가 들렸다.

‘헉!’, ‘탕!’

주위는 너무나도 고요했다. 화약 냄새가 코를 파고드는 것을 봐서 총을 맞은 사람은 자신이 아니라고 박도준은 생각했다. 조심스럽게 눈을 떴다. 장성우의 눈이 주먹만큼이나 커져 있었다. 이상하게도 장성우가 서서히 몸을 뒤로 돌리고 있다는 것을 빗물로 가려진 시야를 통해서 알 수 있었다. 장성우의 등이 보이자 어디서 본 것 같은 얇은 막대기가 꽂혀 있었다. 화살! 바로 그것이었다. 박도준은 장성우에게서 두 여자의 위치를 알아내야만 했지만, 한성이의 복수도 그만큼 값진 것이라고 생각했다. 박도준의 입에 보이지 않는 미소가 드리워졌다. 박도준을 겨냥한 장성우의 총알은 빗나갔지만, 장성우를 겨냥한 화살은 다행스럽게도 명중되었던 것이다. 장성우는 등 뒤에 꽂혀진 것이 무엇인지 알 수 없었다. 하지만 그 물체가 날아왔다고 생각하는 방향을 보고 총질을 해대기 시작했다.

‘탕! 탕!’

두 발의 총소리, 그리고 비를 가르며 쏜살같이 날아온 화살 소리, 그리고 마지막으로 들린 한 발의 총소리…… 다시 날아온 화살은 정확하게 장성우의 심장에 꽂혔다.

장성우가 오른손으로 화살을 움켜잡았지만 꿈쩍도 하지 않았다.

다시 활 시위 소리가 들리자마자 날카롭게 변한 그 소리가 장성우의 입을 통과하여 뒷통수를 뚫었다.

화살을 씹으며 장성우의 입에서 입김과 함께 마지막으로 남긴 말은 '내가 누구 아들인지 알아?'였다. 박도준은 잘못 들었는지도 모른다고 생각했다. 장성우의 입에서 더 이상의 소리는 들리지 않았다. 두 눈을 감은 박도준의 얼굴에 미소가 스며 들었다. 80미터 뒤 비슷한 고도의 비탈길 꼭대기에는 다름아닌 장성희가 활을 메고 있었다. 장성희 휴대전화에 '위웨어' 어플에서 박도준의 위치가 깜빡거리고 있었다.

"야! 조 형사! 최 형사! 빨리 가서 죽었는지 확인이나 해 봐. 저쪽은 내가 지원 요청해서 처리할테니~"

조 형사와 최 형사가 활이 날아온 방향으로 뛰어가려고 하자 나 팀장이 전화거는 시늉을 하다 그냥 꺼 버렸다. 나 팀장도 이한성을 통해 장성희의 올림픽 메달 소식을 접한 적이 있었다. 나 팀장이 정말 알수 없는 수수께기 같은 사건이라고 고개를 절레절레 흔들며 박도준을 향해 잰걸음을 옮겼다.

5시 25분

김 형사와 조 형사가 힘겹게 일어서는 박도준을 부축했다. 알아 볼 수 없을 만큼 상한 얼굴은 보기에도 너무 참혹했다.

"박도준! 괜찮은 거야? 야! 괜찮냐고?"

박도준 앞에 멈춰 선 나 팀장이 박도준의 어깨를 잡으며 콧등에
주름을 세웠다.

"은정이, 지원이 지금 둘 다 위험해요. 몇 시예요? 지금?"

박도준의 목소리가 심하게 가라앉아 있었다.

"5시 25분이요." 김 형사가 말했다.

"전철역! 세븐! 물음표! 지하철역! 세븐! 물음표! 뭐. 뭐 좀 생각
나는거 없어?"

발을 동동 구르는 박도준이 장성우가 마지막으로 남긴 힌트를
풀기 위해 머리를 짜냈다.

"손가락 폭탄 사건, 연쇄살인 사건, 두 사건 다 지하철을 철저하
게 이용한 것을 보면, 세븐이란 숫자도 7호선을 가리키는 게 아닐
까? 출발역은 장암역, 우리 집이 거긴데."

형사들이 일제히 최 형사를 쳐다봤다.

"장암역? 지금 무슨 뚱딴지 같은 말을 하는 거야? 엄 기자가 거
기에 있다구?"

나 팀장이 영문을 알 수 없다는 듯 고개를 갸우뚱거렸다.

"가자! 시간이 없어! 뭐라도 해야 돼, 지금!"

박도준이 왼쪽 다리를 절며 언덕 밑을 향해 뛰어갔다.

"야! 또 어디가? 그 몸을 해 가지고! 같이 가! 임마!"

선택

장암역으로 향하고 있는 차에는 박도준과 최 형사가 타고, 그

뒤에는 나 팀장과 일행이 바짝 붙어 따라오고 있었다.

"첫차가 몇시 출발이에요?"

"5시 35분. 지금 출발 했겠네. 그런데 거기에 엄 기자와 이은정이 있다는거야?"

"이렇게 쉽게 풀리지는 않겠지만, 지금은 어쩔 수 없어요. 휴대전화가 꺼져있어 위치 추적도 안 되고 CCTV에 잡힌 것도 없고요."

"그런데 7호선에 걸친 역이 몇 개인데 꼭 장암역으로 가야 하나? 다른 역이면 어떡하려고 그래. 역이 아니라 열차에 타고 있을 수도 있잖아. 안 그래?"

"그렇네요. 최 형사님이 장암역이라면서요. 에이!"

"아니~ 그럴수도 있다는 거지."

최 형사가 말꼬리를 흐렸다. 박도준이 나 팀장에게 전화를 걸었다.

"팀장님. 지금 당장 지하철 본부로 들어가세요. 아니! 먼저 협조 요청해요! 지금 당장 지하철 다 세워야 해요! 그리고 장암쪽 경찰서에도 협조 요청하세요. 범인이 지금 장암역 깊숙한 어디에 잠입했다고, 그리고 특수팀 애들한테도 흘리고요. 빨리요! 시간이 없어요!"

"야! 미친 놈아, 너 정말 미쳤어?"

팀장의 목소리가 휴대전화의 스피커를 뚫고 나와 차 안에 조용히 울려 퍼졌다.

"박 형사! 그럼 7호선에 7번째 역은 아닐까? 그러니까 장암에서 출발해서 7번째 역은 '공릉', 공릉일 수도 있잖아."

휴대전화로 인터넷검색을 하고 있던 최 형사가 박도준에게 새
로운 의견을 제시했다. 최 형사는 25억의 재산피해에 대한 죄책감
을 안고 평소에 굴리지도 않는 머리를 심하게 쓰고 있었다.

"그럴 수도 있겠네요. 하지만 만약 아니면 어떻게 합니까? 사람
의 목숨이 달려있는 건데, 이번에도 분명 폭탄을 장착해 놓았을
거라고요. 장암하고 공릉하고 선택 해야 된다면……."

"박 형사! 그러지 말고 박사님께 전화해 봐, 뭔가 나올 수도 있
잖아."

5시45분

"지금 새벽이고 대낮이고 따질 때가 아니에요. 생각 좀 해보세
요. 엄 기자와 이은정의 목숨이 걸려있어요. 세븐이라고요."

박도준이 마른 침을 삼키며 왼쪽 발을 동동 굴렀다. '공릉'이라
고 쓰여진 이정표는 이미 머리 위로 지나갔다.

"잠깐만. 이 화상아. 컴퓨터 좀 켜고, 날 그냥 잡아 먹어라. 먹
어."

가래가 낀듯한 걸걸한 목소리의 변 박사는 덩달아 잠에선 깬 아
내의 눈치를 보며 서재로 이동하는 중이었다.

"급해요! 지금!"

"그만 보채, 이놈아! 컴퓨터가 느려서 그래."

변 박사는 책상에 앉아 안경을 치켜올린 후 노트에 박도준이 불

438

러준 힌트를 적었다.

7? : 세븐 물음표

??????? : 일곱개의 물음표

Seven, Question Mark : ???????

"뭐야 이건! 안 나오는데?"

허무한 표정의 변 박사가 의자를 뒤로 제끼고 벌렁 누워 코를 골기 시작했다.

"박사님! 변 박사님! 변 박사!"

박도준이 아무리 불러도 코고는 소리밖에 들리지 않았다.

"야! 이 미친 새끼야! 야! 변태!"

"어! 뭐야. 꿈이었나?"

벌떡 일어난 변 박사가, 어리둥절한 표정으로 휴대전화를 바라봤다.

"박사님?"

"응, 잠깐. 꿈에서 어떤 새끼가 변태라고 해서~ 잠깐 있어봐."

Lechery →7명의 여자 → 7개의 스펠링

Seven, Question Mark → 5개의 스펠링, 12개의 스펠링 → 총17개의스펠링

변 박사의 머리가 다시 회전하기 시작했다.

5시 48분

"이것도 분명 공식일텐데…… 17? 잠깐만 도준아! 공릉이 몇번째 역이지?"

변 박사가 인터넷 검색 사이트에서 7호선의 열차 시간표를 검색했다.

열차번호 : 7013호 출발 : 장암 도착 : 온수

역명	도착 시간	출발 시간	소요시간 (누적)
장암	출발	05:35	
도봉산	05:39	05;40	00:04
수락산	05:42	05:42	00:07
마들	05:44	05:45	00:09
노원	05:46	05:47	00:11
중계	05:48	05:49	00:13
하계	05:50	05:50	00:15
공릉	05:52	05:52	00:17
태릉입구	05:53	05:54	00:18

"일곱 번째 역이요."

"그래? 그럼 됐다! 허허허~ 찾았다."

"빨리요! 어디에요!"

5시 49분

"날믿고 공릉으로 가라!, 7번째역 공릉. 세븐의 스펠링이 5개

Question Mark의 스펠링이 12개 그러니까. 두 개 합하면 17이 되지. 장암에서 출발해서 17분 걸리는 역은? 공릉역이야! 빨리가! 가서 열차 세워. 그 안에 네가 찾는 사람이 있을거야! 그럼 난 잔다! 깨우면 죽는다."

'뚜뚜뚜~'

"에이. 젠장 방금 지났는데, 선배 꽉 잡아요!"

5시51분 공릉역

박도준은 변 박사와 전화를 끊을 때부터 시간상 공릉역 안에는 차로 밀고 들어가야 한다고 말도 안 되는 생각을 했었다. 다리도 불편한데다 넓은 지하철 입구를 머리에 그리다 보니 그냥 차로 밀고 들어가도 문제 없겠다는 생각을 한 것이다. 1초, 0.1초가 아쉬웠다. 입구로 올라오는 사람이 없기를 간절히 기도했다.

'쿵! 우당탕탕탕.'

보도블럭에 올라서자마자 지하철 입구로 질주했다. 입구의 높은 턱 때문에 범퍼가 물폭탄 터지듯 터졌고, 가파른 계단을 내려가자 타이어의 형상이 사각형처럼 변해버렸다. 지하철을 타기 위해 내려가고 있던 두 사람은 클랙슨 소리에 가방도 버린 채 뛰기 시작했고, 표를 파는 곳에 다다르자 역장이 입을 쩍 벌리고 양손으로 눈두덩이를 씻어내렸다. 차에서 내린 두 사람은 개찰구를 훌쩍 뛰어넘어 다시 밑으로 내려갔다.

"팀장님! 제발."

지하철 통제본부

나 팀장과 김 형사는 지하철 본부의 경비원과 실랑이를 하고 있었다.

"경찰이라고! 경찰! 이 배지 안 보여?"

"그래도 안 됩니다! 못 들어가요! 영장 가지고 오세요!"

"나와. 실탄 들어 있는 거 확인하고 싶지 않으면."

나 팀장의 총구가 경비원의 관자놀이를 겨누었다.

5시 51분 43초 공릉역

튼튼하게 생긴 스크린 도어는 두 개의 소화기에 의해 박살이 나버렸다. 위험을 알리는 경고등과 경고음이 지하실에 가득찼다. 터널 끝 멀리 지하철에서 내 뿜는 라이트 불빛 때문에 눈이 시렸다.

"팀장님! 제발!"

박도준은 스크린 도어의 가장 앞까지 달려갔다. 엄지원은 진동을 감지했는지 알 수 없는 두려움에 온몸을 파르르 떨고 있었다. 목에 감긴 철사는 이미 심하게 떨리고 있었다.

"지원아!"

박도준은 어느 순간보다 더 엄지원의 이름을 간절히 부르고 있었다. 박도준의 목소리는 들리지 않았지만, 분명 자기를 위해서 어디선가 이름을 외치고 있을 것이라고 엄지원은 생각하고 있었다. 엄지원은 죽음의 문턱에 올라와 있었다.

"팀장님!!"

이제 나 팀장을 기대할 수밖에 없었다.

지하철 통제본부

'탕! 탕!'

인질로 잡은 직원의 패스로 지하철 통제본부 문을 연 나 팀장은 통제본부 안으로 들어가자마자 공포탄을 발사했다.

"서울 지하철 다 세워! 지금 당장! 이 새끼들아!"

조용하던 지하철 본부는 순식간에 아수라장이 됐고, 모든 지하철을 멈추라는 협박에 아예 비상 전원을 내려버렸다. 총소리의 위력은 정말 대단했다.

"제기랄. 나, 이젠 정말 잘렸다."

나 팀장이 김 형사를 붙잡고 땅바닥에 주저앉았다.

5시 52분 공릉역

"팀장님! 제발!"

"박 형사. 이제 더 이상 지체하면 저 끝까지 밀고 들어올 거야!"

최 형사의 말이 맞았다. 박도준은 지금 뭔가를 해야 했다. 지하철 전동차가 눈앞에 들어왔다. 스크린 도어에 몸을 반쯤 집어넣은 박도준이 총을 뽑아들었다.

'탕!'

"세워! 세우란 말야!"

'탕!'

박도준이 공릉역으로 진입하고 있는 지하철 전동차 밑을 향해 총을 발사했다.

'탕! 탕!'

차체 밑에서 불꽃이 일어나는 것이 보였다. 지금 차체의 레버를 잡은 기사는 급브레이크를 잡고 있는 중이었다.

"팀장님! 제발요!!"

'탕!'

박도준의 총에서 마지막 한 발이 발사되었다. 엄지원의 목에 걸려 있는 철사 올가미가 벌새의 날개짓처럼 빠르게 떨리기 시작했다.

5시52분30초 공릉역

'차.치.치칙칙칙……팍바파!'

레일 위의 붉은 스파크는 마치 이글이글 타고 있는 용광로를 연상케 했다. 마찰의 크기가 작아지자 지하철 전동차의 속도도 급격히 떨어졌다.

전동차는 스크린 도어 안에 들어가 있는 박도준을 향해 육중한 몸을 밀고 들어왔다. 박도준의 몸이 움찔했지만 한 발도 뒤로 물러설 수 없었다. 기관사와 정확히 눈이 마주치자 전동차는 '덜컹' 소리를 내며 멈추어 섰다. 불과 박도준과 1미터도 떨어지지 않은 지점이었다. 깊은 한숨이 마른 입술을 통해 뿜어져 나왔다. 갑작스런 급브레이크 때문에 전동차 안에 있는 사람들의 표정은 많이 일그러져 있었다. 총을 들고 땀에 흠뻑 젖어있는 박도준과 최 형사가 전동차 안으로 들어가자 시민들은 숨소리조차 내지 않았다. 첫 차였기 때문에 내부는 한산했다. 좌우측으로 나누어 뛰던 두 명의 형사는 엄 기자가 내부에 없다는 것을 확인하자 이제 막다른 골목에 와 있다는 것을 알았다.

느슨했던 낚시줄이 완전히 일자로 팽팽해져 있었다. 철사를 조이던 낚시줄이 더 이상 동그랗게 만들어 놓은 철사 올가미를 당기지 않자 진동만 낼 뿐 원의 크기가 더 이상 줄어들지 않았다. 엄지원의 목을 꼭 조이고 있는 올가미는 다행히 목을 파고 들어가지는 않았다. 엄지원이 쥐고 있던 주먹을 서서히 폈다. 멀리서 손전등의 불빛이 왔다갔다 했다. 빛을 느꼈는지 손가락이 다시 조금씩 움직였다. 아직 의식은 있었다.

박도준이 도크 밑으로 내려와 레일을 따라 어두운 곳으로 사라졌다. 10여 명의 경찰들도 박도준과 최 형사의 뒤를 따랐다. '찾았다!'라는 말을 간절히 바라고 있지만, 아무도 비슷한 말조차 하지 않았다. 계속 초조해져만 갔다. 이대로 그냥 끝나버리는 건 아닌가, 싸늘한 주검을 맞이하는 건 아닌가, 온갖 불길한 생각이 머리에서 떠나지 않았다.

"없어…… 없어. 없다고!!"

정신없이 어둠을 헤메다 휴대전화 진동음이 한참이나 울리고

있었다는 걸 깨달았다. 혹시 나쁜 소식은 아닐까 하는 생각에 휴
대전화를 주머니에서 꺼내들었다. 전화를 한 사람은 다름 아닌 신
형사였다. 몸이 심하게 떨려왔다.

"여. 여보세요! 신 형사!"

"선배! 전데요. 방금 찾았어요!"

박도준은 웃어야 할지, 울어야 할지 몰랐다. 신 형사의 입에서
두 사람 다 찾았다는 말이 나오기를 간절히 바랐다. 하지만 한 사
람이라면 과연 누구여야 하는가도 순간 생각했다. 인간의 간사함
인가, 어쩔 수 없는 냉정함인가. 하지만 박도준을 알고 있었다. 자
기 자신이 선택한 사람이 누구인지를…….

"뭐라구! 누구? 거기가 어딘데?!"

"여기. 장암역이에요. 엄 기자 여기 있어요!"

피딱지가 붙어있고 냉냉하고 건조하게 말라버린 입술을 손으
로 다시 한 번 훔쳤다. 목으로 삼킨 마른 침이 넘어가지도 않았다.
'지원이 상태는?'이라고 물어볼 용기가 없었다. 박도준은 종료버
튼을 누르지도 않은 채 다시 뛰기 시작했다.

6시 30분 장암역

변 박사의 예상은 빗나갔다. 하지만 결과는 해피엔딩이었다. 장
성우는 엄 기자를 7호선 출발역인 장암역의 터널 깊숙한 곳에 꼼
짝할 수 없도록 묶어 놓고 철사로 올가미를 만들어 목에 걸라는
지시를 했다. 올가미로 목을 자르는 방법은 장성우가 동영상을 찍

어 까치에게 전송했고, 까치는 생쥐를 가지고 세 번의 실습을 통해 완전히 터득한 상태였다. 그리고 5시 35분인 첫 차가 출발한 후 '17분'이 지나 도착하는 역인 '공릉'역 가장 윗부분 레일에 센서를 설치해 놓았다. 그 열차가 그 센서를 밟고 지나가는 순간 도봉산역 레일 안에 설치해 놓은 모듈이 작동되고 그 모듈은 낚시줄을 지나가는 열차 밑부분에 걸리도록 조정해 놓았다. 그 낚시줄은 장암역에 감금되어 있는 엄지원의 목에 설치해놓은 철사 올가미와 연결되어 있었으니 만약 도봉산역을 지나가고 있던 열차가 1미터라도 더 앞으로 나갔으면 엄지원의 머리는 생쥐의 머리처럼 처참하게 바닥으로 떨어졌을 것이다. 장성우 문제의 함정은 여기에 있었던 것이었다. 만약 박도준이 변 박사 말대로 공릉역으로 가지 않고, 장암역으로 직접 갔으면 사태는 돌이킬 수 없게 되었을 것이다. 그 몇 분 사이가 엄지원을 살린 것이었다.

박도준이 장암역에 도착했을 때는 이미 많은 시민들이 우산을 들고 경광등 앞에서 웅성웅성거리고 있을 때였다. 멀리서도 알아볼 수 있는 신 형사가 밝게 웃으며 손을 흔들어 보였다. 그 뒤에 엄지원이 들것에 실려 7번 출구로 나오고 있었다. 엄지원이 눈에 들어오자 잠시 변 박사를 원망했다. 하지만 몇 초 지나지 않아 원망이 고마움으로 바뀌었다. 박도준은 엄지원의 눈에 자기의 눈을 포겠다.

"지원아……."

가슴이 먹먹했다. 기쁨, 슬픔, 분노, 원망이 하나의 감정으로 뭉쳐 있었다.

"선…… 배……."

마른 입술이 간신히 움직였다.

"아무 말 하지마. 미안해~ 그리고. 고마워."

박도준의 눈시울이 붉어지자, 엄지원의 가냘픈 눈동자 주위에 눈물이 솟아났다. 야속한 앰뷸런스 는 엄지원을 싣고 요란한 소리를 뿌려댔다.

"선배. 이은정씨는요?"

멍하니 서있는 박도준에게 조 형사가 다가와 담배를 내밀었다.

"가자. 내가 놓친 게 또 있어……."

첫눈

'뉴스 속보를 전해 드립니다. 수많은 사람들을 공포에 떨게한 손가락 폭탄 사건은 사건에 사용한 피가 닭피로 밝혀졌고 첫 번째 사건의 손가락은 1986년에서 1991년사이에 숨진 여자의 손가락으로 검사 결과 밝혀졌습니다. 하지만 두 번째 사건부터 다섯 번째 사건까지의 손가락은 플라스틱 모형의 손가락으로 판명되었…….'

라디오 속의 아나운서 목소리가 왠지 얄밉게 느껴졌다. 청장의 지시에 의해 사건의 20%만 언론에 노출한 것은 1986년부터 시작된 끔찍한 연쇄살인 사건의 공소시효가 이미 끝났고, 다가오는 선거의 흐름도 집권 여당이 우세하다는 판단에 레임덕 기간의 국가

총수를 최대한 배려한 처사였다. 새벽녘부터 내리던 비는 어느새 눈으로 변해 있었다.

하늘하늘 흩날리는 눈을 맞으며 걸어 들어간 곳은 다름 아닌 장성우의 집이었다. 박도준은 나 팀장에게 모든 인원을 장성우의 집으로 집결시켜 달라고 부탁했다. 그리고 혹시 모르니 유리나 거울을 자르는 장비도 있어야 한다고 일러두었다. 영문을 모르는 장성우의 아내가 현관에서 근심어린 표정으로 팔장을 끼고 있었다. 박도준은 살짝 목례를 하고 몇 십명의 인원들과 함께 지하실로 내려갔다.

"팀장님~ 저거 보이세요?"

박도준이 거울에 그려져 있는 '¿' 그림을 손가락으로 가리키며 말했다.

"김 형사! 그 커튼 좀 쳐봐."

김 형사가 거울로 다가가 좌우로 커튼을 쳤다. 우측 커튼 뒤에는 6개의 동일한 그림이 더 있었다.

'¿ ¿ ¿ ¿ ¿ ¿'

"물음표가 거꾸로 된 거예요. 그리고 일곱 개! 동일한 거죠. 누워서 위로 쳐다보면 일곱 개의 물음표가 보입니다. 그때는 알 수 없었죠. 뭐든 그렇잖아요. 지나면 깨닫게 되는 거. 제가 또 놓쳤네요."

박도준이 아무말 없이 거울을 주시하고 있었다.

"가져온 장비로 저기 저 거울 뚫어봐. 혹시 모르니 폭탄 탐지기로 먼저 한번 훑고."

유리를 자르는 기계의 소음이 들리고, 참을 수 있을 만큼의 시간이 지나자 대칭이 정확한 동그라미 모형의 구멍이 뚫리고 이은정의 모습이 보였다. 여전히 산부인과용 의자에 앉아 있는 이은정. 타이머는 5시 52분에 멈춰 있었다. 완전히 축 늘어진 이은정의 모습에서 그 의미를 알수 있었다. 5시 52분은 35분에 출발한 열차가 17분이 지나 공릉역을 지나는 바로 그 시간이었다. 세 개의 실린더에 연결된 투명 노즐에는 아직 색깔이 있는 액체가 들어 있었다. 하지만 네 번째의 작은 실린더 밑에는 투명색의 액체가 있었다는 것만 알 수 있을 정도의 아주 소량의 액체만 남아 있었다. 나중에 안 것이지만 그 액체는 병원에서 안락사를 시킬 때 쓰는 화학물질이었다. 세 번째로 내부에 들어간 박도준은 거친 숨을 몰아쉬었다. 그동안 참고 또 참았던, 가슴에 꽁꽁 채워두었던 동생의 이름을 소리없이 불렀다.

"미안해. 은지야. 이젠 너무 늦었구나. 미안하다."

이은정의 본명인 은지의 차가운 손을 잡고 무릎을 꿇었다. 조금만 냉정했어도, 조금만 생각이 있었어도, 박도준은 두 사람 모두 구할 수 있었다고 자책했다. 모든 일은 시간이 흐른 뒤에 깨닫는다라는 말이 다시 한 번 스치고 지나갔지만 간곡하게 부정하고 싶었다. 이번 일만은 예외라고, 이번 일만은 제외시켜 달라고……한번 터져 버린 울음은 걷잡을 수 없었다.

"엉. 엉. 엉엉엉! 내가 살릴 수 있었어! 내가! 내가!"

하염없이 땅바닥을 치고 머리를 쥐어뜯었지만 이은정의 체온은 이미 식어 있었다.

"나만 살고 싶어 빠져나온 거야! 엉. 엉엉엉!"

어깨에 따뜻한 체온이 느껴졌다.

"도준아 가자~ 할 만큼 했다."

눈시울이 뜨거워져있는 나 팀장이 허리를 구부려 박도준을 일으켰다.

의자 뒤에서 어쩔 줄 몰라하던 여경이 준비해 놓았던 담요를 이은정의 다리에 살며시 올려놓고 윗몸을 덮으려 서서히 위쪽으로 올렸다. 흐트러져 있던 상의 안쪽 가운데에 얄밉게 웃고 있는 해골이 보였다. 그리고 체온이 식어감으로 그 모양도 서서히 없어지기 시작했다. 여경은 담요를 목 위까지 올렸다.

2013년 1월 강남경찰서

한 달이 훌쩍 넘었는데도 불구하고 박도준 눈 위의 반창고는 여전히 남아있었다. 화창한 날씨 만큼이나 기분이 좋아 보이는 박도준은 생글생글한 표정으로 오랫동안 통화를 했는지 왼손으로 오른쪽 팔꿈치를 받치며 친숙해 있는 자기 자리를 찾아 들어오고 있었다.

"오늘 정말 춥다. 그렇지? 나 이제 일 열심히 안 하려고. 인생 뭐 있어?"

지난 사건으로 승진을 하여 자리를 옮겨야 하는 나 팀장한테 장난스럽게 윙크를 한 박도준이 자리에 앉았다. 언제부터인가 뒤를 쫓아온 택배 집배원은 방향을 오른쪽으로 틀다 말고 커피를 타고 있는 최 형사의 턱짓에 다시 박도준의 그림자를 밟고 있었다.

"박도준 씨? 박도준 씨세요?"

뒤를 돌아본 박도준이 집배원과 눈을 맞추기도 전에 상자를 받아 들었다.

"뭐지? 택배 올 데가 없는데?"

"거기. 밑에 사인이요~"

택배 위에 붙어 있는 종이를 유심히 들여다 본 박도준이 고개를 흔들며 자기의 이름이 분명한 것을 확인하고 성의 없이 종이 위에 사인을 남겼다.

"음. 자기야 잠깐~"

오른쪽 어깨를 이용해 휴대전화를 받쳐든 박도준이 조심스럽게 택배상자를 열기 시작했다. 박도준은 특유의 감각으로 상자밑과 위의 색깔이 차이가 있는 것을 보고 상자가 어디엔가 오래 방치되어 있었던 것이었구나라고 생각했다. 평소와는 달리 소심하게 열어본 네모난 상자 안에는 뜻밖의 물건이 들어있었다. 박도준은 잠시, 아니 오랫동안 잊었던 꼬맹이 시절의 앞마당을 떠올렸다. 그날 은지가 숨겼던 새총이 눈앞에 다시 있을 것이라고는 상상하지도 못했다. 그리고 새총 밑에는 은지, 이은정이 남긴 편지 한 장이 들어있었다.

"그때 날 보자마자 알아봤구나. 은수와 은지, 두 사람 다 좋은곳으로 갔겠지. 미안하다 동생들아."

뜻하지 않은 편지에 박도준의 머리가 복잡해졌다. 하지만 가만히 생각을 해보니 6살 때 새총을 숨겨 오빠를 구해준 감각이라면 그 정도의 눈썰미 정도는 가지고 있었겠구나라고 생각했다. 물론 지난 일이지만 가슴이 따뜻해졌다. 새총과 편지를 같이 포개어 넣

으려고 할 때 상자 안에 또 하나의 물건이 있다는 것을 알아차렸
다. 그것은 박은지와 박은수 그리고 박도준이 같이 찍은 흑백사진
이었다. 박도준의 눈물이 편지에, 사진에 한 방울씩 떨어졌다.

"선배. 선배!"

전화 속 멀리 엄지원 기자의 목소리가 가늘게 들려 왔다.

"선배~ 무슨 일 있는 거야?"

26년전 밤 9시3분 화성시 봉담읍

비포장 도로의 버스 정류장이 보이는 길 옆 꼬맹이 장성우가 앉
아서 막대기로 그림을 그리고 있었다. 잠시 뒤 정차한 버스에서
젊은 여자 한 명이 내렸다. 밤이 깊어 무서운지 여자는 앞뒤를 번
갈아 쳐다보며 총총걸음을 옮겼다. 잠시 뒤 장성우 아버지의 트럭
이 천천히 다가와 그 여자 옆에서 먼지를 일으켰다.

"아. 아버……."

막대기를 들고 일어난 장성우가 아버지를 다 부르기도 전에, 차
는 여자를 태우고 다시 먼지를 일으켰다. 우두커니 서 있던 장성
우가 '아버지'를 부르며 따라갔다. 한참을 따라갔지만 잡히지 않
는 트럭을 멀리서 멀뚱멀뚱 쳐다보았다. 그런데 이상하게도 장성
우 부친의 차는 도로에서 벗어나 산길로 접어드는 것이 아닌가!
호기심이 발동한 장성우가 다시 뛰기 시작했다.

숲속 깊은 곳에서 아주 작은 비명 소리가 들렸다. 하지만 그 소

리는 또다시 들리지 않았다. 잠시 뒤, 무언가 날카로운 물건으로
몸뚱아리를 내리찍는 소리가 들렸고, 삽이 땅에 꽂히는 소리가 여
러 번 들렸다.

"어휴. 힘들어!"

분명 아버지의 목소리였다. 50미터 후방에 세워져 있는 트럭 뒤
에는 장성우가 입을 막고 쪼그려 앉아 있었다.

30분 뒤

문이 닫힌 구멍가게 옆 골목에서 남녀의 목소리가 들렸다.

"아이 자기야~ 간지러워. 살살해. 그런데 손에 묻은건 뭐야? 피
야?"

박도준의 모친이 장성우 부친의 손을 가리키며 놀라는 표정을
지었다.

"아이~ 가만 좀 있어봐. 어. 이거? 조금 다쳤어."

"가야 돼. 내일 봐. 에이~ 그만 좀 하고."

"어? 그래? 벌써 그렇게 됐나? 데려다 줄게!"

"됐어! 누가 보면 어쩌려고."

"연쇄살인 사건 때문에 화성전체가 난리인데 자기는 참 겁도
없어……."

"나 같은 다 된 아줌마를 누가 노리기나 하겠어?"

"그 미친 놈이 찬밥 더운밥 가리는 줄 알아? 치마만 두르면 모
두 범행 대상에 올라간다고! 알아? 요 앞까지만 가자. 이젠 며칠

안 남았잖아?”

“……. 왜 그렇게 흥분해? 꼭 뭘 아는 사람같이?”

여자의 눈꺼풀이 어색할 정도로 치켜져 올라가 잠시 멍하니 서 있는 남자를 쳐다보았다. 어둠 속에서 모습을 드러낸 남녀는 같이 걸어가다 주택들이 나오자 여자는 혼자 앞으로 걸어가고 남자는 뒤돌아 걸어가기 시작했다. 못내 아쉬운 장성우의 부친이 한 번 뒤를 돌아본 후 담벼락 있는 곳을 지나고 있었다. 귀뚜라미 소리를 제외하고 주위는 고요함으로 가득차 있었다.

‘딱’

돌멩이가 담벼락에 맞는 소리가 들렸다.

“누구요? 거기 누구요?”

깜짝 놀란 장성우의 부친이 소리가 난 쪽으로 발길을 옮겼다. 담벼락 저편, 숲이 울창한 곳에서 큼지막한 Y자의 새총이 ‘쑥’ 올라왔다. 고무줄 끝에 달려있는 주먹 반만한 돌멩이는 조금씩 조금씩 더 뒤쪽으로 움직였다.

“여봐요!”

애가 어른의 목소리를 흉내내는 듯한 목소리가 다시 장성우의 부친을 불렀다. 장성우의 부친이 다시 소리가 난 곳으로 고개를 돌렸다.

‘쎄~~’

고무줄이 튀기는 소리가 날카롭게 들려왔다.

“아악!!”

‘딱!’

깜깜한 밤하늘에 한 줄기 비명이 들렸다. 이상하게도 돌멩이가 담벼락에 맞는 소리가 비명소리와 겹쳐져 들렸다. 새총을 빠져 나간 돌멩이는 정확히 장성우 부친의 이마에 명중된 것 같았다. 피가 묻은 돌멩이와 그렇지 않은 돌멩이 두 개가 덩그러니 땅바닥에 뒹굴었다.

낌새가 이상하다고 느낀 박도준이 뒤쪽을 쳐다봤다. 2시 방향 10미터 거리에 검은 그림자가 새총을 들고 서 있었다. 무표정한 모습으로 둘의 눈이 마주쳤다. 검은 그림자가 먼저 옆으로 돌아서 움직이기 시작했다. 가느다란 불빛이 검은 그림자의 얼굴에 살짝 드리워졌다. 식은땀이 흘렀지만 이내 사라졌다. 그 아이는 동네에서 몇 번 마주쳤던 장성우라는 아이였다. 온 얼굴에 피투성이를 한 장성우의 아버지를 박도준의 부친이 부축하며 가로등 불빛을 등지고 사라졌다. 숲에서 내려온 박도준이 떨어져 있는 두 개의 돌멩이를 집어 들었다. 하나는 자기 자신이 쏜 검은색 돌멩이였다. 또 하나의 돌멩이는 모양이 비슷한 흰색 돌멩이였다. 그 흰색 돌멩이 한쪽 끝에 빨간 피가 진하게 묻어 있었다.

"난 그 날 그 아이가 왜 새총을 들고 거기에 서 있었는지 알지 못했다. 하지만 그날 밤 그 아이와 마주쳤던 눈빛에서 증오와 슬픔을 보았다. 그 기억은 나를 27년 동안이나 괴롭혔다. 내가 목격한 그 끔찍한 사건 이후로 난 아버지와 눈조차 마주칠 수 없었고, 내 얼굴에서 웃음은 사라졌다. 아버지가 훌쩍 떠나버린 그날, 나

는 다시 웃음을 찾았다. 하지만 난 그때 이미 악마의 자식이었고,
또 다른 악마가 될 수밖에 없었다. 눈물이 나는 날…… 이젠 소리
내어 내 모든 것을 꺼내놓을 수 있겠다."

스마일 스컬 Smile Skull

1쇄 발행 2013년 9월 10일
2쇄 발행 2013년 11월 22일

지은이 박태준
펴낸곳 북캐슬
펴낸이 한정희   마케팅 최윤석
주소 서울시 마포구 마포동 324-3 경인빌딩 3층
전화 02-325-5051   팩스 02-325-5771   홈페이지 www.wordsbook.co.kr
등록 2004년 3월 12일 제313-2004-000061호
ISBN 978-89-968367-5-9 03810
가격 13,000원

*잘못된 책은 바꾸어 드립니다